개정판

서툰 삶
즐거운 인생

서툰 삶-즐거운 인생 개정판

초 판 발행 2018년 11월 30일
개정판 발행 2024년   5월 25일

지은이 김종도
펴낸이 정봉선
마케팅 박찬익
펴낸곳 정인출판사

주 소 경기도 하남시 조성대로45 미사센텀비즈 8층 827호
전 화 031-792-1335 Fax 01-928-1334

E-mail junginbook@naver.com
등록 1999년 11월 20일 제6-0467호
ISBN 979-11-88239-15-3 03810

개정판

서른 살의

즐거운 인생

김종도 지음

서툴게 시작하고 서툴게 살아왔다. 그러나 한 발을 물러서서 돌이켜보면
내 인생은 즐거움으로 아로 새겨진 축복의 인생이었다.

정인출판사

양지곶에서
한들을 바라보면서

초등학교에 다닐 적에 아침에 집을 나서면 반드시 지나는 길이 양지푼(편) 길이다. 이 길이 끝나는 어름에 양지곶이 있다. 이 양지곶에서 180°를 꺾어 덕골 비탈길로 이어진다. 이 꺾어지는 곳은 작은 반도 같이 돌출해 있어서 내가 양지곶이라 이름 했다. 이곳은 제법 높은 언덕이고, 이곳에서 우리 마을 아래 깎단(마을)으로 가는 길이 갈라지는 곳이다. 이곳에 서면 한들(큰들)이 한 눈에 내려다보인다. 나는 이곳을 좋아한다. 꿈속에서라도 고향에 가면 반드시 이 곳에 서서 한들을 내려다본다. 그뿐만 아니다. 내 살아오면서 괴로울 때는 언제나 양지곶으로 내 마음을 데려가서 한들을 내려다보게 한다. 그러면 한들 같이 내 마음이 넓어지면서, 웬만한 괴로움은 이겨낼 수 있었거나 잊혀졌다.

내가 80이 넘어서니 양지곶에 서 한들을 바라보듯이 내 일생을 돌아보고 싶어진다. 이런 마음을 품으면 내 일생도 한들처럼 내 품에 안겨든다.

4

＊　＊　＊

이제 내 인생은 더 올라갈 수 없는 정상에 이르렀다. 정상은 더 올라갈 수 없다는 의미다. 바꾸어 말하면 내 나이에 더 이상 더 보탤 숫자가 얼마 없다는 의미다. 산 정상에 선 것 같이 희열(hill- top feeling)을 느낀다. 이 느낌은 정상에 오르는 과정이 어려웠기에 그 기쁨은 크다. 이런 의미에서 나는 내 자전적 수필집의 제목을 "서툰 삶 - 즐거운 인생"이라 이름해서 자신을 위로하고 싶다. 서툴게 시작하고 서툴게 살아왔지만 정상에서 느끼는 즐거움은 남들보다 크다고 할 수 있다.

인생이야 일회성이니 서툴지 않을 수 없다. 그러나 인생이란 희극이 끝나갈 때 나같이 희열을 느끼는 이는 드물 것이다.

내게 사랑스런 아내가 나와 함께 해 왔고, 제 갈 길을 착실히 걸어가는 두 딸, 아들이 있고, 게다가 손자, 손녀가 6명이나 되니 즐거운 인생이라 자부할 수 있다. 그리하여 나의 백조의 노래, 이 책을 사랑하는 동반자 교야에게 바친다.

즐겁게 살았노라고 양지곶에 서서 이 책을 처들고 크게 소리 지르고 싶다.

2024년 4월
김 중 도

목 차

3부 양지곶에서의 한(큰) 소리_ 253

1부

그리운 이웃들

서툰 삶 - 즐거운 인생

—

양지곳에 서서 내 자신의 일생을 돌이켜보면 뭐 잘한 게 없다는 의미에서는 서툰 인생이라고 할 수 있다. 서툴다는 의미는 내가 바보였기 때문에 서툴게 살아왔다고 할 수 있다. 그러나 남들은 내 인생을 좋게 해석해서 괴짜 인생(엉뚱한 새끼)이라고 할지도 모른다. 요즘 들어 자주 양지곳에 서서 한들을 품듯 내 인생을 품는다. 그러면 내 마음에 온기가 돌면서 즐거움이 솟아난다. 그래서 내 인생은 즐거웠노라고 말하고 싶어진다.

나는 별나서 참 별명이 많은 아이, 청년, 장년이었고 노인이다. 그것은 아마도 내가 남의 눈에 띄는 짓을 많이 한 탓일 것이다. 내 기억에 남은 첫째 별호는 잘 뛰어다닌다는 의미에서 "노루(새끼)"였다. 중학교에 들어가자 언양보다는 촌에서 왔다고 "촌놈"이란 별명이 더해졌다.

고등학교에 들어가자 친구들이 공부를 좀 한 듯한 냄새가 나는 별호를 붙여주었다: "모노". 이 별명은 화학시간에 배운 지식을 활용한 것이다. 분자에서 기의 수를 나타낼 때 하나를 의미하는 희랍어에서 빌어 온 모노를 썼었다. 나는 이 지식에다 그 당시 부산에는 여전히 남아있던 일본말 찌꺼기도 보태어졌을 것으로 여긴다. 일어에서는 모노가 물건을 뜻하고 이 말을 좀 이해하기 힘든 —괴짜— 사람에게도 붙이는 습관[예: 오·모노(大物)]이 있었기 때문이었다. 이런 생각에서 나는 내 나름대로 첫째가는 괴짜라는 의미로 해석하여 이 별명을 아끼고 좋아했었다.

옛 사람이 "어리고 우월할 산 이네 위에 더니 없다(어리석기는 나보다 더한 사람이 없다)."라고 읊은 적이 있다. 나는 이 옛 시인의 말은 그저 멋으로 해보는 말이거니 했다. 이제 내가 인생을 돌이켜보는 나이가 되면서, 옛 사람의 이 말이 피부에 와 닿는 것을 보면, 멋으로 한 허사는 아닌 것 같다. 바로 내 인생을 두고 하는 말인 것 같기 때문이다.

내 인생 80년을 한마디로 "서툰 삶"이라고 요약할 수 있다. 매사에 서툴렀다. 매사를 매끈하게 처리하지 못했다. 아마도 선고께서도 내 인생이 서툴게 흘러가리라 생각을 하시고 욕속부달(欲速不達)이니 과유불급(過猶不及) 같은 말을 귀에 못이 박히게 일러주신 것 같다. 내가 남보다 빨리 살려고 하지 않았고, 남보다 과욕을 부리지 않은 것 같은데, 선고께서는 왜 그런 말씀을 하셨는지 모르겠다. 아마도 내가 하는 짓이 서툴다는 것을 두고 계고로 하신 말씀이리라.

내 인생의 서툶을 두고 얘기한다는 것은 도무지 내 인생에는 자랑할 게 없다는 의미도 된다. 내 평생의 직업이 학생을 가르치는 일인데 평생을 가르치면서도 여전히 내내 서툴렀다고 말 할 수밖에 없다는 의미도 된다. 뿐만 아니라 남편 노릇을 60년 가깝게 해오고, 아버지 노릇도 그만큼 했음에도 불구하고, 아직도 남편 노릇, 아버지 노릇에 서툴다. 내 서툶을 없애지 못한다면 이 서툶은 도대체 어디서 오는 것일까?

그렇다고 해서 더 오래 해온 자식 노릇도 제대로 하지 못했으니 어디 서툴지 않은 곳이 없다고 할 수 있다. 어머니 노환으로 누워계실 때도, 한 집에 모시고 살지 못하고, 막바지에는 병원에 모셨으니 손자, 손녀를 가까이 두고 키우면서, 아버지 어머니가 나를 키우시기가 얼마나 힘들었을까를 새삼 깨달았음에도 불구하고, 나는 어머니를 병원의 골방에 눕혀두고 희희낙락했으니, 그게 제대로 자식 노릇한 것인가? 이건 서툰 짓이다. 그렇다고 해서 저 세상에 계신 어머니를 다시 모셔 올 수도 없는 일이니, 자식의 도리를 고쳐하기는 영원히 글렀다.

그러면 시계를 되돌려서 내가 이 세상에 발걸음을 떼기 시작하던 천방지축 시절로 되돌아가서 그 원인들을 찾아보자. 나는 평범, 일상, 예스러움을 제일 싫어하는 아이였다. 남과 달라야 했다. 튀고 싶은 게 아니라 남들과 다르고 싶었다. 이런 성격 탓에 일상에서 아버지 눈에 거슬리는 짓을 많이 저질렀다. 그래서 저질레가 심했다.

아버지는 나를 선비로 키우고 싶으셨다. 아버지가 나에게 요구한 것은 점잖아야 한다. 의젓해야 한다는 것이었다. 대개 그 다음에 덧붙이는 말은 형처럼 되어라 였다. 형은 나보다 16살 연상이었다.

내가 형처럼 된다는 것은 있을 수 없는데 어린 나에게 아버지는 형을 본보기로 내세우셨던 것이다. 그래서 내가 제일 듣기 싫어하는 말이 아버지(혹은 어머니)에게 꾸중을 들을 때 형처럼 되라는 후렴이었다. 그때마다 나는 형은 형이고 나는 나라고 대답했다. 이 말에서 내가 남(형)과 다르고 싶은 생각이 솟아났는지 모른다.

사실 아버지와 어긋나기 시작한 결정적 계기는 내가 서당에 다니고 부터가 아닌가하고 생각해본다. 초등학교에 들어가기 전에 어느날 아버지는 저 개구쟁이를 그냥 놓아두어서는 안 되겠다는 생각이 나셨을 것이다. 워낙 내가 저지레가 심해서 이웃들의 민원이 끊이지 않은 것도 원인이었을 것이다.

이웃의 민원의 원인은 내가 평범을 싫어하는데서 찾을 수 있다. 바꾸어 말하면 나는 가만히 있을 수 없었다. 왜 호박은 어제도 오늘도 제자리에 있는가? 그게 싫어서 호박에 대침을 놓아둔다. 어느날 주인이 반찬하려고 따다가 그걸 발견하고 어머니에게 달려간다. 어머니에게서 그 얘기를 전해들은 아버지는 나를 찾는다. 대개는 아버지께서 나를 찾으시다 곁에 없으면 그 일은 그대로 잊어버리신다. 그런데 때로는 나를 찾으러 사람을 보내본다. 나는 온 동네를 싸다니고 돌아다녔으니 쉽게 눈에 띨 리가 없다. 아마도 나를 못 찾는 이유는 심부름을 보낸 내 누나나 머슴의 직무유기 탓도 있었을 것이다. 한 바탕 소동으로 하루해가 다가고 저녁밥 먹을 시간이 되면 나에게는 공포의 시간이었다. 아버지와 대면을 하지 않을 수 없었기 때문이었다. 그러나 아버지가 외출 중인 경우가 많아 운 좋게 하루가 마무리된다. 이런 사단이 났을 때는 아버지 연세가 50에 다가가고 있을 때니 기억이 젊었을 때만 하셨겠나.

이런 와중에도, 한번 불타오르기 시작한 아버지의 내 교육에 대한 열의는 식을 줄 몰랐다. 기어코 나에게 고삐를 물리다시피해서 서당에 보내셨다. 서당은 윗마을(차리) 초입에 있는 차리 동사에 있었다. 훈장은 내가 나이 들어서 알게 된 일이지만 아버지 친구이신 (고)이 좋은 선생님이셨다.

서당 입학식에 누가 나를 데려갔는지 기억이 없다. 그리고 천자문을 어디까지 배웠는지도 기억이 없다. 내가 서당에 다닌 기간은 6개월도 채 되지 않았을 것 같다. 그동안 얼마나 배웠겠나. 서당에 다니면서 게으름 피운 기억 밖에 없다.

처음 며칠 동안은 머슴이 여러 번 지게에 나를 태워서 동구 밖 서당이 보이는 방천맥(목)까지 데려다 준 것 같다. 그 다음 얼마간은 어머니가 회초리 들고 내 뒤를 따라오신 기억도 난다. 아마 돼지 새끼보다 더 다루기 힘든 나를 서당에 보내시려는 어머니 마음이 너무 열정적이셨던가 보다. 아니면 아버지에게 늦둥이인 나를 어쩌든지 사람 구실하게 만들어 보이고 싶으셨는지 모른다.

내가 서당에 들어간 것이 농사철이 지나고 추수를 마칠 때쯤 되었을 게다. 곧 추위가 났을 테니 서당 방구석에 처박히지 않을 수 없었을 것이다. 그러나 그 이듬해 봄이 되고 날씨가 풀리자 내 사보타지가 시작되었을 것이다. 옥식기(놋그릇)에 점심을 사들고 서당에 간다. 그때쯤은 재주를 부릴 줄도 알았다. 어머니나 머슴이 돌아가는 것을 숨어서 지켜보다가 보이지 않을 때쯤이 되면 그 때부터는 서당에 가는 것은 까마득하게 잊어버렸다. 내가 하는 일은 주로 방천맥이에서 가재잡고 피라미 잡는 것이었다. 내 어린 손에 잡힐 정도로 둔한 녀석들은 없었을 테니. 그냥 그게 재미있었던 것이다. 그 당시 내 키는 어림잡아 120cm 내외였을 것이다. 그야말로 땅에 붙어 다녔을 것이다. 도랑에 들어가 장난치는 내가 지나다니는 사람에게도 눈에 띌 리 없어서 부모님에게 알려지지 않았을 것이다.

이런 날들이 계속되자 훈장님이 아버지에게 귀띔을 하셨을 테고 아버지는 나를 심하게 꾸중하셨을 것이다. 그러나 종아리 맞은 기억이 없는 것으로 보면 아버지도 생각을 고쳐먹으셨을 게다. 마침 9월에 초등학교가 개학하자 나를 신식교육을 받도록 초등학교에 입학시킴으로써 서당교육은 끝났다. 서당을 졸업하지 못하고 천자문도 다 떼지 못한 채 나는 서당에서 자퇴를 했던 것이다. 이 자퇴가 평생의 한으로 남는다. 이 한이 정년퇴직 후에 중국어 공부로 이어지게 한 것 같다.

짧은 기간 서당에 다니면서 접한 한자의 매력은 평생 나를 놓아주지 않았다. 이 매력 탓에 근 60년이 지나서 다시 한자를 들게 되고 중국어 공부로 발전하여 노사의 『사세동당(四世同堂)』이라는 거질을 번역하도록 했다. 이렇게 보면 내가 『사세동당』을 번역한 것은 아버지와 훈장님께 사죄하는 의미에서 했다고 할 수 있다.

초등학교 6년, 중학교 3년은 걸어서 통학하는데 지쳐서 공부는 뒷전이었다. 초등학교가 우리 마을에서 산골길을 10리(내가 생각하기는 100리나 되는 것 같았다) 가야하고, 중학교는 신작로로 20리나 가야 되었다. 통학이란 고초가 이만저만이 아니었다. 그래도 두 학교를 마친 것은 아버지의 꾸중과 어머니의 읍소를 당할 수 없어서였을 것이다.

이 정도의 천방지축 바보가 그런대로 학교를 계속 다닐 수 있었던 것은 천행인지 모른다. 큰 잘못을 저지를 간담도 없고 돈도 없었기 때문인지도 모른다. 낯선 동네에서 그나마 체면은 차려야 했기에(아버지 말씀대로 양반의 자식이니) 그럭저럭 고등학교까지 무사히 흘러갔다.

고등학교 3년이 무사히 지나갔다고 했다. 이것은 사건을 일으키지 않았다는 의미에 불과하다. 이 3년 동안은 나의 정신세계는 엄청난 변화가 일어났다. 부산 경남고등학교 입학과 동시에 나는 기독교에 귀의했다. 나는 어디에 빠지기 시작하면 깊이 빠진다. 이 탓에 당시는 돈독한 기독교 신자가 되었다. 나는 주일을 꼭 지켰을 뿐만 아니라 새벽에 일어나면 첫 번째 하는 일이 성경봉독이다. 이렇게 성경을 3번 정도 통독했다. 이때의 성경에 대한 지식이 교회를 떠난 후도 나의 사고체계의 비팀목이 되었다. 이렇게 2년이 지나고 대학입시를 준비해야 할 철이 왔다. 나는 망설임 없이 신학교로 진학하여 목사가 되기로 결심했다. 이 결심이 실천되어 목사가 되었으면 어떻게 되었을까 생각만 해도 아찔하다.

그때마침 신학교는 대학원 코스로 가는 게 좋다는 충고를 들었다. 대학에 먼저 들어가기로 결심하고 주위를 눈여겨보기 시작했다. 그 때서야 3학년 같은 반 학생들의 분위기가 눈에 들어왔다. 모두가 서울대학을 목표로 공부한다고 야단이었다. 나도 덩달아 서울대학을 목표로 세우고 여름방학이 가까워 올 때쯤부터 본격적인 입시준비에 들어갔다.

결정적인 입시 준비에 들어간 계기는 고3 담임 선생님이셨던 고 김계곤 선생님의 충고 한마디였다. 우리는 그 당시 고3이면서도 여름방학 전에 부산 송도에서 해양훈련을 했다. 그러려면 보수동에 집결하여 전교생이 10리나 되는 길을 줄을 지어서 걸어갔다. 행진하는 길에 우연히 선생님이 내 곁에 오시더니(나는 우연이라고 했지만 선생님은 의도적이었을 것이다) "○○야, 너 요번 모의고사 성적이 저번 성적보다 많이 떨어졌더라. 공부해야지, 열심히 해라"라고 말씀하셨다. 이 말씀은 나에게 청천 벽력같은 충격으로 다가왔다. 이 말씀이 계기가 되어 나는 공부계획을 세우고 실천에 들어갔다.

그 계획 이란게 별거 아니었다. 하루 5시간 자기, 계획표를 짜기, 등 이었다. 그리고 무엇보다 실천하기였다. 이 실천으로 대학입시에 성공했다.

대학에 입학했을 당시 나는 괴짜를 넘어 별종이었다. 신학교 꿈을 버리지 않았던 내가 영문학을 공부하는데다가 외국인 교수 수업시간만 되면 꿀 먹은 벙어리가 되기 일 수, 동급생들의 조소대상이었으니 말 할 것 없다.

영어회화 시간이 되면 고등학교 당시의 내 별명이 생각났다. 별명의 유래를 살펴보면 영어의 that을 "젯또"로 발음하여 반 친구들의 폭소를 자아내면서 젯또가 내 별명이 되었다. 대학에 와서도 중학교 영어 선생님들의 일본식 영어 발음을 떨치지 못해서 내가 영어를 읽을 라 치면 모두의 웃음꺼리가 되었다. 다행히 대학 일학년 때 음성학을 배우면서 혼자서 배운 대로 발음연습을 반복하여 일본식 영어 발음을 졸업할 수 있었다. 이렇게 영문과 공부는 나에게 수월치 않았다. 그래도 영문과를 졸업할 수 있었던 것은 순전히 내 고집덕택이었을 것이다.

대학 4학년 여름 방학 전에 학교에 배치 희망지를 써내야 했다. 나는 무슨 바보 귀신이 씌었던지 서울을 써 넣을 성적이 되었음에도 불구하고 경상남도와 부산을 써 넣었다. 페스탈로찌의 미망에서 덜 깬 탓이리라.

4학년 말에 내가 방학을 맞아 귀향하니 자형이 내 모교인 언양중학에 근무하신 단 말을 들었다. 나는 누나도 만날 겸 언양에 갔다. 누나집에 들려서 저녁을 먹었다. 저녁을 먹으면서 나도 언양중학교에서 근무하고 싶다. 그리고 모교에서 후배를 양성하는데 심혈을 기울이겠다고 말했다. 누나는 자형을 만나서 얘기해 보라고 말했다. 귀가가 늦어지는 자형을 기다리다가 누나가 시키는 대로 학교로 자형을 찾아갔다. 학교 숙직실에 계실 것이라는 누나말대로 숙직실로 찾아갔다.

숙직실에 여러 분의 선생님이 화투를 치고 계셨다. 자형은 화투를 치다말고 나왔다. 자형과 나는 깜깜한 운동장을 가로질러 나오고 있었다. 운동장 한 가운데서 자형이 동료를 만나서 인사 끝에 나누는 말을 들었다: "김선생 왜 가니? 숙직실로 돌아가자. 엊저녁 술내기한 것, 끝을 보아야지." 자형은 "아냐, 오늘 내 처남이 왔어. 가야 돼"라고 말했다. 나는 그때 아직 대학생이었다. 내가 만약 이 학교에 선생으로 오면 허구헌 날 화투치고 술타령이나 하겠구나 하는 생각이 들었다. 그러면 인생의 끝은 술꾼밖에 더 되겠냐는 생각에 치를 떨었다. 페스탈로찌식 꿈은 접어야 되겠다는 생각을 하게 했다.

이러한 우여 곡절 끝에 부산이 직업인으로써 첫 출발지가 되었다. 부산 경남 상고에 영어선생으로 3년 가까이 재직했다. 첫해 여름방학이 지나고 가을이 깊어갈 때쯤에 집에서 연락이 왔다. 주말을 기해서 부모님을 찾아뵈었다. 아버님 말씀이 네가 선을 보러 가야겠다고 하셨다. 나는 영문학도로 자유연애를 부르짖고 내 배필은 내가 선택해야 하는 줄 알던 때였다. 그러나 아버지께서 당신 건강이 말이 아니니 당신 말을 따르라고 하셨다. 나는 효자였다. 아버지 한마디에 내 고집을 버리고 아버지 말을 쫓기로 했다. 요즘 생각해보면 연애하고 있었던 친구들의 연애 상대들이 별로인 것을 보아온 때문인지도 모른다. 아니 그것보다 나는 친구와는 다르게 놀고 싶었는지 모른다. 그래서 부모님 뜻대로 선 본 처녀와 결혼했다.

지금 와서 대학(학과까지) 선택권이 다시 주어진다면 아마 중국어(중문)과를 선택했을 것이다. 그러면 지금쯤은 이태백과 두보를 읊조리고 있을지 모른다. 아니면 내가 그 당시 효심이 더 지극했으면 아버지 뜻대로 법대를 선택해서 판검사를 하다가 변호사로 은퇴해 있을지 모른다. 그러나 나는 지금 생각해도 목사가 안 된 것이 잘 된 일이듯 변호사가 못 된 것도 잘 된 것이라고 생각한다. 가끔 상상 속에서도 끔찍한 목사나 끔직한 법관이 되는 끔찍한 꿈을 꾸고서 혼자 치를 떤다. 꿈에서 깨고나면 결국 나는 대학교수가 제격에 맞는다고 결론을 내린다.

이렇게 천방지축으로 살아온 바보가 결정적인 바보짓을 한 것은 잘 나가던 중학교 선생자리를 박차고 나와서 대학원 학생이 되는 것이었다. 대학원 박사과정에 들어가자 교장이 교장실로 나를 불러서 중앙(중학)에 계속 남을 것인지 여부를 물었다. 나는 별 뾰족한 수도 없으면서 교장선생님께 1년만 저에게 눈감아 주십시오. 1년 후는 교장선생님께 아쉬운 소리를 하지 않겠습니다라고 말씀드렸다. 그리고 일년 후 뾰족한 수도 없으면서 사표를 제출하고 학교를 떠나 교정을 나왔다. 학생 낭인이 된 남편 뒤에서 훌쩍이는 아내와 중앙의 넓은 운동장을 가로 질러 중앙을 떠났다.

3년 동안 고등실업자로 전전하다가 용케 수원대학에 들어갔다. 내가 수원대학에 출근한 첫날 설립자이신 총장님이 나를 불렀다.

그는 재직하는 동안 동료교수들과 사이좋게 지내고 학교와도 친밀하게 지내주기를 당부했다. 나는 그 말을 곧이곧대로 실천하려고 애썼다. 세월이 지나서야 그 말은 내가 해석한 의미와 총장님의 의도하신 뜻이 다르다는 것을 깨달았다. 깨닫는 과정이 나에게는 고통 그 자체였다. 재직하는 대학에서의 하루하루가 바늘방석에 앉아 있는 듯 했다. 알게 모르게 유형무형의 압력이 쏟아진 탓이다.

나는 내 자리를 지키는 길은 연구에 있다는 것을 제법 시간이 지나서야 깨달았다. 이 깨달음을 계기로 오로지 인지문법연구에 매진했다. 그 덕에 6권의 번역서와 3권의 저서를 낼 수 있었다. 이러한 내 각고면려 덕에 정년퇴직을 할 수 있었다. 사람이 자기 자신의 발전을 위해서 애쓰면 사회가 그 대가를 돌려주는가 보다. 이런 평범한 진리를 늦게야 깨닫다니 나는 매사에 깨달음이 늦었다. 그러니 서툴게 살 밖에.

정년이 가까워오자 불안하기 시작했다. 내가 무얼 하고 나에게 남은 시간을 보내느냐 하는 게 문제였다. 이 때 내 머리를 스친 생각이 서당을 졸업 못했다는 생각이 들었다. 나는 수소문 끝에 서울에 문을 열고 있는 서당을 찾아갔다. 훈장 선생님에게 통감을 몇 달 배웠다. 문제가 생겼다. 그건 내가 저녁에 일찍 잠자리에 들어야 한다는 것이 첫째 걸림돌이고, 다음은 서당 훈장님의 교수법이 문제였다. 훈장님의 교수법은 그저 읽고 해석해주는 것이 전부였고 6살에 내가 서당에 입학했을 당시 고 이종운 선생님의 교수법과 한치도 달라 진 것이 없었다.

언어학 그 중에서도 문법연구로 박사학위까지 받은 나에게는 너무 답답한 교수법이었다. 문법이란 지름길이 있는데 독서백편(讀書百編)이면 의자현(義自現; 백번 읽으면 스스로 뜻을 알게 된다)만 고집하고 있는 교수법이었다. 무거운 절을 탓하느니 가벼운 중이 떠날 밖에 없었다. 나는 또 한 번 서당에서 자퇴했다.

집에서 빈둥거리던 어느 날 이럴 것이 아니라 아예 먼 길로 둘러가보자. 시험을 쳐야 하는 것도 아니고 누가 등을 떠미는 것이 아니니 어디 한 번 느긋하게 만만디로 중국어를 공격해 보자는 생각이 들었다. 제 빨리 행동으로 옮겨 중국어 초보학습서를 사들고 중국어학원에 갔다. 몇 달을 다니다 그만두어 버렸다. 거기는 선생이 문제였다. 자존심을 상하게 하는 말투뿐만 아니라 내 질문에 시원스럽게 대답해주지 못하는 것이 문제였다. 나는 다시 내가 나의 선생이 되기로 했다. 그래서 중국어를 잡고 혼자 씨름하기로 결심했다. 10년 세월이 흘러 내 중국어 공부가 결실을 맺어 《사세동당(四世同堂)》을 번역할 수 있었다.

내 생각에서 서툰 짓이 가장 잘 나타나는 부분이 내가 남을 좋아하는 감정을 나타낼 때다. 어느 누가 한국의 가옥 구조는 한국 사람의 심리 구조를 반영한다고 했던가. 한국의 전통가옥은 담장에 둘러싸여 있고, 담장의 한 부분에 남을 위압하게끔 큼직한 (솟을)대문이 자리 잡고 있다. 외양으로 남의 접근을 막고 있는 구조다. 그러나 일단 대문을 열고 문 안에 들어서면 기능에 따라 나눠져 있는 공간들에 접근하는 것은 쉽다. 안방, 멀방, 뒤간, 상록대로 가는 길이 그내로 열려 있기 때문이다. 그래서 우리네 집은 한번 대문을 여는 것이 어렵더라도, 열기만 하면 집안 구석구석까지 어디든 통할 수 있게 되어 있는 구조라 한다.

내 마음이라는 건축물도 한옥과 같다고 스스로 판단한다. 흔히들 나를 접근하기 어려운 사람으로 보는 일이 비일비재하다. 그래서 정작 내가 좋아하거나 좋아하려고 생각하는 사람들이 접근하기를 꺼리거나 접근하기 어려워한다. 내 마음 구조 탓이다. 이를 고치려면 대문부터 고쳐야 한다. 우람하고 거추장스러운 담이나 위압적으로 보이는 대문을 헐어버리고, 작고 아담한 대문으로 바꾸어야한다. 말은 맞다. 그게 하루아침에 안 된다는데 문제가 있다.

이런 마음 구조가 이성 친구를 사귀려고 할 때 문제를 일으킨다. 나는 어린 시절 또래 소녀에게 접근하는 법을 몰랐다. 그러니 서툴 수밖에 없다. 내 마음에 드는 소녀에게 다가가서 치마를 당기고 도망간다. 아니면 욕을 한다. 아니면 머리를 쥐어박는다. 때로는 도가 지나쳐 수업시간에도 이런 장난이 이어진다. 그러니 선생님에게 자주 꾸중을 듣게 되고 벌을 서게 된다. 원인은 어느 여학생의 관심을 끌려는 내 마음을 잘못 전달한데 있다. 그러나 결과는 마음도 끌지 못하고 담임선생님에게 벌을 받는 것으로 끝난다. 서툴고 서툰 짓이었다.

이 서툰 짓의 결과와 마주한 적이 있다. 내가 그렇게도 관심을 끌고 싶었던 어느 여학생을 대학생이었을 때 우연히 만난 일이 있었다. 몸을 움직일 수 없을 정도로 장꾼들이 꽉 들어찬 시골 장날 버스

안에서였다. 차안이 너무 복잡하여 옴짝달싹 할 수가 없었다. 그래서 우리가 서로 알아보았을 때, 모른 척 할 수도 없고, 눈치 못 채게 자리를 피할 수도 없었다. 몸이 밀착될 정도로 가까이 마주보고 서 있었다. 그녀의 입김이 느껴질 정도였다. 그녀의 입김에 정신이 들면서 무어라고 말을 걸어야 한다는 중압감이 나를 엄습했다. 침이 마른다. 그녀가 재빨리 사태를 짐작하고 말이라도 걸어주었으면 좋으련만 얼굴만 붉히고 말이 없었다.

그녀로서는 얼굴을 붉힐 만 했을지 모른다. 나는 교복을 입고 책가방을 들었는데, 그녀는 이미 결혼했는지 애기를 들쳐 업고 있었다. 그때는 조혼 풍습이 있었다. 그뿐 아니다. 그녀의 얼굴에는 이미 세월이 할퀸 흔적이 남아 있었고, 손잡이를 잡고 있는 손에는 밭일의 흔적이 남아 있었다. 그저 나는 열심히 머리를 굴려서 그녀를 무어라고 불러야 하는가 하는 생각에 몰두하고 있었다. 그녀의 마음을 편안하게 하려면 그녀를 무어라 불러야 할까? 호칭을 못 찾아 쩔쩔매고 있었다. 대학에서 배운 소설이나 시가 아무 소용이 없는 순간이었다.

뜸을 한참 들이고 나서야 겨우 정신을 가다듬고(영문과 학생티를 내느라가 아니었다 나도 모르게) "미스 황, 장에 갔던교?"하는 말이 툭 튀어 나왔다. 그녀는 모기소리 정도로 작은 소리로 예인지 네라고 대답했다. 아니 애기 업은 여자에게 미스는 웬 말이며, 쌀자루에 무언가를 담아 들고 있는 여자에게 시장에 다녀왔느냐 묻는 소리는 무언가 말이다. 그리고 난 다음 둘 중 누구도 말을 잇지 못 했다. 둘 사이에는 침묵이 흐를 수밖에 없었다. 내가 버스에 내리기까지

대략 20분 동안이 아마도 내 생에서 가장 긴 침묵의 시간이었을 것이다.

침묵을 지키는데도 서툴고, 남의 침묵을 깨는데도 서툴렀다. 이러한 서투름은 근본적으로 사람을 사귀는데 서투른데서 온다고 할 수 있다. "사람을 사귄다." 혹은 "다른 사람과 상호작용을 한다." 아니면 간단하게 "사회생활을 한다". 이는 남과 감정적으로 얽히는 것을 의미한다. 감정적으로 얽히는 것은 남의 감정을 받아들여서 이해하고, 남에게 내 감정을 이해시켜서 받아들이게 하는 것이라 할 수 있다.

남과 나 사이에 감정의 흐름이 원활하도록 한다는 의미다. 그러니 사귐이 서투르다는 것은 나와 남과의 사이에 감정의 흐름이 원활하게 하지 못하다는 의미이다. 감정의 흐름을 원활하게 해야 한다. 그러기 위해서는 이 방면의 능력을 타고 나야 하고 적절한 소양을 갖추는 것도 중요하지만 성장기의 환경이 이러한 능력의 배양에 중요하다는 생각이 든다.

이런 능력의 배양에 어떤 곳에서 살면 어떤 사람과 부대끼며 살았는가도 중요하다. 가장 중요한 것은 어떤 부모님과 생활했는가 할 것이다. 이것은 내가 남과 사귐에 실패를 거듭하면서 깨닫기도 했다. 실패 후에 다시는 그러지 않겠다고 맹세를 하고서도, 똑같은 실수를 되풀이 하는 것을 보면 머리로(이성적으로) 가지고만 해결될 문제는 아닌 것 같다. 그러면 문제는 더 깊은 곳과 관련이 있다고 하겠다. 우리의 행위를 결정하는 더 깊은 곳, 즉 심리구조가 아닐까?

아버지는 나에게 언제나 솔직하라고 가르쳤고 몸소 나에게 그런 모습을 보여 주셨다. 뿐만 아니라 자신을 유리같게 하며 숨김이 없어야 한다고 하셨다. 그래서 동네일을 보실 때도 이러한 당신의 모습 때문에 남의 오해도 많이 받고 욕도 들어 잡수셨다. 쉽게 말하면 입에 발린 말, 뻔한 거짓말을 하실 수 없었던 아버지의 수난을 내가 지켜보면서, 나도 그런 모습이 되어 갔던 것이다.

다른 각도에서 말하면 아버지는 남을 좋아하는 방법이 서툴고, 더더욱 남을 싫어하는 방법도 서툴렀던 것이다. 100호도 안되는 시골에서 태어나 80평생을 사셨기에 동네사람의 이해를 얻고 다수의 존경을 받기는 했다. 하지만 항상 소수의 증오심으로 가득찬 적을 거느리게 되셨다. 나는 이 모든 것이 아버지께서 동네사람에게 너무 솔직했고, 때로는 너무 독선적이었기 때문이라고 생각한다.

내친김에 아버지 험담을 보탠다면 아버지는 나에게 너무 서툰 선생이셨다. 시골, 농촌, 1000여명이 대대로 살아오는 환경에서 사람을 사귀고, 사람과 어울리는 것을 가르쳐 주셨다. 그러나 그 훈도는 서울 같은 대도시에서 많은 사람과 복잡한 관계에 얽힐 때 어떻게 처신해야 하는 가를 보여주지 못하셨다. 그러니 내가 대도시에서 서툴게 살 수밖에 없다. 나도 아버지처럼 농사나 짓고 살았다면, 아버지가 누렸던 나름대로의 현자로서의 삶을 누릴 수 있었을 것이다.

여기까지 읽은 사람은 필자가 교수이니 학생노릇은 서툴지 않았을 것이고 공부는 잘했을 것이라고 생각한다. 나는 한 마디로 모범생이 못 되었다. 학교생활이 서투니까 공부를 잘하는 사람이 누려야할 것을 누리지 못했다고 말하는 것이 더 정확할지 모른다. 초등학교의 나의 생활은 거의 매시간 선생님에게 종아리를 맞거나 벌을 받는 게 일과였다. 그 이유는 간단하다. 장난이 심했기 때문이다. 앞, 뒤, 옆에 앉은 학생에게 장난을 칠 때마다 들키는 쪽은 나였으니, 나는 상대 몫까지 보태어 대표로 종아리를 맞을 수밖에 없었다.

또 하나 종아리를 맞거나 벌을 서게 되는 이유는 선생님의 수업에 초를 치거나, 고춧가루를 뿌리는 경우가 흔했기 때문이었다. 초나고춧가루를 치는 것은 선생님이 할 말을 앞질러 해버리거나, 선생님 말에 필요 없이 큰 감탄사를 연발하는 것이다. 선생님에게는 동일한 말이라도 기분에 따라서 초가 되기도 하고, 고춧가루가 되기도 한다는 의미다. 선생님 기분이 별로이거나 선생님의 얘기 방향을 거슬리는 경우는 초가 된다. 이때의 선생님의 따귀나 종아리의 맛은 매섭기도 할 뿐만 아니라, 덤으로 욕설이나 협박까지 따른다.

그러나 선생님의 체면에 차마하지 못하는 말을 내가 대신거나, 선생님이 기분이 좋을 때 내말은 고춧가루가 된다. 선생님의 얘기의 맛을 돋구어 주어 칭찬을 받거나 불려나가서 꿀밤 한 대로 끝났을 때도 있었다. 아마도 내 말이나 나의 감탄사가 판소리의 추임새와 같은 역할을 했는가 보다.

내가 이렇게 수업태도가 좋지 않은 학생으로 낙인이 찍히게 된 내력도 초등학교 2학년 때부터 시작된다. 어느 날 집으로 돌아오는 도중에 아래 학년 송군과 먹살 잡고 싸운 것이 발단이 되었다. 아직도 내가 송군과 싸운 장소와 그 날의 광경이 눈에 선하다. 그게 덕골 당고개 못 미쳐 장군(개) 무덤 옆이었다. 뒤따라온 송군에게 손에 쥐고 있는 무엇인가를 달라고 했거나 송군이 내가 가는 진로를 방해한 것이 원인이었을 것이다. 그는 내 요구를 거부 했다. 그것이 화근이 되어 내가 그를 넘어뜨리고 몇 대 쥐어박았다. 아마 상황은 불과 몇 분 내에 끝났을 게다.

그러나 그 후유증은 평생 이어져 왔다. 그날 밤 송군이 열이 나면서 사태가 악화되기 시작했다. 그의 아버지가 아들의 병세가 악화된 것은 나에게 맞았기 때문이라고 강변하고, 그 자리에 불려간 어머니에게 길길이 뛰면서, 내 아들 살려내라 했단다. 결국 우리 집에서는 송아지 한 마리를 급히 팔아서 언양 병원에 입원한 송군의 치료비를 부담해주었다고 한다.

이 사실을 오랜 세월이 지나 우리 초당에서 함께 뒹군 서군에게서 얻어들어서 알게 되었다. 서군은 나를 놀리다가 맘에 담아두었던 비밀을 자기도 모르게 누설해 버렸다. 그는 어느 날 나와 장난치다가 내가 주먹이라도 쥐고 세게 나가면 갑자기 장난을 멈추고 말했다. "너하고 싸우지 않을래. 네 주먹이, 송아지 값이 나가잖아"라고 말했다. 그 말을 추궁하여 진실을 알게 되었다. 어머니에게 죄송한 마음에 지금도 가슴이 메인다.

이 폭행 사건이 내 학교생활과는 하등의 관계가 없어 보인다. 그런데 이 사건은 평생 내 성격을 왜곡시켰을 뿐만 아니라 내 학교생활을 서툴게 만드는 원인을 제공했다. 송군은 귀한 아들이었다. 그의 생모는 첩이었다. 송군의 아버지가 마을에서 술장사를 했는데 본처가 아들을 낳지 못하자 후사를 보려고 들어앉힌 여자였다. 그 분의 아들인 송군이 나에게 맞았다. 그 사건으로 인해 감기 몸살이 악화되어 폐렴이 되었다는 게 배상요구의 근거였다. 우리는 그 요구에 응했으니 문제는 해결된 셈이다. 그래도 송군의 큰어머니가 분이 풀리지 않았으니 어쩌랴. 그래서 큰 마나님이 작은 마나님을 제치고 분풀이 역을 맡으셨다.

큰 마나님은 아들의 억울함을 호소하러 나의 초등학교 담임선생을 찾아갔다. 그 마나님은 마을에서 똑도굴레라는 호를 듣는 대단히 드센 여인이었다. 여러 번 동네 여인들과의 말다툼에 혁혁한 공을 세운 분이셨으니 오죽했을까. 그 분이 내 담임 선생님(우연히 담임 선생님의 성이 같은 송씨였다.)에게 어떻게 말했는지는 모른다. 다만 그녀가 다녀가기만 하면 나는 선생님에게 불려나가 종아리에 피가 나게 맞고, 복도에 꿇어 앉아 있게 되었다. 그녀는 거의 매일 왔고 올 때 마다 나는 번번히 얻어맞았다. 동성동본끼리 품앗이 였던가?

피가 나고 눈물을 흘리긴 했지만, 한 번도 집에서 내가 얻어맞은 얘기를 한 적은 없었다. 다행히 내 친척 상급 학생이 우연히 복도를 지나다 내가 맞고 벌서고 있는 것을 보았다. 그분이 자기 어머니(어머니의 이모님이셨다)께 말하고, 그 분이 내 어머니에게 말해서 집안이 알게 되었다. 형이 가서 선생님(형의 친구였다)께 사과 말씀드리고 용서를 빌면서 매 맞는 악순환은 끝났다.

나는 벌을 서면서 이를 악물고 맹세했다. 내가 크면 담임인 송선생님과 송군에게 복수하겠다. 복수란 먼저 내가 힘이 더 세져서 송군을 제압하는 것이고, 다음으로 출세하여 송 선생님을 꼼짝 못하게 하겠다고 맹세했다. 세월이 지나면서 그 마음이 무뎌졌지만, 당시의 내 주먹은 얼마나 꼭 쥐었던지 손톱이 내 살을 파고들 정도였다. 그러니 잊을 수 있나? 아 세월이여!

이 후유증으로 두 가지 버릇이 나에게 붙었다. 첫째, 수업시간에 발표 같은 것을 하지 않는 것(무대공포증이 나를 괴롭히기 시작했다), 거기에 선생님은 무조건 무서운 분, 선생님과 눈으로 라도 접촉을 하지 않는 게 상책이라는 것, 이러한 깨달음은 내가 학교생활에 서투르게 만들 수밖에 없었다. 그리고 또 선생님의 가르침과 엇박자로 나갈 수밖에 없게 했다.

그래도 용케 고등학교를 거쳐 대학에 갈 수 있었다. 그러나 그 뿐이었다. 학교에서 정해준 길로 공부하는 것은 그런대로 해 나갈 수 있었으나, 내 스스로 공부해야 하는 단계에 오면서 서투름이 고개를 들고 일어났다.

사범대학을 나와 중고등학교를 전전하면서 공부다운 공부를 하지 못했다. 어느 때는 역사를 공부하고 싶어서 토인비의 『역사연구』라는 거질의 책을 사기도 했으나 몇 페이지 읽다가 손을 들어 버린다. 또 어느 때는 『논어』니 『맹자』니 하는 책을 사서 여기저기 뒤적이다가 늘그너니 치워버리기도 했다.

내가 이 책 저책 뒤적이는 것을 보고는 아내는 내가 공부 꽤나 하는 줄 알았는지 모른다. 하기야 일본어를 조금 자습하면서 일본의 역사 소설을 읽고, 그 내용을 아내에게 떠들어 댔으니, 아내가 그렇게 생각함직도 하다. 여하튼 내가 그래도 한 가지 꾸준히 한 것이 있다. 타임(Time)지를 매주 읽은 것이다. 이것도 매주 꼬박꼬박 정기구독자에게 보내주는 것을 그냥 버리기 아까워서 뒤적이는 게 전부였다. 꽤나 열심히 읽는 것으로 남에게 보였을지 모른다. 유신시절에 타임지를 본 것은 바깥세계의 동정을 알기 위해서였지, 공부하고자하는 열의 때문에 그런 것은 아니었으니 서툰 독자였다.

이러한 서투른 공부솜씨가 여지없이 드러나서 적잖게, 나를 당황하게 만든 것은 대학원에 진학하고서다. 나에게는 전문서적을 파고들어서 의문을 정확하게 해결하고자 하는 자세가 없었다. 소설을 읽듯이 대충 줄거리만 따라가면 되는 것으로 여기는 방식이었다. 이러한 공부 방식은 전공과목을 공부하는 방식으로는 아주 서툰 방식이었다. 전공과목의 줄거리란 엄정한 논리를 가지고 있는데, 소설을 읽듯 하는 내 공부 방식으로는 전공에 관련된 논문이나 서적을 이해할 수조차 없었다. 그래서 불혹을 한참 넘긴 만학도가 함께 공부하던 딸 나이의 학생들에게 웃음꺼리가 되기 십상이었다. 순전히 웃음꺼리가 되지 않으려고, 노력에 노력을 거듭 했으나, 어느 정도 개선되기는 했어도, 만족할 만한 수준에 이른 적이 없다.

이러한 수준미달 덕에 가장 낭패를 본 것은 학위논문을 쓸 때다.

메모하는 습관이 없는데다 기억력은 전 같지 않은데서 문제가 생기기 시작한다. 문제는 지도 교수(고 이기동 교수)에게서 내가 쓴 문장에는 주술 관계가 잘못되었다는 지적을 받고서야 깨닫다니. 지도 교수의 말을 빌리면 문장의 시작은 사람에 관해서 말하겠다고 해두고서는, 끝은 개 이야기로 마무리한다고 했다. 한 마디로 제시된 주제를 일관성 있게 끌어가지 못하고, 중간에 삼천포로 빠져버린다는 것이었다. 왜 좀 더 주도면밀하게 자신을 단련시키지 못하고 남의 지적이 있어야 깨닫게 되었는가? 서툰 공부꾼!

두 번째 문제는 단락을 짓지 못하는 것이었다. 그냥 쓰면 되는 줄 알았지, 글이 체계가 있어서 시작과 끝 부분이 있으며, 각 부분마다 적절하게 단락을 이루어야 하는 것을 알 턱이 없었다. 이러한 문제도 좀 더 잘 쓴 글을 주의 깊게 보았다면 얼마든지 깨달을 수 있는 것이었는데, 지도교수에게서 주의를 듣고 나서야 깨달을 수 있는 서툰 글쓰기 꾼이었다.

세 번째 문제는 주의 부족에서 오는 것이라기보다 게을러서이다. 이 문제는 고등학교 시절에 국어선생님(고 김계곤)이 귀에 못이 백이게 해주신 말씀을 실천하려는 의지가 없었던 탓이다. 그때 선생님은 글을 읽을 때는 감동적인 구절을 만나면 메모를 해라, 그리고 메모를 체계적으로 관리하면, 그게 바로 좋은 자료가 된다고 하셨다. 나는 내 기억력만 믿기도 하고, 또 게으르기도 해서 메모 같은 것은 하지 않았다. 아니 메모 같은 바보짓을 할 필요가 없다고 생각했다. 그때는 무엇이든 기억할 수 있고, 그 기억이 영원하리라 생각했다.

그런데 내가 이미 학위 논문을 쓰려고 할 나이는 불혹을 한참 넘긴 나이이니 말할게 없다. 내가 쓴 논문 속에 내가 인용한 부분의 출처를 찾지 못해 쩔쩔맨다. 서가를 다 뒤지고도 원전을 찾지 못할 때는 통탄할 수밖에 없었다.

한 사람이 인생을 살다보면 여러 역할을 해야 한다. 나는 하나인데 때와 장소에 따라 여러 역할을 할 수밖에 없다. 그러므로 삶이란 때와 장소에 따라 행해야 하는 역할을 훌륭하게 해낼 때 비로소 성공했다고 할 수 있을 것이다. 우리의 역할을 보자. 태어나면 자식이 되고, 더 자라면 학생, 그리고 더 자라서 결혼하면 남편, 자식을 낳으면 아버지, 가장의 역할이 된다. 거기다 직장 들어가면 주어지는 직위에 맞는 역할 등을 수행해야 한다. 그러므로 내가 내 인생을 서툰 인생이라 정의한 것은 어느 역할에서도 제대로 해오지 못했다는 의미이다. 아들로서, 학생으로서, 그리고 남편으로, 가장으로, 아버지로, 어느 것 하나에서 성공적으로 해본 적이 없다는 의미다. 그러니 내 인생은 서툰 인생일 수밖에 없다.

나를 아는 사람 중에 여기까지 읽은 사람이라면 꼭 한마디 던지고야 말 것이다: 술은 잘 먹었잖아. 어떻게 먹는(마시는)것이 "잘"하는가를 생각해 보자. 혹자는 때맞추어 적당한 양을 마시는 것이 잘 마시는 것이라고 할 사람도 있을 것이다. 또 혹자는 많이 자주 마시는 것이 잘 마시는 것이라고 할 사람도 있을 것이다. 아마도 나는 후자에 속하는 술꾼이었을 것이다. 그러면 전자의 견해를 가진 사람은 "잘"이라는 말을 붙여서는 안 된다고 할 게 틀림없다. 술을 잘 먹으려면 좋은 술을 적당한 양을 적당한 때에 마셔서 건강에 해를 끼치지 않아야 한다. 이런 기준에서 보면 나는 분명히 술도 서툴게 먹은 사람이었다.

내가 아무리 변명해도 서툰 술꾼임에 틀림없다. 술값으로 무엇을 지불했는가를 따져서 술꾼의 등급을 매겨보자. 술값으로 돈을 지불하는 사람, 체면을 지불하는 사람, 시간을 지불한 사람, … 건강을 지불한 사람도 있다. 내가 보기엔 건강을 지불한 사람 가장 서툰 술꾼일 것이다. 바로 내가 거기에 해당한다고 보면 최하등급의 서툰 술꾼이라 할 수 있다. 그리고 보면 술이 내 인생이 서툴게 굴러가게 하는데 일조를 했을 것이니 술을 나무랄까, 내 자신을 나무랄까?

돌이켜보면 80년을 지나온 내 인생은 한마디로 정의하면 서툴게 살아온 것이라 할 수 있다. 이 말에 나에게 조금이라도 호의적인 분들은 그게 괴짜라서 그렇다고 나를 위로할 것이다. 그래서 나는 나를 달랠 겸 양지곳으로 나를 데려간다. 거기 서서 한들을 바라보듯 인생을 돌아본다. 인생에 일어난 어떤 일이든 한 발 빼어서 생각하면 모두가 희극의 한 장면에 불과하다. 그렇게 보면 인생이란 제법 긴 희극이라 할 수 있다.

영국의 어떤 이(존 러보크)는 인생을 돌아보면서 『인생의 선용』이란 책을 썼다. 그는 life(삶)가 신의 선물이라는 생각에서 선용이란 말을 쓰고, 신의 선물이니 값있게 써야 한다고 설파하고 있다. 그래서 그는 인생의 선용이란 인생을 공익을 위해서 쓰는 것이라 할 수 있다고 결론을 내린다. 덧붙여서 인생을 수단(책의 제목 The use of life에서 수단으로 읽을 수 있다)으로 생각해서는 안되며 인생을 목석으로 생각하고 삶을 대할 때 비로소 행복이란 선물이 주어질 수 있다고 결론을 내린다.

*　*　*

서툴게 시작하고 서툴게 살아 왔지만 이렇게 이제 이 양지곳에서 내 인생을 관조하면서 내 인생은 즐거움으로 아로 새겨진 축복받은 인생이라고 말하고 싶다.

노처에게 바치는 항서

—

인류사에는 용맹한 남자는 많다. 전쟁에서 용감하게 적에 대항하여 성을 지켜서 나라를 위기에서 구한 사람이 어디 한 둘인가? 그러나 아내와의 전쟁에서 이긴 용부의 기록이 없는 것을 보면 아내는 사랑할 상대이지 전쟁터에서 처럼 갑옷을 입고 겨룰 대상은 아니라고 생각했기에 아내를 이겨 낸 용부의 기록이 없는가 보다.

이제 나도 아내와 겨루기를 시작한지 60년이 가까워져 가니 이 겨루기에 대해서 한마디 정도 기록을 남길 자격이 있을 듯하다. 내 얘기를 하기 전에 앞선 이들의 실패기를 더듬어 보자.

중국사에서 가장 지혜 있는 이를 손꼽으라면 제갈량을 들 것이다. 제갈량은 꾀 많기로 알려진 조조와 여러 번 겨루었지만 모두 승리하지 않았던가? 이런 지혜 있는 이가 왜 박색인 황씨 소저와 결혼했는가를 생각해 볼 필요가 있다. 내 생각에 제갈량이 결혼 후에 펼쳐질

긴 전투에서 승리하기 위해 약점이 있는 처녀를 고르지 않았을까? 그런 상대적 약점을 가지고 있는 소녀가 부인으로 바뀐 후의 전적은 어떤가? 내가 알기에 상세한 기록이 없으니 알지는 못하지만 그 지혜 많은 이가 50을 갓 넘기자 생을 마감한 것을 보면 이것은 전투에서 자신이 없어서 아예 전쟁터를 떠났다고 할 수 밖에 없다. 이를 보면 제갈량도 중국의 옛 병서에서 삼십육계(三十六計)중에 주위상계(走爲上計)(도망가는게 최고다.)를 실천하여 맞부딪치기보다는 회피를 선택했는가 보다. 그뿐만 아니라 제갈량은 27세에 출사하여 전쟁터를 누비고 재상으로 근무할 당시도 아내와 함께 생활하지 않은 것을 보면 제갈량의 아내와의 전투기록은 빈약 할 수밖에 없었다. 지혜의 화신인 제갈량이 이를진데 나 같은 범인의 전투기는 아예 패배로 점철된 길로 갈 수밖에 없다고 할 수 있다. 이 때문에 제목부터 항서라 하지 않았는가?

아내에게 항서를 쓰지 않으려면 맹자가 제시한 조건을 충족시켜야 한다. 맹자는 이 조건을 항산(恒産)이라 하셨는데 이 말씀은 요즘말로 번역하면 월급쟁이가 월급을 따박따박 아내에게 들이 밀어야 한다는 말이다. 그런데 제갈량은 월급 한 푼 집에 들어 놓지 않았던 것으로 알려져 있으니 아내와의 전투에서 이길리가 없지 않은가? 제갈량이 아내에게 가져다 준 것은 아무리 먹어도 배부르게 해주지 않는 명예뿐이 아니었던가? 그래도 나는 이점에서 제갈량보다는 좋은 조건에 있었다.

내가 아내를 처음 만난 것은 결혼을 약속하고 결혼식을 올리기 전 일주일쯤 되는 날이었다. 내가 결혼한다는 사실이 알려지자 장난기가 동하는지 직장 선배들이 이런저런 조언을 해주었다. 제법 병법에 조예가 깊었던 선배는 나에게 축하주를 사주면서 진지하게 말했다. "무엇보다 중요한 것은 기선 제압하는 것이네. 기선의 제압은 손자가 말했듯이 공기불의(攻其不意)가 첫째지." 그가 말한 손자병법을 실천에 옮기기 위해선 나를 정혼녀에게 알리지 않고 불쑥 만나야 된다고 했다.

그분의 충고대로 결혼식 일주일 전에 대구에서 만나자는 연락을 보냈다. 대구 어느 평범한 다방에서 정혼녀를 대면했다. 선배들의 충고대로 나는 되도록이면 자신을 노출하는 것을 삼갔다. 그래서 횡설수설하여 무슨 소리를 하는지 모르게 했다. 사실 엘리트 교육을 받은 것으로 처갓집에 알려져 있었을 터이니 내가 연막을 치지 않아도 장래의 남편 될 나는 충분히 신비스러웠을지 모른다. 그런데도 아내 될 처녀에게 횡설수설을 했으니 분명히 신비감이 더 했을 터인즉, 아내와의 첫 전투는 대승을 거두었다고 자부한다.

나는 선배의 조언이 없어도 아예 연막을 치고 있었는지 모른다. 선을 보러 어머니와 예비 처가에 갔을 때 나는 처녀와 대면하길 사양했기 때문이다. 어머니가 보시는 것으로 충분하다고 생각한 탓이었다. 그러나 이러한 나의 행동이 처가댁 사람들에게는 연막을 넘어 신비하기 까지 해서 다가올 전투에서 상당한 우위를 점할 수 있게 했다.

그런데 막상 결혼하고 부산에서 신접살림을 차렸을 때는 너무 준비가 부족한 탓에 초라하기 그지없어서 아내에게 기를 펼 수가 없었다. 쥐꼬리 월급을 받는 선생이었던 나는 삯을 세로 방을 얻었다. 그것도 싼 곳을 찾다보니 도랑가에 부엌 딸린 단 칸 방 일 수밖에 없었다.

이 방에서 우리는 예상치 못한 무서운 적을 만나 부부간의 전투는 뒷전일 수밖에 없었다. 우리의 적은 우리가 전혀 예상 못 했다. 애초에 이 적은 덩치가 보일 똥 말똥하고 낮에는 벽지와 벽 사이에 숨어 있다가 잠자리를 깔고 불을 끄고 누워 자려면 쏴하는 소리를 내면서 전쟁터인 하얀 새 이불 위에 나타난다. 그리고는 우리가 옷을 벗고 자리에 누우면 언제 왔는지도 모르게 우리 몸에 달라붙어 피를 빨기 시작한다. 얼마나 은밀한 싸움꾼인지 그 공격에도 거의 느끼지 못한다. 적들이 물러가고 난 뒤 아침이 되면 가려워서 긁고 나면 피부에 피를 빤 흔적을 남겼을 때야 적의 무서움을 알게된다.

우리는 육탄 공격을 받으면서도 쏴하는 소리를 듣고 나서야, 적의 내섭을 알고 적의 정체를 밝히고자, 전기불을 켰을 때야 전장인 흰 이부자리위에서 미쳐 도망가지 못한 놈을 손으로 포획하고 나서야, 정체를 알아 볼 수 있었다. 빈대였다.

부부가 반나체로 한바탕 포획 소동을 벌리고 숨을 가라앉히고 잠자리에 다시 눕는다. 그리고 불을 끈다. 그러면 다시 쏴하는 소리가 들린다. 또 한 번의 전투가 치러진다. 이러 기를 서너번, 이런 고통을 겪느라고 신혼의 단꿈을 익히지도 못한 채 잠을 설친 채 출근할 수밖에 없었다. 전투에 지쳐서 교무실 내 자리에서 졸기 일쑤였다. 뺨이 홀쭉 할 정도가 되었다. 직장동료들은 이상한 눈초리로 보면서 신혼이라는 말의 의미를 되새기며 놀렸다.

부부의 전쟁터에 끼어든 빈대란 놈 때문에 우리 결혼생활은 곤욕을 치루었으며 부부간의 전투는 부부가 합심하여 빈대를 상대하는 전투로 바뀌었다.

나는 손자병법을 읽은 자로서 전쟁의 승리는 적을 아는 데서 온다는 것쯤은 알고 승리책을 찾아서 실천하기로 했다. 그래서 우리의 공동의 적 빈대를 깊이 연구했다. 내가 빈대를 더 잘 알게 되면서 서투른 전투로는 빈대에 승리할 수 없으며 빈대가 보통 무서운 것이 아니라는 것을 새삼 깨달았다. 우선 빈대는 한번 배를 채우면 48일간 먹지 않아도 되며, 알을 낳을 때 수백 개 씩 낳는다는 것을 알았다. 거기다 더 무서운 것은 낮에 약을 쳐 받자 야행성이기 때문에 박멸할 수가 없다는 사실까지 알게 되자 공포심이 더 커졌다. 이러한 악랄한 적인 빈대와의 전투는 가난한 월급쟁이가 삯을 셋방을 얻는 데서 비롯되었지만 이 인연이 쉽게 끝나지 않았다. 빈대는 우리가 가는데 마다 우리 살림, 책, 가구 등에 숨어 있다가 나타나곤 했으니 적과의 전투가 쉽게 끝날 리가 없었다.

이 지긋지긋한 전쟁이 나의 탁월한 책략이나 집사람의 끈질긴 박멸 작전으로 끝난 게 아니었다. 내가 집을 사서 이사를 하고 도배를 다시 했을 때 우연찮게 빈대가 사라진 것을 알게 되었다. 사계의 전문가에게 알아본 바로는 방바닥에 니스 칠을 한 탓이라 들었다. 이렇게 빈대가 우리가 십을 빨리 사도록 우리 잉딩이를 긴이갔다고 생각하면 고마운 적인지도 모른다.

사실 빈대와 싸우느라 부부간의 투쟁이 평화롭게 진행된 것은 아니다. 빈대보다도 지독한 적이 우리 생활에 끼어들었다. 그것은 바로 술이었다. 내 손에 술값을 치를 돈이 들어오면서 쉽게 술과 친해졌다. 나는 어느새 술꾼으로 성장해 있었다.

술꾼이 된 나는 귀가 시간이 늦은 데다 월급도 제대로 아내에게 전해주지 못했다. 결혼 전에 인생 선배였던 김봉진 선생님의 충고대로 겉으로는 월급봉투는 꼬박꼬박 아내에게 전해주는 모범 월급쟁이 인듯했다.

그러나 월급날만 되면 교무실 밖에 진을 치고 있는 술집 주인들에게 이래저래 돈을 뜯기지 않을 수 없었다. 그러니 월급 겉봉투에 쓴 액수와 봉투 안의 액수가 같을 리 없었다. 그래도 아내는 말 한마디 없었다. 아니 요조숙녀라서 아니라 때를 기다린 무서운 상대였음을 나중에 알았다.

어느 날 아침에 눈을 뜨니 아내가 머리맡에 앉아서 나를 지긋이 내려다보고 있었다. 그리고는 조용히 "당신 어쩌자고 이렇게 살아가요" 나는 할 말이 없었다. 내가 말이 없자 아내는 말을 이었다. "쌀이 떨어졌어요." "퇴근 할 때 가불하거나 돈 좀 꿔 오세요." 나는 정신이 번쩍 들었다. "아니 언제부터 돈이 떨어졌어요." "그동안 시집 올 때 아버지가 주신 돈 이만 원으로 버텨 왔는데 이젠 다 썼어요." 나는 정신이 번쩍들어 이렇게 살 수는 없다는 것을 깨달았다. 내 생활 자세를 바꿔야 겠다는 각오를 다졌다. 헌헌장부가 남에게 구걸할 수는 없지 않은가?

집 안에 쌀이 떨어져서 벌어진 작은 규모의 전투에서 아내에게 일패를 당했다는 생각을 할 새도 없이 내 당당했던 위세가 한 풀 꺾일 수밖에 없었다. 그러나 내게는 기댈 언덕이 있었다. 조상들이 물려주신 남존여비라는 만리장성이 있었다. 그 장성 덕으로 나는 말이 막힐 때면 으레 뾰족한 수도 없으면서 "여자는 몰라도 돼!"라는 말로 버텨나갈 수 있었다.

결혼생활이 세계사에서 보듯이 서서히 열전에서 냉전으로 이행되었다. 전투의 열기가 식어갈 때 쯤 아내에게는 우군이 생기기 시작했다. 아이들이 태어났다. 이들이 자라면서 모두가 아내의 우군이 되었을 뿐만 아니라 이래저래 내가 무시해 버릴 수 없는 아내를 위한 구실을 제공해 주었다.

쉽게 말하면 내 권위가 점점 위세가 약해진다는 의미이다. 고질적으로 내 권위를 깎아내리는 것은 아내의 불평이다. 아내는 집안의 모든 결정을 내가 내리고 그 결과가 매번 형편없다고 했다. 아내의 사설은 이어진다. 셋방을 얻어 다닐 때 다음에는 그러지 않겠다고 다짐하고 이사 갈 때가 되면 잊어버린다고 덧붙인다. 나는 할 말이 없을 수 밖에.

이러한 동일한 실수를 고질적으로 반복한다. 아내가 지적한 셋방의 결함 중에 첫째는 비가 샌다는 것이다. 비가 샌다는 결함도 두세 번 옮기는 통에 피할 수 있게 되자, 남정네가 간과하기 쉬운 또 다른 결함을 지적하고 나섰다. 물이 없다, 시장이 멀다, 내가 피하지 못할 이 두 가지 결함은 내가 셋방 시절부터 내 집을 사서 살 때까지도 쫓아 다녔다. 이걸로 인해 아내와 대소전투를 여러 번 치루었다. 80이 넘어 살고 있는 집도 마지막 두 결함을 떨쳐버린게 아니어서 여전히 속을 썩이게 한다. 고심 끝에 손자병법의 최고 방책 즉 주위상계를 실천하기로 다짐했다. 그래서 아내가 이 두 가지를 들고 전투장에 나설라치면 나는 꼬리를 내리고 만다.

결혼 초부터 술을 많이 먹어 고주망태 되어 귀가하기 일쑤여서 남편으로서 권위를 지키지 못하는 것이 내가 아내와의 전투에서 패배의 가장 큰 원인인 경우가 많았다. 더 나쁜 것은 주벽이 그리 좋지 않은 것이었다. 나는 술을 먹으면 성격이 유해 지는 것이 아니라 날카로워지기 쉬웠다. 평소에는 웃고 넘길 일도 술을 먹으면 유독 까다롭게 굴기 일쑤였다. 때로는 아내에게까지 주정을 부리게 되니 아내는 얼마나 민망했을까? 초기에는 쉽게 아내의 용서를 받았으나 아내가 점점 내 건강을 염려하고부터 더 까다로워지고 엄격해졌다. 아침에 술이 깨면 여러 가지 방법으로 아내의 환심을 사기 위해 애를 쓰기도 하지만 대개가 모르는 척 넘기려했다. 내 나름대로의 약은 수인 셈이다.

나하고 함께 생활한 날 수가 늘어 갈수록 아내는 영리한 단계를 넘어 현명해졌다. 그럴 수밖에 없는 것은 술이 아내의 염려대로 허세와 무절제가 합쳐져서 내 건강을 갉아먹어 갔기 때문이다. 모든 질환이 다 그렇듯이 처음에는 대수롭지 않게 시작되었다. 피곤하고 잠이 잘 오지 않고 나중에는 밥맛조차 없어졌다. 혼자서는 거동할 수 없는 정도가 되어서야 병원을 찾았다.

처음에는 대수롭지 않게 생각하고 동네의 작은 병원을 다녔으나 병세가 호전되지 않았다. 그제서야 심각성을 짐작하고 고려대학교 병원을 찾았다. 간이 심하게 나빠졌다는 진단을 받았다. 휴직하고 집에서 정양할 수밖에 없었다. 어느 날 정양 중에 복통이 심해졌다. 병원에 갔더니 맹장염 진단을 받고 수술을 했다. 2-3일 입원 후 퇴원을 했다. 퇴원한 지 얼마 되지 않아 다시 열이 나기 시작해서 걷잡을 수 없어서 다시 병원에 갔더니 장질부사라 한다. 항생제 처방만 해주고 집에 가서 정양하란다. 쉽게 병원에서 놓여 났지만 이 두 질병은 만만한게 아니었다. 이 둘은 내 건강에 치명적 일격을 가했다.

40도 가까운 열이 72시간 지속되었다. 나는 죽음의 경계를 넘나들었다. 맹장염으로 인한 고열이 채 가시기도 전에 장질부사가 덮치면서 죽음으로 직행할 뻔했다. 다행이 고비를 넘기고 열이 내렸으나 문제는 몸에 힘이 라고는 남아있지 않은 것이었다. 손가락도 꼼짝할 수 없는 상태가 계속되었다. 도저히 살아갈 자신이 없을 정도로 무기력해졌다.

밥알이 모래알 같고 간장 냄새에 구역질이 나서 견딜 수가 없었다. 모든 것을 오로지 아내에게 기댈 수밖에 없었다. 이런 무기력을 이겨내고 겨우 일어나 앉는데 수개월이 걸렸을 정도였다.

열이 내려가면서 의식이 뚜렷해지자 지나온 삶을 돌아볼 용기가 생겼다. 나는 너무나 무절제한 내 삶을 반성했다. 술을 너무 많이 마셨을 뿐만 아니라 내가 선생이라는 직업을 가졌으면서도 선생의 도리에 어긋난 짓을 되풀이했다. 나는 병중에 간절하게 염원했다. 내게 미래를 더 길게 주십시오. 그러면 내 삶을 바로 잡겠습니다.

내가 다시 삶을 이어 갈수 있다면 먼저 해야 될 일과 해서는 안 되는 일을 머릿속에 정리했다: 술을 끊자. 그리고 공부를 하자.

술은 건강히 허락하지 않을 테니 끊는 것이 당연할지 모르지만 공부를 한다는 것은 나 혼자 결정할 일이 아니었다. 아내와 상의했다. 마침 그때는 내가 나의 주된 수입원이었던 과외 금지령이 내려진 때였다. 그런데 내가 공부를 하려면 필요한 막대한 학비를 어떻게 감당한단 말인가. 그런 예상되는 어려움에도 불구하고 아내는 선뜻 대학원 진학을 허락해 주었다. 내가 공부를 하려고 한다면 집을 팔아도 좋다는 기세였다.

돌이켜 생각해 보아도 아내가 어디서 그런 배짱(용기)이 생겼는지 모르겠다. 나는 여러 날 생각을 거듭한 끝에 내 친구이고 연세대학교 영문과 교수였던 이기동 교수를 찾아갔다.

이 교수는 내 형편을 잘 알면서도 흔쾌히 격려해 주었다. 나는 먼저 교육대학원에 등록했다. 교육대학원은 야간에 강좌가 있는 대학이라 주간에 직장을 가지는 생활이 가능했다. 이렇게 교육대학원 학생이 되었다. 밤늦게 강의가 끝났다. 일주일에 세 번 정도 12시에 귀가하기 때문에 병에서 완전히 회복되지 못한 나에게는 늦은 귀가는 큰 무리였다. 다시 이기동교수에게 상의했다. 이 교수는 내가 교육대학원에 가겠다고 해서 말리지 않았지만 교육대학원을 다녀 학위를 받아도 써먹기가 곤란하다고 했다. 그래서 본대학원으로 옮기라 했다.

내가 이교수에게 입시 과목 중에 하나인 독일어를 선택할 수 밖에 없는데 다 잊어 먹어서 가능할지 모르겠다고 했다. 그는 한 마디 덧 붙여 말했다. "버스 타고 다니면서 공부해라. 그 좋은 머리는 어디갔냐?" 이 교수 말대로 이튿날부터 독일어 교재를 사서 통근길 버스 안에서 독일어를 공부하기 시작했다. 다행이 출근 시에 버스 종점 가까이에서 타기 때문에 항상 자리가 있었다.

출근 시에 수유리 4.19 정거장에서 버스를 타면 45분내지 50분 후에 비원 앞에 하차한다. 이 시간이 내가 독일어를 공부하는 시간이었다. 매일 갈적 올적 40분 총 1시간 20분을 독일어 공부에 투자했다. 이 투자가 결실을 맺어 연세대학원 독일어 시험에 합격했을 뿐 아니라 성적이 좋아서 종합시험 칠 때 독일어 시험 면제를 받을 수 있었다.

본대학원에 입학했으나 대학원 강의가 중앙중학교 수업시간과 겹쳐지는 문제가 생겼다. 처음에는 교장, 교감 모르게 대학원 수업에 나가다가 나중에 실토했다. 이렇게 중앙중학교의 너그러운 양해 덕에 공부를 계속할 수 있었다. 이렇게 대학원 과정은 어영부영 넘어 갔으나 석사논문을 쓸 때는 쉽게 끝맺음을 못하고 땀깨나 뺏다. 다행히 친구의 도움으로 석사학위를 받을 수 있었다.

석사학위를 받자마자 내친김에 이 교수의 충고도 있고 해서 박사과정에 도전하기로 했다. 다행히 박사과정 입시는 거의 예상했던 문제들이라 쉽게 합격할 수 있었다. 문제를 예상 할 수 있었던 것은 내가 용한 점쟁이어서가 아니라 선배들에게서 내려오는 기출문제 기록지〈세칭 족보〉를 손에 넣었기 때문이다. 이 문제들의 정답을 작성하여 대학노트 한권에 가까운 정답지를 만들었다. 이 정답을 깡그리 외워서 박사과정 입학시험에 응시했으니 합격은 당연했는지 모른다. 내가 박사과정에 들어가자 아내는 멋도 모르고 마치 내가 박사학위를 받기라도 한 것처럼 좋아했다.

박사과정에 들어가자 교장의 호출을 받아서 교장실로 갔다. 교장은 이미 나와 동료로서 10여년 함께 근무한 사이였으므로 서로의 형편을 잘 아는 사이였다. 그는 나에게 석사과정에 다닐 때에는 학교에서 묵인 할 수 있었지만 박사과정에 들어간 것은 학위를 받고난 뒤 중앙을 떠나실 생각인 것 같습니다. 그러니 거취 문제를 확실히 해 주시오 라고 말했다. 나로서는 그 상황에서 매듭을 지을 말을 할 수가 없었다. 대학에 자리를 얻을 전망은 불가능한 수준이었기 때문이다.

나는 교장선생님께 1년만 말미를 달라고 했다. 1년 후에는 다시 아쉬운 소리하지 않겠다고 말씀드려서 허락을 받았다. 유예 받은 1년은 그럭저럭 지나갔다. 나는 교장 선생님과의 약속은 지켜야했다. 내 마음도 이미 중앙과는 작별하고 있었다. 2월 어느날 약속한대로 교장실에 사직서를 제출했다. 그날은 날씨조차 흐렸다. 중앙의 넓은 운동장을 아내와 함께 걸어 나왔다. 내 미래는 어느 것 하나 나를 안심시켜주는 것은 없었다. 아내는 내 뒤를 따라오면서 학생 건달이 된 내가 애처러워 훌쩍이고 있었다. 그렇게 14년의 중앙생활은 끝이 났다.

나는 다시 대학원으로 돌아와 박사 과정을 다 마쳤다. 마지막 관문 중에 하나인 종합시험과 마주 했다. 종합시험은 내가 쳐본 시험 중 가장 험난한 것이었다. 시험문제가 어려워서가 아니다. 시험문제는 어느 정도 예상한 문제였으나 어렵다고 할 수 없다. 문제는 전해 내려오는 예상문제와 내가 작성한 정답 노트가 5권인데 있었다. 여기서 내가 보충한 예상 답까지 거의 노트가 8권 정도였다. 나는 8권 정도를 거의 암기 하다시피 하는 것이 시험 준비였다.

시험은 이틀에 걸쳐서 치뤄졌다. 시험 5과목에 대해서 실시했고 과목당 90분이 주어졌다. 내가 예상한 문제(족보) 외에는 나오지 않았던것 같다. 내가 머릿속에 있는 답을 옮겨 적는 것이 시험 치르는 과정이었다. 시험시간 동안 머릿속의 정답을 쉴 새 없이 답안지에 옮겨 적었다. 이틀 동안 시험은 끝나고 집에 돌아와서 완전히 녹초가 되어 늘어져 누워 버렸다. 시험지 작성은 내가 겪은 육체적, 정신적 에너지 소모는 극에 달할 정도였다. 그때까지 내 몸은 여전히 병에서 완전히 회복된 상태도 아니었다. 그러니 녹초가 될 수밖에 없었다.

그날따라 아내에게 어리광을 부리고 싶었지만 참았다. 아내는 내 안색을 보고 위로하기 바빴다. 늘어져 누워서 맘에도 없는 말을 아내에게 내 뱉었다. "당신이 날 이렇게 힘들게 했소. 나를 공부하게 부추긴 게 당신이잖소. 이거 안 해도 편히 먹고 살터인데. 왜 내게 힘든 길을 가게 했소." 내 투정에 아내는 할 말을 잃었다.

아내와 이미 근 25년 가까이 함께 살아왔지만 여전히 아내는 나에게는 수수께끼였다. 본인의 말을 빌리면 거저 착하디착한 순한 양 같은 사람이라고 했지만 아내는 여전히 나에게는 수수께끼였다. 그 수수께끼는 아내의 집념과 명예욕 탓에 안개 속에 더 깊이 갇혀서 짐작할 수조차 없었다. 아내가 내 앞에서 말이 막히면 명예를 들고 나온다. "당신은 중학교 선생으로만 살다가 가고 싶소. 당신 재주가 아깝소!"라는 말까지 나오면 나는 꼬리를 내릴 수밖에 없었다. 아내의 집념의 깊이를 가늠 할 수가 없었다.

종합시험에 합격하면 다 된 줄 알았는데 논문 이라는 거대한 산이 버티고 있을 줄은 종합시험 준비 기간에는 한 번도 생각해 보지 못했다. 내 논문지도 교수는 친구인 이기동 교수다. 종합시험 발표가 있은 후 연구실로 찾아가서 학위논문에 대해 상의했다. 이 교수 지도 방식은 이래라 저래라는 식이 아니라 내가 상의할 문제의 답까지 미리 가지고 있기를 기대하는 방식이다. 만약 내가 답을 제시하지 못하면 준비가 덜 된 것으로 생각한다. 그래서 자칫하면 말 한 마디 못하고 물러설 수밖에 없게 된다. 처음은 이런 줄을 모르고 몇 번 시행착오를 거듭했다.

친구들이 물으면 이 교수는 나의 둘도 없는 친구라고 얘기했다. 이 교수는 친구인 나를 제자로 받아들이자 나를 둘도 없는 제자로 만들 각오를 한 것 같았다. 나를 봐주는 것이 없었다. 숙제, 예습은 물론 무엇 하나 별로 넘어가는 게 없었다. 어떤 때는 섭섭한 생각도 들었다.

박사과정에 들어가면서 나 자신에게 최선을 다하자고 다짐했다. 대학원 첫 수업이 기억이 난다. 나는 나름대로 영어영문과를 졸업하고 중고등학교에서 10여 년 교편을 잡았으니 뭐 크게 공부할게 있겠나 싶었다. 그런데 첫날 첫 수업은 나에게는 큰 충격으로 다가왔다. 문법이라면 학교문법에만 소양이 있었지 그 당시 첨단문법 이론인 변형문법은 생소하기 그지없었다. 더욱이 변형문법은 언어를 수학적으로 이해하려는 자세를 가진 데는 아연실색할 수밖에 없었다. 나는 밤을 새다 시피 교과서를 읽고 또 읽었으나 도무지 이해가 잘 되지 않았다. 친구에게 논의 할 수도 없었다. 이 교수가 친구야 너 공부가 그것 밖에 안되냐 하는 질책이 귀에 맴도는 듯 했다. 세월이 지나면서 어느 정도 내 머리도 질서가 잡히기 시작했다.

지금 돌이켜 보면 나를 헤매게한 큰 원인 중하나는 모형(model)이란 말에 대한 이해가 없는 것이었다. 모형이 무엇인가? 나는 이해할 수 없었다. 공부를 하면서 어떤 교수님이 모형은 색안경과 같다는 말 한마디에서 서서히 이해의 실마리가 풀려 나갔던 것 같다.

알고 보면 모형이란 개념은 언어학에서만 적용되는 것이 아니었다. 물리학에서 뉴턴 모형으로 우주를 이해해온 우리가 갑자기 아인슈타인 모형으로 이해하려면 겪는 어려움을 알면 모형개념이 이해가 될 것이다. 나의 언어학 상식은 학교문법의 모형에 갇혀 있는데 그 모형으로 수학적인 생성 모형인 생성문법 체계를 이해 할 수가 없었던 것이다.

다행히 이기동 교수가 제시한 모형은 인지문법모형이었다. 이 모형은 이교수가 한국에 최초로 도입하여 제자들에게 전수해 준 모형이었다. 인지문법 모형은 우리 언어 능력도 우리가 가지고 있는 인지 능력의 일부라는 데서 출발한다. 그래서 우리의 언어 살이에 나타나는 현상들을 우리의 인지능력에 기대어 설명하려고 한다. 이러한 깨달음은 내가 가진 상식을 이용하여 언어 현상을 설명할 수 있는 것을 알게 하여 반가웠다.

인지문법의 출발점은 간단하다. 변형(생성)문법이 객관적 대상(말하고자 하는 객관적 사실)과 말이 일치할 수 있다고 가정한다면 인지문법은 대상과 언어표현 사이에 말을 창조하는 화자가 끼이기 때문에 일치 할 수 없다고 가정하는데서 두 모형이 갈라진다. 그래서 인지문법은 화자의 인지능력과 인지해석을 중시하게 된다. 그리고 한걸음 더 나아가 인지문법은 언어표현에는 굳어진 인지적 해석이 담겨있다고 생각한다.

이기동 교수의 인지문법은 나를 매료시켰다. 그리고 깊은 연구와 성찰에서 나온 그의 강의는 굳어진 내 머릿속을 헤집었다. 이때쯤에 이르러 인지문법 모형을 이해해야겠다는 각오를 다짐했다.

박사과정에서 종합시험을 통과한 후에 논문에 착수했다. 내가 주목한 문법현상은 상(aspect)이었다. 상은 너무 추상적이어서 언어마다 다른 표지를 가지고 있기도 하지만 다른 표지에 빌붙어 나타나기도 했으므로 포착하기가 힘들었다.

학자에 따라서 상은 하나의 문법 범주로 보는 사람도 있지만 대개의 학자들은 다른 어떤 표지(대개는 시제)의 의미상 차이로 보았다. 나는 상이 문법범주이며, 독특한(unique) 의미를 가지고 있으며, 사건을 보는 방식이라고 정의했다. 상은 문장의 술어 동사가 사건의 전체를 보느냐 한 부분을 보느냐를 표시하며, 이러한 차이를 여러 가지 방식으로 드러낸다고 주장했다.

나는 논문을 쓰면서 나름대로 최선을 다하고 되도록 많은 참고 자료와 문헌을 섭렵하려고 애썼다. 논문을 쓰는 과정에도 이 교수와 자주 상의 했지만 도무지 끝이 보이지 않았다. 하물며 통과 될지 아니면 다음해로 넘어갈지 조차 미지수였다. 이 때문에 논문 초안을 들고 이 교수에게 가는 날은 살얼음을 밟아서 고양이 앞에 가는 생쥐의 심정이었다.

이때는 내가 이 교수와 친구인 것을 원망하기도 했다. 친구이기 때문에 나에게도 제약이 가해지듯 이 교수에게도 제약이 가해지리라 생각했기 때문이다. 더욱이 이 교수는 논문을 지도하면서 글자 한자 고쳐주지 않았다. 그가 지적한 것을 가다듬고 글로 나타내는 것은 오르지 내 몫이었다.

연필이 나가지 않아 답답할 때는 왜 좀 이 교수가 써주면 안되나 하는 섭섭한 마음도 들었다. 그래도 학위논문은 쓴지가 30년이 넘고

나니 그동안 논문도 쓰고 번역도 하면서 오히려 이 교수가 글자 한 자 보태거나 빼주지 않은 것에 감사한다. 그러기에 내 자신의 필력은 향상되지 않았을까?

정작 논문이 완성되어 심사에 붙여졌을 때 심사과정의 신랄함은 말할 수 없을 정도였다. 심사에 참여하는 교수들은 다섯 분이었다. 본교 교수가 3분 외부 교수 2분이셨다.

초빙된 두 분 교수는 학계의 권위자였다. 본교 세분은 어학전공이신 세분이었으니 거의 정해진 것이나 다름없었다. 이중에 유독 한 분이 내 논문을 가지고 물고 늘어졌다. 그분은 본교출신이고 타 대학 출신들에게 텃새를 부리는데 이름이 난 분이었다.

이 텃세를 부리는 마음이 심술되어 내 논문심사 현장에서 그의 왜곡된 심사가 횡포로 나타났다. 그는 근본적으로 내 논문이 바탕을 두고 있는 인지문법 모형을 모르는 사람이었다. 그러니 그 분은 모형 자체를 모르기 때문에 수정안을 낼 수 있기를 기대 할 수 없었다. 그리고 내 논문에서 하자를 발견하려면 적어도 내 논문을 몇 번 읽어 보아서 찾아야 하는데 그분은 한 번도 읽지 않고 일반론을 떠들어 대었다. 그 분은 우리나라 사람들이 말싸움에서 가장 많이 저지르는 실수를 논문 심사에서 저지르고 있었다.

예를 들어 보자. 우리나라 사람이 길거리에서 싸움을 벌리는 전 과정을 요약해 보자. A와 B가 싸운다하자. A가 왕이 죽으면 왕의 조모는 몇 년 상을 입어야 하냐고 묻는다 하자. B는 그거야 당연히

3년이지 라고 한다. 그러면 A가 3년이면 너무 과하지 않나? 일 년이면 족하지라고 응수한다. B가 무슨 말이야 왕이 죽었으니 당연히 3년이지. 이쯤에 이르러 언성이 높아지기 시작한다. 급기야는 성질 급한A가 우리말에 복잡한 경어체를 무시하고 함부로 말해버리고 만다. "너 뭐라고 그랬어? 감히 내게 반말을 하다니!" A는 약간 마음이 뜨끔하지만 내친김에 말대꾸한다. "언제 내가 반말을 했어, 이새끼?" 이쯤 되면 다음 수순은 주먹이 나온다. A와B의 논쟁에서 경어체계가 무너지고 반말이 등장하게 되면 논쟁의 쟁점이 무엇인지는 아랑곳 없다. 쟁점은 반말을 했느니 안 했느니에 집중한다. 여기에 이르면 언성이 높아진다. 심하면 주먹질을 주고받는다.

내가 논문심사 현장에서 H교수와 H교수 똘마니 P교수가 내게 지적하는 것은 논문의 내용이나 표현 양식 혹은 체계가 아니라 평소에 자기에게 불손했다고 주장하면서 논문심사장의 나의 나쁜 버릇의 성토장이 되어버렸다. 그들은 결국 나를 앞세워 오로지 내 지도교수의 항복을 받자는 속셈을 드러내었다.

지도교수에 대한 평소의 감정적 불만이 나에게 옮겨진 것이라 할 수 있다. 연세대생들은 서울대생에 대한 열등감을 가지고 있었다. 이 열등감 때문에 여러 가지 비상식적 행동을 하게 된다. 이 교수도 연세대생들을 격려하는 차원에서 수업시간에 서울대를 언급함으로써 저들의 자존심을 건드렸다. 그들은 평소 이 교수에게 뒤에서 험담하는 것으로 이교수를 깔아 뭉게려고 했다.

이러한 분위기가 이 교수에게 전해지면서 양진영의 감정의 골은 더 깊어졌다. 이러한 분위기가 연세대 영문과에 팽배해 있을 때, 이교수의 친구이고 논문지도를 받는 학생인 내가 등장한 것이다. 나는 두 교수의 좋은 먹잇감이 되었다. 이러한 감정이 논문심사장에서 표면화 되었다. 그들의 공격은 집요했다.

논문심사는 대개 세 번으로 끝나는 것이 관례였다. 첫 번째 심사에서 심사를 계속할지 여부와 수정지시가 내리고, 둘째는 수정지시를 제대로 이행했는지 살피고 추가 지시를 한다. 세 번째 최종심사에서는 추가 지시가 제대로 이행했는지를 살핀다. 추가 지시가 만족할만하게 이행된 것으로 판명되면 지도교수부터 날인하고 심사위원들이 추가로 날인한다. 그 다음은 심사 대상인 학생에게 덕담을 주고받고 식사를 함께하고 끝내는 것이 관례다.

이렇게 세 번 심사로 끝나는 심사가 나에게는 다섯 번으로 길어졌다. 이렇게 심사가 길어지는 동안 나대로 갖은 애를 썼다. 이런 노력에도 불구하고 두 교수의 기세는 누그러지지 않았으니 내 괴로움은 더 커갔다. 해결책을 찾을 수 없었다. 그때 옆에서 지켜본 어느 교수의 힌트를 이교수가 실천함으로써 나의 고난의 행군이 마무리 되었다.

나는 학위를 받기까지 두 사람에게 다시없는 신세를 졌다. 그 두 분은 지도교수며 내 친구이기도한 이기동 교수와 아내였다. 친구에게는 두고두고 은혜를 갚을 작정이었는데 이 친구는 벌써 돌아오지 못할 길을 갔으니 내 맘을 다하지 못한 것이 회오로 남는다.

아내에게는 내가 대학교수가 됨으로써 반은 갚았다는 생각이 든다. 그런데 사실 내가 대학교수가 되겠다는 생각을 갖게한 사람이 집사람이었으니 되는 과정에서 겪은 여러 가지 고초는 자신이 사서 고생한 것이라 할 수 있다. 내가 미안해 할 필요가 없는지도 모른다. 말이 났으니 하는 말이지만 아내와 살면서 문득문득 생각지도 못한 면을 아내에게 발견하고 놀라는 일이 한 두번이 아니다. 예를 들면 아내의 집념의 강도이다. 어느 날 예기치 않게 내 마음을 실토한 적이 있었다. "공부를 더하고 싶다." 내가 이 말을 했을 때 아내가 이 말을 기다린듯했을 때 알아챘어야 했다.

논문이 통과 되었다. 이 논문을 들고 수원대학교 교수 모집에 응모할 수 있었다. 다행히 수원대학교에 채용되어 17년을 재직할 수 있었다.

세월이 지나 정년퇴직을 하고 내 집 거실에 앉아 이글을 쓰면서 수원대학교 생활 17년을 돌이켜 본다. 한마디로 내 수필집 제목처럼 서툴게 시작 했지만 복도에서 "교수님, 교수님"하던 소리가 귀에 익을 때 까지 깜짝깜짝 놀라면서 좋아했던 기억이 난다. 아내도 좋아했다. 아내는 자신의 평생 꿈이 실현된 것처럼 좋아했다. 자신이 공부를 마치지 못한 것을 얼마나 한스러워 했던가! 남편이 대신해서 학위까지 받았으니 꿈이 이루어진 것이나 다를 바 없었다. 내가 수원대학에 발령을 받자 아내는 눈물을 글썽이면서 좋아했다.

정년퇴직을 해야 될 때가 가까워 왔다. 혼자서 연구실에 멍하니 앉아있는 횟수가 늘어났다. 아내가 나에게 바라고 내가 원하기도 했던 대학교수가 됐고 교수 노릇도 17년이나 했으니 여한이 없어졌다. 아내에게도 큰 소리 칠 수 있게 되었다.

이제껏 살아오면서 아내에게 사랑한다는 말을 할 줄 모르고 지냈다. 그래서 어느 날 아침에 가시 돋친 말을 던지고 나온 게 후회되어 집에 돌아 갈 때는 마음을 다 잡고 제법 할 말을 연습해간다. 그런데 얼굴을 마주하게 되면 쑥스러워서 혹은 순간적으로 기분이 급변하여 전혀 엉뚱한 말을 해 버려서 아내의 마음을 더 아프게 하곤 한다.

요즘 들어서 가끔 생각한다. 내가 언어란 것을 수십년 배우고 가르치고 연구했다면 말의 역할을 누구보다 잘 알아야 하지 않은가! 그럼 남보다 말을 더 잘해야 하지 않은가? 말을 잘 한다는 것은 말의 역할을 잘 수행한다는 것이다. 그러면 아내에게 말을 잘해서 아내와의 정도 더 두터워 저야 하지 않는가? 그런데 나는 말을 서툴게 하여 아내와의 관계를 더 서운하게 했으니 수십 년의 언어 연구가 도루아미타불이 된 셈이다.

나는 아내에게 이런 말을 한 적이 있었다. "하나님이 나를 만들어 이 세상에 내려 보내시고 난 뒤 아뿔사 빠진 것이 있었구나 했을 것이다. 내속에 심은 것들이 균형이 맞지 않은 것을 깨달으셨던 것이다. 그래서 불야불야 아내를 만들어 내게 딸려 보냈다고 생각했다. 그러니 당신은 하느님이 내 모자라는 부분을 메꾸기 위해 내 옆에 보내신 것이니 절대로 내 잘못을 너무 탓하지 말라. 그대로 받아드리고 용서하고 보충 할 생각만 해라. 지나고 보면 내가 만들어낸 억지이기도 하지만 이렇게라도 내가 가진 결함으로 인한 서툰 짓들을 변명할 수 가있었다. 그래서 내가 〈서툰 삶〉이라 하지 않았던가?

따지고 보면 나는 학교를 졸업한 적이 없는 사람이다. 8살에 학교에 들어가 대학을 나오고 중학교 선생이 되었다. 중학교 교사직을 그만두고 대학 강사로 나가면서 대학원에 진학하여 학위를 받고 졸업했다. 그리고 곧장 대학교 교수가 되었다. 이렇게 학교를 중심으로 학생에서 교사, 교사에서 교수로 직책이 바뀌었지만 학교를 떠나지 않았으니 졸업을 하지 못했다는 말이 정확하다. 그러니 정년퇴직이란 처음으로 학교를 졸업하고 내가 학교를 떠나서 사회에 처음 발을 들여 놓은 것이라 할 수 있다. 학교 울타리 안에서 평생을 살다 보니 사회생활이 서툴다. 아내에게 매번 질책을 당하지만 같은 실책이 되풀이 된다.

어느 날 저녁이었다. 아내와 함께 〈위대한 세기〉라는 터키연극을 보다가 슐레이만이 죽음을 앞둔 아내에게 바치는 사랑의 헌시를 들었다. 아니나 다를까 아내가 불쑥 내게 "당신은 얼마만큼 사랑하느냐" 물었다.

아마도 아내는 멋진 대답을 기대하고 던진 질문이었을 것이다. 나는 순간 말문이 막혔다. 엉겁 결에 튀어 나왔다, "나는 당신과 내가 다른 개체로 보지 않고 통합적 일체"로 본다오. 그러므로 아내를 독립개체로 대하는 슐레이만 보다 내 사랑이 더 고귀하고 수준이 높은 것이요" 라는 괜찮은 대답을 고안해 내어 위기를 모면했다.

내가 다시 생각해도 멋진 답이라 생각한다. 나도 모르게 내 진심을 토로한 말이다.

이게 내가 아내에게 받치는 항서의 결론이다: 당신은 나와의 별개의 개체가 아니라 하나의 온전체(통합적 개체)다.

교야

—

나는 아내에게 기억에 남을만한 선물을 한 적이 없는 한심한 남편이다. 젊을 때는 여유가 없기도 하고, 아내도 보채는 법이 없어서, 그랬다고 할 수 있다. 그러니 결혼기념일이니, 아내의 생일은 그저 그런 날로 지나간다. 이렇게 물에 물탄 듯이 지나갔다. 그런데 어느 날부터 불만을 토하기 시작한 것은 70이 넘고 부터일 것으로 보면, 아내도 갈 날이 가까워지니 초조해져서 그런가보다.

80이 넘고부터 부쩍 아내의 눈치가 매서워진다. 덩달아 내 마음도 초조해진다. 무얼 할까? 망설여진다. 지금까지야 이런 저런 핑계가 있었다. 이제는 핑계도 바닥이 난지 오래다. 그래도 한 가지 핑계만은 여전히 유효하다. 그것은 내 성격에 맞는, 남이 생각할 수 없는, 독특한 선물을 하겠다는 것이다. 그것은 바로 이 헌사가 선물이 될 수 있다는 뱃장이다. 그러고 보면 이 글은 아내에게 작별인사라 할 수도 있다. 옛 말에 군자는 헤어질 때 (덕 있는) 말로써 선물을 대신한다고 하지 않았는가?

＊　＊　＊

아내는 흔하디흔한 이가라는 성에다 경기(慶基)라는 여자답지 않은 이름을 달고 있다. 내가 성에 대한 불평을 늘어놓을라치면, 아내왈 김가가 이가 만나면 되었지, 좌가나 피가 만나기를 바랐느냐고 퉁명스럽게 대답한다. 그래도 이름에 대한 이야기가 나오면 은근슬쩍 할아버지에게로 화살을 돌려버린다. 이름에 대한 불만이 해결될리가 없어 잠재워 버릴 수밖에 없었을 게다. 그러니 처갓집에서 우연히 얻어들은 아내의 또 하나의 이름 "교야"란 말이 가물에 단비만난 것 같은 기분을 준 것은 "경기"가 앗아간 낭만적 정취를 "교야"가 대신 채워주었기 때문인 듯하다.

들은 이야기에 의하면 할아버지는 항열에 맞추어 경기로 짓고 아버지는 할아버지 작명이 마음에 들지 않아 외자로 "교(姣)"라고 지었다고 한다. 경기와 교가 대립하는 듯 했지만 경기가 호적에 오르는 것으로, 교는 집 식구들끼리 통용되는 것으로 하여 할아버지의 명을 따르는 형국이 되어버렸다고 한다. 교는 경상도식 어린이에 붙이는 애칭 "야"가 붙어서 "교야"로 정착되어 내 귀에 들어오게 되던 것이다. 그러니 학교에서 만난 친구에게는 경기로, 피를 나눈 가족과 아주 가까운 친구에게는 교야로 통용되게 되었다. 그래서 나도 당연히 가족보다 친구보다 더 가까운 사람으로 생각하여 "교야"로 소통한다. 이런 내력 덕에 전화에서 이 경기를 찾는가 교야를 찾는가에 따라서 대꾸하는 내 방식도 달라진다.

교야라는 이름은 부르기가 정겹다. 이 이름을 부르면 장인어른의 딸에 대한 사랑이 묻어 있는 듯하여 더 깊은 맛이 있다. 지금 와서 하는 말이지만 아내에게 경기란 볼썽사나운 이름만 달고 있고, 교야라는 보물을 숨겨두고 있지 않았다면, 영국 여왕의 왕관에 박힌 다이아몬드가 빠진 모양새가 되었을 것이고, 내 결혼생활도 밋밋하기만 했을 것이다.

* * *

교야와 인연이 닿은 것은 1965년 9월 어느 날로 기억한다. 나는 그때 한차례 아버지의 전갈을 받고 있었다. 아버지는 앞에 무릎을 꿇고 있는 나에게 너도 이제 결혼해야 한다고 단호하게 말씀하셨다. 그 말씀은 거부를 용납하지 않겠다는 결기가 묻어 있었다. 나는 그때는 한 차례 다른 아가씨와 결혼이 무산된 아픈 경험을 털어버리지 못하고 있는 상태였다. 나는 아버지 결기에 반은 혼이 나간 듯이 아버지 말씀을 따르겠다고 응답했다.

다시 직장으로 돌아와 일상으로 돌아왔다. 몇일 후 어느 날 수업 후 교무실에 들르니 어느 선생님이 학교 앞 어느 다방에서 어떤분이 나를 기다리고 있으니 빨리 가보시오 하는 전갈을 들었다.

나는 그 자리가 어떤 자리인지 누가 왔는지도 모르고, 어떤 옷차림을 해야 하는지에 대해 생각해 보지도 않은 채, 실내화로 고무신을 신던 버릇을 못 버린 채, 고무신을 끌고 다방에 나갔다. 작은 다방이라 손님이 많지 않을 뿐만 아니라, 나를 만나러 왔을 듯한 두루마기를 정갈하게 차려 입은 중년 늙은이와 내 또래의 젊은이를 한 눈에 알아볼 수 있었다. 자리에 앉아 자신을 소개하고 나를 만나러 오신 연유를 물었다. 연이어서 수인사가 오고가고 차를 권했다. 그날 구체적으로 오고간 말들을 기억할 수 없다.

그 후 한 달여 만에 집으로 올라오라는 연락을 받고 시골집에 갔다. 아버님께서 내일(일요일) 지난번에 부산에서 너를 만나고 간 집에서 선을 보러 왔으면 좋겠다는 전갈이 왔으니, 어머니와 같이 다녀오라는 근엄한 명령이 떨어졌다. 아버지는 의논할 틈을 허용치 않을 듯한 단호한 아버지 말씀에 복종할 수밖에 없었다.

이 짧은 가족회의 중에 어머님이 하시던 얘기가 기억난다. 선을 보러가서는 아무것도 얻어먹지 않아야 속지 않고 제대로 결정할 수 있다는 속설이 있다고 운을 떼셨다. 어느 모자가 선을 보러갔을 때 신부 집에서 닭을 잡고 풍성하게 식사 대접을 했다고 한다. 내오는 음식을 거절 할 수 없어서 얻어먹은 두 모자가 동네 밖에 나와서 이야기가 오고 갔다. 어머니 왈 "니 생각은 어떠노?" 아들 왈 "엄마, 이래 잘 얻어먹고, 거절할려니 좀 뭐하제. 좋다 캐라 마." 그래서 결혼이 성사되었다는 이야기였다. 식구들이 함께 웃었다. 아버지도 아무 말이 없으셨다. 여동생이 오빠 가거든 음식 얻어먹었다고, 넘어가지 마래이라고 하던 말이 아직 기억에 생생하다.

지금 돌이켜보면 영천역 앞에서 중매쟁이 양반이 새길과 구길에 헷갈려 한참 헤맸던 것이 기억이 난다. 칠칠치 못한 중매쟁이가 한참 헤매다 영천역 앞에서 샛길로 빠지는 군부대 길을 잘못 선택해서 둘러가게 되었다. 우리가 앞서가던 길이 옳은 길이었고 방향을 바꾸어 간 길이 잘못 선택된 길이었다. 그런데 지금 돌이켜 생각하면 이 중매쟁이 실수가 교야와 내가 인연을 맺게 해줄 줄이야. 그때는 미처 생각도 못하고 길을 잘 못 들어 먼 길을 둘러간, 중매쟁이에게 부아만 치밀었다.

부대는 사명을 다한 흔적이 역력했고, 덩그런 막사들이 줄지어서 배고픈 하마 모양 입만 크게 벌린 정문에 복장을 제대로 챙겨 입은 흉내만 내는 군인이 두어 명 서 있었다. 우리는 정문을 지나 들판으로 나왔다. 이쯤에서 사방을 두리번거리던 중매쟁이가 오랜 여행에 지친 선원이 육지를 찾은 듯 갑자기 생기가 나는 목소리로 소리쳤다. "저기다, 저 집입니다." 이 말에 고개 돌린 내 눈에 한 폭의 그림 같은 풍경속에 나지막하게 엎드린 집이 들어왔다.

여담이지만 그 중매쟁이가 제길로 가서 눈앞에 펼쳐진 그 아름다운 경치를 보여주지 않았으면, 교야와 결혼은 성사되지 못했을 것이다. 왜냐하면 그 광경은 자연이 때 맞춰 최상의 아름다운 그림 한 폭을 마련해 나에게 보여주었기 때문이다. 중매쟁이가 가리킨 집은 빨갛게 익은 사과들이 단풍든 사과 잎 밖으로 처질 듯 배를 내밀로 있는 사과나무숲 사이에 엎드려 있었다. 마치 나에게 경의를 표하듯 머리를 낮추고 있었지만, 사과밭 주위에 늘어선 버드나무들이 주인을 호위하듯 키 큰 자태를 뽐내고 있었다.

나는 교육학을 수강한 사범대학 졸업생이었기에, 생활환경이 인성 교육에 미치는 작용을 누구보다 더 잘 알고 있었다. 그래서 나는 혼자 중얼거렸다. 이런 환경에서 자란 처녀라면 크게 기대를 저버리지 않을 것이며, 이런 아름다운 경치를 닮아 마음씨도 아름다우리라고 결론을 지었다.

한 젊은이가 대문에 들어서는 우리 일행을 맞이하여 아래 방으로 안내해 주었다. 중매쟁이는 우리와 작별을 했고 다시는 그 분을 보지 못했다. 장인이 그분에게 섭섭잖게 인사한 것으로 알지만, 내가 직접 감사하다는 말을 하지 못한 아쉬움은 아직도 내 맘에 남아있다.

아래 방에 안내되었지만, 다른 사람이 들어오지 않아 어머니와 나 둘만이 앉아서 방을 두리번거리거나 밖에서 사람들이 부산하게 오고 가는 소리에 귀를 기울이기 밖에 할 일이 없었다. 얼마 지나지 않아 점심상이 들어왔다. 우리를 마중한 젊은이(나중에 알고 보니 처녀의 오빠)가 점심상과 함께 들어와서 간단하게 인사하고 맛있게 드시라는 말만하고 나갔다.

어머니와 겸상을 했다. 반찬은 꽤 정성을 들인 듯, 닭도리탕에 돼지고기도 한 접시도 있었던 듯하다. 맛깔스럽게 차려져 있었다. 모두 시골에서 쉽게 접할 수 없는 반찬들이었지만 쉽게 수저를 들지 못했다. 어머니와 나 둘 다 선 보러가서 대접을 후하게 받고나면 마음이 흔들려 제대로 결정할 수 없다는 속설을 믿은 탓이었는지 주저하고 있었다. 내가 먼저 입을 열었다. 차려온 거 먹기라도 합시다.

상을 물리고 나서 30분쯤 지나자 큰 방에서 선을 보셨으면 어떻겠느냐고 연락이 왔다. 어머니께서 그래 너도 가자라고 말씀하셨다. 나는, "어머니만 보십시오. 저는 보지 않겠습니다"하고 말했다. 우리 시골에서는 남자가 처녀 얼굴을 함부로 보지 않는 풍습이 전해 내려와서, 나도 약간은 그 풍습을 따른 것이 되어, 나는 혼자 방에 남았다.

시간이 꽤나 흐를 때까지, 나 혼자 아래 방에 멀거니 앉아 있었다. 50여 년이 지난 지금에 무슨 생각을 했는지 확실히 알 수는 없었지만 가슴이 설렜다는 것은 기억이 난다. 어머니가 나오 시드니, 처녀에 대해서는 한 마디 말씀도 하시지 않으시고, 그저 돌아가자고만 하셨다. 더 지체할 이유도 없고, 게다가 나는 그날 부산까지 가야 하기 때문에 서두를 필요가 있어서 일어나 나왔다. 축담에 내려서서 몇 발짝 가다가 어머니에게 물었다. "처녀가 어떻습디까?" 어머니는 "키가 좀 작기는 하지만 자품스럽게 생겼더라"하고 말씀하셨다. "어머니 마음에 드십디까?"라는 질문에, 그만하면 괜찮은 것 같더라고 대답하셨다. 그리고 점심 대접도 잘 받지 않았느냐고 말씀하셨다. 전날 밤 얘기가 기억이 나서 모자간에 웃었다. 어머니 그러면 좋다는 말을 전하겠습니다라고 말하고, 이내, 따라 나와 인사하는 사람에게 내 말을 전했다.

나중에 안 일이지만 우리가 떠난 후에 "처갓집 쪽에서는 말들이 많았던 모양이었다. 입방아에 가장 많이 오른 것은 사내가 처녀 집까지 왔다가, 처녀 얼굴을 보지도 않고 갔다는 사실이었다.

이런 의혹을 불식시켜야겠다는 생각이 들었다. 내가 대구역에서 만나자는 연락을 어머니가 선 본 규수에게 전했다. 대구 어느 다방에서 마주 앉은 처녀는 예뻤다. 그리고 조용했다. 내가 무어라고 떠들어도 말이 없었다. 나는 서툰 예비신랑답게, 두서없이 떠들었던 것 같다. 돌이켜보면 그때 아내는 자리를 박차고 나갔어야 했다. 그랬으면 내가 그녀에게 지운 평생의 짐을 지지 않아도 되었을 것 아닌가? 아내는 그러지 않았고, 기꺼이 그 짐을 져 주었다.

내 결혼식 자체가 교야의 앞길이 순탄치만은 않을 것을 예고했다. 첫째는 시대의 흐름을 거슬러 영천 처가댁에서 구식으로 결혼식을 치르자고 제안한 것이다. 둘째는 구식으로 치루는 것도 모자라 우인 대표를 33명이나 몰고 간 것이다. 처갓집에는 다른 하객 대접은 젖혀 두고 신랑 우인 대접에 매달릴 수밖에 없었다. 세 번째는 신혼여행은 생략하고 신랑 집에서 간단한 잔치를 한 번 더 하는 것이었다. 교야는 이 서툰 총각과 이렇게 결혼이 성사되었다.

이렇게 순탄치 않게 세월이 흘러갔다. 그 중에 가장 큰 일은 학위를 받은 거였다. 그때 내가 아내에게 학위수여식에서 박사모를 씌워주며 말했다: "이 모자는 당신 것이요" 평생 아내가 나에게 심어주려는 것은 당신 자신의 꿈을 내가 실현시켜주는 것이었다.

아내는 대학교수가 되는 것이 꿈이었다. 내가 박사학위를 받고 대학교 정교수가 되고 정년퇴직할 수 있었던 것은 아내의 꿈을 내가 대신 실현시켜준 것이다. 아마도 이것이 내가 아내에게 박사모를 씌워주고 정교수 발령장을 아내에게 바친 이유일 것이다. 그리고 그것이 아내에게 준 가장 큰 선물일 것이다.

＊　　＊　　＊

　내가 아내에게 나와의 결혼생활이 어떠했느냐고 물은 적이 있다. 아내는 "지루하지는 않았소!"라고 한마디로 요약했다. 내가 한 서툰 짓들에 아내는 물리지도 않았나보다!!

수야 누나

—

감 철이 되어 홍시가 가게에 뜨면 그 유혹을 뿌리치지 못하는 버릇이 내게 있다. 집 사람이 어디서 들고 왔는지 감은 당뇨에 절대로 왈개라고 극구 말리는데 내가 유혹을 뿌리치지 못하니 가끔 다툼이 일어나기도 한다. 가을이 겨울로 접어들 때쯤, 불퉁감(대봉)이 홍시가 될 때면 내 인내심은 바닥이 난다. 몇 개라도 먹을 기세로 썹어 돌린다. 그러다 아내에게 들키기라도 하면 벼락이 친다. 이런 소동을 겪을 때 마다 나는 감을 왜 이리도 좋아 하는가 자신을 나무라기도 한다. 그러고는 문득 이 모든 소동은 근본 원인이 상북 누부(누나)에게서 비롯 되었구나 깨닫고는 혼자 씩 웃고만다.

그래 맞다 누부가 나를 업고 다닐 시절부터 길가나 태종댁, 지동댁 감나무 밑에 홍시를 주워 다 자기 입에 넣지 않고 나에게 먹였었다고 어머니가 일러주시던 말이 생각나서다. 감에 중독된 것은 누부가 나에게 가르쳐 준 그 맛 때문 아니었겠나. 그때는 누부가 열 한둘이 었고 나는 막 젖을 뗀 나이였었지. 이렇게 누부의 나에 대한 헌신하는 마음의 그늘이 근 80년이 지난 오늘에도 길게 드리우고 있으니 내가 어찌 누나의 고마움을 잊을 수 있으랴.

내게는 누나가 셋이다. 나이 들면서 무언가 좀 이상하다는 생각을 한 적이 있었다. 나이 순으로 보면 두 번째인 누나를 오히려 큰 누나라 부르는 것이다. 나이가 더 많은 누나가 있는데도 나이순으로 두 번째 누나를 큰 나누라 부르게 하는 게 이상했다. 이것은 세월이 좀 더 흘러 내가 고등학교에 입학하고서야 의혹이 풀리게 되었다. 나이순으로 제일 위 누나는 들어온 자식, 의누이였던 것이다.

누나가 우리집에 들어온 것은 내가 젖을 채 떼기도 전이었다고 한다. 들어오기 전에도 누나의 아버지가 우리집에 놉(일용직 노농자)으로 일 할 때 따라와서 나를 업어주어서 농사일 바쁜 어머니를 돕고 했으니 이미 우리가족과는 잘 아는 사이였다고 한다. 누나가 우리집에 오게 된 계기는 누나의 아버지가 사고사를 당한 것이 직접적인 원인이었다고 한다. 누나의 아버지는 누나처럼 몸집도 자그마하고 힘도 못써서 마을에 대농들 사이에서도 별로 인기가 없는 놉이었다고 한다. 고양이 손도 빌려야 하는 농번기에는 잠깐 수요가 있다가 농번기가 지나면 불러주는 사람이 없어서 빈들거리는 신세가 될 수밖에 없었다고 한다.

이 어른도 남자이고 게다가 상처라는 불행을 당했으니 농한기에 왜 술 생각이 나지 않으랴. 이 어른이 새 장가를 들기도 하고 새

부인과의 사이에 아들도 생겼으니 살림이 더 쪼달렸을 것이다. 그래도 먼저 간 부인이 마음에 받쳐 더 울적해지지 않을 수 없었을 것이다. 그럴 때마다 우리 마을 주막집에 가서 탁주 한 두 사발 들이키는 게 큰 위로였으리라. 그러나 줌치(주머니)에 돈이 들었을리 만무하니 농사꾼들이 그러하듯이 외상으로 마시는 수밖에 없었겠지. 이렇게 마신 외상술 값이 눈 덩이처럼 불어서 본인이 감당하기 곤란해지고 농한기가 오래 지속되니 당장 외상을 갚을 길은 더 막막해졌을 것이다.

주막을 경영하는 송씨 집은 첩까지 데리고 사는 제법 동네에서 위세를 뜨는 집안이었다. 게다가 송씨는 한 주먹도 있는 사람인데다 본처가 똑도굴레라는 별호를 가진 말빨로 송씨의 위세를 높이는데 크게 기여를 하고 있는 형세였다. 우리마을 유지들은 갑자기 집에 손님이 올라치면 그 집에 가서 손님 대접 할 때나 주막 주인댁 송씨네를 상대할까 평소에는 애써 외면하고 지내는 사람이었다. 그런데 어수룩한 누나의 아버지는 술이라는 악마의 유혹 때문에 술장사 송씨와 얽히지 않을 수 없었을 것이다.

첫째 문제는 누나의 집은 갈수기가 되면 말라버린 큰 도랑을 사이에 두고 주막을 마주보고 있는 것이었다. 둘째는 술의 갈증을 풀어줄 술이 집에는 없었던 것이다. 농번기에는 놉으로 가서 일을 하면 술은 으레껏 밥이랑 나오니 갈증을 풀 수 있었다. 그러나 농한기는 양식도 간당간당 할 정도로 어려운 탓에 술을 담글 여유도 없으니 술이 집에 있을리 없었다. 게다가 술이 고픈 해거름이 되면 도랑 건너편

송씨네 주기(酒旗)가 고헌산 너머로 지는 햇살을 받아 나부낄 때면 첫 부인이 손짓하는 것 같았을 것이다. 그러니 30대 후반의 불쌍한 술꾼은 이것 저것 따질 것 없이 주막에 달려가 외상술을 들이킬 수밖에 없었을 것이다.

이 한잔 한잔이 쌓여서 큰 화근이 되는데는 오랜 시간이 걸리지 않았을 것이다. 어느 때인가부터 송씨가 은근히 외상값 독촉을 하기 시작하더니 어느 때부터는 그 굵은 주먹을 흔들어 보이기 시작했다. 처음은 골목에서 둘만이 만났을 때만 위세를 부리더니 차츰 강도를 높여서 다른 사람이 있는 데서도 위세를 떨었다. 누나의 아버지는 점점 더 주눅이 들고 공포에 휩싸였다. 나날이 채권자의 위세 강도가 더 해졌을 테니 스트레스는 오죽했으랴.

그 날도 차리에 초상이 났다는 소문을 들었다. 상가집은 공짜 술을 먹을 수 있는 좋은 기회를 제공해 주었다. 중년의 이 술꾼은 술과 밥의 향기에 이끌려서 문상을 핑계로 상가집에 간 것이 생의 마지막 나들이가 되었다. 그 시절의 버릇대로 간단하게 문상 절차를 끝내고는 여러 사람과 상머리에 둘러 앉아 상가에서 내 놓은 술과 밥을 나누어 먹었을 것이고, 서산에 해가 기울 때까지 술자리가 계속되다가 주위 사람들의 눈치에 마지못해 자리에서 일어났을 것이다. 상가집을 나서자 이내 어둠이 깔리기 시작했을 테지만 아랫마을인 우리 마을까지의 길 잃을 걱정이 없었을 테니 누구도 멀어져 가는 손씨를 시원섭섭하게 여겼을 뿐이지 염려하지는 않았을 게다.

손씨는 가람 두루마기가 발에 걸려 버릴까 싶어 두루막 끝단을 걷어 올려 허리춤에 꽂고 다 헤어진 갓을 비스듬히 목에 건 몰골로 자갈길을 비틀거리며 내려 왔을 게다. 날은 어두워지고 취기는 올랐을 것이다. 방천목에 이를때까지는 아무 문제가 없었을 것이다.

그 때 마침 한들보와 장싯골보 공사가 한참이라 시멘트를 하기위해 도랑을 깊숙이 판 공사현장에 이르렀을 때는 공사장 뒷처리를 제대로 하지 않아서 장애물이 길에 여기 저기 어지럽혀져 있었다. 평소 다니던 길의 지형이 완전히 바뀌어 있었던 것이다. 방천목은 한쪽이 산의 끝자락이고 건너편은 들이 시작 되는 언덕 이어서 그 사이가 간격이 좁다. 이 사이에 도랑도 흐르고 중리 차리 사이를 잇는 길도 있었다.

도랑은 홍수 때가 아니면 크게 건너기에 문제가 안 될 정도로 물이 적었다. 도랑에 놓인 징검다리를 건너는데 버선을 벗거나 짚신을 벗을 필요도 없는 곳이었다. 그러나 손씨가 그날 거기에 닿았을 때는 구덩이를 파느라 쌓아놓은 자갈 더미를 넘어 가야했다. 그 당시는 공사인부들의 안전 의식이 결여되어있던 시절이라 지나다니는 사람의 안전에는 한 푼 어치의 관심도 있을 리 만무하다. 한 낮이었으면, 또 손씨가 술도 걸치지 않았으면 전혀 문제가 되지 않았을 것이다. 그런데 그는 술 탓에 행동이 둔해진데다가 자갈이 작은 산만큼 쌓여 있으니 발을 놓을 곳을 몰라 자갈 더미에 올랐다가 발을 헛디뎌 미끄러져 구덩이에 빠져 버렸다. 구덩이 밑바닥에는 어른 허리춤 정도 되도록 물이 차 있었다고 한다. 손씨는 이 물 웅덩이에 빠져버렸다. 그리고는 빠질 때에 머리가 땅에 부딪치며 정신을 잃었을 것이다.

그리고 그는 그길로 저승으로 직행했다.

이 얘기는 손씨의 손위 처남인 신필어른이 내게 들려준 얘기였다. 그 분 나이가 70이 넘었을 때였다. 그분이 이야기 할때는 이미 기억이 가물가물하기도 하고 자세한 것은 잊어버렸을 수도 있지만 유일한 목격자이니 믿을 수밖에 없다.

한 밤이 되어서야 손씨의 아내가 걱정되어 오빠(신필어른)를 찾아 갔다고 한다. 오빠(신필어른)는 즉시 이웃들과 함께 손 씨를 찾아나섰다. 손씨가 상가집에 간 것은 익히 알고 있었던 일이니 손 씨가 돌아올 때의 길을 되짚어가면서 길가를 살피는 수밖에 없었다. 두 세명의 수색대가 뭔가 짚이는 게 있었는지 곧장 방천목 공사 현장으로 갔다. 그들의 길을 밝혀줄 것이라고는 아무 것도 없었다. 그러나 익숙한 길이니 별 어려움없이 방천목에 닿아 사방을 두리번거렸지만 딱히 눈에 띄는 것이 없었다.

그때 자갈무더기에 올라간 사람이 아래 웅덩이 바닥에서 희꾸무리한 것을 발견했다. 다른 사람도 사람 같은 덩어리를 발견했다. 그 중 날래기로 이름난 손 씨의 손위 처남인 신필 어른이 손씨가 미끄러져 내려가듯이 구덩이 속으로 미끄러져 내려갔다. 신필 어른은 한눈에 자기 매제를 알아보았다. 매제는 두 발이 물속에 잠겨 있었고 거의 무릎까지 물이 차있었다. 상체는 비스듬히 누워있었다. 자살이라고 보기에는 물이 너무 얕았고 타살로 볼 흔적도 없었다. 그러니 사고사라고 할 수 밖에 없다고 신필 어른은 결론을 내렸다. 그래도 살려고 애쓴 흔적이 없었으니 죽고 싶은 마음이 없었다고 할 수도 없었다고 한다.

신필어른은 그 근거로 주막주인 송씨의 과도한 외상값 독촉을 예로 들었던 것이다. 다른 사람들이 있는데도 송씨는 여러번 몰아세웠고 심지어 사내구실도 제대로 못하는 주제에 외상술은 먹는 다는 식의 막말도 서슴치 않았다고 한다. 신필어른은 마지막으로 "기가 약한 사람이니 선택의 여지가 없었을 거야!"라고 덧붙이며 혀를 찼다.

이렇게 가장을 잃고 난 손씨 집은 말이 아니었다. 그나마 손씨는 이웃들 도움으로 거적 대기에 쌓여서 공동묘지에 묻혔다고 한다. 그래도 선친께서는 술 한동이에 양식을 보태어 상두꾼의 배를 채워주어 상사일을 마치게 했다고 한다. 신필어른이 "화동어른(아버지의 택호)이 고맙지."라고 덧붙이는 것도 잊지 않으셨다.

재혼한 손씨댁은 전처의 자식인 누나와 자기 소생 젖먹이 자식만이 다 쓰러져가는 오두막에 남았다. 끼니가 걱정이었다. 농사철이 아니니 농사일도 없는데다 젖먹이 아이까지 딸렸으니 놉으로 일할 수도 없었다. 남편이 죽은 후에 이웃의 온정으로 겨울은 났으나 이듬해 봄이 되자 식량이 완전히 바닥이 났다. 그녀는 굶어죽을지도 모른다는 공포에 직면하자 친정으로 돌아가기로 했다.

친정으로 출발한 것은 늦은 봄날 이었다고 한다. 누나가 전해준 기억에 의하면 젖먹이를 누나가 업고 계모는 이불 보퉁이를 이고 40리에 가까운 산길을 걸었다고 한다. 누나는 배도 고프고 다리도 아팠지만 계모가 젖을 먹일 때만 잠시 잠시 젖먹이를 내려 놓는 게 쉬는 것이나 마찬가지였다. 조금이라도 불평스런 눈짓이 보이기라도 하면 표독스런 계모의 손찌검이 날아들었다고 한다. 산길에 오가는 사람도 없는 곳에서 울어봐야 아무 소용이 없다는 것을 깨닫고 안간힘을 다해 참을 수밖에 없었다고 한다.

누나가 특히 기억나는 것은 열박제를 올라 갈 때였다고 한다. 열박제를 혼자 오르기도 힘든데 애기를 업기도 했으니 숨이 턱까지 차 비실거리기라도 할라치면 계모의 손찌검이 인정 사정 없이 욕설과 함께 날아들었다고 한다. 누나는 이러다 죽을지도 모른다는 공포에 휩싸였다고 한다. 그런데 10리 길에 가까운 열박제는 왜 그리도 멀고, 햇빛은 그리고 따가웠든지, 생각 날 때마다 몸서리 처진다고 했다.

계모의 폭행은 손찌검에만 그치는 것이 아니었다. 누나의 아버지가 살아 있을 때도 아버지 눈을 피해 손에 잡히는 것이면 무엇이든 불문하고 휘둘렀던 것이다. 이런 폭행이 누나의 아버지가 죽고 난 뒤에는 빈도가 심해지고 강도 또한 더해졌다고 한다. 게다가 친정집에서 잠시 살 때 그 강도는 상상도 할 수 없을 정도였다고 한다.

계모와 젖먹이 누나의 일행이 월평에 있는 계모의 친정에 닿았을 때의 광경을 상상해보면 영락없이 피난민 행색이었을 것이다. 이런 고난의 행군에도 불구하고 계모의 친정은 반겨줄 형편이 못되었다. 계모 오빠 둘은 살림을 차려 나갔고 땅 한떼기 없는 중년을 훌쩍 넘긴 홀어머니가 오두막에 홀로 살고 있었으니 알만하다. 계모가

식구를 대동하고 나타나자 누나의 계모의 어머니는 익숙한 환영사
는 고사하고 딸에게 타박하기 바빴다. 아이고 이것아 거기 살지 여기
서 어떻게 살아가잔 말인고 라는 말이 날아들었다.

이튿날부터 계모와 친정어미가 합세하여 누나를 학대했다고 한
다. 먹을 것을 제대로 주지 않을 뿐만 아니라 끼니때는 누나를 따돌
리기까지 했던 것이다. 한 달이 못 되어 어린 누나는 이대로 가다가
는 굶어 죽을지도 모른다고 직감했다. 살려면 살길을 도모해야한다
고 생각했다. 그 때 떠오른 곳이 우리 집이었다. 누나의 아버지가
우리 집에 일하러 갈 때 따라가면 친절하게 대해주고 먹을 것도
따로 챙겨주던 나의 어머니를 떠올렸다고 한다.

지옥을 벗어나 살길을 찾기로 했다. 누나는 어느 날 무작정 길을
나섰다. 잔머리 굴려서 생각해낸 것이 고작 계모와 함께 걸어온 길을
되짚어 가는 것이었다.

막상 길을 나섰지만 용기가 나지 않았다. 그러나 계모와 계모어머
니의 폭력이 등을 떠밀고 배고픔이 발길을 재촉했다. 그 때는 이미
여름이 마각을 들어내기 시작할 때였다. 햇빛은 따가웁고, 입은 옷은
철을 따라갈 형편이 아니었다. 거지와 다름없는 몰골로 해가 서쪽으
로 다 기울 무렵 우리집에 다 다랐다고 한다.

누나가 집에 들어서자 제일 먼저 발견하고 알아본 이는 어머니였
다고 한다. 어머니가 "수야! 니가 웬 일이고?" 했을 때는 누나가
"엄마!" 라고 외마디 소리를 지르며 울기 시작했다고 한다. 사실 누나

가 "엄마!" 라고 한 말이 놀라서 지른 말인지 내 어머니를 보고 어머니로 인정하고 엄마라고 했는지 알 길이 없지만 어머니가 돌아가시고도 나와 내 동생은 "애고!" 라고 곡하는데 누나는 "엄마!" 라고 곡한 것을 보면 후자의 가설이 맞을 듯하다.

누나가 우리 집에 온 후로는 누나의 과업은 아직 채 젖을 떼지 못한 젖먹이 나를 업어주는 것이다. 식구들이 밥을 먹을 때 밥상에 어린 내가 덤비지 않도록 밥을 질기(덜 된 밥을 미리) 퍼주는 것이 관례가 되었다. 누나가 나에게 밥을 먹이고 함께 자기도 몇 술 떠는 둥 마는 둥 하며 한 끼를 떼우고는 나를 들쳐 업고 나갔다. 대게 은행나무 아래로 갔다. 은행나무는 나이가 600살이나 먹은 거목이다. 둘레가 11미터나 되고 키는 40미터가 된다. 아래에는 제법 넓은 공터가 조성되어 있었다.

그 곳이 나와 누나의 놀이터였다. 나에게는 장난감이라고는 변변한 것이 있을리 없다. 근 80년 지나고도 생각나는 놀잇감은 진흙이었다. 무논에서 손으로 진흙을 파다가 그것으로 무언가를 만드는 것이 나의 놀이였다.

내가 제일 많이 만든 것은 물레방아였다. 흙으로 물도랑을 만들고 거기에 물방아 바퀴를 만들어 풀줄기를 꿰어서 달면 물방아 완성이다. 설치 장소는 거대한 은행나무 밑둥치에 기대어 설치한다. 그리고는 손으로 모래를 긁어서 위에서 아래로 내리면 모래가 구멍을 따라 흘러내려오는 것을 보고 즐긴다. 이 장난을 할 때 누나의 의무는 거저 내가 다치지나 않을까 보호하는 것이 전부였다. 그러다 내가 배가 고프다고 보채면 업고 점심 먹으러 집에 갔다. 누나에게도 그리 힘든 일은 아니었을 것이다. 훗날 누나가 나에게 말했듯이 나를 보는 것이 등에 업혀서 오래 있고 싶어 하지 않아서 수월했다고 한다.

더욱이 우리 집은 배곯지 않고 매 맞을 염려 없으니 계모와 함께 살 때와는 비교할 수도 없는 낙원 같았을 것이다. 누나가 하는 일은 나를 울리지 않은 것이 첫째 임무였다. 울리지 않으려면 어떻게 하든 내 입에 먹을 것을 넣어주는 것이 가장 중요했다. 그러려면 집에서 만든 간식거리 외에 홍시나 밤을 주어 먹여주는 것이었다. 어머니가 이런 말씀을 하신 적이 있다. "수아는 니가 눈에 밟혀서 먹을 것을 제 입에 먼저 넣는 법이 없었단다." 누나도 아직 어린 나이였음에도 나를 챙기는 것이 먼저였던 것이다.

누나가 우리 집에 와서 나이가 들어가자 시집 보낼 일이 걱정되기 시작했다. 나이가 더 차기 전에 신부 수업을 해서 보내야 되겠다고 어머니가 생각하시기 시작했다. 신부수업 첫째는 바느질이었다. 지금도 호롱불 밑에 누나에게 바늘을 들려서 버선을 꿰매게 하시던 모습이 눈에 선하다. 누나는 솜씨가 형편 없었다. 어머니가 되풀이해서 일러주어도 어머니 마음에 들지 못했다. 어머니는 야단을 치시다가 머리를 쥐어박기도 했다. 그러면 누나는 서러워서 고개를 숙인 채 눈물을 뚝뚝 흘렸다. 이글을 쓰는 지금도 호롱불, 바늘을 쥔 누나의 손, 어머니의 엄격한 얼굴들이 내 눈 앞에 섞여서 가슴을 아리게 한다.

누나가 시집을 갔다. 시집가는 날 나는 학교에 가느라 누나를 배웅

하지 못했다. 그러나 새벽에 누나가 큰방에서 독상을 받아놓고 우느라 숟가락질을 못하던 광경은 기억한다. 사람이 그만큼 서럽게 울 수 있는지 80이 넘어서도 본적이 없다. 아버지 어머니 없이 8년 세월을 남의 집 살이 하다 시집을 가느라 떠나는 마음이야 어디 한 두 줄 글로 마무리 할 수 있으랴. 서럽게 울던 누나는 내가 학교에 다녀 왔을 때는 가고 없었다. 나는 어떤 놀이에도 신이나지 않아 누나가 가마타고 넘어 갔을 서녘못 옆으로 난 다개로 넘어가는 고개로 접어 드는 오솔길을 은행나무 밑에서 하염없이 바라보는 게 내 나름대로 누나를 보내는 작별인사였다.

그때부터 누나의 명칭은 상북누나로 바뀌었다. 시집간 곳이 상북의 가지산(신불산) 아래 석남사의 시하촌이었기 때문에 상북누나가 된 것이다. 우리 마을에서 산골길로 다개를 넘어 향산 뒷길로 빠지면 50리 길이나 되는 곳이었다. 이 길은 내가 초등학교 5학년 때 누나 시가댁 잔치에 부조로 보내는 떡(쌀 한말로 한 시루떡)을 등에 지고 간 길이다. 이 때 내 나이 11살 키는 130센티미터 가 될까 말까 한 조무래기였다. 내가 그 부조를 가져다주고 하룻밤을 그 집에서 자고 난 뒤 집에 돌아와서 몸살이 나서 근 5일을 앓은 기억이 난다. 물론 아버지가 함께 갔지만 아버지 연세 50이 넘은 나이시니 내 대신 시루떡을 져줄 건강이 아니셨다. 게다가 큰옷(두루마)을 입으신 탓에 짐을 질 수 없기도 했을 것이다. 여하튼 거의 하루 내내 걸어서 잔칫집에 도착했다. 그 집에 가서도 잔칫집 당가가 아니라 가까운 친척집에 누워 있었던 기억이 난다.

정작 누나의 결혼 생활은 평탄하지 못했다. 우선 누나의 시가댁은 시어른 다 돌아가시고 계시지 않으셨으니 시집살이가 고되었기 때문은 아니었다. 시집살이가 고된 것은 시가댁 살림이 넉넉지 못한게 첫째 원인이었고 둘째는 남편이 인천상륙작전에서 행방불명이 된 탓이었다.

누나의 남편이 우리집에 장가를 올 때는 해군에 복무하고 있었다. 그리고 인천에서 근무하고 있었던 것으로 알고 있었다. 아버지를 초대하여 서울 구경을 시켜주신 큰일을 하셨으며 그 때 나에게 운동화를 한 켤레 선물로 사보내신 것도 기억난다. 자형이 그 당시로는 큰돈을 쓰셔서 아버지께 서울구경을 시켜주시고 내 운동화까지 사보내신 것이다. 그것으로 그 자형과 우리집의 관계는 끝이 났다. 그 이듬해에 6.25사변이 나고 자형이 작전 중에 행방불명되었기 때문이다.

누나의 시집살이가 고되 지면서 아버지 어머니는 여러 각도로 해결책을 모색했다. 누나 시집살이를 고되게 하는 첫째 원인은 8명이나 되는 손위 시숙들이었다. 시숙들이 동생 댁을 도와준다는 명목으로 괜히 끼니때가 되면 몰려와서 양식을 축낸다던지 이것저것 간섭을 해댄다던지 행패 아닌 행패를 저질렀다. 아버지께서 때로는 형이 가서 좋은 말로 시숙들을 타이르기도 했으나 효과가 없었다. 누나를 그 도적떼와 떼어내어 도와주기 위해서 언양중학교에 다니는 나와 함께 살게하기도 했다. 누나가 내 밥을 해주고 함께 생활했다. 누나가 오래 집을 비울 수 없고 나도 방학이 되면서 언양 생활은 접었다.

　마침 재봉틀을 누나가 구입할 수 있어서 시골에 남아서 삯바느질을 할 수가 있었다. 제법 재미가 쏠쏠하여 논도 살 수가 있어서 그 마을에서는 편하단 말을 들었다. 그러나 누나 형편이 풀리자 시숙들의 행패는 더 심해졌다. 누나가 집에 혼자 살다보니 신변에 위협까지 느끼게 되었다. 이렇게 누나 처지가 더 어려워 가던 차에 이모가 서울로 이사를 가면서 누나를 함께 서울로 가자고 꼬드겼다. 이때는 누나가 30을 넘겨서 세상 물정을 좀 알았을 텐데 왜 터무니없는 결정을 했는지 모를 일이다.

　누나의 이야기에서 이쯤에 이르면 이모 이야기가 나와야하는 시점이다. 외할아버지는 아들이 없이(18살 먹은 아들을 잃었다 한다) 딸만 셋이었다. 내 어머니는 중간이다. 셋 중에 어머니는 세딸 중에서 매사에 중간이었다. 미모도 큰 이모가 제일이었고 성품도 강직함에서 작은 이모에 밀렸다고 할 수 있다. 그래도 수에서 만은 어머니가 최장수를 누려서 92살까지 천수를 누렸으니 자식인 나에게는 다행스런 일이었다.

　작은 이모는 아들 하나를 두고 이모부와 생이별을 하셨다. 이모부와 일본에 사시다가 태평양 전쟁 막바지에 아들을 안고 남편과 헤어져 귀국선을 타셔서 이별을 하셨다. 해방이 되고 친정에 정착하셔서 이별이 굳어졌다. 넉넉지 못한 친정에 아들하나 데리고 곁방살이를 했다.

이모는 성품이 대단하셨다. 그런데 서울로 이모가 이주하는 과정에서 누나를 꼬드겼다. 누나는 어머니에게 한마디 의논도 없이 이모 따라 나선 것이 누나의 큰 패착이었다. 우선 어머니 아버지에게 비밀로 하느라 집과 논을 제 값을 받지 못한 것이 첫째 패착이고, 둘째는 이모의 능수능란한 계산법에 휘둘려 사기를 당할 가능성을 염두에 두지 않은 것이 둘째 패착이었다.

누나의 서울 생활의 시작은 그야말로 시골 닭 장판에 내어놓은 격이었다. 말씨도 경상도 말씨니 집 밖에 나가는 것조차 두려워했다. 이모는 누나를 두고 호구를 찾아 헤매기 일 수였다. 일 년여가 지나서 그 차판에 누나가 외출을 하고 돌아오니 이모가 아들과 함께 사라지고 없었다. 누나는 적막강산에 외톨이가 되어 막막하기 그지없었다. 사라진 이모는 남자도 당할 수 없을 정도로 강단이 있으셨고 육체적 힘 또한 남자 못지않으셨다. 뿐만 아니라 서울에 잠시 함께 사는 동안에도 모든 일을 이모가 알아서 처리했었다. 이런 상황에서 이모가 사라졌다. 어느 때인가 이모가 모심기 때에 앞장서서 전장에서 천군만마를 지휘하는 장군처럼 일을 지휘 감독하는 것을 본 일꾼들이 저러니 남편에게서 소박을 맞지 않을 수 있나 하고 수군덕거릴 정도였으니 말이다. 누나는 천지공산에 홀로 버려진 고아신세가 되었다.

누나와 이모가 서울에서 솔가하여 이사한 것은 이외로 나한테서 비롯되었다 할 수 있다. 내가 대학에 들어가서 2학년이 되었을 때 내 얘기를 이모가 전해 들었던 것이다. 하숙비는 얼마이며 집을 세

얻으려면 얼마비용이 든다는 등의 정보를 나 같은 올갖지 않은 정보원을 통해서 얻은 정보로 이모가 덜컥 결심을 했던 것이다. 서울로 가서 아들을 공부시키자. 이때는 아들(내 이종사촌)이 고등학교 3학년이었던 때였다. 이모는 아들을 서울에 있는 대학에 보내고 먹고 살수 있다고 생각했다. 두 마리 토끼를 잡을 길을 서울에서 찾으려했다. 그 길은 집을 빌려 하숙을 치는 것이라고 결론을 내렸다. 이모는 결심을 하면 망설임 없이 실행에 옮기는 분이었다. 이런 엄청난일을 벌리면서 가까이 사는 친언니(내 어머니)와 의논 한마디도 하지않았다. 더구나 그 대 프로젝트의 핵심에는 내가 하숙하고 내 친구한둘을 하숙생으로 모시는 것이 들어있음에도 불구하고, 계획을 실천 옮길 때는 나나 어머니에게 의논한마디 없으셨다고 한다. 이리하여 나도 모르게 내가 이모의 대 프로젝트에 휘말리는 신세가 되었다.

이모의 엄청난 계획에는 누나가 집을 팔아서 합류하는 것도 포함되어 있었다. 이모가 서울에 터를 잡자 나는 이모의 전세 하숙집에한 학기 정도 하숙했던 것 같다. 그리고 무슨 사연인지 모르게 이모와 누나가 합류하여 다른 곳으로 이사를 갔다. 그 후 이모와 누나가틈이 벌어지면서 헤어졌다. 둘의 관계가 악화되어 이모가 누나를입에 담지 못할 말을 해대는 사태가지 벌어졌다. 급기야 어머니가누나와 이모사이에 중재를 위해 서울까지 올라오는 일을 하지 않을수 없었다.

나중에 어머니에게 전해들은 이야기를 종합하면 누나가 이모를속이고 방세를 빼돌렸다는 것이었다. 그런데 누나의 이야기는 누나가 외출하고 돌아왔더니 이모가 살림을 챙겨서 사라지고 없더란 것이었다. 누나가 천신만고 끝에 이모를 찾아 갔더니 이모는 냉정하게 누나를 나무라고 하룻밤 숙식까지 허락하지 않았다고 한다. 누나는 결국 수소문 끝에 시가댁 종질에게 가서 의탁하게 되었다고 한다. 이 계기로 이렇게 누나는 승냥이를 피해서 늑대보다 더 악독한 짐승(흡혈귀)을 만나게 되었다.

이모의 섣부른 계획에 누나의 일생이 왜곡되고 망가져 버렸다. 이제 누나가 살 길은 전쟁미망인 이라는 부적을 믿는 수밖에 없게 되었다. 이 수를 알아봐준 사람이 바로 시 종질이란 남씨 성을 가진 사람이니 이분이 누나에게 평생 앵벌이를 시켜 먹는다고 우리가 말하고 있는 사람이다. 그는 누나를 잽싸게 보훈처에 등록하고 일자리를 받으려 했다. 그 일자리를 얻는데 자격 요건은 초등학교의 졸업장이었다.

이야기가 여기에 이르면 내가 등장할 차례다. 마침 내 친구 중에 부산교대를 나온 초등학교 동창 녀석이 내가 졸업한 모교인 두서 초등학교 재직하고 있었다. 여름방학에 고향에 내려가 있던 내가 친구를 만나서 졸업장을 만들어 달라고 부탁했다. 그 친구가 나에게 물어본 것은 단 한가지였다. 한글은 깨쳤니? 나의 긍정적인 대답에 그는 O.K 내일 가져다 주마 였다. 그래서 교장선생님의 직인이 찍힌 제대로 된 졸업장(일련번호도 있었다)을 받아서 누나에게 전했다.

돌이켜보면 누나를 위해서 내가 해준 것이 있다면 아마도 이게 유일한 것이었는지 모른다. 이 서류 덕에 누나는 농촌 진흥청에 들어가 진흥청의 청소부를 거쳐서 나중에 서울시 청소부로 전직하셨다. 시간이 지나자 시청 본청에 어느 국장실을 맡아서 정년이 지나기까지 일을 하셨다.

장인어른이 우리 집에 오셔서 누나를 한두 번 보신 적이 있다. 장인어른은 사람을 알아보는 눈이 있으신 분이었다. 그걸 내가 어떻게 아느냐고 묻는다면 나를 사윗감으로 낙점을 찍은 것을 보면 알 수 있다 하겠다. 아무튼 장인어른이 누나를 한번보고 내린 관상 평은 한 마디에 불과했다. 좁쌀 두 개도 동개놓고 못 살 분이야. 안타깝군!

좁쌀 두 개도 쌓아두지 못하게 하는 흡혈귀가 바로 누나의 시종질 남씨였다. 누나가 청소부 일을 해서 받아오는 월급은 거의 전부 그 집 식구들 생활비로 써버렸다. 그러고는 누나에게 수시로 사업한답시고 돈을 구해오게 했다. 누나는 목돈을 만드는 수단이 시청 청소부 아주머니들과 계를 하는 것이었다. 계를 하여 곗돈을 타기만 하면 흡혈귀가 기다렸다는 듯이 날름 집어 삼켰다. 그 뿐 아니었다. 수시로 누나에게 돈을 빌려오게 했다.

이렇게 살아가다가 어느 날 의심이 들기 시작했다. 누나가 월급과 기타 수입을 어디에 쓰는가 하는 의구심이 생겼다. 그 즈음 언젠가 누나가 나에게 앞으로 어떻게 살아갈까를 의논한 적이 있었다. 내가 한 말은 조카(남씨) 집에서 나와 독립해서 독립채산으로 살라는 것이었다. 누나는 그러지 못했고 더 이상 나에게 묻지 않고 나도 관심을 두지 않았다.

남씨에게 흡혈귀라는 별호를 우리가 붙여 준 데는 그간의 내력으로 보아 그렇게 되었다. 내가 실물을 대한 것은 대학교 다닐 시절 아버지와 사촌형들이 나를 믿고 서울 구경을 왔을 때였다. 그 때 나는 다섯 분의 어른들을 모시고 서울 구경을 시켜드리고 있었다. 마침 비원 구경을 갔을 때 어떻게 알고 왔는지 비원 입구에서 나를 기다리고 있었다. 나는 그 분이 나를 찾아내는 실력을 보고 대단하신 분이라 여겼다.

그는 이러한 잡기와 세상을 보는 눈으로 여러 가지 일을 하신 것으로 안다. 예를 들어 부동산 경매에도 관여하여 값싼 부동산을 경매 받아서 얼마간 보유하다가 마진을 붙여서 파는 일을 한 동안 하셨다. 전해들은 바로는 선생이었던 나에게는 꿈에서나 들을 수 있는 금액을 벌었다는 말을 듣기도 했다. 또 어떤 때는 손해를 보아서 급전이 필요하다면서 나에게까지 도움을 청하기도 했다. 누나의 부탁을 통해서였다. 나는 집 사람에게 상한선을 정해서 그 이상의 금액은 절대 빌려주어서는 안 된다고 못 박았다. 그 못의 덕택인지 다시는 돈 빌려달라는 말은 듣지 못했다.

누나는 서울시청에서 워낙 부지런하게 일을 해서 인사권자들에게 고임을 받았다. 그래서 담당한 국장실의 주인에게서 여러 가지 혜택을 받았다. 명절에 떡 값을 받는 것은 물론이고 실국장실의 방문객 손에 들고 오는 제법 괜찮은 물건도, 실국장들이 손님이 가고 나면 비서에게 전하고 비서가 다시 누나에게 전해주는 식이었다. 그래서 누나가 함께 사는 남씨의 다섯 아이들이 학교 다니는 동안 학용품비

용은 물론이요 간식비까지 절약할 수 있었다. 누나가 언젠가 당신 아니면 그 집 애들을 공부시키지 못했을 것이라고 말한 적이 있을 정도였다.

누나는 자기 주위에 있는 모든 사람에게 혜택을 골고루 나누어 주어야하는 것으로 생각하는 경향이 있었다. 이걸 부처님 마음이라고나 할까? 예를 들어 우리집에 어떤 물건(돈이라도 좋다)이 남아 돌면 모자라는 집에 얻어다 주어야 하는 것으로 생각했다. 그래서 시청에 근무할 때 자질구레한 사무용품을 우리 집에 가지고 오기 일쑤였다. 나는 말리지도 못하고 그냥 쓰기만 했다. 언젠가 한번 얘기를 해야겠다고 생각했다. 어느 날 집사람이 누나에게 고맙다고 말하자 남씨네에는 여기보다 엄청 더 가져 갔다 준다고 말하는 것으로 대답을 대신했다.

언젠가 누나의 이런 성향을 보고 내가 집사람에게 한마디 한 적이 있다. 누나를 보면 반드시 사후의 세계가 있어서 복락을 누리게 해야 할 거라고 했다. 그리고 이렇게도 덧붙인 기억이 있다. 서울시는 부자인가보다. 누나 같은 청소부가 서울시 물건을 무단으로 들고 나와도 서울시가 망하지 않는 것을 보면 알 수 있다고 했다.

옛날 소련 사람들이 하던 농담이 기억이 난다. 세상에서 가장 부유한 나라가 어느 나라인가라는 질문에 미국이라고 대답하는 사람은 타박을 맞기 일쑤다. 정답은 소련이었다. 이유는 역사가 비롯된 이래 우리(소련인들)가 나라의 재산을 훔쳐도 아직도 소련이 망하지 않았잖은가? 모를 일이다. 서울시도 부자라서 그런지 그래서 발전이

안 된다는 건지 알 수 없다.

이쯤에 이르니 어릴적 어른들에게 들은 말이 기억난다: 얌생이 몬다. 얌생이는 염소를 이르는 고향 사투리다. 염소를 몬다고 하면 내가 전하고자 하는 의미하고는 멀어진다. 왜냐하면 이 말 속에는 6.25의 슬픔, 혼란, 무지가 비벼져 들어가 있기 때문이다.

이 말의 출처는 부산에 있는 미군부대 노무자들의 비속어에서 나온 말이다. 노무자들이 불법적으로 군수물자를 훔쳐 나오는 것을 의미하던 말이 널리 퍼져서 쓰였기 때문이다. 어릴적 '서리한다'는 말과 의미가 겹쳐지기도 한다. 이웃집 담장가의 감나무에 달린 홍시를 따먹는 것을 죄스럽게 생각지도 않았으며 한걸음 더 발전하여 이웃집 참외나 수박 밭에 밤에 몰래 들어가는 것 까지도 눈감아 주던 때에 '훔친다' 하지 않고 '서리한다' 고 했지 않은가. 여하튼 불법과 장난의 경계가 모호하던 전쟁때 시대상의 한 단면으로 보면 이 시대를 아우르는 말을 내 종형이 한마디로 정리했다: "우리 못사는 사람은 때로는 법대로 하면 못산다."

누나도 때로는 자기에게 가까운 사람들에게 조그마한 이득을 챙겨주는 것이 거창한 도덕률에 저촉이 되리란 생각도 못했을 것이거나 아예 안했을 것이다. 그렇게 누나가 시청에 다니는 동안 흡혈귀 남씨의 교묘한 횡령이나 도둑질은 질이 더 나빠져서 누나의 봉급 모두를 이런 종목 저런 종목으로 빼앗아가게 되었다. 심지어 그는 누나가 보훈처에서 집을 세 채나 받아서 횡령하도록 술수를 부리기 까지 했다. 여하튼 누나 손에 모이는 돈이라고는 한 푼도 없었다.

이러니 누나처지를 생각할 때마다 장인어른이 하신 말씀이 생각나지 않을 수 없었다. "깨알 두 개도 못동개(쌓아 둘)놀 상이다"

내가 집사람과 누나 얘기를 할 때면 결론 삼아 말하곤 했다. "그 남씨네가 누나가 정년퇴직을 하고 난 뒤에 남은 여생도 한결 같이 보살펴 주었으면." 그러나 사람의 마음을 조석변이라는 옛 말이 옳다는 것이 드러났다. 누나가 정년을 했을 즈음 남씨네가 딸을 부잣집에 출가시키고 형편이 풀렸다. 그러자 누나에 대한 대접이 달라져서 누나가 홀대에 견디지 못하고 그 집과 분가를 하게 되었다. 분가라 해봐야 별게 없다. 남씨가 집을 얻어서 나가면 그게 분가였던 것이다. 자세히 듣지 못해서 어떤 사정이 있었는지 모른다. 누나의 입에서 당신의 질부(남씨의 부인)에 대한 험담 중에서 집사람과 나는 두 집이 갈라졌다는 것을 알게 되었을 뿐이다. 누나가 혼자 살 때는 우리집 출입도 더 잦아졌다.

누나는 탁월한 메신저였다. 서울시청의 어느 국장실에 근무하면서 국장님이 계시지 않을 때는 국장실이 누나 차지였다. 그래서 전국 어디든 전화를 할 수 있었고 그래도 누나에게 시외전화비도 청구될 리 없었다. 그래서 부산 형네 소식, 경주 누나네 소식을 수시로 우리에게 전할 수 있었다. 그러나 누나는 남의 소식은 잘 전해 주어도 자신의 소식은 간간이 친척들의 소식에 한 두 마디 끼여 넣기만 했다. 그러면 집사람과 나는 그 토막 소식으로 통합본을 만들었을 뿐이다.

이렇게 함께 사는 남씨 네의 소식도 함께 묻어왔다. 어느 날은 남씨네의 딸이 담이 붙어 있는 이북에서 피난 와서 자수정가한 집의 며느리로 갔다고 하더니 어느새 그녀가 잘못하여 시가 댁 재산을 다 털어먹고 이혼 당하여 집에 와 있다는 소식이 묻어 들어 왔다.

누나는 남씨와 헤어지자 갈 곳이 없었다. 그 동안의 연금이나 저축했던 돈이 집과 함께 남씨에게 털려버렸던 것이다. 이때부터 집사람과 나는 남씨를 흡혈귀라 했다. 이 흡혈귀와 살면서 누나도 놀라운 기술을 터득했다. 그래서 집이 없어지자 보훈처에 가서 살려달라고 때를 썼다고 한다. 보훈처에서 누나의 처지를 알게 되어 아파트를 한 채 주선해 주었단다. 이 때 누나가 우리집에 와서 이제는 살만하다고 했다. 그 흡혈귀와 엮이지 않으니 이제는 맘이 그리 편할 수가 없다고 했다.

그러나 이 편함이 그리 오래가지 않았다. 흡혈귀의 큰 딸이 혼자 사는 누나의 집에 정을 앞세워 밀고 들어와 동아리를 튼 것이다. 누나 말인 즉슨 "우짜노? 갈 곳이 없다는 대야?" 누나는 예의 부처님 마음으로 흡혈귀의 딸을 눈감아 주었다.

＊　＊　＊

이렇게 세월이 흘러 누나가 90이 넘게 되었다. 그동안 소식이 없어 누나를 수소문했다. 연락이 닿지 않았다. 내가 아는 모든 수단을 다했으나 누나와 연락이 닿을 수 없었다. 이때에 이르러서야 우리의 추론이 빛을 발했다. "누나는 죽었을 것이다. 그들이 연금을 타먹기 위해 사망 신고를 않았을 것이고 그 비밀을 오래 간직하고자 우리에게 연락도 하지 않았을 것이다." 나는 누나가 서류상으로 아직 살아 있다고 생각한다. 이렇게 누나는 나와 연락이 두절 되었다. 서류상으로만 살아있을 누나를 나는 조상한다. 제발 서류상으로도 극락에 갔으면 좋으련만!

백노인과 박노인

6.25 사변이 진행되는 동안의 전황도추이를 보면 가끔 우리 어른들이 전쟁의 참화가 비껴 갈 자리를 잘도 골라서 사실 터전을 잡았구나 생각한다. 우리 마을은 괴뢰군 혹은 빨갱이들의 악랄한 갈퀴에 피해를 보지 않은 지역이기 때문이다. 그러면 혹자는 우리 마을은 6.25 이전에 빨갱이들의 맛을 미리 보았지 않았는가 하고 말할지 모른다.

우리집도 빨갱이에게 집을 털린 적이 있기 때문이다. 우리집을 습격한 빨갱이는 전부 11명이었다. 나는 그날 저녁 자다가 빨갱이들이 집안 장독을 깨트리는 소리에 놀라 잠이 깼다. 놀란 토끼처럼 마루에 앉아 우리 도장이나 장독 벽장을 뒤지느라 구두발, 짚신발로 설치는 그들이 두려워서 오돌 오돌 떨면서 지켜보고 있었다. 그들이 한 바탕 난리를 치고 나서는 우리 마당에 일렬로 정리했다. 그때 내가 세어본 숫자가 11명이다. 지금도 그 광경이 눈에 선하다. 한명인가 두명이 총을 메고 있었고, 한명은 칼(일본도)을 들고 있었고 나머지는 얼핏 보면 몽둥이 같은 것을 들고 있었다. 조금 전까지 그 몽둥이로 우리 집 장독을 깨트려서 그들이 서 있는 마당에는 간장, 된장, 고추장이 핏빛처럼 붉은 강물 속에 발을 담그고 있었다.

어머니는 아마도 빨갱이 부대의 대장으로 보이는 녀석에게 연신 허리를 굽신거리고 있었다. 그들은 등에 자루를 하나씩 둘러메고 있었다. 어떤 녀석은 가마니에 놋그릇, 냄비를 넣은 가마니를 메고 있어서 덜그럭 거리는 소리가 났다. 그들의 분이 풀렸는지, 우리 집에서 약탈한 것들이 성에 찼는지 모를 일이었다. 여하튼 갑자기 대장같이 보이는 녀석이 소리를 꽥 지르자 부대가 재빨리 삽작 밖 어둠 속으로 사라졌다.

빨갱이들이 우리 집에 닥쳤을 때 그들이 찾는 사람은 아버지와 형이었다. 아버지는 소지주였고 형은 공무원이었기 때문에 두 분은 그들의 타도 대상이 되는 부르조아였다. 아버지와 형은 어머니조차 모르는 동네의 가난한 소작농 집 헛간이나 마굿간에서 밤마다 피난 아닌 피난을 하고 있었다. 어머니는 그 위급 상황에 직면하자 물러서지 않고 빨갱이들의 총칼 앞에 맞서고 있었다. 어머니는 그들의 성질을 건드리지 않으려고 연신 손을 비비면서 굽신거렸다. 아버지와 형의 목숨을 살리길 위해서 어머님은 죽음도 불사하고 나섰다. 어머니는 우리 집을 지켜낸 여장부셨다.

내가 이렇게 빨갱이 이야기를 늘어놓은 것은 그들이 가져올 6.25라는 아수라장이 어떤 것인가 하는 맛보기를 우리에게 미리 보여주는 것이기 때문이다. 맛보기를 보여준 탓인지 본 게임에서는 우리 마을은 수월하게 넘어갔다.

우리 마을 젊은이 중 국군으로 참전한 사람 중에 전사한 사람은 내 기억에 두어 명인 반면에 맛보기인 보도연맹에 연루되어 죽은 이는 6명인가 된다. 그러고 보면 6.25가 할퀸 자국이 적은 게 아니었다. 그런데 우리 마을에 대포나 폭탄 한방 떨어지지 않은 것은 조상들의 음덕탓이런가.

그래도 6.25라는 태풍이 남긴 쓰레기는 여기저기 흩어져 있었다. 나에게 기억이 남는 쓰레기는 탄피였다. 초등학교 3학년 때였다. 어느 날 우리학교(두서초등학교)에 주둔하던 미군들이 학교를 비우고 떠나는데 천막을 쳤던 자리에 가면 기막힌 보물을 주울 수 있다는 소문이 내 귀에 들렸다.

나는 이종 동생을 꼬드겨 해가 서산에 기울어져 갈 때쯤 산을 넘어 뛰어갔다. 길이야 등교하는 길이니 어긋날 리 없다. 우리가 현장에 갔을 때는 아무것도 눈에 띄지 않았다. 여기저기 기웃거리다 우리학교 운동장 앞 논에 가보았다. 거기도 미군들이 천막을 치고 있었던 곳이기 때문이다.

동생과 나는 막 해가 지려는 때였기 때문에 어둡기 전에 뭐라도 건질 요량으로 급히 뛰어다녔다. 그때 내 눈에 무엇인가 반짝이는 게 있었다. 탄피였다. 동생은 앞이 막혀있는(격발되지 않은) 실탄을 발견했다. 혹시나 누가 우리를 보고 있지나 않은지 두리번거리며 주머니에 넣고 집을 향해 뛰기 시작했다. 탄피가 얼마나 오래 내 보물로 남아 있었는지 지금은 기억이 없다. 그 후로 탄피 따먹기는 한동안 우리의 놀이가 되었으니 놀이에서 잃어버렸을 것이다.

6.25가 남긴 또 하나의 기념물은 씨-레이션(c-ration)박스다. 그때는 몰랐지만 그것은 미군들의 휴대용 식사였다. 한 집에 하나씩 돌렸던 모양이다. 그래서 우리 집도 한 상자를 받았던 모양이다. 이 상자 안에 별의별게 다 들어 있었다. 요즘 우리가 가게에서 사먹을 수 있는 미국에서 유래된 과자들도 있었던 것 같다.

그런데 문제는 알 수 없는 가루들이 조그마한 양철통에 들어있어서 통을 열기가 쉬운게 아니었다. 부엌칼로 푹 쑤시면 안에 있던 내용물이 손상될까 망설이기도 했었다. 세월이 지나서 우리의 외래 문물에 어느 정도 눈에 뜨여서야 조그마한 통 옆에 붙은 열쇠 같은 것이 따게 역할을 한다는 것을 알게 되기까지는 제법 세월이 갔다. 그런데 통에 들어있는 것은 그렇다 치고 봉지가 세 개 들어있는데 맛으로 하나는 소금이고 또 하나는 설탕인 것을 알아냈지만 나머지 한 개는 내용물이 뭔지를 알 수가 없었다. 색깔이 검으티티했다. 용감한 아이가 혀를 가져다가 대었더니 쓴 맛이 난다고 했다. 한방에 둘러 앉아 있던 사람들이 이런저런 의견을 내놓았다.

그게 이렇게 요즘 80세를 넘고 있는 내게 하루도 거르지 않고 만나는 커피와 첫 대면이었다. 커피에 대한 분분한 의견 중에 우리 동네에서 가장 존경 받는 식자 중에 한 사람인 장서기의 의견에 모두가 머리를 끄덕였다. 그는 우리 마을에서 유일하게 경주 넘어 대구까지 가 본 사람이니 그의 의견에는 모두가 한두 점 놓아주는 편이었다. 그의 의견은 이러했다. 양놈들(미국인들)은 고기만 먹기 때문에 소화가 안 된다고 했다. 그래서 소화제로 이 검은 가루를 물에 타서 마신다고 했다. 우리 눈에 한약을 달인 물은 모두 검은 색을 띠고 있으니 그의 의견은 설득력이 있었다.

커피가 내 생활에 들어 올 때 제법 폭력적(쓴맛)이었기 때문에 커피가 나와 친해지는데 많은 세월이 필요했는지 모른다. 70이 넘어서야 커피가 내 생활의 일부가 되었으니 말이다. 요즘은 커피가 6.25의 쓰레기였다는 기억을 깡그리 잊은 채 원이가 현대 백화점에서 차 마시라는 전갈을 목매어 기다린다. 현대백화점 자스민클럽에서의 커피 맛은 발군이기 때문에 놓치고 싶지가 않다.

이렇게 6.25의 쓰레기 애기를 하느라 정작 백노인과 박노인 이야기가 뒤로 미루어졌다. 그래도 잊은 것은 아니다. 내가 근무한 적이 있는 중앙중학교 교무실 교감 책상처럼 백노인과 박노인이 6.25의 쓰레기라는 말을 하고 싶어서이다.

교감 책상은 교무실 내의 다른 책상과는 비교가 안 될 정도로 크고 재질 또한 고급스러웠다. 어느 때인가 중앙에 오래 근무한 분에게 도대체 어울리지 않은 과분한 책상의 내력을 물은 적이 있다. 그 분은 "저 책상이 6.25 기념품이라오. 중앙교정이 괴뢰군 사령부였고 교무실이 사령관 사무실이었다고 해요. 그런데 그들이 물러갈 때 이 책상이 여기 있었고 그 후에 주인이 나서지도 않아서 이 자리 있는 것이요." 라고 했다. 그리고 보면 교감 책상도 일종의 6.25의 쓰레기라 할 수 있다. 다행히 그 책상은 남겨진 곳에 쓸모가 있으니 대접을 받고 있었다고 할 수 있다.

백노인과 박노인도 마찬가지라 할만하다. 이 두 분의 내력은 각각 다르고 출발점도 다르지만 6.25때 우리 마을에 굴러들어 와서 고향으로 가지 못했으니 6.25의 쓰레기다. 그러나 그분들 남겨진 곳에 쓸모가 있어서 나름대로 대접을 받고 있었다고 할 수 있다.

전해들은 바로는 백노인의 고향은 전라도 쪽이고 박노인은 경북 영주라 했다. 백노인은 도통 말이 없었는데 그 이유가 고향 말씨 때문이라는 사람조차 있는 것으로 보면 전라도 쪽이 고향인 것이 확실한 것 같다.

백노인이 얼마나 말이 없는 데는 그 분의 하신 일이 토역일도 한몫했을 것이다. 지금은 거의 없어진 직종이지만 시멘트가 건축자재로 지금처럼 보편화되기 전에 흙을 다루는 것은 집을 짓는데 상당히 중요한 일이었다. 지금은 흙 대신 시멘트를 다룬다는 의미에서 미장공이라는 다소 세련된 이름을 가지고 있지만, 흙을 주로 다룰 때는 토역이라 했다. 백노인은 토역일에서는 대접받는 대단한 기술자였다. 요즘 말로하면 명장이라 할 만했다.

백노인의 명장다운 면모는 재료 선택, 재료 준비 과정에 유감없이 발휘되었다. 흙은 어디 흙을 써야하며 흙의 반죽을 만들 때의 물을 붓는 양까지 일일이 잔소리를 했다. 더욱이 온돌방 재세를 할 때는 까다롭기 그지없었다. 그러나 그 분에게 맡긴 공사에는 뒷말이 없었다. 온돌방에 장판을 바른 뒤에 종이가 터지는 법이 없었고 갈라지는 법이 없었다. 그래서 백노인에게 일을 맡기려고 며칠 더 기다리거나 공임을 더 쳐준 것도 후회하지 않았다.

백노인은 말이 없기가 묵언수행 중인 승려 같았다. 토역일 준비할 때와는 전연 딴판이었다. 막상 일을 시작하면 그분의 대모대(수하)는 박노인인 경우가 많았다. 박노인 역시 말이 없는 분이라 둘이 일하는 모습을 옆에서 챙겨보는 분들께는 흙을 뜨고 바르는 소리 외에는 말소리라고는 들리지 않았다고 한다. 백노인이 흙받이 판에 흙손을 두드리면 박노인이 두 번 바를 양을 자루 긴 삽에 퍼준다. 흙손을 판에 두드리는 강도와 횟수에 따라 퍼주는 흙의 양이 다르지만 두 분 사이에 말이 오고갈 필요가 없었다. 이심전심이었다. 그러니 하루 종일 일을 하면서 나누는 말은 두어 마디에 불과할 정도였다.

이렇게 두분이 말이 없는 이유에 대해서 우리 동네 사람들은 나름대로의 얘기가 있었다. 그 중에 공통된 것은 그분들이 함께 살거나 살았던 여자 때문이라 했다. 여기서 그분들의 부인이라고 하지 않고 여자라 하는데는 나름대로의 연유가 있다. 우리 동네의 버릇은 결혼식을 올리지 않으면 부인이나 아내라 하지 않았다. 공자님이 육예를 갖추지 않은 부모에게서 태어났다고 야합으로 세상에 나왔다고 비아냥거리는 이치와 같다. 그런데 두 분이 함께 사는 여인들은 하나같이 문제가 있었다. 함께 하는 여인이 수시로 바뀌어 질 뿐만이 아니라 어느 때는 귀가 멀은 분이거나 아니면 절름발이거나 했다.

여인들의 공통적인 것은 모두가 흘러 들어온 사람이고 또 어느 때 떠날지도 모르는 사람인 점이다. 이렇게 된 데는 두 분의 거처가 영구적이지 못한 탓도 있었다. 거처가 그러하니 여인들이 쉽게 떠나 버렸는지도 모를 일이다. 박노인은 마을 회관 한 쪽방에 거처했다. 내가 놉을 하러 아침에 그 집에 여러 번 가서 불렀기에 뚜렷이 기억난다. 때로는 낯선 여인이 고개를 내미는 것을 보면 또 사람이 바뀌었나 했다.

백노인의 거처는 우리 마을에서 좀 거리가 떨어져 있었다. 거기는 우리가 흔히 말하길 공굴담 밑이라 했다. 공굴담이란 콘크리트 다리를 의미했다. 콘크리트 다리였지만 수십 년 전 일제 강점기 시대에 놓인 다리라 언제 무너져도 이상하지 않을 정도였다.

우리 마을 앞을 흐르는 개울에 신작로가 뚫릴 때 놓인 콘크리트 다리였다. 그 다리 밑에는 자연히 비를 피할 수 있는 공백이 생기고 거기에 가추를 닫고 방을 만든 곳이 백노인의 거처였다. 등기가 되어 있을리 없고 누구도 소유권을 주장할 수 없었다. 울도 담도 없으니 누구의 소유도 아니었다. 그러니 오가는 행려자(혹은 거지) 모두가 주인이다. 평시에는 두서너 명 때로는 5-6명 정도가 무리를 지어 살았다. 모르긴 하지만 그 공동체에는 인간의 관계를 정립시킨 부부라는 말도 닳아 없어져 버리고, 오직 욕구와 필요만 있을지 모른다. 여하튼 이상야릇한 그 공동체의 수장은 백노인이었다. 흰머리와 장유유서가 수장 자리를 지킬 수 있게 했으리라.

박노인은 우리 마을에 살았다. 두분이 함께 있는 시간은 마을에 집이나 헛간 공사가 있을 때였다. 백노인은 토역일을 하지 않을 때 박노인은 농사일을 했다. 내가 기억하고 있을 때는 장년기를 넘어 노년기 접어 들었을 때라 힘든 농삿일은 맡기지 않았다. 우리집에서 일할 때도 아버지가 그의 쇠약해진 것을 잘 고려하셨다. 아버지가 박노인을 부르는 호칭이 "동생"인 것만 봐도 아버지의 배려심을 읽을 수 있다.

어느 땐가 아버지가 드물게 나에게 박노인의 내력에 관한 이야기를 들려준 적이 있었다. 아버지 말씀은 이렇게 시작되었다. 박노인은 6.25 전에는 영주에서 좀 떨어진 산골에 사셨다고 한다. 한참 때 그 동네에 벌목공이 닥치면서 산판(벌목 공사장)이 벌어졌다고 한다. 박노인도 힘이 좋고 사내다와서 뽑혔다고 한다. 사람이 신실하고 게으름 피울 줄 모르는 박노인은 산판에서 정규직이 되었다고 한다.

박노인이 정규직인 된 데는 그의 성품과 함께 튀어 오른 괭이에 맞아 눈 하나를 잃은 탓도 있었다고 한다. 산판을 따라 이곳저곳을 옮겨 다니다 6.25라는 곤욕을 치르면서 산판도 해체되고 오갈 데가 없어서 뒤처진 곳이 우리 마을이란다. 우리 마을에 왔을 때는 이미 한참을 넘긴 나이인 데다 별다른 재주도 없다 보니 남의 일을 거들어 주면서 입에 풀칠을 했다고 한다. 그의 인품이 알려지자 농한기에도, 잡일을 시킬 때도 부르고 집에 먹을게 있을 때도 부르고 그래서 굶지 않고 살도록 했다고 한다. 그래서 어느 땐가는 6.25라는 태풍이 휩쓸고 난 뒤의 쓰레기 처지가 돼 있는 어느 여인과 살림도 차렸다고 한다.

언젠가 방학에 내려가니 아버지께서 박노인이 상처를 하셨다는 말씀과 함께 문안을 드리라는 당부를 하셨다. 그래서 찾아간 곳이 우리 마을 동사가는 길목의 좁은 비탈진 공터에 단칸방에 부엌 하나 딸린 집이었다. 울도 담도 없고 길이 마당인 초가집이었다. 여름날 방에 불도 켜지 않고 방문턱에 앉아 계셨다. 위로 말씀드리니 아버지 뵈러 오셨는가 하더니 말이 없으셨다. 어떻게 사십니까? 했더니 이집 저집에서 두어 되식 도와 주셔서 그럭저럭 살아간다 하셨다.

집에 돌아와 아버지께 그 말씀 드렸더니 아버지가 한 마디 보태셨다. 그렇지 않아도 너에게 부탁할까 했다. 혹시 여비에 여유가 있거든 좀 내놓고 가거라고 말씀하셨다. 나도 넉넉지 못했지만 아버지 말씀을 쫓았다. 그게 내가 박노인에게 고마움을 표한 마지막 보시였다. 우리 집에서 일을 하시고 점심이나 저녁을 들 때 내가 상을 들어다 드릴 때는 되도록 양도 넉넉하게 질도 높은 것을 드리려고 애썼고 그분도 그것을 알고 계셨다.

그 후 어느 땐가 고향에 들리니 아버지께서 백노인과 박노인이 사라졌다는 말씀을 하셨다. 그게 무슨 말씀이냐고 여쭈었더니 언제인가 모르게 두 분이 동네에 보이지 않기에 이웃들에게 물었더니 버든(아랫마을)에서 백노인이 오셔서 함께 갔다고 한다. 어느 가을날 오후였다고 한다. 그 때는 이미 두 분이 모두 다리가 성치 않아 지팡이를 짚고 뒤뚱거리며 가는 모습을 보았다고들 한다. 그리고 웃마을 (차리)의 웃침(웃각단)이 사람들이 해거름에 두 분이 산으로 들어가는 것을 보았다고 했다. 그 후에 두 분이 신선이 되려고 고헌산으로 들어갔느니 죽으러 갔느니, 하는 말이 우리 마을 사람 입에 오르내렸다. 더 세월이 흐르자 두 분이 신선이 되었다는 말이 굳어져 전설이 되어 버렸다.

신선의 존재 여부 같은데 관심이 없는 사람이지만 내가 아는 한 그분들의 성질이나 행적이 신선에 가까우니까 그런 말들이 전해지는 것이 아닌가 싶다. 그리고 두 분이 고헌산 정상에 있는 옹달샘에서 목을 축이고 도장굴로 들어가는 모습을 상상하는 것이 어렵지 않다. 두분은 신선이 되기에 조금도 손색이 없는 분들이기에 더욱 그렇다. 두 분의 명복을 빈다.

유산

—

오래전 일이다. 내 종형에게 아들이 여럿 있었다. 그중 하나가 고등학교를 졸업하고 마땅한 일자리도 구하지 못한 채 귀향했다. 얼마 지나지 않아 그가 마을 사람들의 입방아에 오르기 시작했다. 이 구설을 견디다 못해 해병대에 들어갔다. 그는 해병대에서도 제법 큰 사건을 일으켜 불명예제대를 했다.

그는 이미 해병대에 근무하던 때에 집안의 주선으로 결혼을 해서 한 가정의 가장이 되어 있었다. 종형은 양도를 낼 정도의 농토 밖에는 없었다. 게다가 종형에게 돌봐야 할 자식이 더 있었다. 그가 제대하고 고향에 돌아왔지만 살길이 막막했다. 이 해병대 제대병은 귀향해서 며칠이 지나자 아버지에게 부산이나 서울에 가서 살 테니 방을 얻을 돈을 달라고 요구하기 시작했다. 이렇게 고향을 쉬 떠나려 한데는 입대전의 구설수도 한 몫을 했다. 그는 자기에게 쏟아지는 고향사람들의 차가운 시선이 싫었다. 이 차가운 시선들이 그를 초조하게 만들어 부자간의 다툼을 격화시켰다.

날이 갈수록 싸움의 강도가 더해지면서 말로만 끝날 것 같이 않은 단계에까지 이르렀다. 종형 집 뒷집이 유리집이라 내 부모님께서는 식사 때마다, 혀를 차는 것으로 앞집에서 벌어지는 사태에 대한 평을 대신 할 뿐이다. 어느 날 사태가 걷잡을 수 없는 단계에 이르자, 어머니께서 참다못해 현장으로 달려가게 되었다. 이때 그리 아름답지 못한 광경을 목격하게 되었다.

어머니가 현장에 다다랐을 때는 종형이 아들의 멱살을 잡고 있었고, 아들은 고래고래 소리를 지르고 있었다고 한다. 어머니는 종형이 멱살을 잡고 있었다고 증언했다. 다른 목격자는 아들이 먼저 잡았다고 했다.

사실 이 다툼을 내가 수십 년이 지난 오늘까지 기억하는 것은 멱살을 잡았느니, 잡지 않았느니, 누가 먼저 잡았느니, 그것 때문이 아니다. 말미에 아들이 던진 한 마디 말이 나에게 준 충격 때문이었다. 이 말을 들은 종형은 손에 힘이 풀리면서, 털썩 주저앉아 버렸다고 어머니는 전해주셨다. 이 싸움의 후유증으로 종질은 동네 사람들의 눈총을 더 받게 되었다. 이를 견디다 못해 종질은 서울로 야반도주하다시피 했다. 종형은 그 후 아들의 얘기를 입에 올린 적이 한 번도 없었다.

조그마한 동네를 뒤흔들었던 부자간의 다툼을 마무리 짓게 한 한마디는 이렇다. "자식을 내 지르기나 했지, 나한테 해준 게 무어요.

돈 한 푼 제대로 준적 있소, 대학을 보내주었소?' 사실 대로 말하면 50년대 말에 없는 살림에 종질이 인근 도시로 유학 갈 정도였으니, 교육을 적게 받은 것은 아니다. 그 당시 고등학교 졸업했다면 요즈음 대학 졸업한 것 보다 더 끔찍하게 알던 시절이었다. 그렇지만 당시는 고등학교 출신이 일자리를 찾기란 하늘의 별 따기였다. 그때는 대부분 아름 아름으로 소위 빽이 있어야 취직이 되던 시대였다. 집안의 배경이 없고, 돈 없는 사람이 취직한다는 것은 불가능에 가까운 일이었다.

종질은 공업고등학교를 졸업했음에도 불구하고 취직할 수 없었으니 호주머니에 돈이 있을 리 없었다. 강압적이고 아름답지 못한 수단으로 용돈을 구하려 했기 때문에, 말썽만 일으킬 수밖에 없었다. 어느 집 처녀와 정분이 났느니, 동네 친구와 이웃동네 닭 써리 다녀 왔느니, 이런 이야기들은 어린 나에게는 더 없는 영웅담으로까지 들렸다.

그런데 어느 날 귀신 잡는 해병의 신화에 매료되었는지, 아니면 큰 사고를 쳐서 처벌이 두려웠는지 홀연히 사람들의 입방아에서, 그리고 시아에서도 사라져 버렸다. 1년이 지나자 해병대 정복을 입고 나타났다. 친척들도 군에 갔다 오면, 사람이 되어 오리라 한 시름 놓게 되었다. 그런데 그는 철이 들었는지, 아니면 제대해 보아야 취직을 할 수 없다고 생각하고 문제를 뒤로 미루기 위해서였는지, 군에 가서 소위 말뚝을 박게(직업군인이) 되었다. 집에서는 이제 사람이 될 거란 기대로 결혼도 시켰다.

결혼 후에는 집에 올 때 마다 가족이 딸려서 월급으로는 살 수 없으니, 돈 내어 놓으라는 요구가 더 거세어졌다. 종형수는 계모였다. 아버지와 아들 사이의 중재자가 될 수 없었다. 부자간의 다툼에 그녀의 처지가 기름을 끼얹어서 다툼이 더 거세질 수밖에 없었다. 게다가 종질은 새 어머니가 아버지를 꼬득여서 자기에게 돈을 못 주게 한다고 의심했다. 이웃이 알기에는 주려는 의도가 없는 게 아니라, 줄 돈이 없었던 것이었는데도 말이다. 그러나 그 망나니는 그 정도 지각도 없었던 철부지였다. 이 철부지는 부모란 부자 방망이 같아서 두드리면 돈이 나오는 것으로 알고 있었을지 모른다.

나중에 들은 소리에 의하면 위의 사단은 그 망나니 녀석이 술을 먹고 행패를 부리는 것을 말리는 상관을 두들겨 패서 이를 부러뜨린 것이 원인이라 한다. 그리고 그 사고의 해결을 위해서 거액의 급전이 필요했다. 어수룩한 시절이었기에 그런 정도의 큰일도 사고로 번지지 않고 돈으로 해결이 될 수 있던 시절이었다. 문제가 커지자 종질은 고리대금업자에게서 급전을 빌려서 문제를 해결하여 감옥행은 면했다고 한다. 그러나 불명예제대라는 벌을 면할 수는 없었단다.

종질은 솔가해서 고향에 돌아왔다. 먼저 그가 급전을 막기 위해 아버지에게 돈을 구하려고 한데서, 모두에 언급한 사단이 난 것이다. 결국 종형은 부모에게 물려받은 밭 한자리를 동생에게 팔아서 전액을 아들 손에 쥐어주었다. 이 돈으로 급전을 막았는지 어떤지는 모르지만 그 종질은 떠나고 동네는 다시 일상의 평온으로 돌아왔다.

나도 그 해병대 하사관 나이에 이르면서 한 때나마 부모에게 같은 막된 말을 하고 싶었던 적이 없었던 것은 아니다. 결혼 후 첫 아이를 낳고, 월급으로는 생활이 빠듯하고, 내 집이라도 한 칸 마련할 길이 막막하던 시절에, 그런 마음 없었던 것은 아니다. 부모님이 좀 도와주셨으면, 아니면 처갓집에서 조금만 밀어 주었으면, 하고 생각했던 적이 한두 번이 아니었다.

더욱이 서울로 이사를 하고, 식구가 둘이 더 늘어나자 살 길이 아득하기 그지없었다. 아이들이 커서 학교에 들어가자 생활비가 기하급수적으로 증가하는데 수입은 제자리걸음이었다. 이 문제를 해결하기 위해 부모님께 통사정 하려고 시골에 내려간 일 조차 있었다. 결국 말을 입 밖에 꺼내지 못한 것은 시집 못간 두 여동생이 눈에 밟혔기 때문이었다. 그리고 또 하나 그 옛날 해병대 하사관의 말에 아버지가 했던 한 마디 말이 생각나서였다: "못난 놈 지(자기)가 부모가 없었으면 어떻게 있을 수나 있나. 부모가 먼저고 지가 다음인 것을…".

세월이 지나 내가 종형의 나이가 되었다. 어느 날 문득 내가 만약 부모가 되어, 내 자식들로 부터 동일한 질문을 받는다면, 무엇이라고 답해야 할까하는 생각이 들었다. 나도 종형처럼 다리에 힘이 쭉 빠지면서, 멱살 잡은 손을 놓지 않을 수 없게 되지나 않을까? 아니면 나는 당당하게 너희들에게 나는 무엇 무엇을 했고, 무엇 무엇을 너희들에게 줄려고, 남겼노라고 할 수 있을까?

생각해 보건데 후자와 같은 처지에 있을 수 있는 사람은 아마도 거의 없을 것 같다. 인생살이가 엿장수 마음대로 되는 게 아니기 때문이다. 거기에다 요구하는 자식의 욕심은 무한하고 부모의 능력은 유한하지 않은가? 재벌인들 자식이 원하는 만큼의 유산을 남길 수는 없을 것이다. 그렇다면 자식에게 그러한 말을 듣지 않은 방법은 없을까?

우리 조상들은 그 방법을 찾았다. 교육에서 찾았다. 우리 선조들은 자식이 그런 말을 하지 않도록 교육을 시키(키우)는 방법밖에 없다는 것을 일찍 터득했다. 바꾸어 말하면 어릴 때(자라는 과정)에 孝(효) 사상을 제대로 가르치는 것이다. 인류 조상들은 침팬지 세계에서 벌어지는 살부(殺父)적 작태를 보고 깨달았다. 그리고 이러한 일이 일어나지 않게 하려면, 힘으로 자식을(강압적으로) 누르려는 것보다, 교육을 통하여 효를 가르치면 아버지가 이길 수 있다는 것을 알게 되었다.

효를 가리켜서 젊은 자식은 늙은(힘없는) 아버지에게(老 + 子 = 孝) 힘으로 맞서는 것이 아니라, 孝라는 글자가 보여주듯이(아들이 아버지를 업고 있는 형상), 아버지를 공경해야 마땅하다고 깨닫게 하는 것이라 생각했다. 덧붙여서 이 효를 통해서 아버지의 경험을 내 것으로 할 수 있고, 그것이 바탕이 되어서 아버지를 넘어서 더 넓은 세계로 뻗어 나가도록 해 주는 길이 바로 孝라고 가르치는 것이다. 우리 조상들은 교육을 통해서 孝를 터득케 하면 자식이 바로 내 종질 같은 망난이가 될리는 없다고 깨닫고 계셨다.

이러한 가르침이 전해 내려 와서 효가 사회적 이데올로기(ideology)가 된 곳이 중국이었다. 우리는 중국에서 이 이데올로기를 수입하여 더 확고하게 굳혀서 우리 것으로 만들었다. 이러한 굳건한 전통에도 불구하고, 우리 인간에게 원시적 충동 즉 침팬지와 4촌이었던 시절의 동물적인 본성이 남아 있어서, 아버지에게 대들게 되는 불효스런 짓을 저지르기도 한다. 이러한 짓도 내력이 없는 것도 아니다.

이렇게 되는 데는 그 동안 일제, 미군정, 6·25 등과 같은 격변이 우리의 전통적 사고체계를 훼손해 버린 탓도 있다. 이 탓에 막되먹은 현대판 망나니가 태어난다. 그런데 우리네 아버지들은 이러한 시대 변화에 따른 사고방식의 변화에 전연 대비가 되어있지 않았다. 그들은 힘에서 밀리고 논리에도 밀릴 수밖에 없었다. 더구나 이런 말이 나오지 않도록 충분한 유산을 마련하여 이런 사태를 예방해야 했지만 그것마저 역부족이다. 그도 저도 아닌 내 사촌형은 궁지에 몰려서 주저앉을 수밖에 없었다. 이래서 이러한 사례들이 작금에 우리사회에서 비일비재하게 나타날 수밖에 없다.

이제 다시 한 번 유산이 무엇인가를 곰곰이 따져 보아야겠다는 생각을 하지 않을 수 없다. 유산(遺産)이란 "돌아가신 분이 남긴 재산"으로 이해하는 것이 정확한 이해라 할 수 있다. 그러니 "유산이 많다나 적다"는 표현은 부모님에게서 재산을 많이 물려받았다 혹은 적게 받았다로 이해할 수 있다. 우리말에는 유산과 유사한 말이 달리 없지만 영어의 역어에는 inheritance, legacy, bequest라는 세말이 사전에 올라있다. inheritance는 유산과 가장 흡사하다. 그렇지만 이 말은 부모나 선조에게서 물려받은 육체적 혹은 정신적 특징도 내포되어 있기 때문에, 우리말의 "내리기"와 비슷한 점도 있다.

legacy는 죽은 사람의 유언(장)에 의해서 물려받은 재산을 말하므로 좀 더 공식적인 냄새가 난다. 이 말도 (조상을 포함한) 과거로부터 내려온 것을 의미함으로 inheritance와 겹치는 부분도 있다. bequest는 공식적인 냄새가 위의 두 말보다 더 커서 법률적인 행위에 의해서 상속되는 것을 의미한다.

이렇게 보면 우리말의 유산이란 의미는 포괄적인데 비해서 영어는 의미 국면을 나누어 보는 점에서 다르다. 그러면 우리도 유산의 의미를 포괄적으로 보자. 국어사전을 들추어보면 유산의 정확한 정의는 "부모님이 물려주신 유형, 무형(부채까지 포함한)의 자산과 긍정적이거나 부정적인 정신적 혹은 육체적 특징들"이라 적혀있다. 이 정의대로면 유산이 많다거나 없다는 말이 유산을 재산과만 관련시켰기 때문에 정확성이 결여되어 있다고 할 수 있다. 우리는 유산 정의의 앞부분에 해당하는 유산(유형·무형의 자산)의 양에서는 차이가 날 수 있을지언정, 뒷부분(정신적·육체적 특징)에 해당하는 유산의 양은 드러나지 않기 때문이다.

유산의 의미를 상고해 보건데, 우리가 물려받을 수 있는 것의 종류는 다양하다. 특히 inheritance의 의미에 "선물로 혹은 구입하지 않고 받은 항구적이고 값이 나가는 소유물이나 축복"이라는 의미가 있다는 것을 상기해보면, 유산에 해당할 수 있는 종류는 끝이 없을 것 같다. 그래도 대충 정리한다면 정의의 전반부에 해당하는 것으로 동산, 부동산이 있다면, 후반부에 해당하는 것으로는 신체, 성질, 재능 등이 있는 것으로 정리할 수 있다.

이러한 항목들 중에 가장 귀한 것이 무엇인가 생각할 필요가 있다. 앞에서 말했듯이 유산이 많다 적다는 재산의 많고 적음이 기준이 된다니 재산이 가장 귀한 것으로 여기는 것 같다. 그래서 이런 좁은 생각을 경계하여 명심보감이 재산이나 책을 모아서 후손에 물려주어도 잘 지키지 못하니 덕(德)을 쌓아서 물려주라고 충고한다. 이 주장은 오히려 우리 주위에서 부모의 유산에 대한 분쟁으로, 형제들이 원수 간이 되는 것을 보면 수긍이 간다. 아마도 부모치고 자식들이 원수 간이 되는 것을 바라는 부모가 없으리라 생각하면, 유산(재산)이 있다는 것은 화를 불러일으킬 수도 있으므로, 유산이 없는 게 차라리 낫다는 거지 부자의 대화가 일리가 있다고 생각할 수 있다.

그러면 유산 가운데 지키는데 아무 문제가 없고, 사기 당할 염려도 없고, 형제간에 분쟁의 소지가 될 염려도 없는 것이 있기나 한가? 그런 것이 있다면 물려받은 후손이나 물려준 조상에게 모두 귀한 것이라야 한다. 그러한 유산은 아마도 앞서 우리가 본 유산 정의의 뒷부분에 있는 것일 게다.

인생의 목표가 행복이라면, 유산의 항목들 중에 귀한 것의 순서는 인생의 목표(행복)를 구현하는데 가장 필요한 것이 앞서야 할 것이다. 한번 순서를 매겨보자. 필자 생각에는 육체가 가장 중요한 것 같다. 우리의 행복은 우리의 몸이란 그릇에 담아야 한다면, 그릇 자체가 튼튼해야 한다. 다음으로 우리의 감각기관이 제대로 기능을 발휘하여야 한다, 이렇게 발휘되는 곳, 즉 행복이 펼쳐지는 곳이 바로 우리의 몸이라고 할 수 있다. 그래서 부모에게서 물려받은 건강한 몸이 바로 유산 항목의 1호다.

아마 다음으로 중요한 것은 성격인 것 같다. 성격 중에서도 남과 잘 어울릴 수 있는 성격이 제일 귀한 것 같다. 인간이 사회적 동물이어서 사회구성원으로 존재해야 한다면 사회에서 환영받는 구성원이 되는 것이 행복 구현의 필수조건일 것이다. 이 조건을 충족시키지 못하여, 인생에 쓴 잔을 마시고 불행하게 되어버린 사람들을 우리 주위에서 흔히 볼 수 있기 때문이다.

건강한 몸과 건강한 정신을 타고 났더라도, 이를 운영할 수 있는 소프트웨어(머리)가 없다면 아무데도 나가지 못한다. 이것은 마치 튼튼한 배가 있고 순풍이 있더라도, 유능한 사공이 없으면 배가 나아갈 수 없는 것과 진배없다. 이 사공에 해당하는 것이 재능이라 할 수 있다. 재능이 잘 갖추어 짐으로써 우리라는 인간을 의도된 방향으로 끌고 가 준다.

필자는 유산의 사전 정의의 귀퉁이에 보이는 "축복"이라는 말에 주목한다. 이 말은 지금까지 우리가 거론하지 않은 것도 유산의 범위에 넣어야 한다는 것을 의미한다. 축복에는 부모님이 남긴 말씀, 희망, 기대, 당부 등이 포함된다. 실제로 우리말에 "죽은 조상이 남긴 말에 산 사람이 목을 맨다."는 말이 있다. 여기서 '목을 맨다.'는 것은 목을 매고 죽는다는 의미가 아니라 죽을 판 살 판 열심히 한다는 의미다. 자식들이 부모님의 유언을 실천하려고 동분서주하는 것이 바로 여기에 해당한다. 부모님이 남긴 말을 실천하려고 애쓰는데서,

성공이 찾아오고 행복이 따라오게 된다고 하면, 유산 속에 유언도 넣어야 할지 모른다.

　사마천이 아버지가 돌아가실 때 하신 당부(유언)가 없었다고 가정해보자. 그 어른이 부형을 당했을 때 다른 사람들과 마찬가지로 죽음을 택했을 것이다. 그러나 그는 아버지의 유언을 실천하기 위해 살아남았다. 그리고 아버지 유언을 구현하여 불후의 명작『사기(史記)』를 남겼다. 필자도 아버지가 남긴 유산이라 할 수 있는 두 개의 귀한 말씀을 호패처럼 차고 다닌다.: "과유불급(過猶不及), 욕속부달(欲速不達)." 이 말씀 호패가 내 인생에서 가장 귀한 등불이 되어 왔다. 아마도 이 말씀 덕택에 오늘 내가 있다고 생각하면 이 말씀이 아버지가 남기신 가장 귀한 유산이라 할 수 있다.

고향

—

    고향이란 말은 언제나 우리의 가슴을 설레게 한다. 연전에 누가 유행가에 가장 자주 등장하는 말을 조사해 보았더니 사랑, 이별, 고향의 순이었던 것도 고향이란 말이 갖는 위력을 알려주는 증거이다. 그러니 우리네는 누구던 처음 만나면 수인사를 나누고는 다음 질문이 고향이 어디요한다. 고향을 알면 그 사람에 대해서 전부를 다 알 수 있다는 투다. 고향은 사람에 대한 정보 중에 극히 작은 명세 사항에 불과하다는 사실을 지적해 주더라도, 아무 소용이 없다. 고향이라도 알아야 그 사람을 아는 게 되는 것이라고들 생각한다. 그래서 나도 고향을 밝힌다.

＊ ＊ ＊

    내 고향은 울산이다. 정확히 말하면 울산광역시의 서쪽 변방에 있는 중리(혹은 구량리)다. 태화강 상류 개천가로 뻗어있는 신작로를 따라 고헌산 품속으로 들어갈라치면 송정, 중리, 차리 순으로 산어름에 숨어있다. 이름이야 세 동네 중에 중간이니 중리라 했고 그 다음에 있는 동네는 차리라 했을 것이다. 어릴 적부터 중리라는 이름이 못마땅하여 구량이라는 또 하나의 이름은 있는 게 얼마나 다행스러워 했는지 모른다. 게다가 구량이라는 이름이 어진 어른이 아홉 명이 사셨다는 고사에서 유래되었다는 그럴듯한 내력을 듣고 나서는 내 고향이 자랑스럽기까지 했다.

세월이 흘러 80을 넘긴 요즘은 중리라는 이름을 더 좋아하게 된 게 알다가도 모를 일이다. 아마도 "구"가 연상하게 해 주는 다양한 음향적인 의미보다는 "중"자가 주는 원숙미 때문일 게다. 젊은 시절에는 "중(中)"자가 입 다물고 가만있으면(中은 입구(口)에 제갈 물린 형상) 중간은 간다는 우스갯말을 생각나게 하여 싫었다. 그 후 우연히 공자님이 중용을 가장 이루기 어려운 덕목이라고 하신 말씀을 읽고 난 후 부터는 중리가 더 좋아졌다. 그래서 우리 마을에 어진 이가 아홉 분 계시게 되었던 것이 이 중자 때문이 아닌가 하는 어처구니없는 상상을 하기도 한다. 이 상상이 가지를 뻗어서 나처럼 중자를 숭배하는 사람이 늘어나기만 한다면, 우리나라도 걱정이 없는 나라가 될 것이란 생각을 하고, 더 중리를 마음에 들어 한다.

고향을 떠나 서울에 살면서 고향은 중리에서 울산으로 옮긴 꼴이 되었다. 남들이 고향이 어디요 라는 질문에 "중리"라고 답하면 중리의 위치를 설명해야 하는 번거로움이 보태어진다. 이를 피하기 위해 남들이 알아준 지명인 울산을 댈 수밖에 없었다. 이러한 일이 반복되자 어느 듯 내 마음의 폭도 넓어져 울산이 내 고향이 되었다. 학기마다 생활환경부 등을 작성할 때마다, 대학을 졸업한 후 이력서를 쓸 때마다, 본적 란에 중리 앞에 두서면, 두서면 앞에 울산군을 써넣지 않을 수 없는데서, 울산이 고향으로 굳어진 게 아닌지 모른다. 아니 그보다 두서란 울산에서 보면 북두칠성 밑에 있는 산골 동네이니 두서라고 이름 했다는 것을 알게 되었다. 그래서 두서는 울산이란 기점(참조점)을 무시하면 존재조차 할 수 없게 된다. 게다가 흐르는 강을 대하면 발원지를 생각하듯이 울산이 고향으로 자리매김이 되었을 것이다. 게다가 울산을 흐르는 태화강 발원지가 우리 동네 아닌가?

한 동안은 울산이란 이름에 정이 들지 않았다. 울(蔚)자 쓰기 어렵다는 것도 원인의 일부였을지 모르지만, 그보다 더 큰 원인은 울자가 우울이나 울창하다는 어려운 영상과 겹쳐보였기 때문이었을 것이다. 세월이 지나고 울산이란 이름이 어느 때부터인가 내 마음에 아름다운 반향을 일으키기 시작했다. 이는 울산이란 이름 속에 여러 가지가 담겨있다는 것을 알게 되면서, 갈수록 그 이름이 향기롭게 되어 갔다는 의미다. 울산이란 이름 속에 치술령의 전설의 향기가 스며있고, 언양의 물방앗간 소리가 적셔져 있는가 하면, 고헌산의 관음보살을 닮은 그윽한 자태가 내비치는 듯하고, 문수보살이 문수산에 내려오셔서 향기를 뿌리신 곳이란 뜻이 숨겨져 있다. 이런 내력을 가진 울산이 더욱 향기로워지는 것은 자명하다.

고향이란 내태가 묻힌 곳이니, 내 뿌리가 거기에 있다고 할 수 있다. 그러니 울산이란 이름이 내 심금을 울리는 것도 당연하다. 요즘 내 일상에서 신문에서 울산이란 글자가 제일 먼저 눈에 띌 뿐만 아니라 울산이 겪는 일에 울산과 함께 기뻐하고 슬퍼한다. 그러니 자유당, 공화당이 설치던 시절에는 한동안 경남에서 유일하게 야당 국회의원이 당선된 사실을 자랑스럽게 여기기도 했고, 타향 사람에게 울산과 ○○사람이 부산 형무소 폭행범의 대다수를 차지한다는 말에 괜히 핏대를 세워 변명하기도 했다. 울산이 폭행범을 많이 배출하는 것은 울산이 야당 국회의원을 배출하는 이치와 같아서, 울산 사람이 정의감이 강해 남보다 앞서 설치기 때문이리라고 강변했다. 그뿐인가 우리 울산인들은 정의만 내세우는 무모한 사람들이 아니다. 『처용가』를 암송해보라. 그러면 처용이 정의 외에도 용서와 관용을 실천했음을 보이고 있지 않은가.

내친 김에 이 정의감의 증거를 역사에서도 볼 수 있다고 주장을 넓힌다. 멀리 임진왜란 때의 학성 전투를 상기해 보라. 퇴각하는 일본인들이 다시는 우리나라를 넘보지 못하게 학성전투에서 혼줄을 내지 않았던가? 이러한 항일 정신이 면면히 이어져 내려와, 울산에서 일제 강점기의 독립투쟁사에 이름이 오르내리는 분이 어디 한두 분인가. 이는 가좌산이 왕관을 쓰고 있는 듯한 형상에서 비롯된 정기가 이어져 오기 때문이 아닌가? 태화강 맑은 물에 마음과 몸을 깨끗이 한 탓이 아닌가? 아니면 혹자는 삼국을 통일한 신라의 병사들과 장군들이 울산에서 태어난 사람이 태반은 된다고 하지 않는가? 이 모든 것이 태화강 상류에 있는 반구대에서 노닐던 화랑들의 영혼

들이 깃들어 호국정신을 깨우쳐 주기 때문이 아닌가?

울산은 향기로운 고을이다. 향산이라는 이름의 향기, 망부석의 역사 향기, 언양의 미나리 향기, 석남사에서 울려 퍼지는 범종의 향기, 문수산의 보살 향기, 고헌산의 덕향·어디 그 뿐인가, 동백섬의 꽃향기하며, 가지산의 갈대꽃 향기도 있다. 이러한 향기들이 하나의 교향악을 만들어내어 울산인들의 마음에 반향을 일으킨다. 울산은 내 고향이라고, 그리고 천년 후에도 그 향기 이어질 것이라고, 꿈속에서도 소리친다.

임금과 대통령

—

어릴 적 우리 동네 꼬마들의 말씨름의 소재 중의 하나가 임금과 대통령 중에 누가 더 세냐는 것이었다. 이 두 관명을 가진 이가 동일한 시대에 동일한 나라를 다스릴 수 없다는 그런 상식은 우리에게 없던 시절이었을 때이니 분명히 문제가 되기는 되었다. 그래서 이 문제는 우리 마을 꼬맹이들에게는 상당히 논전의 가치가 있는 것이어서 대답이 하나로 통일 된 적이 없었다. 아마도 다른 마을 출신으로서 제법 역사적 지식이 있던 녀석이면 으레껏 임금이 더 세다고 대답했을 것이다. 그때는 우리나라가 문을 다시 연지 얼마 안 되던 시절이니, 역사적 상식이 있는 녀석이었으면 대통령이라고 대답했을 것이다. 그러나 우리 마을에는 실제로 임금과 대통령이라는 별호를 가진 두 분이 계셨기에, 이 두 가지 대답 모두가 가정에서 잘못된 것이어서 타당한 결론이 있을 수 없었다.

우리 마을에는 임금과 대통령이 있었다. 두 분 모두 무식꾼이라는 것과 이씨라는 공통점이 있었다. 이 공통점 하나로 임금과 대통령이라는 별호를 나누어 가진 것은 아니다. 두 분에게 별호를 안겨준 특징은 고집불통이라는 성격 탓이다. 두 분의 고집은 임금이나 대통령도 못 당한다고 주장하는 이들이 별호를(그때까지 임금도, 대통령도 이씨였다) 붙이기 시작해서 굳어져 내려온 것으로 보는 것이 정설이다.

이제 두 분 다 고인이 되어 내 고향의 전설이 되었다. 그 분들은 선고와 비슷한 연배들이니 그 분들의 생전의 모습을 기억하는 분들도 이제는 몇 분 남지 않았다. 이제 그 분들의 생전에 모습을 기억하는 필자가 쓴 이 글이 그분들에게 바치는 하나의 헌사가 되었으면 하는 마음으로 이 글을 쓴다.

임금님으로 불린 분은 내 친구의 아버지셨다. 어릴 적 친구 집에 놀러 가면, 왔냐 하는, 한 마디 인사 밖에 들은 적이 없다. 그러나 동네 회의에서 그 분이 큰 목소리로 논전에 나서던 모습을 보면, 그 분의 목소리가 우렁차고 아무도 그 앞에서 감히 더 큰 목소리를 내는 분이 없었던 것으로 기억한다. 그 광경은 그 어른이 일자무식꾼이라고, 등 뒤에서 험담하는 사람들을 기죽게 만들기에 족했다. 그 분은 글자만 몰랐지 언설이 논리적이었으며 말만은 사태의 정곡을 찔렀다. 그 당시 서울 가서 덕수상고를 나온 부잣집 아들이 있었는데, 그 분의 주산보다는 임금님의 주먹구구가 훨씬 낫다는 평이 파다했으니, 누가 감히 임금님 앞에서 무식을 들고 나오랴.

이 분의 고집이 몇 가지 사건에서 승리를 거둔 뒤부터는 위상이 높아져 전설이 되었다. 사건들을 하나하나 언급하기 전에 그 어른이 구장이 된 내력부터 얘기해야 된다. 임금님이 황송하게도 우리 마을 구장(이장의 옛 이름)으로 등극했다. 일제 말 한참 수탈이 심하던 시절, 우리 마을에 식자들이 모두 약삭빠르게 보신책으로 구장자리를 고사했다. 이런 사양덕에 이 구장 자리가 어처구니없게도 무식한 임금님에게 돌아간 것이다. 그분이 구장이 되자 유식한 약삭빠른 사람보다 일을 공평무사하게 처리했다. 그래서 그 분이 구장으로 남긴 치적은 유식한 사람이 약은꾀를 부릴 때보다 더 컸다. 이러한 사실이 그 분에 대한 전설을 한층 더 굳어지게 했다.

첫째 사건을 보자. 일제 강점기는 공출이라는 수탈 제도가 있었다. 수확의 80%까지 공출로 수탈해가던 시절이라 빼앗기고 나면 양식이 남지 않았던 시절이었다. 그런데 각 마을의 공출량의 결정은 면서기들이 마을에 와서 한 평 정도의 논의 벼를 베어서 낱알을 훑어서 양을 재어 보고 결정했다. 나락을 훑는데 동원된 아낙들이 나락을 입에 틀어넣거나, 몸의 은밀한 곳에 집어넣는 등, 별의 별 수단을 다 부려서 훑은 나락(벼)의 양을 줄였다. 어느 해인가 아낙들이 너무 잔꾀를 잘 부렸다. 계산된 공출의 양이 전년도보다 너무 차이가 나면서 순사까지 동원되어 우리 마을을 수색하는 사태가 벌어졌다. 이 일로 제일 먼저 우리 임금님 구장이 지서에 잡혀가게 되었다.

이 위기에서 이 어른의 무식의 힘이 발휘되기 시작했다. 서류를 눈앞에 갖다 대면, 한결같이 모른다는 대답이 튀어나온다. 읽어주어도 모른다는 것이다. 이래도 모른다, 저래도 모른다. 나중에는 몽둥이로 두들겨 패도 처음부터 끝까지 모른다였다. 그 후에 불시에 순사들이 동네를 뒤졌지만, 곡식 한 톨 나오지 않았다. 그러니 슬그머니 방면하는 수밖에 없었다. 듣기에 그 분이 방면되던 날이 바로 그분이 임금으로 등극한 날이라고 한다. 임금이니 순사들을 이기고 돌아올 수 있었노라고.

그렇지만 이 분의 무식은 어쩔 수 없었다. 일본 사람들이 내선일체니, 조선말 말살 정책이 기승을 부릴 때도, 무식이 나아져서 유식이 될 수는 없었다.

그때는 공식적 자리에서는 물론이요 가정에서도 국어(일본말) 상용을 강요하던 시절이었다. 이 분이 징용에 끌려가는 우리 마을 젊은 이들을 앞에 모아두고, 동네 사람이 둘러서 있는 가운데, 일본말로 연설을 하지 않을 수 없는 위기에 몰렸다. 더욱이 그날따라 조선 순사에 일본인 순사도 칼을 차고 지켜보고 있었다. 모두 숨을 죽이고 그 분의 입을 지켜보고 있었다. 우리 임금님은 잠깐 숨을 고르더니, 그분의 큰 입에서 우레 같은 소리가 터져 나왔다. "홋카이도 사무잇데(홋카이도는 추우니) 단디해라. 덴노 헤이까 반자이(천황 폐하 만세)." 느닷없는 덴노 헤이까 반자이라는 외침에 얼떨결에 일본 순사와 조선 순사는 차렷 자세를 취함과 동시에 손을 쳐들고 덴노 헤이까 반자이를 외치고 말았다(일제시대는 마땅히 해야 하는 관례였다). 그래서 그들은 얼떨결에 "단디해라(조심해라)"가 조선말인 줄 눈치채지 못하여 위기를 넘길 수 있었다.

세월이 지나 많은 사람들의 연설을 들었지만, 아직도 그처럼 우렁찬 명연설을 들은 적이 없다고, 어른들이 말하던 소리를 기억한다. 그리고 일본 순사나 조선 순사가 징용 가는 젊은이들을 끌고 가고 난 후에, 징용에 간 젊은이들에 대한 애타는 마음이 사라진 연후에도, 그 연설은 오래오래 인구에 회자되었다. 그리고 임금 이야기만 나오면, 그 연설 얘기가 나오고, 키가 유난히 작고 동그란 눈에 안경을 걸쳤던 일본 순사가 당황하여, 덩달아 덴노 헤이까 반자이를 외치며 손을 위로 치켜들던 장난감 병정 같은 모습을 상기 하고 한바탕 웃기 일쑤였다.

* * *

대통령이란 별호를 가지신 분은 나에게 더 친숙한 어른이다. 그분은 우리 집에서 7년 정도 머슴살이를 하셨다. 이 분의 고집 때문에 매양 골탕을 먹은 우리 어머니는 수십 년이 지난 지금도 그 분 얘기만 나오면 대단한 분이지 하고 한 마디 거든다. 이 분의 고집이 우리 임금님 고집에 못지않다 하여 나라의 가장 윗자리인 대통령이라 부르게 되었다. 사실은 임금 자리는 다른 분이 꿰차고 있으니, 할 수 없이, 해방되고 생겼지만 여전히 낯설었던 대통령이란 자리에 등극시킬 수밖에 없으리라.

그 분 고집의 모습을 잠깐 살펴볼라치면. 첫째는 누가 뭐래도 정해진 것 외에 어떤 것도 더 요구하는 법이 없었으며, 더 주려고 해도 일언지하에 거절하는 것이다. 머슴에게는 일 년 두 벌 옷을 해주는 관례가 있었다(여름살이, 겨우살이). 혹시나 우리 집에서 옷을 한 벌 더 해줄라치면 절대로 입지 않았다. 누구의 호의나 도움도 요구하는 법이 없으므로, 때로는 적지 않은 사단이 일어났다. 한 번은 우리 집에서 지어준 옷이 소매가 조금 짧은 적이 있었다 한다. 그 이튿날 우리 대통령은 소매를 떼어 낸 저고리를 입은 이상한 모습으로 나타 났다. 어머니가 연유를 묻자, 소매가 짧아서 당겨 내리려고 했더니 찢어졌다는 것이다.

우리 집에는 그 분을 위한 국그릇과 밥그릇이 특별히 마련되어 있었다. 음식이 아무리 맛이 있더라도 한 번 담은 양 이외에는 더 달라는 말은 절대로 하지 않았다. 더 드리면 받는 법이 없으니, 우리 가 아예 그릇을 특별히 큰 것으로 마련할 수밖에 없었다 한다.

일 년 머슴을 살고 나면(대개 동짓날 쯤) 세경을 계산해 주게 된다. 필자가 어릴 적, 우리 마을 상머슴의 세경은 6섬이었던 것으로 기억 한다. 우리 집에서는 정해진 세경 외에 한 가마 정도를 보너스로 더 드리는 것이 관례였다. 대통령은 절대로 이 보너스를 받는 법이 없었다. 그리고 세경을 받고나면, 낭비벽이 있는 것도 아닌데 세경이 다 사라지고 없었다.

그 분은 가족이 없었다. 그래서 아버지는 가정을 이루게 할 양으 로, 어찌하든지 모아서 장가를 보내주고 싶어 했지만, 어느 해나 세경이 사라지는 것은 마찬가지였다. 아버지는 수소문을 해보고서 야, 마을의 어려운 사람들 집에 남몰래 한두 섬씩 져다주고 만다는 것을 알았다. 아버지께서는 그를 불러서 그러지 말라고 타일렀다. 그러면 그는 예의 퉁명스러운 목소리로, 그 사람들도 먹고 살아야지

요라고 한 마디하고 말았단다.

이 대통령에게 경사가 났다. 장가를 갔다. 아버지께서 먼 동네 처녀와 결혼을 시키고 세간을 장만하여 살림을 차려 주셨다. 아버지는 나에게 이제부터 별호를 부르거나 호라는 이름을 부르지 말고, 꼭 송정어른이라고 부르라고 이르시던 말씀을 기억한다.

만사가 제대로 굴러갈 줄 알았는데, 이 가정에 문제가 생겼다. 요즘 같으면 아무 문제도 되지 않았을지 모른다. 문제는 대통령께서 부인을 방 밖으로 내보내지 않으시고, 본인도 바깥출입을 하지 않은 것이었다. 누가 설득해도 누가 뭐래도 막무가내였다. 이 유폐 생활을 견디다 못한 신부가 도망을 감으로써 그 분의 결혼생활은 몇 달 만에 막이 내리고 말았다. 그리고 그 분은 옛날의 그 분으로 돌아와 있었다. 그렇지만 죽는 날까지 아내가 돌아오리란 희망은 버리지 않고 기다렸다.

고집이란 자기가 내세운 원칙을 고수 하는 것이 남에게 고집으로 보인다면 얼마든지 권장할 일이다. 그러나 고집이 집념의 단계를 넘어서 아집에 이르게 되면, 그건 주위 사람들에게 불편을 주게 되는 데 문제가 있다. 요즘 우리는 우리 동네의 임금이나 대통령 같은 고집쟁이가 점점 아쉬워지는 것은 어쩐 일일까. 이익을 따라 너무나 쉽게 고집을 꺾기 때문이 아닐까 싶다. 우리나라의 높은 분이 임금님 혹은 대통령처럼 칼 찬 순사의 매를 두려워하지 않던, 그런 고집을 기대하지는 말아야 할 것이다. 그 분들은 무식했고, 우리의 높은 분들은 유식하니까.

새벽 예찬

―

　나는 새벽이 좋다. 내가 새벽을 좋아하게 만든 이는 돌아가신 아버지시다. 농부이셨던 아버지는 세상만사가 자연의 이치에 맞게 돌아간다고 생각하셨다. 새벽은 시작하는 때이니 남보다 새벽 일찍 시작해야 한다고 생각하셨다. 닭이 울면 일어나셔서 대학을 암송하시고 나면 내 차례가 된다. 잠들어 있는 나에게도 무언가를 시켜야 한다고 생각하셨는지 나를 깨우기 시작한다.

　나는 아버지가 무서웠다. 짜증을 낼 수도 없었다. 그때쯤이면 눈을 뜨신 어머니조차 원군이 못 된다. 나는 할 수 없이, 일어나 옷을 입을 수밖에 없다. 아버지의 다음 명령이 떨어진다. 머슴을 데려오라, 소죽솥에 불을 지펴라. 누구 집에 가서 놉을 해오라. 그도 저도 아니면 공부를 해라. 그것도 아니면 붓글씨를 써라. 그것도 아니면 새끼를 꼬라고 하신다. 나는 시키는 대로 하는 시늉이라도 내어야 한다. 그렇지 않으면 불호령이 떨어진다. 아버지는 내가 이불 속에 누워 있는 꼴을 보고 있을 수 없으셨다고나 할까.

중학교, 고등학교에 다니게 되어 아버지 슬하를 떠났다. 그러나 아버지가 붙여주신 잠버릇은 떨쳐 버릴 수가 없었다. 대학 입시 준비할 때도 밤늦게까지 공부를 한다는 것은 엄두도 내지 못했다. 저녁을 먹으면 졸음이 와서 견딜 수 없었다. 새벽에 일어나 책상에 앉을 수밖에 없었다. 다른 것이 있다면 자명종 시계가 나를 깨웠고 일어나 앉게 하는 것은 내가 대학에 가야겠다는 의지력이었다. 그때는 그래도 우물가에 가서 찬물에 세수를 하고, 책상에 앉으면 참을 만 했다.

고등학교 시절에 교회에 다녔다. 목사의 설교에 감명 받은 나는 예수님의 성전에 남 보다 먼저 달려가, 기도를 올리고자 새벽 기도를 다녔다. 부산의 새벽길은 또 다른 별 맛을 던져준다. 차들의 왕래가 거의 없고 간간이 마주치는 사람들은 새벽에 일터로 나가는 노동자들 뿐이었다. 부산의 새벽은 가만히 내 가슴 가득히 사명감을 심어주는 듯 했다. 멀리서 들려오는 교회의 종소리는 사명감을 더 깊이 각인해 주었다.

그래서 친구들과 호 짓기 놀이를 할 때, 자호하기를 효종(曉鐘)이라 했다. 새벽종처럼 민중을 잠에서 깨워 볼까 하는 거창한 바람이 아니다. 그저 새벽 교회의 종소리가 좋았던 탓이다. 세월이 흘러 이제는 교회에 나가지 않는 사람이 되어 버렸다. 그러나 새벽 종소리의 매력은 잊을 수 없어서 호를 그대로 두었다. 그대로 둔데는 시골 집에서 새벽에 잠이 깨었을 때, 잠결에 은은히 들려오는 이웃마을 교회 종소리에 귀를 기울이며, 이불 속의 온기를 즐기는 맛도 한 몫 했다.

나는 새벽이 좋다. 아버지께서 심어주신 버릇이 나를 옭아매어 새 벽 애호가가 되게 했으리라. 그러나 어떤 기호라도 타고 날 때부터 좋아하는 것이 있을 수 없으니, 모두 후천적으로 키워진 것이리라. 아버지께서 나에게 새벽의 진미를 알게 하고 새벽과의 친교를 유지하 도록 하셨다.

어느 덧 세월이 흘러 스스로 일찍 잠자리에서 일어나는 새벽 애호 가가 되어 있었다. 거기에다 모든 일에서 아버지를 닮아갔다. 길을 떠날 때는 새벽에 떠나야 했다. 하루의 계획도 새벽에 세워야 했다. 요즘도 아버지가 머슴들에게 일을 시키시는 소리를 비몽사몽간에 듣는다. 그때는 어김없이 머슴들의 목구멍으로 해장술이 넘어가는 소리도 함께 듣는다. 그러다 까닭 없이 깜짝 놀라기도 한다. 아마도 다음 수순이 나였기 때문일 것이다. 불호령이 내릴 것 같아서이다. 이렇게 새삼 수십 년의 세월이 흐르도록 새벽이 나를 아버지와 연결 시켜 준다. 아버지와 관계를 맺게 해주는 것은 피만은 아닌가 보다.

새벽이란 말이 좋다. 새벽은 동쪽이 밝아 옴을 뜻한다. 영미인들 은 해가 터져 나와서(daybreak) 낮에 빛(daylight)을 선사하기 시작 (origin)하는 것으로 생각한다. 이렇게 새벽은 어둠을 몰아내고 우리 인간에게 기쁨과 행복을 찾게 해 준다. 그러나 달콤한 잠에 미련을 가진 이들에게는 새벽이 잠을 훔치는 도둑이요, 숨김을 드러내게 하여, 수치를 느끼게 하는 고자질장이라고 투덜거릴게다.

그러나 새벽은 현자의 것이다. 밤의 야수성과 악마성이 물러가고 신성으로 돌아가는 시간이다. 명정(酩酊)의 시간이 지나고 성오(省悟)의 시간이 다가 온 것이다. 그래서 탕아가 술이 깨어 혼자 집으로 돌아온다 하지 않았던가. 새벽은 우주 만물의 기운이 이제 막 운행을 시작하려는 시점이다. 그래서 우리 조상은 새벽에 남보다 일찍 대문을 열어 천지기운의 첫 물결을 받아들이려고 했다. 그래서 아버지는 새벽에 남보다 먼저 사립문을 열게 하셨다.

시인 묵객이 시흥이 도도해 지는 것은 밤이다. 악마성이 천하에 가득할 때, 시인은 아름다운 여인의 분 내음에 취하고, 명주에 취하여, 백지에 겁 없이 휘갈겨 쓴다. 그러나 그들은 새벽을 싫어한다. 엊저녁 술에 골치가 지끈 거린다. 시흥이 사그라든 후이기도 하지만 발이 아직 땅에 닿지 않았기도하다. 그들의 허리멍텅한 머릿속에는 배반이 낭자한 전쟁터의 무질서만 남아 있다. 그러니 성오는 괴로움을 줄 뿐이다. 괴로움을 딛고 머리를 쳐 들 만큼의 용기도 있을 리없다. 등불에 비친 만화경 속에서 위세를 떨쳤으나, 밝아오는 햇살이 드러나자 그들은 그 벌거벗은 실상을 노래할 재능은 고갈되었다. 그들은 그저 그들이 무서워하는 새벽이 조용히 물러가기를 이불 속에서 엎드려 기다릴 뿐이다.

시인들이 새벽을 싫어하는 것은 그들이 새벽을 노래한 작품을 찾기 힘든데도 알 수 있다. 셰익스피어는 "아침이 몰래 밤을 덮쳐서 어둠을 녹여버린다"고 새벽을 나무라고 있다. 오직 시인 중에 술의 힘을 빌어 뮤즈(Muse)를 부르지 않았을 사제 시인 죤단 만이 새벽을 노래하고 있다. 그러나 그도 역시 새벽에 잠자리에 일어나야 하는 연인들의 괴로움을 언급하고 있을 뿐이다. 이를 보면 아마 그도 은근히 새벽에 증오의 눈길을 보내고 있음을 알 수 있다.

그래도 나는 새벽이 좋다. 새벽은 아버지의 유산이다. 그래서 나에게는 소중하기 이를 데 없다. 새벽이 오면 내가하는 첫째 일은 어제 일을 되새김질 하여 재정리하는 것이다. 어제 저지른 실수가 먼저 떠오른다. 만회할 수 있는 것은 만회 할 방법을 생각해 두지만, 그럴 수 없는 것은 망각 속으로 밀어 넣는다. 이 순간이 가장 괴롭다. 그래도 망각 속으로 밀어 넣기로 작정하면 한결 마음이 부드러워진다. 덩달아 몸도 긴장이 풀리고 따뜻한 기운이 돈다.

다음은 못 다한 일을 떠올리고 계획하여 마무리 지을 준비를 한다. 다음은 오랫동안 생각해오던 일들을 생각하여 약간의 진전을 거두려 애쓴다. 그러고도 시간이 남으면 글감을 찾으려 애쓴다. 언제 쓸지, 어디다 발표할 계획도 없으면서 마음속으로 글을 쓰고 다듬는다. 나는 이렇게 다듬어서 머리에 저장해 둔 구절들이 내가 연필을 들어 쓰려고 할 때, 재생되어 나온다고 생각한다. 때로는 멋진 표현들이 떠올라 혹시나 잊을까 겁이 나서 불을 켜서 적어두려고 마음을 내어본다. 그러다 이불 속 온기가 사라질까 두려워 그대로 몸을 눕힌다. 새벽 시간만은 머리로만 활동하고 싶기에 몸을 도로 눕히고 말았을 것이다. 이 버릇을 아는 듯 아내조차도 숨소리조차 낮추어 내 생각을 방해하지 않으려 한다.

임어당 선생이 "와상 술"(臥床述)이란 말로써 새벽 시간을 즐기는 방법을 논하신 것을 읽어 본적이 있다. 그분의 생각도 나와 비슷한 것으로 기억한다. 다만 그 분은 새벽에 잠이 깨어도 일어나지 말라고 충고하고 있다. 잠에서 깨어나 머리는 맑아졌지만, 몸을 움직이기 싫은 얼마간의 시간을 즐기는 것이 좋다고 서술하고 있다. 이처럼 그분의 외상술도 내가 새벽을 즐기는 방법과 크게 다르지 않은 것 같다.

새벽은 승자도 하늘을 찌를 듯한 자만심이 누그러졌을 때이고 패자도 패배의 쓰라림이 어느 정도 무디어 졌을 때이다. 그래서 승자와 패자의 간격도 상당히 좁혀져 있을 때이다. 대개의 승패는 해가 있을 동안에 정해지거나 음모에 의해서 승패가 갈리는 때도 밤이다. 새벽은 승리의 흥분이 가고 싸늘한 냉기가 열기를 식혀서 성찰이 자리 잡는 시간이다. 그래서 새벽에는 음모자도, 살인자도, 반역자도 모두 이성의 제단 앞에 무릎을 꿇는 때이다.

새벽은 짧다. 순식간에 밝은 햇살이 새벽을 삼켜버린다. 새벽 강가에 나가보라. 물안개가 서서히 피어오르는 아름다움을 볼 것이다. 우리는 안개 속에서 무엇인가가 숨겨져 있는 것 같이 느낀다. 우리가 숨겨진 것을 모두 찾기도 전에 햇살이 안개를 걷어가 버린다. 그래서 새벽은 언제나 신비한 것으로 남는다. 나는 새벽이 좋다. 이 생명 다하는 날까지 나는 새벽을 좋아할 것이다.

새벽이면 나에게 새벽의 맛을 알게 해 주신 아버지가 그립다. 아버지가 그리워서 새벽이 더 귀하다.

정동어른

———

    골목에서 조무래기들이 자치기, 땅따먹기, 공기놀이를 하고 있다. 갑자기 어느 애의 입에서 "정동어른이다"하는 소리가 날라치면, 모두들 줄행랑을 치느라, 한바탕 소동이 난다. 미처 위험신호를 듣지 못한 녀석은 무턱대고 발을 구르며 울음을 터트린다. 70을 훌쩍 넘긴 할아버지가 이놈하고 소리치며 요놈이 누구 손자구나 하고, 아이를 안아 올려 우는 아이의 뺨을 턱수염으로 문질러댄다. 아이는 죽는 소리를 낸다. 지나가던 어른들은 그저 빙긋이 웃기만 한다. 정동어른으로 불린 이 할아버지는 아이를 내려놓는다. 그러고는 "고놈 귀엽기도 하고나"하고 너털웃음을 터트린다.

    정동어른은 내 외할아버지시다. 그 어른의 아이 사랑은 끝 간 데를 몰랐다. 다만 사랑을 나타내시는 방법이 어린이들에게는 익숙하지 않은 방식이라, 아이들의 두려움을 사는 게 문제였다. 정동어른은 애가 울 건, 말 건, 안아 올려, 애 얼굴에 수염을 문질러 댄다. 수염이란 게 애기들에게는 공포를 주게 마련인데, 그걸 문질러대니 애기는 울어댈 수밖에 없었다. 그때는 어른이란 조무래기들을 야단을 칠 뿐, 아이들에게 사랑을 보이지 않는 걸 미덕으로 알던 시절이다. 어른이란 모두 아이들에게 두려운 존재였을 뿐이었다. 그런 어른이 접근하여, 아이들이 납득할 수 없는 방법으로, 귀여워 못 견뎌하는 마음을 전하려 했으니, 공포를 불러일으키기에 충분했다.

에리히 프롬은 사랑이 기술(art of loving)이라 했다. 배를 만들고 장난감을 만드는 것과 마찬가지로, 사랑도 기술이기 때문에, 사랑을 제대로 하려면, 사랑하는 기술을 연마해야 한다고 갈파하고 있다. 다만 사랑은 사랑하는 사람이 사랑의 기술을 적용하는 행위자 일뿐만 아니라, 상대의 사랑을 받아야 하는 대상이 되는 것이, 다른 기술과 다른 점이라 했다. 바꿔 말하면 사랑은 사랑하는 기술을 연마해야 할 뿐만 아니라, 사랑을 받는 기술도 연마해야 제대로 할 수 있다는 말이다.

정동어른의 문제는 사랑하는 이가 사랑의 기술을 못 익혔을 뿐만 아니라, 그 대상들도 사랑을 받는 기술이 연마되어 있지 않은 데 있었다. 이 탓에 정동어른은 우리 마을 조무래기들에게는 공포의 대상이었다. 게다가 우는 애에게로 다시 모여든 조무래기들은 아무도 우는 애를 달래줄 생각을 하지 않았다. 그러니 당사자의 억울함이 더 커져서 더 서럽게 울 수밖에 없었다. 혹 지나가는 어른이 쟤 왜 우니하고 물으면, 좀 큰 애들은 정동어른이요, 하기만 하면 된다.

물어본 어른은 너털웃음을 웃으며, 그냥 지나쳐 버리니 우는 애는 더 서러울 수밖에 없었을 것이다. 사실은 동네 조무래기들에게 공포의 대상이기만한 정동어른은 한없이 인자스런 어른이셨다.

할아버지는 매일 아침 식전에 우리 집에 제일 먼저 오시는 손님이셨다. 매일 아침 나는 잠자리에서 자는 척 하면서 할아버지가 오시는 걸 기다리고 있었다. 아니 그때까지는 이불 속에서 할아버지를 기다리며 온기를 즐기고 있다는 것이 정확하다. 아침 짓느라(아궁이에 불을 떼기 때문에) 다시 데워지는 방의 온기를 느긋하게 즐기고 있었다. 할아버지 기침 소리가 나고, 아버지나 어머니의 인사를 받으시고, 마루에 걸터앉으시는 소리가 나자마자, 나는 쏜살같이 문을 박차고 나가, 할아버지 한복 저고리 안주머니에 손을 집어넣는다. 거기는 틀림없이 밤, 대추, 문어쪼가리가 있다. 재수 좋은 날은 소고기 산적도 내 손가락만한 게 있었다. 정동어른은 주머니를 약탈한 강도에게 그저 혀만 끌끌 차시는 것으로 꾸중을 대신하신다. 손자란 놈은 그때는 이미 저만치 달아나서 할아버지 주머니에서 노획한 전리품의 맛을 즐기고 있었다. 혀끝에 녹아나는 전리품의 맛이란 어떤 말로도 다 표현할 수 없었다.

할아버지는 그때 이미 마을에 상노인이셨기에, 동네 사람들의 제사나 생일에 언제나 초대를 받으셨다. 받으시는 상 또한 차림이 달랐다. 할아버지는 손자를 생각하셔서 당신 상에 놓여있는 마른안주들을 주머니에 넣어 귀여운 손자 얼굴을 보러 오신다. 매일 아침 이런 소동이 벌어질 때마다, 아버지나 어머니는 애 버릇 버리겠어요라고 한마디 하시지만, 할아버지는 들은 척도 하시지 않으신다.

나에게 사랑을 베푸시는 또 한 가지 방식은 옛날 얘기를 해 주시는 것이다. 그러니까 그게 30년 전에 일이구나. 내가 영천 장에 갔을 때 일이었는데… 하고 얘기를 시작하면, 그저 나는 영천이 먼 곳이 거니 하고, 할아버지 얘기에 귀를 기울인다. 할아버지는 우리 동네에 서는 드물게 언양장보다 멀리 가보신 분이었다. 경주는 물론이고 영천을 지나서 대구까지도 가보신 분이다. 젊어서 가계를 책임지셨기에, 가계에 보태고자 장사도 하셨기 때문이다. 이렇게 할아버지가 장사에 나서게 된 것은 외증조부님께서 우리 마을 훈장을 하신 탓이다. 아이들을 가르쳐 보았자, 가을철에 벼 반 가마, 보리 철에 보리 반 가마를 받는 게 고작이었으니 생계가 넉넉할 리 없었다. 더구나 외증조부님이 세 번 결혼으로 얻은 동생들에다, 할아버지 당신 아이들까지 있었으니, 훈장의 세경으로는 식구들의 입을 채우기는 턱없이 모자랐을 것이다.

외증조부님은 선비의 길이 얼마나 힘든 가를 아시고, 식구를 먹여 살리지 못하시는 당신의 자조감 때문에, 장남이신 할아버지에게 글을 가르쳐 주지 않으셨다. 뿐만 아니라 배우는 것도 금하셨다. 외증 조부님은 근동에서 학문으로 이름이 높으셨다. 생전에 과거 길에 나서기를 여러 번, 과거길이 반복되자 가산은 기울어져가기만 했다. 천리 한양길이 그 어른의 눈물로 점철되었으리라.

당신에게 배운 제자는 여럿 과거에 합격시켰으면서 본인에게는 그런 행운이 따르지 않으셨던 것이다. 한말의 과거가 실력대로 되는 것이 아니었을 뿐만 아니라, 한미한 시골선비가 권문세가에 줄이라도 댈 곳이 있었을 리 만무했다. 애초에 과거와는 인연을 접어야 했었다. 외증조부님의 불운은 과거 운에만 그치지 않고 처운마저도 없었다. 그 어른은 하늘마저 무심하여 상처를 두 번이나 하셨으니 그 어른의 삶의 짐이 고스란히 장남이신 할아버지에게 대물림되었다.

그래도 나는 외증조부님이 훈장으로 실패하신 분이라고 생각하지 않는다. 제자 중에 나의 아버지를 키우셨고, 결과적으로 당신의 손녀딸의 배필이 되게 하셨으니 말이다. 게다가 이 글을 쓰고 있는 내가 이 세상에 태어나 외증조부님의 덕을 기릴 수 있을 정도로 면무식을 했으니 말이다. 그리고 보면 내가 박사학위도 받고 대학교수가 된 것 모두가 조상의 덕이라 할 수 있다. 내게는 외증조부님의 기여도가 조상들 중에 가장 컸다고 할 수 있을 것 같다.

아버지는 당신의 스승이신 외증조부님과 장인이신 외할아버지를 평하여 이렇게 말씀하셨다. 그 어른들이 출세하지 못하신 원인은 창녕 성씨 가문에 태어났기 때문이라 하신다. 창녕 성가는 사육신 성삼문을 중시조로 두고 있는 집안이었다. 집안에 내려오는 말에 의하면 성삼문의 어린 아들을 하인이 업고 창녕으로 피신하셨단다. 창녕에 자리 잡고 아기를 자기 자식으로 키워서 목숨을 부지했다고 한다. 몇 백 년 내려올 동안 성삼문의 후손으로 행세하지 못하다가, 영조 연간에 사육신이 복원되면서, 성가로 돌아갔다고 한다. 목숨을 잇는 것이 초미의 관심사였을 것인데, 어느 여가에 학문을 닦았으리요. 어느 여가에 권문세가와 줄을 댈 수 있었으리요.

아버지가 꼽는 또 하나의 이유는 두 어른의 외모에서 찾을 수 있다고 하셨다. 창녕 성씨는 큰 재주를 타고 나려면, 외모에 무엇인가 하나 흠이 있거나, 찌그러진 데가 있어야 한다고 한다. 성삼문 그 어른은 집안에 내려오는 얘기에 의하면 눈이 한쪽 찌그러지셨다고 한다. 그래서 창녕 성씨가 큰 재주를 가지고 태어나더라도 출세하려면 눈이나 귀가 찌그러지거나, 하다못해 다리라도 하나 짧아야 된다고 하셨다. 그런데 두 어른은 외모에 하나 나무랄 데가 없었다고 한다. 그러니 큰 재주를 지니지 못했으며, 재주를 타고 나셨더라도 출세를 못했을 것이라 하셨다. 아버지가 말씀하신 두 가지 원인 때문에 내 외가는 중흥을 못 이루었는지 모른다. 가문을 중흥시키지 못하셨더라도, 나의 외할아버지는 나에게는 이 세상에서 가장 귀한 분이다.

정동어른은 올 곧은 분이셨다. 젊을 때 살림이 어려워, 품팔이를 수년 하셨다. 주인이 있으나 없으나 한 결같이 부지런하셨다고 호가 났다. 아버지는 외할아버지만큼 자신의 일을 철저히 눈속임 없이 일하는 일꾼은 본 적이 없다고 하셨다. 그런 어른이 왜 하늘도 무심하여 아들 하나 점지해주시지 않았는지 모르겠다고 덧붙이곤 하셨다.

할아버지는 딸 삼형제를 두셨는데 어머니는 둘째였다. 외할머니가 시골에는 보기 드문 미인이셨기 때문에, 딸 삼형제도 모두 할머니보다는 못 하셨지만 눈에 띌 정도로 예뻤다고 한다. 그 중에도 큰 이모가 가장 미인이셨지만 박복하여 30대에 홀로 되셨다고 한다. 딸 세분이 모두 외모도 할머니보다 못하셨고, 성정도 할머니를 닮지 않으셨다고 한다. 할머니는 남을 험담하는 소리 한번 하시지 않을 정도로 도리를 지키고 목소리 한번 높이는 것을 못 볼 정도로 조용한 요조숙녀셨다고 한다. 다만 세 딸의 교육은 엄격하셨던 것으로 알려져 있다. 이러한 할머니를 닮지 않은 세 딸은 모두 강인하고 고집 센 분들이었다. 모두 할아버지의 성품을 닮아서 그렇다고들 했다.

할아버지를 생각할 때마다 할아버지가 애주가라는 사실을 빼놓을 수 없다. 할아버지는 너무 가난하셔서 서른이 넘어서서 술을 배웠다고 한다. 그래서 그런지 함부로 마시지 않으셨다. 술은 반드시 막걸리를 드셨고, 한 자리에 한 잔 이상 받으시지 않으셨다. 내가 장성하여 술을 마시게 되었을 때도, 나에게 따라 주시기까지 하셨지만, 내가 따라 드리는 잔을 한 잔 이상 받으신 적은 없었다. 연세가 드셔서 일을 놓으시고 난 뒤에도, 술을 마실 시간적 여유와 경제적 여유가 있었지만, 한 번에 한 잔 이상을 드신 적 없으셨다. 그래도 드시는 횟수는 하루에 10여 차례였기 때문에 하루에 드시는 전체 양은 두 되나 될 정도였으니 애주가임에 틀림 없으셨다.

할머니의 지극정성은 술이 떨어지지 않게 하는 것이었다. 언제나 알맞게 익고, 맛도 들쑥날쑥 하지 않도록 하는 것이 할머니가 하신 일이었다. 누룩을 빚고, 술을 담그고, 술을 거르는 모든 공정에 할머니는 정성을 담으셨다. 왜정시대, 이승만 시대, 박정희 시대 동안 술을 수색하러, 수시로 닥치는 세무서원의 매서운 눈초리를 피하여 술단지를 감추는 것이 보통 일이 아니었다. 너무 깊이 넣으면 꺼내먹기 곤란하고, 그렇다고 너무 얕게 감추면 들통이 나서, 세무서에 끌려가서 수모를 당할 수도 있었다. 거기다 거의 감당하기 어려운 액수의 벌금을 물어야 했다고 한다. 외가댁도 한두 번 정도 그런 수모를 당하기도 했다. 이러한 난세에 여하튼 술이 떨어지지 않게 하는 것은 대단한 지략과 용기가 필요했던 일이었다. 이러한 어려움을 겪으면서도 할머니는 한 번도 할아버지가 드실 술이 떨어지게 하지는 않으셨다고 하니, 대단한 열녀임에 틀림없었다.

정동어른은 이처럼 술 이외에도 모든 일에 자신에게 엄격하셨다. 이를 뒷바라지하는 할머니는 무척이나 힘들었을지 모른다. 그러나 할머니가 할아버지 험담하는 것을 들은 기억이 없는 것을 보면 할머니가 할아버지를 꽤나 사랑하셨던 것 같다.

할아버지가 자신에게 엄격 하셨다는 것을 알 수 있는 것은 할아버지의 절약정신에서였다. 절약이기 보다 구두쇠 가깝게 돈을 아끼셨다. 숫제 한번 주머니에 돈이 들어가면 절대로 나오는 법이 없었다고 말하면 정확하다. 낭비라는 것은 있을 수 없고, 꼭 필요하신 것도 마지 못 할 때까지 참으셨다. 이러한 할아버지의 주머니를 열게 할 수 있는 사람은 둘째 사위이신 아버지 뿐이셨다고 한다. 그래서 아버지의 권유로 논도 사고 밭도 살 수 있어서, 말년에는 가난을 면하셨다.

한번 손에 쥔 것을 절대로 놓지 않는 분이기에 주위 사람들에게 어려움을 겪게 하는 경우도 있었다. 작은 이모가 서울에서 어려움을 당하여 끼니를 이을 수 없으니, 외할아버지께 마을에서 장리라도 얻어 달라는 급한 전갈이 왔을 때였다. 외할머니, 아버지, 어머니가 긴급회의를 여셔서 어떻게 난국을 타개할까 의논 하셨다. 방법은 할아버지 몰래 논을 파는 것으로 결론이 났다. 할아버지가 허락하실 리 없으니, 비밀리에 논을 팔기로 결정했다. 논을 구매할 사람은 우리 집이어야 한다고까지 결정했다. 이 결정으로 그 이듬해부터, 농사를 우리가 짓고, 소출의 일정량을 외가에 가지고 갔다가, 할아버지가 계시지 않는 틈을 타서, 도로 우리 집으로 가지고 오는 일을 할아버지 돌아가실 때까지 했다. 돌이켜보면 할머니가 자식을 위해 남편을 속일 수밖에 없었으니, 얼마나 괴로웠을까?

할아버지께서 엄격하셨던 것을 나타내 주는 일화가 하나 더 있다. 할아버지는 큰 이모의 논을 붙이시다가 그걸 사셨지만 논 값을 낼 목돈이 있을 리 없었다. 논 값은 농사를 지어서 년 차적으로 갚기로 하셨다. 당시 일제는 가을추수의 80%를 공출로 걷어갔다. 공출이란 나라(일제)에 자진해서 소출의 일정 부분을 바친 다해서 공출이었다. 그러니 배상이란 있을 리 없으니 약탈과 다름없었다. 게다가 효과적으로 공출제도를 운영하기 위해서 시장에서 쌀 거래도 금했다. 이러한 제도 때문에, 쌀 배급에 의존하거나 부족분은 시장에서 사서 먹을 수밖에 없는 도시 사람들은 쌀을 구입할 수 없어서, 일제가 만주에서 들여오는 콩기름 찌꺼기를 먹거나, 비싸게 암시장에서 쌀을 구매할 수밖에 없었다.

외할아버지의 딸과 외손들은 부산에 살고 있었다. 이들을 굶기지 않으려면, 할아버지가 이모와 외손들을 위해서, 쌀을 부산으로 순사들의 눈을 피해 밀반출 할 수밖에 없었다. 그 방법만이 이모를 돕는 길이었다. 이모는 이모부가 돌아가시고 혼자서 아이들을 키우고 계셨다. 이모네에게 양식을 대주기 위해 외할아버지는 이리저리 감춰두었던 벼를 밤에 몰래 찧어서 부산까지 밀반출하기로 하셨다.

이 얘기 나올 때면 내 눈에는 언제나 눈물이 고인다. 드러내놓고 쌀을 짊어지고 갈 수도 없는 일이고, 순사들의 눈까지 피해야 했다. 그 어려움을 어찌 말로다 할 수 있으랴. 혹시 순사들에게 들키기라도 하면 가진 목숨보다 아까운 쌀을 몽땅 압수당할 뿐만 아니라, 주재소에 끌려가 치도곤을 당해야 했다.

밀반출 방법은 기상천외한 것일 수밖에 없었다. 정확하게 누구의 생각이었는지 알려지지 않았지만, 궁하면 통하기 마련이니 할아버지 할머니 두 분이 생각해 내신 방법이었을 것이다. 그 방법은 솜옷 윗저고리와 바지에 솜을 덜어내고, 거기에 골지게 꿰매고 꿰맨 공간에 쌀을 채워 넣는 것이다. 쌀을 채워넣은 윗저고리와 바지를 입고 겉에 두루마기를 입었다. 좀 뚱뚱하게 보이기는 했겠지만 옷 속에 쌀을 감췄으리라고 아무도 상상하지 못하여, 검문소 순사들을 속일 수 있었다고 한다.

한 번에 가지고 갈 수 있는 양은 대두 두 말 정도였다고 한다. 이 짐을 지고(쌀을 꿰매어 넣은 옷을 입고) 첫 닭이 울기 전에, 우리 마을에서 출발하여, 울산 초입의 삼오역까지 걸어가셨다. 삼오역에서 부산행 기차를 타고, 부산 본 역에 내려서 부산 이모 집이 있는 공설운동장 뒤 켠에 이르면, 저녁을 먹을 때쯤이 된다고 한다. 우리 마을에서 출발한 것이 새벽 1시~2시 사이, 울산 삼오에 도착한 것이 오전 10시 경, 11시 경에 기차를 타고 부산역에 내린 것이 오후 2시~3시 경, 부산역에서 부산 공설운동장 뒤켠에 있는 딸(이모) 집에 도착한 것이 5시 경이 되었다고 한다. 이렇게 보면 장장 16시간여가 걸린 셈이다.

이 동안 할아버지는 앉지도, 눕지도 못 하시고, 계속 서 계시는 수밖에 없었다고 한다. 겨우 소변을 볼 수 있을 정도였다고 하니, 그 고통이 어떠했을까? 오로지 자식에 대한 사랑, 귀여운 손자, 손녀를 굶기지 않으려는 일념에다가, 빚진 논 값을 현물로 대신해야겠다는 의무감이 어려운 고역을 치르게 하셨을 것이다. 그 고역을 한 달에 한 번도 아니고 두서너 번 정도 치렀다고 하니, 자식 사랑이 무엇이 길래?

아버지는 당신의 장인을 말씀하실 때마다, 꼭 한마디 덧붙이시곤 하셨다: 사람은 배워야 한다. 할아버지는 문맹이셨기 때문에 터무니없는 실수를 하신 적도 있었다고 한다. 사실 우리 외가가 윗대에는 대단한 부자였다고 한다. 울산 귀영동 근방의 땅은 주위 십여리 땅이 모두 외갓집 땅이었다고 한다. 외고조부 상여는 울산 기생을 총 동원하여 메고 선산까지 오르게 했다고 하는 거짓말 같은 일화를 남기셨으니 알만하다. 나는 이러한 얘기는 지나간 일을 아름답게 채색하는 버릇에서 생긴 짓이거니 했다.

그런데 어느 해 외할아버지에게 세무서에서 공문이 몇 통 날아왔단다. 할아버지가 깜짝 놀란 나머지, 아버지에게 의논차 오셨다고 한다. 아버지가 보신 내용은 상속세를 얼마정도 내시면, 할아버지의 아버지 명의로 된 울산의 임야를 할아버지 명의로 상속해 주시겠다는 내용이었다고 한다. 그때 아버지가 말씀하신 금액은 지금으로 치면, 모두 합쳐서 이삼백 만원 되는, 그 당시 할아버지 댁에서 감당하시기 어려운 정도의 액수였다고 한다. 아버지는 할아버지에게 그 돈을 내시고 조상이 물려주신 것을 확보하라고 말씀드렸다고 한다. 할아버지는 일언지하에 거절하셨고, 거듭된 아버지의 설득에도 끝내 응하지 않으셨다고 한다. 그래서 그 땅은 무주공산이 되었다. 아마도 어떤 재주 있는 사람이 잽싸게 가로챘을 것이다.

할아버지에게 상속될 뻔 한 땅은 지금 울산시 공업탑이 들어선 지역이었다. 그 당시는 나무도 잘 자라지 않는 쓸모없는 관목이 덮여 있던 야트막한 야산이었다. 세무서에서 할아버지에게 문서를 보낸 때는 울산이 공업화가 시작되기 전이었다. 그 곳은 곡식 하나 심을 수 없는 곳이었기에 그 당시는 별 가치가 없는 땅이었다. 할아버지가 당장 현금이 나가는 것이 아쉬워했고, 그 땅이 돈이 되리란 생각을 조금도 하시지 않았기에 내린 결정이었다.

이 시점에서 후손인 제가 할아버지의 결정을 나무랄 수는 없다. 그래도 이 손자는 이 얘기가 생각날 때마다. 할아버지께서 조상이 주신 것이니 귀하게 생각하여 보존하려는 생각을 왜 하지 않으셨는지. 그랬으면 할아버지께서 제일 귀여워하신 당신의 외손자에게도 조금은 혜택이 돌아왔을 게 아닌가? 아마도 할아버지는 상전이

벽해가 될 수도 있다는 것을 몰랐을 때문이셨을 것이다.

이 얘기가 나왔으니 덧붙이고 싶은 얘기가 하나 더 있다. 20여 년 전에 갑자기 잊었던 이종사촌들에게서 연락이 왔다. 형, 그것 몰랐소. 외삼촌이 다 해 먹었다오. 그게 무슨 소린가 했더니, 외삼촌이 할아버지의 유산을 다 먹어치웠어요 한다. 나는 외삼촌이 할아버지 유산을 다 차지하는 것이 당연한데, 웬 호들갑이냐 했다. 우리가 모르는 사이 외삼촌이 우리의 인감도장을 위조하여, 할아버지가 물려주신 선산을 자신 명의로 바꿨다고 한다. 이 선산이 아파트 단지로 둔갑하면서 엄청난 보상금이 나왔다고 했다. 그런데 외삼촌이 우리 모르게, 불법적 수단으로 보상금 전부를 챙겼다는 전갈이었다.

이종사촌들과 함께 외삼촌을 만났다. 만나기 전에 울산 친구를 동원하여 자초지정을 안 연후에 외삼촌을 만났다. 증거를 들이대고 나서야 외삼촌은 털어놓았다. 외삼촌은 외가의 선산이 아파트 단지가 되면서 몇 십억 보상을 받았다 했다. 이종사촌 동생들과 함께 외삼촌을 어르고 달래서 어머니 몫으로 보상금 전체 금액 몇 분의 일을 받을 수 있었다. 보상을 받으면서 나는 새삼 외가에 대한 신화가 신화로만 끝나는 것이 아니라는 것을 깨달았다.

할아버지께서는 지하에서 외손자 걱정을 하셔서 교수 노릇하기 어려우리라는 것을 아셨던 것이라고 생각한다. 그래서 할아버지께서 물려주신 유산으로, 내가 박사 과정에 들어가고 박사도 되고 교수도 될 수 있었다. 한걸음 더 나아가 손자가 연구에 박차를 가할 수 있어서, 몇 권의 저서를 남길 수 있었고, 이 글도 쓸 수 있게 되었다.

신세진 사람들

—

내가 우리 집에 머슴살이를 한 분들을 떠올리면 그 분들이 지금이라도 살아계시기만 하시면 불원천리하고 찾아가서 고맙다고 말씀드리고 식사라도 대접하고 싶다. 그분들이 계셨기에 내게 오늘이 있도록 내가 학업을 계속 할 수 있었기 때문이다.

이런 분들 중에 내가 제일 고마워하는 분은 신필어른이다. 그 어른의 부인이 신(신)필에서 시집오셨기에, 신필 댁으로 부르고, 가장은 신필어른이라 불렀다. 그 어른은 아마도 우리 집에서 4~5년간 머슴살이 하신 것 같다.

그 어른을 생각할 때면, 우리 집 작은 소 생각이 난다. 작은 소는 털이 대추 빛이었고, 체구는 작은 편이었다. 그보다 몸피가 더 큰 소가 한 마리 더 있었기에 작은 소라 했다. 이 작은 소가 오히려 덩치 큰 큰 소보다 힘도 좋고 일도 잘 했다. 문제는 성깔이 있고,

꾀가 아주 많은 소인데 있었다. 비위를 맞추어 부리지 않으면, 아주 부리기 힘든 소였다. 일꾼이 시원찮다는 걸 눈치만 채면, 그 때부터는 일꾼을 부리려고 들었디. 그래서 놉으로 고용된 사람은 아예 그 소를 부리려 하지 않았다.

그런데 우리 신필어른은 대춧빛 작은 소를 기가 막히게 잘 부렸다. 우리 가족끼리는 신필어른과 작은 소는 닮았기 때문에 서로 잘 통한다고 수군거렸다. 신필어른의 얼굴빛이 거의 작은 소 털빛과 같았고 몸피도 비슷한 크기였던 탓도 있다. 만약 작은 소를 직립시키면 신필어른 키나, 작은 소 키나 같았을 거라는 게 우리네의 생각이었다.

또 하나 닮은 점은 꾀가 많은 거였다. 아버지 말씀이 신필어른에게는 일단 일을 시키고는 아무 말 없이 그 자리를 떠야 된다고 하셨다. 일을 시키고 난 뒤에, 세세한 점까지 잔소리를 하거나, 일을 하는지 안 하는지 감시하면, 아예 일을 하지 않으려 한다는 것이었다. 되도록이면 알아서, 당신의 계획대로 맡은 바 소임을 다 하시는 성미였다고 할 수 있다.

그 분이 우리 작은 소와 닮은 점, 또 하나는 먹성이 좋은 것이었다. 무엇이건 잘 잡수셨고 몸피에 비해서 먹는 양 또한 많았기 때문이다.

어느 날 내가 아버지에게 야단을 맞아서, 뒤켠으로 도망가서, 나 나름대로 억울함을 삭이지 못해 씩씩 거리고 있은 적이 있었다. 신필어른이 다가와서, 다정하게 내 이름을 불러주시면서, 한 두 마디 위로하시던 그 마음을 아직도 잊을 수 없다.

언젠가 그 분이 결근을 했다. 좀처럼 드문 일이었기에 아버지 명으로 그분의 집으로 모시러 간 적이 있었다. 집이 우리 밭가에 있어서 평소에도 가끔 가보기는 했다. 그러나 한 번도 집안으로 들어가 본 적이 없었다. 그날 집에 들어가 보고서야 새삼 그 가난에, 집의 초라함에, 놀랐다. 산비탈 집은 울타리조차 없었으며, 정지(부엌)문조차 없는 집이었다. 말이 집이었지 단칸방에 부엌에 하나 붙어 있다고 하는 게 정확하다고 하겠다. 산비탈에 비스듬이 붙어 있어서, 그대로 모든 걸 한들 쪽으로 드러내놓고 있는, 발가벗은 철부지 아이 같은 집이었다.

내가 인기척을 내고 방문을 열었을 때의 방 안에는 가구라고는 눈에 띠지 않았다. 벽지가 붙어 본 적이 없는 흙벽이 그대로 드러난 방이었다. 이불이라고 해야, 이불 호칭의 색이 정확히 무슨 색인지조차 드러내어 주지 않는 때 투성이였다. 이 이불 속에 신필어른은 누워계셨다. 그 분은 일어나 앉으려는 시늉을 하다가, 가거라 내 곧 몸 추스러 가마. 그러고는 도로 누워버리셨다. 나도 달리 떼를 쓸 수 없어서 돌아오고 말았다.

아버지에게 복명을 했더니, 또 엊저녁에 죽은 소고기로 회식을 했구나 하시고, 그 이상 말씀이 없으셨다. 나는 궁금증이 생겨 우리 집 젖머슴에게 알아보도록 일렀다. 오후에 젖머슴에게서 자초지종을 들을 수 있었다. 신필어른과 마을 머슴들이 어제 병들어 죽어 파묻은 소를 밤에 몰래 꺼내다 삶아 먹었다고 한다. 상한 소고기를 먹고 나서 모두 배탈(식중독)이 나서 집에 꼼짝없이 드러누워 있다고 했다. 그러고 보니 어제 아버지께서 신필어른에게 당부하셨던 말씀이 기억났다. "자네들 또 전처럼 그러면 안 되네. 요번에 그 집 소는 오래 앓았고, 많이 상했나네." 신필어른은 아버지 당부 말씀을 귓전으로 흘리고 소고기가 주는 유혹에 홀려버렸을 게다.

그 당시에 소고기를 먹어 본다는 것은 부잣집 잔칫날 아니면 명절 때 뿐이었다. 소고기란 신비한 명약이라서, 소고기 한모타리 맛 보는 게, 보약 한 첩 먹는 거와 맞먹는 것으로 알던 시절이었다. 공짜로 소고기를 먹을 수 있는게 어딘데, 기회를 놓칠 수 없었을 것이다. 비록 소고기가 조금 상했더라도 말이다.

내가 어른들에게 들은 바에 의하면, 소가 병이 들었더라도 숨이 붙어 있을 때 잡아서 고기를 먹으면 별 탈이 없다고 한다. 내장을 버리고 잘 끓여 먹으면 더욱 안전하다고 한다. 그러나 병들어서 숨이 넘어간 소의 고기를 먹으면, 큰 탈이 난다고 한다. 그래서 소가 병들어서 죽으면, 도랑가 모래벌에 파묻어버린다고 한다. 이를 알고 있는 마을 머슴들이 밤새 소의 시체를 파내어 내장을 버리고, 병과 관계가 먼 다리 살이나 목살을 떼다가 끓여 먹는다고 한다. 이 소고기가 식중독을 일으켜, 며칠씩 드러눕게 할 수도 있다고 한다.

그 사건이 어떤 식으로 마무리 되었는지 모른다. 아마도 아버지가 혀를 몇 번 더 차시고 한마디쯤 하고는 넘어갔을 게다. 다만 다시 일하러 나오셨을 때, 나는 신필어른이 얼굴이 헬쑥하고, 퀭한 눈 뒤로 나에게 의미심장한 눈웃음을 치시던 모습을 놓치지 않았다. 나에게 미안하다는 의미였는지, 아니면 너도 알지하는 의미였는지 모른다. 며칠간의 괴로움은 가난이 가져다 준 선물의 후유증 정도였는지 모른다.

세월이 흘러 신필어른이 머슴으로 정년퇴직하시고, 사실 때였다. 여름 방학을 맞아 고향에 다니러 간 나와 우연히 골목에서 마주쳤다. 나는 감사한 마음을 담아 머리를 숙여 인사를 드렸다. "김 군 왔냐? 아버지 뵈러 왔구나"하면서 나를 반겼다. 그리고 내 근황에 대해 이것저것 물었다. 나는 다른 집에 들를 일도 있고 하여 인사를 하고 곁을 떠나려 했다. 그때 뜻 밖에도 그 분이 나를 저녁 식사에 초대하셨다. "찬은 없지만"이라고 정중하게 초대하셨다. 나는 그 순간 내가 그 집에 감으로써, 얼마나 그 어른을 번거롭게 할 건가를 먼저 생각했다. 더욱이 그때는 이미 신필 댁이 죽고, 혼자 사시던 때였기 때문에, 더더욱 초대에 응할 수 없었다. 그 분이 내 거절을 받아들이는 어조에는 실망의 빛이 역력했다.

세월이 흘러 다시 돌이켜 생각해보면, 그때 초대에 응하지 않은 것이 후회막급이다. 그 후 얼마 지나지 않아 그 분도 돌아가셨고, 아들마저 고향을 떠나, 다시 그 분에게 고마움을 표현할 길이 없어졌기 때문이다.

우리 집에 고용되었던 머슴들을 생각하면 빼놓을 수 없는 또 한분은 종백이다. 하도 이름이 내 입에 익숙하여, 성도 없이 종백이, 종백이 하고 만다. 나보다 세 살 정도 위이니 형자를 붙여서 서형하는게 옳을지 모르는데 그냥 종백이다.

종백이는 불과 10살이 채 되지 않아, 젖머슴으로 우리 집에 들어와 장가를 가서 우리 집을 나갔으니, 아마 10여 년 이상을 머물렀던 것 같다. 계산을 맞추어 보면 종백이는 내가 초등학교 학생이었을 때 우리 집에 들어온 셈이다. 대학에 다닐 때 군에 가느라, 우리 집을 떠났으니 그 기간이 벌써 10년 쯤 된다. 제대하고도 2~3년 더 우리 집 일을 했던 것으로 기억하니 도합 10여년 더 되었을 것이다.

이렇게 오랜 기간을 나와 한(사랑) 방에서 뒹굴었으니 머슴과 주인 아들 사이의 관계가 둘도 없는 친구 사이로 발전했다. 나는 우리 집 사랑방을 벗어나, 부산으로 서울로 공부한답시고, 고향을 떠나 있을 때도, 그는 고향을 지켰다. 세월이 흘러 우리 집이 농사일을 그만 둘 때도, 그는 고향을 지키며 농사를 지었다.

이제 고향에는 내가 아는 사람이 거의 남아 있지 않다. 죽고 고향을 떠나고, 이래저래 모두 고향을 등졌다. 그러나 그 친구는 여전히 부모가 남겨준 집을 지키며 고향을 살아간다. 이제 그는 나에게 고향의 일부와 다름없이 되었다. 내가 은행나무를 보러 고향에 가고, 사당에 참배하러 고향에 가듯이, 그 친구를 만나러 고향에 간다. 그는 예나 지금이나 변한 게 없다. 600년 묵은 은행나무가 내가 2~3년 만에 들려도 아무 변한 게 없듯이 그 친구도 변한 게 없다.

나는 그 친구에게 전화를 걸어 가끔 고향의 안부를 묻는다. 나는 친구의 목소리에서 모든 걸 짐작한다. 그 친구가 무고하다면 고향 또한 무고한 것이다. 그래서 태풍 매미가 울산 지역을 강타했을 때, 내가 제일 먼저 그 친구에게 전화를 해서 고향 안부를 물었다.

그 친구의 떨리는 목소리에서 고향에 유고가 있는 것을 알았다. 은행나무 북쪽 가지가 찢어졌던 것이다. 내가 찢어졌다고 말하는 것은 작은 사건이 아니다. 은행나무가 우리나라에서도 몇 손가락에 꼽히는 거목이기 때문이다. 게다가 나라에서 보호받는(천연기념물 64호) 나무이기 때문이다. 수치상으로 보면 은행나무가 40m 높이에 10아름 넘는 거목이다. 이 거목에서 둘레가 4m 이상 되는 가지가 태풍에 꺾어져 내렸으니 사건치고는 큰 사건이었다. 그 당시에는 찢어지는 소리가 벼락 치듯 온 마을에 울렸다고 한다. 600년을 버텨 오던 거목의 가지를 무심한 태풍 매미가 꺾어 놓았다니. 그 친구가 울먹이던 그 목소리에 내 가슴도 에이는 듯 했다.

어느 때인가 고향에 돌아가서 전처럼 술이나 한잔하자고 했을 때, 내 친구도 은행나무처럼 늙어있었다. 그리고 그는 이제는 술을 못 먹는 사람이 되었다고 미안해했었다. 나는 그가 술을 못 먹는 것도 잊어버리고 그를 재촉했다. 당장 일어나서 은행나무에게로 달려가자. 그리고 나무 밑에 술을 한잔 따르고 나무의 상처를 조상하자 했다. 그는 은행나무를 어루만지며 주저앉았다. 나도 은행나무를 어루만지며 혼자 중얼거려서 은행나무를 위로 할 수밖에 없었다. 그래도 친구 말대로 은행나무는 한 팔을 잃기는 했지만 여전히 그 자리에 있었다.

그래도 은행나무가 한 팔을 잃은 채 서 있듯, 그 친구도 건강이 꺾였지만 여전히 고향에 있었다. 은행나무여, 그리고 친구여, 고향과 함께 영원하라!

그러나 친구도 영원하지 못했다. 작년에 친구는 유명을 달리했다. 아마도 그 친구는 고향 뒷산 고헌산 너머로 갔을 게다. 그는 우리 집에 일하던 젊은 시절에, 매일 고헌산 큰 재를 넘어 나무를 하러 다녔다. 그는 20여 년 전에 미국으로 유학하는 내 아들과 나를 큰 재를 넘어 고헌산 정상으로 안내했다. 고헌산 정상의 샘가로 안내한 그는 멧돼지가 물을 먹고 간 흔적을 보고 산신령이 왔다 갔구나 했다. 그리고는 우리에게 산신령 아니 고헌산을 향해 예를 올리라고 했다. 나와 내 아들은 무릎을 꿇고 절을 했다. 나는 아들이 성공적으로 학업을 마치길 기원했다.

아마도 고헌산 산신령의 보우하심이 있었는지, 내 아들은 학위를 받고 귀국하여 지금은 국내 대기업에 입사하여 회사에서 큰일을 맡고 있다. 그러나 함께 절을 하던 그 친구는 고헌산 큰 재를 넘어서 하늘로 갔다. 친구야, 기다려라 나도 곧 갈 테니. 명복을 빈다.

왕따

왕따는 어느 사회에서 따돌림을 받는 사람을 일컫는 것으로 알려져 있다. 따돌림은 사회적 부작용이기 때문에, 어느 사회에서나 있을 수 있다. 이러한 작용도 일시적으로 일어날 수도 있지만, 지속적일 수도 있다. 심지어 어떤 사회에서는 왕따라는 따돌림을 제도화하여 구성원을 처벌하는 수단으로 삼았다. 과거 아테네에서는, 오스트리치라는 왕따 제도로 아테네시의 공익에 해가 되는 사람을 주민들의 투표(실제로는 조개껍질을 흰 단지와 검은 단지에 던져 넣는 행위)로 결정하여, 그를 아테네 시외로 추방했다. 그 사람은 아테네 시민에 의해서 왕따에 처해진 것이다.

이와 같이 따돌림을 제도화하여 어느 사회가 집단적으로 어느 구성원의 소속감을 빼앗아서, 왕따에 처한다는 것은 당하는 구성원에게는 대단한 충격을 줄 것은 당연하다. 이러한 충격을 알면서도 사회는 자신의 한 부분인 구성원에게 이렇게도 잔인할 수 있었다. 아마도 의도는 다른 구성원들의 이탈을 방지하기 위해서이리라. 아니면 여느 구성원과 같지 않게, 어떤 구성원이 어떤 점에서 튀출나기 때문에, 질투심이 왕따 형태로 나타나는지 모른다. 왕따를 당하게 되는 이유야 어떠하던 간에 왕따를 당한 사람에게는 깊은 상처를 남길 것이다.

신문에서 왕따라는 말을 접하고 대충 그 말뜻을 짐작하자, 60여년 전의 일이 주마등처럼 내 눈앞을 스치고 지나갔다. 초등학교 6학년생. 체구는 왜소하지만 반에서 공부를 꽤 잘 했던 소년. 소년은 장난이 심하기는 했지만 동급생을 괴롭히거나 못되게 군 적이 없는 착한 소년. 한 가지 흠이 있다면 수업시간에 선생님의 질문에, 남보다 더 빨리 대답하는 것. 이 모든 것이 선생님에게는 귀엽게 보였는지 모른다. 여하튼 어느 날 선생님이 과외수업(방과 후 자습)을 하다 말고 친구들하고 놀러가시면서, 전과(문제집)의 정답을 그 학생에게 맡긴 것이 사단의 시작이었다.

그 당시 선생님들의 근무 기강은 요즘의 잣대로 보면 형편없었다. 학생들을 두고 일찍 퇴근하거나 친구들과 술 먹으러 가는 게 예사였다. 우리 담임선생님이셨던 허(경조) 선생님은 학생들에게 엄격하셨으며, 다른 선생님들과 다르게 근무시간을 함부로 하지도 않으셨다. 중학교 입시를 눈앞에 두고 있었기에, 책임감 또한 없지 않으셨다. 그러니 그 날은 불가피한 사정이 있었을 것이다.

선생님이 나가실 때 나를 교무실로 불렀다. 그리고 이것이 전과의 모범답안이니, 가지고 있다가, 반 학생들이 문제를 다 풀고 나면, 정답을 불러주고 채점하여, 저녁에 집으로 가지고 오라고 일러주셨다. 그리고 나는 그 정답을 가지고 반으로 돌아왔다.

내가 선생님에게 불려갔다 온 이유가 암암리에 알려지게 되었다. 선생님이 오늘 내가 바깥 볼일 때문에 일찍 나가니 떠들지 말고 전과를 어디까지 풀고 답을 맞히어라. 그리고 채점을 한 후에 집에 가라고 말씀하시고 나가셨다. 선생님이 나가신 후 아이들은 웅성거리기 시작했다. 그들은 내가 선생님에게 교무실로 불려가서 부여받은 과업을 쉽게 짐작했을 것이다. 게다가 내가 전과가 들어 있는 보자기를 들고 있었으니, 짐작을 굳힐 수 있었을 것이다. 아니면 나 없는 사이에 자기네들끼리 말을 맞추었는지 모른다.

얼마간은 학우들은 별 탈 없이 문제를 풀고 있었다. 10~20분 정도 시간이 지나서 문제를 푸는데 싫증이 나게 될 때쯤이었다. 우리 반에서 주먹이 가장 센 권군이 나에게 접근했다. 그러더니 그는 답을 공개하고, 형식적으로 맞추어보고, 집에 빨리 가자고 주먹을 쥐고 우격다짐으로 말했다. 나는 선생님이 우리가 다 풀고 난 뒤에 답을 맞춰보라고 하셨다고 대답했다. 그는 우리끼리 있는데, 우리 마음대로 하면 어떤가, 하고 말했다. 그때쯤 여러 명의 다른 아이들도 권군의 주장에 동조하고 나섰다. 나는 선생님의 말씀을 따라야 한다고 버텼다. 그들은 나를 설득시킬 수 없다는 것을 깨닫고, 자리로 돌아갔다. 그러고는 자기네들끼리 쑥떡거리기 시작했다. 시간이 되어 옆 사람과 문제지를 바꿨다. 그리고 내가 정답을 불러 주어 채점을 끝냈다. 그리고 모두 책보를 싸서 집으로 갔다.

　따지고 보면 선생님이 나에게 그런 과업을 맡길 이유가 없었다. 그때 나는 분명히 반장이 아니었기 때문이다. 지금 돌이켜보면 반장은 집안 사정이 어려워 과외를 받지 않았던 것 같다. 그래서 선생님은 과외 받는 학생 중에 공부를 잘하는 학생을 골라서 일을 맡기려고 생각했는데, 우연히 내가 눈에 띈 것 일게다. 그렇게 생각할 수밖에 없다. 내가 키도 작고 유난히 공부를 잘한 것도 아니니, 내가 뽑힐 리가 없기 때문이다.

　여하튼 내 책보와 선생님 책 보를 들고, 나는 교실 밖으로 나왔다. 나는 그때쯤에는 일이 심상치 않게 돌아간다는 낌새를 눈치 채고, 되도록이면 늑장을 부리면서 교실 밖을 나섰다. 걔들도 시간이 지나면 집에 갔겠거니 했다. 때는 늦은 가을이었다. 운동장에 나왔을 때는 먼 산꼭대기에 눈썹만큼 햇빛이 남아있었으나, 발밑에는 물안개처럼 어둠이 깔리기 시작했을 때였다.

　나는 방향을 잡고 걷기 시작했다. 그 때 등 뒤에서 소리가 났다. "야! 임마 거기서." 나는 간이 덜컥 내려앉았다. 목소리의 주인공이 누구인지 알기에 뒤돌아보지도 않았다. 그리고 뛰지도 않았다. 나는 그들과의 대결이 피할 수 없다고 생각하고, 지리상으로 유리한 곳을 계산해내고, 그 방향으로 가고 있었다.

　내가 멈춰 선 곳은 돌무더기 앞이었다. 그들은 나를 뼹 둘러쌌다. 모두 주먹을 쥐고 있었다. 몇 분간 침묵이 흘렀다. 그 다음 목소리

주인공, 그 무리의 우두머리가 말을 걸어왔다. "이 새끼 너 우리 손에 죽어 봐라." 그렇게 소리를 쳤지만 아무도 움직이지 않았다. 나는 책보를 내려놓았다. 그리고 재빨리 돌맹이를 집어 들고, 우두머리를 향해서 조금도 사정없이 돌맹이를 던졌다. 다음 두 번째 힘센 놈에게 던졌다. 그러자 그들은 내 기세에 눌려 뒤로 물러섰다.

나는 그 순간을 틈타 책보를 챙겨들고, 교무실 쪽 향해 달렸다. 내 뒤를 향해 돌맹이가 날아오고, 나를 쫓아오는 발자국 소리가 들렸다. 그러나 내가 교무실에 들어가는 것을 보고는 그 이상 따라 오지 않았다. 교무실은 텅 비어 있었지만, 교무실이 갖는 위력 앞에 그들이 추격을 멈추지 않을 수 없었을 것이다.

걔들이 모두 해산 하는 것을 어둠이 내려앉은 교무실 창문을 통해 보고야 나도 내 갈 길을 갈 수 있었다. 학교에서 저녁 공부를 하던 선생님의 큰댁까지의 길이 내 생애에 가장 멀고 무섭고 외로운 길이었다. 날은 어두워 앞을 거의 분간할 수 없는 데다, 친구들은 모두 가고 나 혼자였다. 뿐만 아니라 혹시나 중간에 그들이 숨어 있다가, 나에게 덮치는 게 아닌가 하고 마음을 졸일 수밖에 없었다. 내 목적지이고 숙소이기도 한 담임 선생님의 큰댁의 불빛을 보고 나서야, 나는 안도의 한숨을 쉬었다.

이 사건 후에 나에게 맞섰던 녀석들이 집단적으로 나에게 덤벼들거나 싸움을 건 적은 없었다. 내가 개별적으로 몇 녀석에게 보복을 하기는 했다. 이러한 보복 중에 내 기억에 남아있는 것은 그날 저녁 박군에게 가했던 것이다. 내가 저녁을 먹고 과외 방에 앉아있는데,

박군이 자기네 집에서 저녁을 먹고 혼자 들어왔다. 그와 나 단둘이었다. 박군이 나를 보더니 주춤했다. 박군이 앉는 것을 기다려 그에게 띠지기 시작했다. 주먹을 쥐고 눈을 부라리며 너 이 새끼 죽어 버리겠다고 했던 것 같다. 앉은뱅이책상을 가운데 두고 마주보다가 내가 책상을 뛰어 넘었다. 내 발에 걸려 책상 한쪽 귀퉁이가 뻐개졌다. 나는 책상 조각을 들고 박군에게 덤볐다. 박군은 성질이 유한 학생이었다. 내 이름을 부르면서 "ㅇㅇ야, 내가 너에게 덤벼들 드나? 안 그럴게"라고 말했다.

그의 큰 눈은 공포에 떨고 있었다. 나는 차마 내리칠 수 없어서 엉거주춤 서 있었다. 그때 마침 인기척이 났기 때문에, 책상 조각을 던져 버렸다. 아마도 내가 내리치지 않은 것은 그의 큰 눈에 서린 공포 때문에 마음이 약해진 탓도 있지만, 나 자신에 대한 내 자신의 공포 때문이었는지 모른다. 이렇게 이 사건은 끝이 났다.

우리 초등학교가 위치한 두서면은 울산군 서북방면에 있는 오지였다. 두서(斗西)라는 이름은 울산에서 서쪽 북두칠성 밑에 있다는 의미다. 두서는 변변하게 자랑할 만한 산물도 없고, 역사의 흐름을 바꾸어 놓을 정도의 인물과 관련된 적도 없는 곳이었다. 두서면 면민들은 누구나 할 것 없이 농사나 짓고, 나무나 해다가 뜨뜻하게 군불을 지피고 사는 궁벽한 한촌이었다. 그래서 등 따시고 배부른 것이 행복이라고 아는 고장이었다. 이 고장에 교육기관이라고는 두서 초등학교가 유일했다. 10개 부락의 어린이들은 모두 이 학교에서 수학할 수밖에 없었다. 10개 부락은 인보를 중심으로 남쪽에 5개,

북쪽에 5개가 있었다. 남북은 마을 대항 릴레이를 하기도 했기에 은근히 대립관계에 있었다. 내가 남부의 수장이라면 북부군의 수장은 권군이었다.

따지고 보면 내가 몰매를 맞을 뻔한 것도, 대립 관계의 연장선상에서 보면 이해가 될지도 모른다. 그때 나는 내가 집단군과 맞설 때, 왜 내 옆에는 아무도 없었는가 하는 물음이 나를 끊임없이 괴롭혔다. 나는 남부에 살아서 내 편이 될 수 있는 애들이 모두 집이 가난하여 과외를 받지 못했기 때문이라고 나를 위로했다. 그리고 나는 내가 공부를 잘 했기 때문에 공부 못하는 녀석들이 나를 질투해서 그렇다고 억측을 해보기도 했다. 이 나이에도 이렇게 억지 춘양으로 자신을 위로하고 있다.

그 사건이 있고 불과 두어 달이 지나서 졸업을 하고 중학교로 진학하면서 더 이상 다른 사건으로 발전하지는 않았다. 20~30분 내에 끝난 어느 정사나 야사에도 기록할 수 없는 하잘 것 없는 사건이었다. 그러나 나에게 그 후유증은 오래오래 남았다. 가장 큰 후유증은 나에게 그 사건 후에는 사실상 초등학교 친구는 없어진 거나 다름없이 된 것이다. 한마디로 모두에게 정이 떨어졌다.

지금도 그때 나와 맞섰던 친구들의 이름들이 향기롭게 느껴지지 않을 뿐만 아니라, 그 이름들이 우연히 기억 속에서 불쑥 머리를 내밀라 치면, 머리를 흔들어 털어버린다. 그러니 우리 반은 초등학교 졸업 후에도 반창회라는 것이 없었다. 고등학교 때였던가 한 번 모이자는 연락이 왔지만 나가지 않았다. 그늘은 잊었는지 모르지만 왕따를 당한 나에게는 잊힐 수 없는 일이었다.

나와 맞섰던 집단군 대장격인 권군은 치매가 걸려 있단다. 지금 그가 다시 똘만이를 이끌고 나와 맞서면 아마도 그는 피아군을 구별하지도 못할게다.

아! 옛날이여, 다시 그 시절로 돌아가 권군이 총대장인 집단군과 맞붙을 수만 있다면 얼마나 좋으랴.

서툰 사귐

—

사귐이란 사람 사이에 생각과 감정을 주고받는 것이다. 그래서 사귐은 사람과 사람 사이에 이루어짐으로, 어느 한 쪽의 유·무능으로 성공하거나 실패하는 것이 아니지만, 양쪽 모두에게 적절한 역할을 할 수 있기를 기대한다. 따라서 서툰 사귐은 양쪽 모두의 잘못으로 실패한 경우를 이르지만, 어느 한쪽이 제공하는 원인 때문에 뒤틀려 버리는 경우가 더 많은 것 같다. 그러나 결과를 두고 말할 때는 양쪽이 모두 어느 정도의 잘못은 있는 쌍방과실로 처리되어야 하는 경우가 더 흔하다.

이렇게 말하고 있는 필자는 쌍방과실 같은 용어로는 80여년을 살아오면서 겪은 사례들을 모두 설명할 수 없다고 생각한다. 나는 크고 작은 사귐의 실패는 모두 나에게 책임이 있다는 것을 뼈저리게 느끼고 있기 때문이다. 아마도 실패원인은 필자가 사람을 사귀는데 서툰데 있다고 하는 것이 옳을 것이다.

서툴다는 것이 능숙하다, 혹은 능란 하다의 반대 개념이라면, 어떤 일을 배워서 연습함으로써 능수능란하게 되는 것으로 생각할 수 있다. 그렇게 보면 필자가 사귐이 서툰 것은 사귐을 배우고 연습하는데 게을러서 서툴다고 할 수 있다.

배운다는 말이 나오면 필자도 약간은 변명을 할 수 있는 여유를 누린다. 왜냐하면 배운다는 말은 가르치는 사람이 있다는 의미가 있다. 그러면 가르치는 사람에게 내 실제 책임 일부를 돌릴 수 있기 때문이다. 그러나 기뻐하기도 잠시, 첫 선생은 부모님일 것이고, 다음은 자랄 적 내 주위의 일가친척과 고향 사람들이라는 것을 알고 나면, 그들에게 책임을 돌리기에는 내가 너무 못나 보이니 그럴 수는 없다. 게다가 고등학교 입학 때부터 고향을 떠났으니 이미 70년을 떠나 사는 내가 내 실패의 원인을 싸 짊어지고, 고향에 돌아가 고향을 지키고 있는 그들에게 덮어씌울 수는 없다. 누가 가르쳤던 간에 배운 이의 서툰 학습 때문에, 우수 학생이 못 되고 서툰 학생이 된다고 했으니 내가 바로 서툰 학생임에 틀림 없다.

사귐이 주고받은 것이라면 실패원인은 어디에 있는가? 주는 게 서툰가, 받는데 서툰가? 아무리 생각해도 분명한 답이 나오지 않는다. 나는 나대로 잘했다고 생각하는데, 결과는 언제나 서툼이 드러나고 만다. 괴롭고 괴로운 일이로고.

답답한 나머지 예의 족집게 점쟁이를 찾아간 적도 있다. 조심스럽게 다가앉으니 예의 도사는 내가 내민 봉투를 흘끗 보더니, 봉투가 얇은데 기분이 언짢았는지, 비서가 적어 준 내 사주를 보더니, 혀부터 찬다. 그리고는 '당신은 전생에 사기꾼'이라, 개인에게 덕을 보기 글렀구먼. 기관을 상대하면 모를까. 그리고는 복채 값은 했으니 돌아가라는 의미인지 눈을 스르르 감아 버린다. 한동안 어쩔 줄 모르다 물러나고 말았다. 나는 문득 생각했다. 도사님이 잘도 맞춘다. 개인에게 덕 볼게 없다지 않았는가, 그리고는 주억거리며 집으로 돌아오고 말았다.

이렇게 전생에 내가 사기꾼이었다는 것을 어떻게 알았는지, 나에게 사기를 치려고 접근해오는 친구들이 여럿 있었다. 혹자는 친구가 친구에게 어떻게 사기를 치는가, 아니면 사기를 치려고 접근한다면 이미 친구가 아니지 않은가라고 말할지도 모른다. 이 대목에서 친구라는 말을 확대 해석하여, 친구라는 이름으로 접근하여 사기를 친 녀석도 불쌍하니 친구라는 범주에 넣어 주자고 주장하여, 얼버무리고 싶다.

연전에 별로 잘 알지 못하는, 전에 한두 번 만난 친구에게서 전화가 걸려왔다. 그는 고등학교 동창이고, 대학 동창이니 쉽게 친구 범주에 넣을 수 있는 사람이었다. 그는 다정하게 내 안부를 묻고는 주말에 식사나 함께하자고 초대해 왔다. 그러지 말고 부부 함께 나오면 자기도 부인과 함께 나오겠노라 초대했다. 나는 집사람에게 으시대면서 친구의 초대를 전했다.

이것을 시작으로 자주 전화가 오고가고 만남이 거듭되었다. 1년

쯤 이런 사귐이 계속되자 나도 내 고민을 얘기하고, 저도 얘기하게 끔 되어, 자연스레 터놓고 지내는 사이가 되었다고 생각했다. 그래 서 그 당시 나에게 가장 큰 현안 문제였던 큰 딸 시집보내는 문제와, 대학을 갓 졸업한 둘째 딸 취직 문제를 상의했다. 그도 충실히 그 문제들에 대해 제 문제인양 상의해 응해주었다. 마침 그 친구는 조 그마한 개인 기업을 운영 하고 있을 때라, 내 둘째 딸을 자기에 보내 어주면, 곁에 두고 일을 가르치겠노라 했다. 일이 잘 풀려 나가는 줄 알았다. 그리고 이번만은 사귐에서 내가 성공하는구나하고 생각 했다.

그 친구의 말대로 둘째 딸이 그 친구 회사에 찾아갔다. 내 딸이 발견한 것은 기대와 다른 현실이었다. 우선 비서라고 할 만한 내 딸의 또래가 근무하고 있었으며, 사무실의 크기나 분위기가 또 한 사람의 비서를 용납할 수 있을 정도가 아니었다고 한다. 사흘 동안 나가보더니, 다시 나가지 않겠다고 나에게 선언했다. 나는 친구에게 양해를 구할 수밖에 없었다.

이때쯤까지도 친구를 나무랄 수는 없었다. 내 딸의 판단이 잘못되 었거니 할 수밖에 없었다. 그 후에도 친구와 몇 번 더 만남이 이루어 지고, 친근한 말들이 오고 가기를 몇 달 더 한 것 같다. 어느 날 예기치 않게 그 친구에게서 전화가 걸려오더니 만나자는 전갈이 왔 다. 내가 약속 장소인 어느 음식점에 나갔다. 나는 그 음식점이 평소 에 우리가 만나던 음식점 수준과 급이 다른 고급집인데 놀랐으며 주문하는 요리조차 격이 다른데 또 한 번 놀랐다.

술이 몇 순배 돌았다. 술잔이 오고 갈수록 그 친구의 말씨는 더 은근 해졌다. 그리고 어느 정도 분위기가 무르익었을 무렵이었다. 그 친구가 자신의 사업 얘기를 꺼내기 시작하더니 사업 전망이 좋다는 이야기를 늘어놓았다. 나는 계속 그 친구의 말에 맞장구를 열심히 쳤다. 나는 나도 모르게 술의 힘도 있고 해서 기분이 한껏 고양되어 있었다. 그 친구는 이제 분위기가 무르익었다고 생각하기에 이른 것 같았다. 그는 내 안색을 살피고 뜸을 들이는 것 같았다. 그리고는 말을 꺼냈다.

"○○야, 우리 사이에 못 할 말이 어디 있겠나? 실은 너에게 한 가지 부탁이 있네?" 나는 친구가 그렇게 은근히 나오는 데야 말을 잘라 버릴 수 없었다. 그래 말해 봐라 내 능력으로 될 일이면 들어주겠노라 했다. 그는 안도의 한숨을 쉬더니 "어려운 것은 아닐세! 니가 나를 믿어 준다면 될 수 있는 일이야." 나는 이쯤에서 눈치를 챘어야 했다. 그런데 내가 약간은 잔인했는지, 아니면 그 친구를 우대해서 그랬는지 모르지만 결론을 재촉했다. 그는 말을 멈추고, 한 번 더 자기를 믿어 주기만 하면 어려운 일이 아니라고 강조했다. 그러자 내 마음속에는 궁금증과 의심이 함께 일어나는 것을 알 수 있었다. 경험에 의하면 나는 이미 친구 사이에 신의를 강조하는 놈치고 믿을 게 못 된다는 것을 알기 때문이었다.

결국 그는 입을 열었다. "네 인감증명 몇 통 떼 주기만 하면 되네." 인감증명이라는 말에 귀가 번쩍 뜨였다. 나는 그게 어디에 필요한가라고 물었다. 그는 대수롭지 않게, "자네 집을 담보로 좀 내주면 되네. 자네는 아무 걱정할 것 없네. 인감증명만 떼어주면 모든 번거로운 일은 자기가 할 테니 걱정 말게"라고 말했다. 그는 내가 동회에 가서 인간증명서를 떼는 수고만 하면 되는 것이고, 그것은 아주 쉽고 간단한 일이니, 친구를 위해 그 정도를 못해 주겠나하는 식이었다.

나도 그때쯤에는 남에게 돈도 떼어 먹히고 사기도 당해봐서 인감증명, 집, 담보라는 말이 의미하는 것 정도는 알고 있었다. 그리고 친구의 얼굴에 대고 면박을 주어서는 안 된다는 사실까지 알고 있는 나이였다. 내가 한 말은 네 사업이 어려움에 봉착했는가 보다라고 했다. 그는 "별 것 아니야, 어음을 받은 게 있는데, 그게 돌지 않는 것뿐이야. 내 생각에는 서너 달 정도면 풀릴 것이야. 그 때는 모든 걸 정상으로 돌릴 수 있고, 담보도 해제해 줄 것이라고"했다. 그래 이건 내 집에 관련된 것이니, 집사람과 의논해서 알려주겠다고, 말하고 그날은 헤어져 들어왔다.

그리고 며칠 후 그 친구에게 전화를 걸어, 집 사람이 먼저 자기와 이혼하고 난 뒤, 집을 담보로 내주라고 한다고 얘기했다. 그때는 이미 내가 마누라에게 책임을 떠넘길 줄 아는 약은 놈으로 성장해 있었다. 그래서 양심에 가책을 느끼지 않고도, 거절하는 꾀를 부릴 수 있었다. 친구는 무어라고 얼버무리더니 알았다고 말했다. 그리고는 다시 그 친구는 연락이 없었다. 그 후 여러 달 지나서 동창회에 나갔더니, 그 친구 회사가 부도가 났으며, 그 친구는 피신 중이라는 말을 들었다.

칸트는 사람을 목적으로 사귀어야지, 어떤 목적을 성취하기 위한 수단으로 사귀어서는 안 된다고 말한 것으로 들은 적이 있다. 그 친구는 돈을 빌리는 수단으로 나에게 접근했던 것이다. 나중에 안 일이지만 그 친구가 나에게 접근 할 때는, 이미 그 친구의 사업(건설업)이 사양길에 접어들기 시작하던 때였다고 한다.

나는 대학교수이고 친구 사이에 순진한 녀석으로 알려져 있었다. 사실 그랬다. 그는 계획적으로 내 순진함을 믿고 나에게 접근한 것이리라. 그의 실책은 나에게 현명한 아내가 있는 줄은 몰랐다는 것이 었다. 대학교수가 전공서적이나 뒤적이고 학생이나 가르쳤지 세상을 알 리가 없다고 생각했을 것이다. 그러니 그는 자신이 법대를 나온 똑똑한 놈이 라고 과신한 나머지 나 같은 사범대학 나온 어리석은 놈이 현명한 아내가 있으리라는 것을 간과했을 것이다. 그래서 그는 자기의 목적을 이루는데 나를 이용할 수 있는 수단으로 생각하는 우를 범했으리라.

이런 일이야 나이를 먹어서 동창들 사이에 일어날 수 있는 흔한 일 중의 하나이니, 친구를 사귈 줄 몰라서 일어난 일은 아닌 듯하다. 사실은 남자로서 가장 중요한 사귐이라 할 수 있는 여자와의 사귐에 서툴다면 이건 치명적이다. 바로 나는 이성간의 사귐에 서툰 게 내 솔직한 고백이다.

그 여인과의 첫 만남은 우연과 계획이 합작하여 꾸며진 일이었다. 첫 만남은 그 당시 대학생들의 유행병인 무전여행 병을 앓는 중에 이루어졌다. 나는 대학 친구들과 무전여행차 강릉에 들렀고, 함께 여행하는 친구가 우리를 자신의 삼촌 댁으로 식사에 초대했다. 지금 기억으로는 친구의 삼촌과 숙모는 댁에 없었고, 친구의 사촌 누이동생과 일하는 분이 우리를 대접했다. 이 자리에서 나는 그녀(친구의 사촌누이)를 만났다. 그녀의 시글시글한 눈매, 보름달 같은 얼굴, 은근하고 아름다운 목소리, 우아한 몸짓 … 나는 첫눈에 반해 버렸다.

고향에 돌아가자 나는 망설이다, 용기를 내어 그녀에게 감사의 편지를 썼다. 대접 고마웠다고. 은근한 내용이 담긴 답장이 도착했다. 나는 용기를 내어 편지를 다시 쓰게 되고 그리고 답장이 오고, 편지가 오고 간 횟수가 늘 때 마다 내 가슴의 파고는 높아졌다. 방학이 끝나고 서울에 올라왔다.

그 후 나는 그녀를 만나러 4번이나 대관령 고개를 넘었다. 그녀를 만나러 그녀가 사는 강릉에 가려면 대관령을 넘어야 했다. 그 당시 대관령을 넘으려면 5시 전에 마장동에서 버스를 타고, 비포장도로를 먼지를 덮어쓰고 11시간을 달려야 강릉에 도착할 수 있었다. 지루함, 덜커덩 거리는 버스, 머리가 버스 지붕에 닿을 정도로 튀어 올랐다. 딱딱한 의자에 떨어지기를 수천번. 때로는 기사도 정신을 발휘하여 자리를 양보하고, 서서 그 먼 길을 가야하는 고통. 여하튼 지옥에 다녀오기를 4번했다고 생각하면 된다. 자취하던 내가 아침에 밥을 먹고 떠났을 리 없고, 점심이라고 챙겨먹을 돈이 있을 리 없던 나에게는 배고픔이 고통을 더해주었다. 그러나 이 모든 고생을 보상해 줄 사람, 그녀가 있었다. 적어도 나는 그때는 그렇게 생각했다.

내가 마지막으로 그녀를 만나러 강릉을 찾았을 때는 대학교 4학년

늦가을이었다. 아마도 대학생으로 마지막 겨울방학이 다 되어 갈 무렵이었을 것이다. 나는 그녀를 대동하고 강릉 근방 바닷가 어느 마을 해변으로 나갔다. 바위 틈 외진 곳으로 그녀를 안내하여 수천 번이나 곱씹은 말로, 내 마음을 고백했다. 내가 가진 모든 화술을 동원하여 그녀에게 평생을 함께 하고 싶은 내 마음을 전하려 했다. 그녀는 앞뒤를 잴 것 없이 한 마디로 거절했던 것 같다.

그 다음에 이어지는 그녀의 말은 파도소리에 묻혀버려서 정확하게 기억이 나지 않는다. 그나저나 틀림없이 거절하는 의미는 알아들었다. 나는 비틀거리며, 그녀와 헤어져 그 자리를 떠나 강릉까지 울먹이며, 걸어서 돌아 간 기억이 난다. 왜 울었는지 모른다. 그저 나는 내 자신이 별 볼일 없는 놈이라는 것을 절실하게 깨달은 데서 오는 충격을 눈물로 씻어내고 있었는지 모른다.

나는 이튿날 새벽 버스를 타고 서울로 오면서, 내가 그녀에게 차이게 된 이유를 캐내려고 골똘히 생각했다. 아니 지금까지 그 물음은 계속되고, 지금도 그 이유를 확실히 모른다. 그후 당사자를 만난 적 없어서 대답을 들을 수 없었으니 모르는 게 당연한 일인지 모른다. 그러나 내가 더 추궁했다면 그녀가 털어 놓음직한 모범 답을 내가 만들어 내 마음 속에 간직하고 있다.

종합해서 말한다면 그 원인은 내가 사귐이 서툴기 때문이었다고 생각한다. 나는 그때 그녀가 원하는 것을 가지고 있으면서 보여주는 데 서툴렀던 것이다. 그녀가 원하는 것은 그녀가 나에게서 평생을 보장받고 싶어 했던 것일 게다. 쉽게 말하면 자기를 책임질 수 있는 능력이 있다는 것을 보여 주었어야 했다. 그런데 나는 그녀에게 내가 얼마나 많은 것을 알고 있으며, 얼마나 재미있는 인간인가를 보여 주려고 애썼을 따름이었다. 그래서 그녀에게 설익은 지식을 설익은 방식으로 펼쳐보였으니 서툰 녀석이라는 것이 들통 났을 수밖에 없었다. 그녀가 깊은 감동을 받았을 리 없다. 그때 나는 그녀 마음에 믿음을 심어주어야 했었다.

다시 말하면 나는 그녀에게 모든 것을 요구했으면서, 그 대가를 제대로 계산할 줄 몰랐던 것이다. 대학교 4학년 학생인 내가 인생을 너무 안이하게 생각했던 것이다. 그녀는 이미 사범학교를 졸업하고, 사회에서 단련 받기 3년 정도였다. 그녀는 이미 사회를 경험하고 있었다. 그리고 인생의 쓴 맛도 어느 정도 보았을지 모른다. 그런데 어느 날 만난 오빠 친구란 녀석이 두서너 번 와서 떠들어대더니 일생을 함께 하자고 한다. 그게 말이 되냐 말이다.

아! 연애도 못 하는 서툰 녀석이여!

세월이 이 만큼 흘러도 아직도 여인을 사귐은 서툴다. 나의 솔직함이, 나의 무책이, 나의 서툰 말버릇이 여인과의 사귐을 그르쳐 놓는다. 여인뿐 아니다. 모든 사람과의 사귐, 그저 만나고 헤어지는 것조차 서툴게 한다. 그래서 사람과의 사귐을 두렵게 만든다. 다행히 꾀는 있어서 부모님 덕에 중매로 아내를 만날 수 있었다. 중매는 여자와 사귈 줄 모르는 서툰 녀석에게 결혼에 이르는 최상의 방법이었다. 다행히도 부모님의 선택은 탁월했다.

친구

———

내가 이 글을 쓰게 된 동기는 당대의 수필가로 낙양의 지가를 올리고 있는 외우 이창국 교수의 수필집 『화살과 노래』에 실린 「친구」라는 수필을 읽고서다. 정확하게 말하면 그의 결어가 너무 매정하여 가슴이 아파서, 그에게 위로의 말이라도 하고 싶어서이다. 그의 주옥같은 글이 친구를 "강도"로 단정하는 것으로 끝맺음을 하고 있기 때문이다. 이러한 결어를 내게 된 직접적인 원인을 제공한 친구는 50년 만에 나타나서, 거절을 할 수 없도록 상황을 만든 후에, 거액이 나가는 정수기를 떠맡기고, 가버린 초등학교 동창생이었다.

아마도 이 교수가 불쾌한 기억이 너무나 생생할 때 글을 썼기 때문에, 『화살과 노래』가 전체적으로 풍기는 따뜻한 분위기에 걸맞지 않은 결어를 내 뱉고 말았을 것이다. 이제 다시 쓴다면 기억이 숙성되어 있을 테니 결어에 온기와 향기가 더해졌을 것이다.

원래가 friend란 말은 불안한 말이어서 'r'자를 놓쳐버리면(fiend), 마왕이나 악마로 탈바꿈하기 때문에, 각별히 조심하여 다루어야 하는 말이다. 친구의 사귐도 이와 같아서 친구가 친구로 남게 하려면 글자 한자에 조심하듯 말 한 마디 한 마디에 신경을 써야 한다. 그런대도 우리는 친구란 말을 흔히 내뱉는다. 사전을 들춰보자.

사전은 친구란 오래전부터 사귀어온 가까운 사람이라고 풀이하고 있다. 이와 같은 사전 정의는 친구가 되기 위해서는, 사귀어야 되고, 장(醬)이 오래되어야 제 맛을 내듯이 사귐이 오래 지속되어야 하고, 그 사귐이 가까워서 서로의 체온을 느낄 수 있어야 참다운 친구라할 수 있다고 가르치고 있다. 그러고 보면 남에게 친구라고 소개할 수 있는 사람이 많을 수 없을 것 같다.

그런데도 요즘 들어 친구란 말도 타락하여(말은 오래 쓰면 힘을 잃는다) 얼굴만 몇 번 마주치거나, 고향을 함께하거나, 심지어는 한 해에 몇 백 명에서 몇 천 명까지 생산해내는 교육 공장에서 동일한 해에 인쇄된 졸업장을 받은 사람들이면 무조건 친구라는 면허증을 준다. 이렇게 친구가 양산되었다.

시인 김춘수는 꽃이라고 하기 전에는 아무것도 아닌 것이 꽃이라고 이름을 붙이니, 향기를 머금은 꽃이 되었다고 노래했다. 그저 동일한 시대에 태어난 인연 밖에 없는 사람도 자격증을 발급받으니 친구가 된다. 우리네 버릇에 촌수는 당겨서 써먹어도 흉이 되지 않는다 하니, 누구라도 가까이 당겨서 친구라 해도 손해갈 것이 없다는 것일까?

친구와 가까운 말에 지인이란 말이 있다. 오래도록 알아와도 지인이지 친구가 아니다. 그러면 왜 친구와 지인은 다른가? 알기는 알지만 친구는 아닌 경우가 흔하기 때문이다. 이는 친구라는 말 속에는 "사귐"이라는 상호작용이 숨어 있어서 그런 것 같다. 그래서 우리는 아는 사람이지만 내 친구는 아니라고 말할 수 있다. 그러나 친구이기는 하지만 지인은 아니라는 말은 어불성설이 된다. 친구에게는 아는 것 외에 사귐이란 요인이 더 필요하다는 의미다. 서양 사람들은 이 사귐이라는 말을 풀어서 give and take(주고 받기)라고 구체적으로 명시하고 있다. 그래서 주고받지 않으면, 지인은 되어도 친구가 될 수 없다고 생각한다. 아마도 이창국 교수도 영문학을 오래 연구하고 서양 책을 오래 읽다보니, 친구는 주고받는 관계라는 생각이 굳어져 있어서, 줄 가능성이 없거나, 돌려줄 의도도 없이 받아만 가는 사람은 친구라고 할 수 없다고, 단정하는 것 같다.

아마도 이창국 교수가 한문학을 공부했으면 다른 결론을 내렸을지 모른다. 동양에서 친구의 모범으로 삼고 있는 예는 관중과 포숙이다. 두 분의 사귐은 주고받는 단계를 뛰어넘는 관계를 나타내기 때문이다. 관중이 여러 번 포숙을 속였지만 포숙은 그것으로 인해 단교하지 않았다. 오히려 포숙은 임금에게 관중을 적극 천거하여 자신의 윗자리에 앉게 했다. 관중이 죽을 때 많은 사람의 기대를 저버리고 자기의 자리에 포숙이를 제쳐두고 다른 사람을 천거했다. 그 사실을 알고도 포숙은 이익로 관중을 변호했다.

그래서 관중은 친구에게 관대하고 친구 마음을 알아준 포숙을 두고, 나를 낳아 준 이는 부모이고, 나를 알아주는 이는 포숙이라는 명언을 남긴다. 그래서 천리마는 언제나 있지만, 천리마를 알아주는 백락은 백년에 한번 날까 말까 하다고 했다. 천리마가 없는 것을 한탄하지 말고, 천리마를 알아주는 백락이 없는 것을 한탄 하라고 했던가. 그러고 보니 이 말을 풀어보면 관중은 어느 시대에도 있을 수 있지만, 포숙은 백년에 한번 나올까 말까 하다고 이해할 수 있다. 바꾸어 말하면 관중보다 관중을 알아본 포숙이 더 귀하다는 의미다.

이렇게 동양에서는 알아주는 것이 중요하다. 그래서 동양인에게 우정의 의미는 서로 알아주는데 있다. 이 정의 속에는 상대가 알아주지 않는다면, 나 또한 상대를 알아주지 않겠노라는 오만이 깔려 있다. 선비가 사람을 사귐에 이러한 오만을 가졌기에, 선비의 친구 사귐은 쉽게 이루어지지 않았고, 친구가 내가 아는 인간이 아닐 때, 친구를 떠나는 것을 당연히 여겼다. 관포의 사귐이 평생을 간 것은 관중은 늘 포숙이가 아는 관중이었기 때문이라 할 수 있다.

이런 각도에서 보면 친구의 사귐은 양방 관계 개념으로 보는 것이 아니라, 일방관계 개념으로 보는 것이 우리 옛 선비들의 사귐이었던 같다. 네가 나를 친구 대접해라. 그러면 나도 너를 친구 대접하겠다는 식이다. 이러한 오만에는 나는 네가 반드시 알아주어야 할 무엇인가(뜻)를 가지고 있다는 전제가 깔려 있다.

서양의 우정의 대표적 사례는 로마시대의 데이먼과 피시어스 예다. 피시어스가 죄를 지어서 사형을 당하게 되어 있는 상황에서, 그는 죽기 전에 시골에 있는 어머니를 한번 보고 싶다고 간수에게 간청했다. 간수는 사형수가 한번 감옥을 나가면 돌아올 리 없다고 생각한 나머지 그의 청을 거절했다. 이때 데이먼이 내가 대신 인질이 되겠다고 나섰다. 간수는 그를 인질로 잡고, 며칠 말미를 주어서, 그가 어머니에게 다녀오도록 허락했다. 피시어스가 부모에게 갔다 돌아오는 길에, 홍수를 만나서 기한 내에 돌아오기 힘든 상황이 벌어졌다. 사형 집행일 아침이 되어도 피시어스가 돌아오지 않았다. 간수는 보란 듯이 "그 녀석이 돌아올 리 없으니, 그 친구를 믿는 게 아니었다"고 말한다. 데이먼은 "아니다. 내 친구는 돌아올 것이다"라고 말하며, 친구에 대한 신뢰를 저버리지 않는다. 데이먼이 사형대에 올라선 순간 피시어스는 숨이 턱에 닿아 형장에 뛰어 들었다고 한다.

이 둘은 서로에게 신의를 잃지 않았던 것이다. 이 신의가 보는 이들의 심금을 울렸다. 그래서 둘은 모두 사면을 얻어 해피엔딩으로 이야기는 마무리된다. 로마 시대에는 전쟁이 남자의 일상일 정도이기 때문에, 모든 로마 시민은 군에 가서 전쟁에 참여하는 것을 명예롭게 생각하던 시절이었다. 그러므로 전쟁터에서 친구에게 요구하는 것은 친구를 두고 뺑소니를 치지 않을 것이라고 서로 믿는 믿음이었다.

내가 너를 믿고 네가 나를 믿음으로써 로마의 군대는 최강의 군대가 될 수 있었고, 적 앞에서 전열을 무너뜨리지 않을 수 있었다.

그러니 로마 사회에서는 친구간의 신의를 귀하게 생각할 수밖에 없었다. 그러나 조선의 선비에게는 전쟁터에서 창을 들고 끝까지 함께 버텨주는 친구가 아니라, 정치적으로 끝까지 지지해 줄 수 있는 사람이 필요했으니, 나를 알아주는 친구가 중요했던 것이다.

요즘은 전쟁이 일상적인 일도 아니고 전쟁이 일어나더라도 친구와 함께 창을 들고 함께 서 있을 필요도 없는 세상이 되었다. 선비처럼 임금 앞에서 자신의 뜻을 관철하려고 할 필요도 없으니, 가진 뜻에 따라 죽이고 살리는 세상도 아니게 되었다. 더욱이 필자는 정치계에서 똘마니를 거느릴 위치에 있지도 않으며, 적진에 돌격하여 "이찌반 야리"(첫 번째 적진으로 뛰어든 용맹한 창수)가 되고 싶지도 않다. 그래서 나같은 평범을 이상으로 아는 평범한 사람으로 자처함으로, 친구에게도 평범 이상을 요구해 본 적이 없다. 그러므로 내 주위의 친구들은 모두 인구에 회자될 정도의 명성을 누리는 친구는 없고, 그저 그런 친구들 밖에 없다. 기회가 있으면 적당히 나를 이용하여 이익을 취하기도 하지만, 제 손해가 안 날 정도면 돈을 꿔주기도 하고, 적당한 육체적 정신적인 도움도 줄줄 아는 그저 그런 놈들이다.

이러한 그저 그런 친구가 어느 날 갑자기 나타나서 나에게 대단한 도덕적인 결단과 도덕적 대의를 위해 내가 가진 어떤 것을 희생하도록 요구한다면 어떨까? 그가 주창하는 대의를 충분히 납득시킨 후에 결사를 요구하는 경우와는 다르다. 나는 아마도 당황하여 어떻게 결정을 내릴지 모를 것이다. 아마도 도덕적 대의라는 것이 인류 보편적인 가치를 가진 것이면, 쉽게 동조할 수 있을지도 모른다. 그러나 당파적인 것이거나, 지역 이기주의적인 것이라면, 결정하는 것이 쉽지 않을 것이다. 더구나 친구가 나에게 친구라는 지위 자체를 걸고, 내 결정을 요구 할 때는 난처한 입장에 빠질지 모른다. 이렇게 막다른 골목에 나를 밀어 붙이는 고약한 그 친구는 이미 마음속에 내 친구이기를 포기하려는 의도를 숨기고 있을지도 모르니까.

이제 인생의 사양길에서, 인생을 돌이켜보면 이런저런 친구들이 내 인생의 무대를 거쳐 갔다. 내가 거쳐 갔다고 말하는 것은 한때는 친구라는 모든 조건을 충족 시켜주는 관계에 있었던 친구가, 내 인생의 무대에서 이런저런 사연으로 사라져서 지금은 이름도 기억할 수 없거나, 연락이 두절되어서(어떤 의미로는 친구 자격을 상실한) 나에게는 행방불명이 되어 버린다.

함께 대나무 말을 타고 놀던(竹馬故友) 친구 중에 수봉이라는 친구가 있었다. 그는 나와 나이가 동갑이지만 생일이 빨라, 나보다 초등학교에 일 년 먼저 들어간 친구다. 덩치도 나보다 크고 힘도 셌지만, 천성이 착해 나와 맞서기를 꺼려서, 슬그머니 나에게 우위를 양보하던 녀석이다. 이 녀석이 나에게 세를 다투지 않은 것은 아마도 우리 집과 그의 집 사이의 껄끄러운 관계 때문인지도 모른다. 그의 아버지는 내 아버지와 친구였다. 수산어른으로 불렸다. 그런데 수산어른의 어머니 즉 내 친구의 할머니는 내 아버지를 아주 못 마땅하게 여기고 계셨다.

여름에 마당에서 아침을 먹을라치면 우리 집 담 너머로 내 친구

할머니가 악다구니를 퍼붓는 소리가 들렸다. 처음은 그 소리를 알아듣지 못할 정도였지만, 나이가 들자 그게 입에 담을 수 없는 욕이라는 것을 알게 되었다. 그런데 그 욕이 누구에게 향한 것인가는 알 수 없어서, 어느 날 어머니에게 물은 적이 있다.

어머니는 '네 아버지 보고 하는 것이다'라고, 남 얘기처럼 하셨다. 그러고도 이상한 것은 그 욕에 대해서 아버지도 어머니도 덤덤하셨던 것이다. 그래서 어느 날 용기를 내어 어머니께 여쭈었다. 어머니 대답은 그 당시 나의 판단력으로는 잘 알 수 없는 것이었다. 그 할머니는 아버지가 첩으로까지 관계가 발전하게 된 여자를 자기 아들에게 소개해 주셨기 때문에 저런단다.

그 친구의 아버지와 내 아버지가 세교를 나누는 사이지만, 아버지의 실수가 앞 뒷집에 살면서 느껴지는 친근감을 앗아갔다. 어른들 탓에 수봉이와의 사귐은 어정쩡한 관계로 발전할 수밖에 없었다. 철이 들 때쯤 내 친구는 본가가 중학교를 보낼 형편이 못 된다는 것을 알아 차렸다. 그는 중학교 진학을 꿈꾸면서 아버지가 계시는 아버지의 첩의 집으로 살러갔다. 이래서 나는 정말 좋은 친구가 될 뻔한 친구와 작별하고 말았다. 그 후 가끔 풍문에 드문드문 소식이 들리더니 친구의 아버지가 작고한 후 소식이 끊겨 버렸다. 그리고 세월이 몇 십 년이 흘러서 동네 공동묘지로 친지의 묘에 성묘하러 갈 기회가 있었다. 공동묘지 길을 걷다가 낯익은 묘비명을 발견하고 깜짝 놀랐다. 내 친구 수봉이는 이미 고인이 되어 이름 석 자만 차가운 돌 위에 남겨두고 있었다.

동행한 친지에게 어떻게 된 영문인지 물어보았다. 그 친구는 사고를 당했다고 말했다. 부산의 한 플라스틱 공장에서 일을 했는데, 소매가 콘 베어벨트에 걸려서, 손 쓸 틈 없이 고열의 플라스틱 원액이 담겨 있는 거대한 솥에 빠졌다고 한다. 고열 용액에 살이 다 녹아버릴 정도로 끔찍한 죽음이었다고 한다. 나는 잠시 친구의 묘 앞에서 묵념을 하는 것으로, 내 마음을 달랠 수밖에 없었다.

우리도 관중과 포숙 같은 우정을 키울 수 있었는데, 그럴 수 없었던 이유는 내가 포숙이 될 자질이 없었거나, 아니면 운명이 그 친구에게 너무 가혹했기 때문이었을 것이다. 또 운명이 우리에게 관포지교를 나눌 시간적 여유도 주지 않은것 때문일 것이다. 수봉이가 못내 가엽구나.

우리 마을에서 중학교까지는 공칭 이십 리 길이다. 중학생인 나에게는 한 시간 반에서 두 시간을 걸어야 하는 거리였다. 부모가 무서워 아니면 선생님이 무서워 다니던 초등학교 통학과 중학교 다니기는 달랐다. 문제는 중학교 통학길이 너무 먼 것이었다. 이 십리 길은 그 나이의 나에게는 너무 벅찬 거리였다. 동구 밖에 나서면서 이 지겨운 거리를 오늘도 죽여야 하는가하는 무시무시한 생각이 들었다. 그럴 때마다 나를 학교까지 끌어당긴 것은 친구들과 장난치면서 노는 즐거움이었다. 이런 악동들 중에 장난이 가장 심하고 죽이 맞았던 친구가 재원이었다. 그 친구 집은 삼동이었으니 학교를 중심으로 우리 집과는 대칭 방향에 있었다.

등하교 길에서 만나는 기회는 없으니, 오로지 학교에서만 그것도 쉬는 시간에 교실에서 북적거릴 때 밖에 달리 어울릴 기회가 없었다. 어느 때인가 우리는 합세하여 우리보다 더 키가 작은 놈을 들어서 쓰레기통(사각으로 된 제법 큰 무통)에 쑤셔 박으려고 낑낑거린 적이 있었다. 당한 놈은 죽겠다고 소리 지르고, 우리는 신이 나서 그 놈을 쳐 넣으려고 애썼다. 그러다 장난에 너무 열중한 나머지 선생님이 오시는 것도 몰랐다. 선생님은 합세한 네 놈에게 종아리를 때리고 한 시간 내내 손을 들고 서있는 벌을 서게 하셨다. 벌서는 것이야 창피하고 괴로운 것이었지만, 그것도 학교 가는 재미중에 하나였다.

중학교 3학년 여름방학이 지나고 학교에 갔을 때 재원이는 학교에 나타나지 않았다. 그러던 어느 날 재원이가 아버지를 찾아 일본으로 밀항했다는 소문이 돌았다. 그때는 밀항이 무엇을 의미하는지 얼마나 위험한 것인지, 왜 하는지, 알 턱이 없었다. 다만 밀항이라는 말을 전하는 동급생의 목소리가 착 가라앉고 떨리는데서 이게 보통 것이 아니구나 하고 느꼈을 뿐이다.

또 얼마간 시간이 지나서 재원이의 친척되는 동급생에게서 조금은 자세히 경위를 들을 수 있었다. 첫 새벽에 울면서 어머니의 손을 잡고 떠났노라. 일본에는 아버지가 계시니 아버지 찾아 갔노라. 다른 사실은 쉽게 뇌리에서 사라졌으나, 울면서 갔다는 말이 내 상상을 자극했다. 그 놈의 눈물 속에는 나와 헤어지는 게 서러워서 흘리는 부분도 있었으리라고 생각하고, 한동안 마음속에 큰 멍울이 생기는 듯 했다.

대학 시절에 일본에 있는 그 친구에게서 편지를 받은 적이 있었다. 동봉된 것에 고등학교 교복을 입은, 희미하게나마 그 친구의 모습을 떠올리게 하는 사진도 한 장 동봉되어 있었다. 그때는 아직 내 마음에 애틋한 우정의 불씨가 살아있어 만단설화를 편지 속에 펴서 답을 보냈다. 그러고는 그것으로 편지 왕래도 끝나 버렸다. 몇 번인가 그 주소로 편지를 보냈으나 답이 없었다. 그러나 그가 편지에 동봉해서 보낸 사진은 내게는 보물로 남겨졌다. 오사카 역을 배경으로 서 있는, 알 듯 모를 듯한 희미한 미소를 머금은, 얼굴은 애처로운 모습을 하고 있었기에, 나에게 더 값져 보였다. 그저 친구가 보고 싶을 때면 한참 동안 사진을 들여다보면서, 사진 속의 알 듯 모를듯한 얼굴에 의미를 부여해 보는 것으로 끝이 났다.

세월이 흘렀다. 어느 해인가 중학 동창생에게서 전화를 받았다. 음식점을 경영하는 친구 집에서 만나자는 전갈과 함께 일본에서 재원이가 오는데, 재원이도 나올 것이라고 전해주었다. 이제 옛날의 애틋한 마음은 남아있지 않지만, 친구가 어떤 모습일까 궁금증 때문에 모임에 나갔다.

6~7명의 낯익은 얼굴 사이에 머리가 반은 벗겨진 조그마한 이국적인 냄새가 풍기는 사나이의 얼굴을 찾을 수 있었다. 내가 반가운 얼굴로 그의 이름을 부르자, 친구의 얼굴에는 30년간의 장사가 가르쳐 준 교활함이 묻어난 덤으로 고객에게 흘려주는 공짜 웃음이 흘렀다. 나는 그의 속물적 분위기에 만정이 떨어짐을 느꼈다. 버스를 타고 가면서 나 혼자 상상하던 친구는 40여년이란 세월이 앗아가고,

인생이란 전쟁터에서 만신창이가 된 사나이가 있었던 것이다. 10대 초반의 꿈 많던 소년은 어디로 가고 세월에 무두질되어 뼈도 살도 허물허물하게 된 하나의 인간 고깃덩어리를 내가 가슴과 가슴이 맞닿는 친구로 보기에는 너무 멀리 있었다.

흔히들 고등학교에서 사귄 친구가 평생 친구가 된다. 초등학교나 중학교에서 만난 친구는 너무 어려서 뜻을 같이 할 수 없고, 대학이나 사회에서는 사람이 때 묻기 시작해서 순수하지가 않다고 한다. 내가 기식을 만난 것은 고등학교 시절이니, 딱 좋은 시기에 만났다 할 수 있다. 고등학교에서 처음 만날 당시는 그 녀석은 선주의 아들이어서, 우리가 누리지 못하는 부의 혜택을 누리고 있는 녀석이었다.

고등학교 2학년 경부터 그 녀석의 고향 울산 장생포 고래잡이(포경업)가 사양길에 들어서자 경제적 타격을 받았다. 포경선 선주였던 그 친구의 아버지의 사업이 어려워지면서 가산이 급격하게 기울게 되어 학비 조달에도 어려움에 빠지게 된다. 우리가 대학에 갈 시절에는 대학교에 갈 꿈까지 접어야 할 정도가 되었다.

이때에 우리의 우정이 빛나게 되었다. 몇몇 친구들이 뜻을 같이 하여 친구를 대학에 보내자는 계획을 세우게 되었다. 나를 포함한 세 명의 친구가 집에서 (부모님을 약간 속이고) 등록금을 조금 더 받아오고, 하숙비를 받아서 자취를 하게 되면, 친구 하나 쯤은 함께 먹고 지낼 수가 있게 되리라고 생각했다. 조금 더 넉넉한 친구가 더 큰 우정을 발휘하면 등록금도 갹출할 수 있을 것이고 함께 자취를 하면 먹고사는 것도 해결될 수 있다고 생각했다. 그 친구도 우리의 계획을 사양하다가 받아들였다.

우리는 자취할 방을 얻었다. 그 친구가 서울에 올라와서 한양대학교 시험을 쳐서 합격도 했다. 그러나 그 친구는 이미 생의 의욕을 잃은 아버지를 포함하여 누나, 어머니까지 부양해야하는 가장이 되어 있었던 것을 우리는 미처 몰랐던 것이다. 등록금을 마련해 오겠다는 말을 남기고 부산에 간 그 친구는 그 후 우리에게서 종적을 감춰버렸다.

모든 수단을 동원하여 수소문했으나, 친구는 흔적도 없이 사라져버렸다. 그 후 2년 정도가 흘렀던 것 같다. 수신자가 나로 되어있는 엽서가 왔다. 겨울 방학이 얼마 남지 않았던 시점이었다. 나는 고향에 내려가는 길에, 그 친구가 보낸 엽서 속의 주소를 찾아가기로 작정했다.

그 주소지는 강원도 묵호 어디였다. 그때는 묵호라는 곳은 나에게 외국이나 다름없었던 곳이었다. 그러나 나는 친구를 위해 용감해지기로 했다. 그 용기 덕에 한 번도 가본 적이 없는 강원도를 우회하는 노정을 잡아, 귀향하기로 마음을 먹었다.

먼저 묵호로 가는 버스가 마장동에서 출발한다는 것을 수소문해서 알아냈다. 그때는 묵호까지 가는 길은 버스로 대개 11시간이 걸리는 거리였다. 통행금지(새벽 4시)가 풀리자 말자 새벽 4시 30분에 출발하는 첫차를 타고 가면 오후 3시 경에 묵호에 닿는다고 했다. 책가방과 빨래거리가 들은 보퉁이를 둘러메고 버스에 올라탄 것은

5시 전으로 기억한다. 하루 종일 비포장도로에 흔들리는 버스에 시달렸다. 묵호에 도착했을 때 이미 짧은 겨울 해가 서쪽에 반쯤만 남겨 놓고 있어서, 마음이 바쁘기 그지없었다.

버스에 내려 친구 집으로 가는 길을 거듭거듭 물어서야 도착한 곳은 바다를 메워서 만든 매축지였다. 매축지는 두 평 남짓한 판잣집들이 바둑판처럼 가득 들어차 있었다. 집들이 내 키보다 낮았기 때문에, 한 눈에 그 지역이 전체가 눈에 들어왔다. 지붕들은 상상할 수 있는 온갖 재질로 되어있었다. 판자가 있는가 하면, 깡통을 펴서 만든 함석으로 이어진 집도 있었고, 그냥 거적 데기로 덮여있기도 했다. 문은 대개가 가마니를 편 것이었다.

번지가 있을 리 없고 동호수가 명기되어 있을 리 없었다. 물어 물어서 어느 집 앞에 섰을 때는, 해는 지고 노을이 남긴 잔영이 간신히 앞뒤를 분간하게 했다. 기식아, 기식아라고 수차례 외쳤더니, 부스럭거리는 소리가 나고 어느 거적 떼기가 열렸다. 가마니 떼기 사이로 시커먼 사람 얼굴 같은 것이 나타났다. 한참이나 눈에 힘을 주고 나서야, 친구를 겨우 알아보았다.

친구 몰골이 말이 아니었다. 의복은 남루하고, 얼굴은 바닷바람에 익어서 상어가족처럼 거무튀튀했으며, 면도는 언제 했는지 모를 정도였다. 나는 큰 소리로 친구 이름을 부르며 손을 덥석 잡았다. "니가 왜 이리 되었노?" 내가 내지른 첫마디였다. 그는 망연자실, 눈물을 글썽이며 고맙다는 말만 연신 내 뱉었다. 친구의 거부 몸짓을 뿌리치고 거적을 걷고 집으로 들어갔다.

더듬거려서 남포에 불이 켜지자 방안의 광경이 눈에 들어왔다. 벽에 남루한 옷가지가 몇 개 걸려 있고, 발채에 고리짝이 하나 놓여 있었다. 그리고 방바닥은 맨 땅에 가마니가 깔려있는 것이 전부였다. 가마니 바닥 위에 이불이 쓰레기처럼 더미를 이루고 있었다. 그리고 그 더미 옆에 두 무더기의 검은 물체가 있었다. 잠깐이지만 닳아빠진 이불이 움직이는 것 같았다.

그 옆에 손님인 내가 들어가도 기척하지 않았던 두 검은 덩어리가 내 눈이 어둠에 어느 정도 익숙해지자, 그게 사람이고 이불속에도 또한 사람이 누워있다는 것도 알아챘다. 불을 켜기 전에는 거기 있는 줄도 몰랐던 사람 같은 덩어리가 그 친구의 어머니와 누나라는 것을 한참만에야 알아보았다. 누나와 어머니는 나에게 인사할 염두조차 못 내는지 눈만 멀뚱거리고 있었다. 아니 입성이 너무 볼썽사나워 못 본 척 해 달라는 식인 것 같았다.

자리에 앉을 새도 없이 친구의 독촉에 못 이겨 자리에서 일어날 수밖에 없었다. 바닷바람 세찬 묵호 바닷가를 걸어가면서, 그 친구 입에서 부도니, 빚쟁이가 몰려들어 할 수 없이 야간도주를 했느니, 하는 말들을 들었다. 이윽고 어느 음식점에 들어갔다. 친구는 오징어잡이로 생계를 꾸려 간다는 말을 했으며, 아버지의 병이 깊다고 했다. 아버지가 니가 왔는데도, 꿈쩍도 하지 않은 것을 섭섭하게 여기지 말라고, 나에게 양해를 구했던 것 같다. 그리고 오징어잡이가 얼마나 힘들다는 말도 해주었던 것 같기도 하다. 밤바다 바람이 얼마나 찬지도 얘기한 것 같다.

날이 어두워지고 버스를 타야 할 시간이 다가오자, 나는 일어설 수밖에 없었다. 헤어지면서 내가 친구를 위해 할 수 있는 모든 것을 해야겠다고 각오를 다졌다. 내가 주머니를 털어 가진 돈과 며칠 전에 산 가죽장갑(그때 내가 가진 유일한 귀중품이었다)을 그에게 건넸다. 그리고 우리 꼭 성공하자, 좌절하지 말자고, 당부하는 말도 했을 것이다. 그리고 아마도 '친구가 있지 않니'라고 도 덧붙인 것 같다. 이 말은 내가 포숙이라도 되는 양 감동적인 어조로 말했던 같다.

그리고 세월이 흘렀다. 내가 대학을 졸업하고 부산의 어느 상고 영어 선생으로 부임했다. 그 새 기식이는 인생의 막장을 탈출하여 부산 텍사스촌 관광협회에 취직하여 밥을 먹고 있었다. 그는 처음 사환 비슷하게 일을 시작하여 내가 부산에 갔을 때쯤은 그 골목에서 제법 인정을 받고 있었을 뿐만 아니라, 맹활약을 펼치는 중이었다. 그 친구 덕을 톡톡히 보았다. 소위 양주라는 것도 맛보고, 외국 선원이나 미군들이 아가씨들과 노닥거리는 것도 구경할 수 있었다. 그때는 친구와 모든 것을 나눠가졌다. 모든 것에 숨김이 없었다. 그리고 내가 65년 12월 25일에 결혼했다. 그 친구는 결혼식에 오지 않았다. 나는 그 친구가 바빴거니 했다. 내가 누군가 포숙이 아닌가. 그러니 이해해야지.

부산의 단칸방에서 살림을 차렸을 때, 그 친구는 자주 왔다. 기식이는 부산에 혼자 살고 있어서 인간의 체온이라도 느끼고 싶은지, 자주 와서 밥도 함께 먹었고, 심지어 빨래까지 가지고 오곤했다. 그는 자주 우리 부부에게 영화도 보여주고, 밥도 사주곤 했다. 집사람은 거의 일방적으로 우리가 신세를 지는 게 싫었던 모양인지 초대에 응하지 말자고까지 했다. 나는 그가 오면 밥이나 해주면 되고, 언젠가 내가 형편이 풀리면 내가 갚을 수 있다고 말하고, 개의치 말자고 했다. 한 번도 신세를 진다고 생각한 적이 없었다. 우리는 빠듯한 내 봉급으로 살기가 힘들었을 때이니, 나보다 수입이 나은 지가 내는 게 당연하다고까지 생각했다. 우리가 남인가, 우리는 친구가 아닌가!

우리가 서울로 이사를 오면서 내가 신세지는 관계는 끝났다. 기식이가 협회일로 1년에 한두 번 서울에 올라오면 그 때 내 집에서 자고 가는 것이 예사인 관계가 이어졌다. 그즈음 아들이 태어나고 자라는 것을 보면서, 이 친구가 부쩍 내 아들에게 관심을 가지기 시작하는 것을 눈치 챘다. 그새 그도 결혼하고 내 아들과 동갑내기 아들에 덧대어 아들하나 딸까지도 두는 처지가 되어 있었다. 나는 기식이가 내 아들에게 관심을 가질 때마다, 고맙기도 했지만 친구의 아들에게 마음 쓰는 것을 당연하다고 여겼다.

이렇게 세월이 흘러갔다. 어느 때인가 작은 일이 벌어졌다. 우리 부부들이 함께하는 친목회 모임을 어느 서울역 근방에 중국집에서 가졌다. 남자 아이들과 여자 아이들이 비슷한 나이 또래들이 앉아있었다. 그런데 친구 중에 누군가가 장난삼아 남자애들에게 마음에 드는 여자애를 골라보라는 말을 했다. 그때는 내 아들이 초등학교 2~3학년 때로 기억한다. 기식이는 공을 들인 게 있으니, 내 아들이 지기 딸을 찍으리라고 기대한 모양이다. 내가 아들에게 웃으면서 여자란 예뻐야 하고 순해야 하는 거라고 조언을 했다. 내 아들이 누구를 찍었는지 기억은 안 나지만, 그의 딸을 찍지 않은 것은 분명하다. 모임이 끝나고 집사람이 집에 돌아와서 단둘이 되었을 때 내 아들이 딴 여자 애를 찍자 기식이의 안색이 달라지는 것을 보았다고 말했다. 이것을 계기로 우리가 긴가민가한 기식이의 의도를 알 수 있게 되었다.

세월이 흘러 내가 78~79년에 걸쳐 큰 병을 앓게 되었다. 사경을 헤매고 일어났지만, 후유증이 오래 계속되어 힘을 차릴 수가 없었다. 80년에 들어와서 오랜 휴직 끝에 직장에 다니기는 했지만 전 같지 않았다. 79년 과외폐지로 수입원이 막히고 그 동안의 예금이 고갈되어 가정형편이 말이 아니게 되었다.

다행히 79년 말부터 KBS에서 "가정 중학" 프로에서 영어강의를 맡으면서 한숨을 돌릴 수 있었다. 그리고 내 숙원이던 대학원에 진학하여 공부를 계속 할 여유가 생겼다. 여유도 잠시 석사과정을 마치고 박사과정에 들어가면서 가정 중학 프로도 중단할 수밖에 없었다. 뿐만 아니라 학교 당국의 양자택일 압력에 의해, 근무하던 중학교를 사직할 수밖에 없었다. 다시 가정 형편이 말이 아니게 되었다. 그때는 이미 내 등록금은 물론 두 딸의 대학 등록금까지 마련해야 하는 처지에 있었다. 등록 철만 되면 그 당시 몇 백만 원이나 되는 등록금을 마련하느라 모든 수단을 동원하고 동분서주하지 않을 수 없었다.

집이 어려울 때마다 내가 생각한 것은 내가 다시 직장을 갖지 않더라도 생활할 수 있는 안정된 수입원을 마련하는 것이었다. 이런 문제를 자주 기식이와 의논했다. 내 문제를 터놓고 얘기했기 때문에 그는 우리 집 경제사정을 누구보다 잘 알고 있었다. 심지어 통장에 잔고가 얼마인지까지도 알고 있었을 것이다. 그러니 그의 잔머리와 내 의도가 맞아 떨어져서 그의 사기극이 시작될 수 있었다.

그리하여 전화가 여러 번 오고 간 뒤, 부산에 자그마한 빌딩을 하나 짓기로 했다. 모든 비용을 반반씩 대기로 하고 나중에 이익도 반분하기로 구두 계약을 맺었다. 나는 그가 신의 있는 친구라 믿었고, 친구도 나를 신의를 지키는 친구로 믿는 줄 알았다. 그런 내가 바쁘니 건물이 이루어지기까지 돈만 내려 보내주면 모든 것을 자기가 알아서 하기로 했다. 어떻게 짓는지 어느 정도 되었는지 그저 친구만 믿고 있었다. 그 친구는 내게 너는 공부나 해라, 내가 다 알아서 할 테니, 걱정 할 건 없다고까지 했다.

경주에 마련해 두었던 조그만 땅을 팔아서 돈을 마련해서 보냈다. 임대까지 끝냈다. 그는 매달 임대료가 얼마이니 내 몫으로 얼마라고까지 말해서 나를 안심시켰다. 그 액수의 돈이 통장에 두 번인가 입금되었다. 그리고 그 다음에는 다른 이야기가 나오기 시작했다. 집에 하자 보수를 해야 되어서 이번 달 몫은 못 보내겠다. 그 다음 달인가는 이 집이 무허가로 지어졌기 때문에 공무원들에게 입막음을 해야 하므로 돈이 든다. 그 다음에는 갓 교수자리에 나간 나에게 위협적인 말이 이어졌다. 네 명의가 무허가 건물주의 명단에 오르면 혹시 내 이력에 문제가 될 수 있을 수 있다는 말을 들었다. 공무원들이 입막음을 하고 내 이름은 건물주 명단에서 빼는데 돈이 들었다.

여하튼 그 후는 한 달도 내 몫의 임대료를 받은 적이 없다는 것은 확실하다.

그러고 몇 달이 지나서 예기치 않게 그가 불쑥 내 집에 나타났다. 집안에서 얘기하기 곤란하니 밖에 나가서 얘기하자고 했다. 집 밖에 나와서는 술 한 잔 하자고 끌었다.

(그는 술을 먹지 않는다.) 그는 나의 약점을 가장 잘 아는 것 같이 행동했다. 거기다 내 마음을 매수 하려는 듯이 접대부가 있는 집에 가자고까지 했다. 이쯤에는 나도 긴장이 되기 시작했다.

내가 시큰둥하게 반응하자, 나를 떠밀 듯이 호프집으로 이끌었다. 맥주를 앞에 두고 이야기가 시작되었다. 다짜고짜 그는 우리 빌딩을 팔자고 제안해왔다. 우리 빌딩이 무허가라서 법망을 피하려면 집을 팔수밖에 없다고 그는 주장했다. 그리고 그는 이 방법이 대학교수인 내 신상에 누가 되지 않는다고까지 말했다. 나도 이 말에는 동의할 수밖에 없었다. 그는 가격을 말했고 그 값에 얼마를 더 얹으라는 말까지 했다. 그는 거절했다. 이때까지 나는 구매자가 누구인지 물어보지 않았다. 서류를 해서 보내겠다고 하고 헤어졌다.

나중에 서류가 도착 했을 때야 구매자는 기식이 자신이라는 것을 알았다. 그때서야 내가 미망에서 깨어나면서, 그때까지의 의혹이 모두 풀리는 것을 알 수 있었다. 왜 그가 청구한 건축비가 내가 예상한 가격보다 높은가. 다른 쪽으로 들은 기식이가 어느 한 놈 껍질을 벗겼다는 소문이 무슨 뜻인지 알 것 같았다. 나는 친구에게 절연장을 보냈다. 그 친구는 무슨 말인지 모르는 알쏭달쏭한 표현들을 동원했다. 오리무중에서 따 와서 오리전(錢)무에 눈이 가려 친구를 알아보지 못한다고 썼다. 여기서 전무란 내가 만들어 낸 말로 돈 안개가 너무 짙어서 친구를 못 알아보게 되었다는 의미로 썼다. 이 편지로 나는 친구와 결별했지만 후유증은 그 친구가 죽고 나서 까지도 이어지고 있다.

나는 관포지교를 나눌 수 있을 가능성이 있었고 관포지교의 경지에까지 다다랐다고 생각한 친구들이 관중이 되기를 포기해버리고 내 곁에서 멀어져 가버린 예를 들었다. 첫 번째 예는 한 마을에서 담을 사이에 두고 앞뒷집에 살았으나 부모의 오해로 빚어진 껄끄러운 문제 때문에 친구가 되지 못한 예다. 재원이는 우정이 깊어지기 전에, 너무나 다른 환경에 놓임으로 해서 서로 이해할 수 없는 인격체로 성장 해 버려서, 다시 만났을 때 깊어진 골을 메울 수가 없었던 예이다. 세 번째 예는 제일 안타까운 예이다. 돈 때문에 잔머리를 굴림으로써 멀어져 간 친구의 예이다. 우리는 우정은 돈이나 명예도 초월할 수 있을 것이라고 생각했다. 결국 우리가 바라던 대로 우정이라는 추상적 개념은 눈에 보이는 돈을 딛고 넘을 수는 없는 것이었다.

아리스토텔레스는 우정은 덕이며 우리의 생활에 필요하다고 한다. 이러한 우정은 어느 정도 선의(goodwill)와 인정(recognition)을 요구할 뿐만 아니라, 서로 좋아해야 꽃핀다고 한다. 그렇지만 쓸모나 쾌락을 위한 우정은 불완전하므로 우정은 쌍방이 선익에 바탕을 두어야 한다고 한다. 아리스토텔레스는 선이 우리가 도덕적인 인간이 되어 추구해야 할 목표로 보기에 그렇게 말하고 있는지도 모른다. 그래서 그는 선과 즐거움이 목적으로 사랑받아야 한다고 말한다.

아리스토텔레스가 인간은 사회적 동물이다라고 말한 것을 보면, 인간은 공동체 내에서 구성원으로 살아갈 수밖에 없다는 의미일 것이다. 그가 이러한 주장을 하게 된 것은 인간이라는 개체보다 공동체 보존이 중요하다는 것을 보이기 위해서인 것 같다. 아리스토텔레스의 기대와 다르게 인간에게 개체로서의 지고지선은 개체보존, 즉 살아남는 것이다. 우리가 개인으로서 여유가 있을 때는 아리스토텔레스가 요구하는 공동체 지향적인 인간이 될 수 있다. 그러나 극한 상황에서는 우리 모두는 개체보존을 최우선시하는 이기적 존재로 돌아간다. 그래서 우리 사회는 자기방어를 위해서 어떤 일이든(살인도) 서슴치 않게 되는 것이다.

문제는 인간이 극한 상황이냐 아니냐를 자의적으로 해석하는 데에서 발생한다. 벼룩을 젓가락으로 잡을 수 없는데 화가 난 무사가 전가의 보도를 꺼내서 벼룩을 칼로 내리치는 것과 같은 짓거리를 하고도 후회 할 줄 모른다. 아마도 돈 다발이 눈앞에 어른거리면 자기 방어를 위해 개체보존이라는 전가의 보도를 꺼내어 친구에게 못할 짓을 하고도 태연할 수 있다. 사람이란 으레껏 그런데 뭐.

그러니 나에게서 멀어져간 친구들이 모두 잔재주를 부린 것은 자신을 보존하기 위해서였다고 할 수 있다. 포숙이는 관중이가 잔재주를 부려서 이익을 더 취했을 때 그것을 정당화 해 주었다. 그런데 나는 기식이가 잔재주를 부렸을 때 그럴 수 없었다. 그가 관중이 아니듯이 내가 포숙이 아니기 때문이었는가? 아니면 그도 나에게 포숙이기를 요구하고, 나도 그가 포숙이기를 요구했기 때문인가. 중국 시인의 한탄이 들려온다. 천리마가 없었던 것이 아니라 천리마를 알아보는 백락이 없었구나.

살아온 날보다 갈 날이 가까운 요즘 돌이켜보면 가장 갖고 싶은 친구는 아마도 흔들의자에 앉아 석양을 함께 바라볼 수 있는 친구가 아닐까? 우리는 함께 산전수전을 다 겪지 않았는가? 우리 사이에는 아무 말도 필요 없다. 그러니 둘 사이에 대화가 멈추고, 따뜻한 침묵만 있어도 좋다. 석양을 함께 바라보는 그 자체가 천만마디의 대화를 대신해 줄 것이다.

이 점에서 보면 기식이는 내가 요즘 갖고 싶은 친구에서 두 가지가 빠진다. 하나는 신의를 저버린 것이고, 또 하나는 이미 저세상으로 먼저 가버려서 석양을 함께 볼 수 없는 것이다. 아! 친구이기도 어렵고 되기도 어렵구나!

자책

자책(自責)이란 스스로를 나무란다는 의미다. 자기의 잘못을 남의
탓으로 돌리지 않고 오로지 귀책사유가 자신에게 있음을 시인하는
것이다. 그래서 자책에는 으레것 자신에 대한 분노가 끓는다. 이
분함이 극단에 이르면 우울에 빠져서 자신을 억울해 한다. 이렇게
보면 자책과 억울은 그림자 관계라 할 수 있다. 자책에는 항상 억울
이 따른다는 의미다. 어릴 적 부모님에게 꾸중을 들을 때를 돌이켜
보라. 분을 삭이지 못해서 억울함을 풀려고 괜히 마당을 나서며 강아
지에게나 혹은 뒤주에 발길질을 해댄다. 이렇게 어떻게든 우리는
분풀이(억울 풀이) 대상을 찾기 마련이다.

어느 날 아내가 귀가하여 씩씩거린다. 내가 놀라서 "당신 왜 그
래?" 라고 다구 쳤다. 억울해서 못 견디겠단다. 마음 가라 앉히고
차근차근하게 이야기 해보라고 했다. 이야기 즉 슨, 딸네 집에 갔다

가 오는 길에 도곡역에서 지하철을 바꿔 타면서 상행선 쪽 개찰구로 들어가는 바람에 왕십리까지 갔다 왔단다. 항상 똑똑을 자처하던 터라 자기 탓으로만 돌려야 하는 실수임으로 자책할 수밖에 없게 되자 억울함에 어쩔줄 몰라했던 것이다. 그래도 이런 실수야 잃어버린 게 시간밖에 없으니 약과다.

때로는 실수로 체면에다가 금전적 손실도 입는다. 연전에 동우라는 친구가 한 실수가 그렇다. 동우는 신림동 산동네에 산다. 어느날 아내가 해준 밥과 반찬을 담은 두 개의 보따리를 두 손에 나누어 들고 꽤나 넓고 가파른 계단을 올라가고 있었다고 한다. 쌍둥이 손자손녀를 보러 아들 집에 가는 중이었다. 그때 하필 정신 나간 정신병자가 그 길을 내려오면서 동우를 자기를 잡으러오는 저승사자로 본데서 사고가 터졌다. (나중에 밝혀진일) 느닷없이 달려들어 주먹으로 동우의 얼굴에 가격하고 발길질까지 했단다. 그래서 동우는 쌍둥이 손자손녀에게 줄 밥이랑 반찬 그릇이 팽개쳐지고 자신은 계단에 굴러 넘어졌단다.

동우란 녀석의 성격이 한 성격하는 놈인 것을 가해자는 알았을 리가 없다. 그 동우는 순간적으로 몸을 일으켜 그 놈의 멱살을 잡았단다. 동우는 키 180cm에 가깝고 힘은 우리 또래 보다 더 쎘다. 자기도 주먹으로 되받아 칠려다가 상대 졸업생답게 본때를 보여 주려면 법에 호소하는 게 최고(이익)라는 생각을 했단다. 그래서 그는 그 놈의 멱살을 잡고 신림동 파출소까지 끌고 가서 폭행범으로 고소했다고 한다.

동우는 파출소에 끌고 간 가해자를 그때 가서야 자세히 관찰할 여유가 생겼다고 한다. 그분은 자기보다 나이 40여세 아래이고 체구도 작았다고 한다. 눈빛이 불안하고 태도가 안절부절 못하고 게다가 횡설수설하는 모습이 전형적인 정신이상자였다고 한다. 담당 순경과 동우는 집이 가까운 모양이니 보호자를 만나야 해결이 될 것으로 의견을 같이하고 세 사람이 신림동 산동네에 있는 가해자의 집을 찾았다고 한다.

　가해자가 자기집이라고 지목한 허름한 집 문을 두드리자 할머니 한 분이 나오셨다고 한다. 할머니는 경찰과 동우랑 함께 있는 아들을 보고도 별로 놀라지 않으신 눈치였다고 한다. 가해자의 어머니 같은 할머니는 한눈에 사태를 파악하고 경찰관의 말이 채 끝나기도 전에 서둘러 할 말을 털어 놓았단다. "고소하려면 하세요. 제발 쟤를 감옥에 넣어 주세요. 하루가 멀다 하고 이런 일이 터지니 어디 살겠소!"

　파출소까지 오신 할머니 말을 종합하면 아래와 같이 정리할 수 있었다: 할머니는 자기 아들이 고등학교까지 모범생이어서 부모의 기대를 모았다고 한다. 그래서 무리를 해서 아들의 장래를 위해 미국 유학을 보냈다고 한다. 미국 유학간지 몇 해만에 무엇이 잘못되었는지 저 지경이 되어서 돌아왔단다. 아들의 말을 들으면 갑자기 눈에 헛것이 보이고 그 헛것이 자기를 때려 죽일려고 한다고 한다. 그래서 자기를 지키기 위해서 헛것(귀신)에 달려든다고 한다.

그 때마다 상해죄로 고소를 당하고 심지어 감옥에도 가고 배상도 하느라고 집도 날아가고 아버지도 돌아가시고 이제는 저 원수 같은 아들과 자기 둘만 살고 있다고 했다. 그리고는 할머니는, "자, 내 전 재산인 돈 45만원이 남은 은행 통장과 도장이 여기 있소. 이 돈을 드릴 테니 흔들리는 이빨도 치료하시고 버리게 된 음식 값으로 받으시고, 재수 옴 올랐다고 생각하십시오." 라고했다 한다. 친구는 할 말을 잃었다고 한다.

이 친구의 불행의 마무리는 동창들을 만나면서 완전히 자책극으로 굳어졌다고 한다. 악동 중 한 명인 최군이 말했었다. "너, 그 돈 받았냐?" 하는 것이 최군의 첫 질문에 박군은 대답했다; "그래 어쩌냐? 당장 치과에 가서 이빨을 치료해야 되는데."

"아니, 그래도 어려운 할머니에게 누를 끼치다니, 아들 때문에 얼마나 속상하셨겠나? "
"나는 어쩔 수 없었어."

"좋다 그러면 이빨 치료하고 남은 돈 내놔라, 우리 술이나 먹자."

이렇게 술자리가 이어지면서 악동들이 돌아가면서 동우를 공박했다. "딱 보고 정신이 이상한 녀석이면 네가 피해야지 괜히 일부러 얻어맞고 돈이나 뜯어내고 그리고 보니 너 갈취 범이야" 악동들이 졸지에 친구를 갈취범으로 몰아세웠다.

동우는 아마 억울했을 것이다. 자기 탓도 아닌 것을 자기 탓으로 몰아세우는 친구들이 원망스러웠을 것이다. 그러나 동우도 알고 있었으니. 친구들이 자기를 공박하는 것은 경상도식으로 자기를 위로하고 있는 것이라는 것을, 어쨌든 동우의 불우는 하루 저녁 술안주로는 족한 이야기였다. 이 얘기는 한때의 친구의 불우한 에피소드가 술안주로 웃어버리면 끝날 일이다.

그러나 자기 실수로 평생을 함께 할 수 있을지도 모른 반려자를 놓쳤다면 그 대가는 너무나 혹독할지도 모른다. 필자가 영자를 만난 것은 교회에 나갈 적에 성경 암송대회에 참여한 것이 계기가 되었다. 부산 대신동 교회에서는 1년에 한 번씩 고등부 학생들에게 성경 암송대회를 여는 일이 있었다. 이 대회는 마치 신앙이 누가 더 깊은가를 가름하는 것 같아서 나도 떠 밀려서 참여했다. 이 대회에서 내가 선택한 성경구절은 시편 105편이었다. 열심히 했으나 결과는 이등 상을 받는 것으로 마무리되었다. 이때 1등을 한 분이 영자의 언니 경자였으며 당시에 부산남성여고 3학년 학생이었다. 이렇게 안면을 트게 되어 마침 그녀의 집이 내 하숙집과 가까워 초대를 받으면서 경자의 동생 영자를 만났다.

영자는 예뻤다. 목소리 또한 은쟁반에 옥구슬 굴리듯 하고 거기다 콧소리까지 섞이는 물기가 촉촉이 느껴지는 소리였다. 영자네에 가면 언니 경자와 조무래기인 조카, 질녀들이 내 말 상대로 나서고 영자는 말없이 같이 앉아 있기만 했다. 그러나 언제 인가부터 내말과 시선이 향하는 곳은 영자에게 였다. 아마 영자는 제주도에서 중학교 졸업하고 오빠 집에 빌붙어 사는게 자존심이 상해서 이거나 고등학교 재학 중인 나를 대화상대로는 어려워한 탓에 나와 말 섞기를 망설였는지 모른다. 이러한 어색한 만남이 한 학기 끝나고 하숙집을 옮기면서 자연히 끝이 났을 것이다. 그렇게 영자와의 일차 조우는 끝났다.

내가 대학을 졸업하고 부산 경남상고에 발령을 받고 근무할 때였다. 대학을 다니면서 신앙을 잃어버린 내가 무슨 정성이 들었는지 옛 추억에 이끌려 대신동 교회 주일예배에 참석했다. 여기서 다시 경자를 만났으며 경자가 고아원에 근무하고 있다는 말을 듣고 주말에 고아원에 들린 것이 계기가 되었다. 영자를 다시 만나보지 않겠느냐는 질문에 아직 시집가지 않았느냐고 반문했다. 이것이 계기가되어 그 당시 영도에 살던 경자집을 찾아가게 되었다.

경자는 그 새 결혼하여 아기까지 있는 주부가 되어 있었다. 가까이에 어머니와 함께 살고 있는 영자까지 동석하여 식사를 했다. 그자리에서 내 결혼에 관한 이야기도 오고간 것으로 기억한다. 나도 고등학교에 취직을 하자 부모님으로부터 결혼을 독촉 받고 있었기에 솔직하게 내 자신의 입장을 이야기 했다. 그 자리에서 내 결혼만은 내가 원하는 사람과 결혼 하겠노라고 큰 소리도 쳤을 것이다.

이 만남 후에 내가 영자와 데이트를 했는지 하지 않았는지 기억이 없다. 다만 영자를 데리고 영화를 한 번 본 것 같다. 아직도 영화 제목은 기억이 난다. "울려고 내가 왔던가?" 왜 하필이면 이 영화를 선택했는지 모른다. 그 영화는 이별을 아쉬워하는 내용이었으니 우리도 이별을 전제한 만남이었던가?

그 후에 관계가 어느 정도 발전되어 둘이 결혼 약속도 했던 것 같다. 여름방학을 기해서 시골에 올라가서 결혼하고 싶은 처녀가 있다고 부모님께 말씀드렸다. 부모님은 그 당시 처녀총각의 사귐을 허용하지 않던 사회적 분위기를 모르는 듯이 내 뜻을 따르겠다고 하셨다. 그 다음에 덧붙인 말씀은 내가 따르지 않을 수 없는 것이었다. 어머니가 말씀하셨다. "우리도 가문이 있는 집인데 그 쪽 부모를 만나보지도 않고 우리 집 며느리로 들일 수는 없다. 내가 부산에 한번 갈테니 처녀의 부모를 만나도록 주선을 해라." 나는 그 자리에서 어머니께 "몇 일 날 내려오십시오. 그날 만나도록 주선하겠습니다."라고 대답했다.

내가 영자에게 경위를 얘기하고 어머니와 약속한 날을 얘기했다. 영자도 알았다면서 오빠 집에서 만나자고 했다. 영자는 그 당시 영도에서 언니집 가까이 단칸방을 얻어 어머니와 함께 살고 있었고 오빠는 부산여중 앞에 살고 있었다. 그집은 내 이모집 가까이 있었다. 이모님이 위치를 알고 있었다. 이 사실이 나중에 일어난 어긋남의 원인이 되었다.

문제의 발단은 상견례 전체를 지휘할 영자의 아버지가 돌아가셨다는데 있다. 중앙 통제소가 없으니 사안마다 가족들이 각각 다른 생각이 있었다. 경자와 영자는 오빠 집에서 만나기로 결정했지만 오빠와 사전 조율이 제대로 되지 않은 채 올캐에게도 오빠가 없는 자리에서 통고를 했다. 자연히 부부사이에도 조율이 될 리가 없었다.

또 하나의 문제는 어머니와 이모가 사전통고도 없이 영자의 오빠네 집으로 찾아간 것이다. 쉽게 말하면 사전 조율 없이 낯선사람이 느닷없이 찾아간 것이다. 그때는 그 집 젊은 안주인(영자의 올캐언니)은 손님 접대를 위해 점심상을 차리기 위해서 시장에 가고 없었다. 그리고 당사자인 영자는 가까이에 있던 오빠가 교감으로 근무하는 학교를 찾아가서 오빠께 경위를 설명하려고 어머니와 한집에 없었다. 오빠는 마침 수업 중이었다. 수업을 마치고 나온 오빠는 이때다 싶어서 동생에게 아버지대신 훈화를 늘어놓았다. 그 교감 선생님은 영자의 다급한 마음을 아랑곳 하지 않았다. 영자가 오빠와 헤어져 어머니와 만나기로 한 오빠네에 왔을 때는 이미 아래의 상황이 끝난 후였다.

내가 지금 이 글을 쓸 때는 근 50여년 지난 후다. 양쪽 이야기에 내 추측까지 보탠 결과다. 이 헤프닝의 하이라이트는 내 어머니와 영자 어머니의 대면이다. 영자 어머니는 제주도 토박이로 그때는 부산에서 시집가지 않은 영자와 살고 있었는데 그 날은 상견례를 치루기 위해 아들네에 와 있었다. 전후 사정을 미루어 보면 영자의 어머니께서는 사전에 내 어머니가 선을 보러 온다는 것을 알고 있었을 것 같지도 않았다.

아니면 영자 어머니는 연세도 높은데다 정신도 혼미하니 사전에 자식들이 말씀을 드리지 않았는지 모른다. 여하튼 어머니와 이모가 갑자기 집에 들이 닥쳤을 것이다. 그 다음부터는 말씨가 문제를 일으키고 문제를 키웠다. 그 할머니는 가는귀가 어두운데다 제주도 사투리가 심했다고 한다. 어머니는 경상도 사투리가 심한 분이다. 두 사투리가 평행선을 그으니 소통이 이루질 수가 없었다. 게다가 선을 뵐 당사자도 없으니 사정이 말이 아니었다. 어머니와 이모는 인사도 하는 둥 마는 둥 서둘러 영자의 오빠 댁을 하직하고 나와 버렸다.

그날 오후 퇴근하고 이모집에 들려 자초지종을 들은 나는 격분했다. 하루 밤 분을 삭였다. 이튿 날이 마침 토요일이었다. 오전 근무를 마치고 어머니를 시외버스 정류장까지 배웅해드리고 영자가 어머니와 살고 있는 영도에 있는 셋방으로 갔다.

영자가 있었다. 나는 영자를 호대게 질책했다. 영자의 변명이 귀에 들어오지도 않았다. 영자는 올캐언니가 시장에 가시고 자기는 오빠 학교에 갔다고 했다. 두 분이 집에 없는 새에 공교롭게도 그때 내 어머니와 이모 두 분이 오셨다고 했다. 오빠를 만났더니 오빠가 수업중 이었고 수업 마치고 나와서도 잔소리가 길어졌다고 한다. 자기는 오빠가 아버지 대신이라 오빠의 잔소리를 박차고 나올 수는 없었다고까지 덧붙였다.

그때는 내가 너무 어렸다. 그리고 어머니가 형수와 자주 언쟁을 벌리는 것을 목격해오면서 자랐다. 형수는 시어머니의 권위를 조금도 인정하지 않는 말투로 어머니와 다투셨다. 어머니도 성정이 보통이 아닌분이라 두분이 말다툼을 벌릴라치면 우리집 지붕이 덜썩 거릴 정도였다.

두 분 말싸움의 원인이 무엇이었는지 나는 몰랐다. 지금 이 나이가 되어서 돌이켜 생각해 보면 두 분의 성격이 보통이 아닌 것이 첫째 원인이었을 것이다. 형수의 성격은 불 칼 같았다. 어머니가 항상 여포창날 같다고 비유하신 걸 보면 알 수 있다. 어머니가 여포창날 앞에 조금도 기죽지 않고 저돌적으로 정면 승부를 벌린 것을 보면 어머니는 관운장 같다고나 할까.

두 분의 전쟁이 터질 때마다 나는 다짐했다. 내 아내 될 사람은 효성있는 현숙한 여자여야 한다. 시어머니를 끔찍하게 알고 말대꾸 하지 않는 사람이어야 한다고 다짐했다.

이 각오가 실천될 날이 나에게 다가 온 것이다. 나는 얼굴이 예쁘거나 공부를 많이 한 것을 찾지 않겠다고 마음먹었다. 오직 효성스러워 어머니에게 말대꾸하지 않은 사람을 골라야 한다고 나 혼자 맹세했다. 그래서 내 주위에서 조금 똑똑해 보이는 여자는 처음부터 대상에서 제외시켰다. 그러면서 나 자신은 사실 여자를 너무 모르는 숙맥이었다. 그 숙맥은 그저 외관상으로 관찰한 것으로 판단을 내릴 수밖에 없었을 것이다.

이런 내 마음 속에 간직한 여자관은 유교 사상에 뿌리를 두고 있어서 상당히 공고해졌다. 영자는 이 조건에 상당히 근접한 것 같아 보였다. 영자는 말이 없었다. 아마 제주도 시골 중학교 출신이 부산 일류고등학교 재학생 앞에 움추려 들어서 다소 곳이 행동했는지 모른다. 수줍음을 많이 타서 그런지도 몰랐다. 이런 성격은 내가 대학을 졸업하고 직장에 있을 때 만났을 때도 마찬가지였다. 여기에 혼담이 오고가자 그 수줍음은 도가 더해 졌을 것이다. 나는 어머니 앞에서도 저렇게 행동한다면 어머니 며느리 감으로는 안성맞춤이라고 결론을 내렸을 것이다. 이런 정신 무장으로 그녀를 만났으나 그녀 쪽의 주위 사람들의 처신들이 어긋나면서 내가 분노하게 되었고 순간적으로 내 결심이 바뀌었다. 이것도 저것도 모르던 나는 이별을 통보하러 그녀 셋방을 찾아 갔다.

영자는 함께 있어야할 어머니는 계시지 않고 혼자 있었다. 다짜고짜 나는 말로 그녀에게 맹공을 퍼부었다. 그녀는 울면서 변명을 했다. 그래도 나는 단호했다. "너와 나의 약혼 상태는 끝났다. 나는 간다 잘 있어라" 그리고 나는 그 집을 나왔다.

영도다리 위의 바람도 차가웠다. 내 좌우명 〈남의불행 위에 내 자신의 행복을 구축하려 해서는 안된다.〉이 발걸음을 더 더디게 했다. 영도 다리를 건너자 마자 남포동이다. 거기 술집골목에 단골 대포집이 있었다. 아가씨와 대포를 나누어 마시며 신세 타령을 했다. 아가씨는 "왜 그녀를 이해하려고 들지 않은가? 그 아가씨도 어쩔 수 없어서 그렇게 되었을 수도 있지 않은가" 라고 말했다. "대장부가 너그러워야 하지 않는가?"라고도 했던 것 같다. 술집을 나설 때는 대장부가 되기로 결심을 했다.

영도다리를 다시 넘어 영자 셋방에 갔을 때는 전기불이 들어온 때였다. 영자는 요란스럽지 않게 나를 반겼다. 나는 들어서자 말자 대뜸 "마, 우리 오늘 저녁부터 부부가 되자! 함께 자자"라고 말하고 자리에 앉았다. 그리고 이불을 펴도록 명령했다. 이미 나는 사나이 대장부가 되어 있었다. 이 지경이 되자 영자는 너무나 당황했다.

그러고는 언니(가까이 살았다)에게 의논을 하고 오겠다고 제의 했다. 나도 그 정도의 절차는 거쳐야 한다고 생각했다. 그래서 나는 영자의 언니는 영자 집에서 10분거리에 있었기 때문에 왕복 한 시간이면 족하다고 생각했다. 그리고 덧붙였다. "1시간이 지나도 오지 않으면 나를 받아들이지 않는다고 생각하고 내가 오든 오지 않든 나는 가겠노라"고 말했다.

나는 낯선 단간 셋방에 앉아 백열등 전구 밑에 멀건히 앉아 그 동안의 영자와의 만남을 회상했다. 영자와 결혼하는 게 잘하는 짓일지. 그때 문득 나는 영자의 손도 잡아보지 못했다는 생각이 났다. 그러다 나는 깜박 잠이 들었다. 화들짝 놀라서 깨었다. 벽에 기댄 채 자고 있었고 영자는 돌아오지 않았다. 손목시계를 보니 1시간이 아니라 두 시간이 지나 있었다. 새삼 화가 치밀었다. 내말을 뭘로 알았나. 나는 결심을 굳히고 일어나 나왔다. 가까운 버스 정류장으로 가서 버스를 기다렸다.

내가 나가고 난 뒤에 영자가 방에 들렸 던가 보다. 내가 가버린 것을 알고 버스 정류장까지 급히 찾아 나왔다. 나를 발견하고 반기며 나를 잡아끌며 돌아가자고 말했다. 나는 결연히 "내 말을 우습게 안 너와는 이별이다." 라는 말을 뱉고 버스에 올랐다. 그게 그녀와의 영원한 이별이었다. 그때까지도 나는 분에 치받쳐서 슬픈 것도 장래에 닥쳐올 회한도 생각할 여지가 없었다. 그 후 부모님에게서 연락이 오고 영천으로 선을 보러가고 한 달 후에 결혼하는 숨가쁜 일들이 진행되면서 영가는 잇었다.

서양 격언에 이런 말이 있다. "성급한 결정은 오랜 회환을 낳는다. (Quick decision long remorse!)" 나는 영자와의 짧은 이별이 내 마음에 깊은 상처를 남기리라는 생각을 해볼 겨를이 없었다. 그저 내말을 가볍게 아는 사람을 아내로 맞을 수는 없다는 생각뿐이었다. 상대방에 대한 배려라고는 눈꼽만큼도 없었다. 내 마음은 너무 굳어져서 상대의 말을 들으려고도 하지 않고 들을 필요도 없다고 생각했다.

세월이 흘러 가끔 헤어지던 순간을 떠올린다. 그리고 그렇게 쉽게 헤어진 원인들을 찾아본다. 아마도 그렇게 쉽게 결정하고 쉽게 헤어진 것은 영자와는 신체적 접촉이 없었기 때문이 아닌가 한다. 나는 영자와 키스는 물론이고 손도 한번 잡지 않았던 것이다. 나는 그때 결벽증 비슷한 것이 있었기 때문이 아닌가 한다. 그당시 영문학도인 내가 부르짓는 사랑은 젊은이들 사이에 유행하던 플라톤식 사랑(platonic love)이라는 것이다. 일체의 육체와의 혼합을 허용치 않는 순수한 정신만의 사랑을 그때 젊은 이들은 열창하고 있었다. 괴테의 「젊은 베르테르의 사랑」, 지드의 「좁은 문」 등이 읽히던 시절이니 쉽게 이 소설 들이 전해주는 메시지에 혹했을 수도 있다.

아무튼 육체가 배제된 사랑이 육체와 혼연일체가 되어야 하는 결혼으로 발전하지 못한 사랑이었다고나 할까? 이제 와서 영자가 버스 정류장에서 모든 자존심을 내려놓고 돌아가자 했을 때의 그녀의 마음을, 되짚어 생각해보면 가슴이 아린다.

나에게 긴 후회를 남긴 것을 보면 모든 원인을 나에게로 돌리는

자책 예라 할 수 있다. 그 후 그녀의 삶이 어떻게 전개 되었는지
모른다. 아직도 살아있는지 조차 모른다. 다만 나보다 좋은 사람
만나서 한 세상 행복하게 살았기를 기도한다.

2부

양지곶에서 고개를 쳐들고

公(공)꺼냐? 空(공)꺼냐?

—

흔히 하는 말로 공(公)꺼는 먼저 보는 놈이 임자다. 공(公)꺼는 주인이 없으니 먼저 가지면 임자(자기 것)가 될 수 있다고 한다.

사실 "공(公)의 것"은 주민 모두가 주인이라는(public)의미다. 이 퍼블릭이란 의미를 제대로 이해하지 못하고 주인의 자리가 빈(空)것 으로 해석하면서 공꺼는 주인이 없는 것으로 알고 먼저 손에 넣는 사람이 주인의 자리를 차지할 수 있다고 여기게 된다. 공(公)은 주인 이 없는 것이 아니고 모두가 주인이라는 의미다. 이렇게 공(公)의 것이 공짜(free)의 의미로 곡해 되게 하는 것이다.

이런 사고방식의 원인을 고려 말의 어지러웠던 사회 현상에서 찾는 사람도 있다. 오죽하면 고려공사 삼일이라는 말이 전해올까. 고려 조정에서 발표한 일(고려공사)은 사흘 밖에 지속되지 못했다는 의미다. 이렇게 영(令)이 서지 않으니 국가가 신용을 잃게 되어 망할 수밖에 없었다.

이 비슷한 시기에 서양에서는 시민이란 말이 등장한다. 이전에 도시는 있었지만 그 도시에 사는 사람은 주(住)민이었지 현대적 개념의 시민은 아니었다. 그 때는 시민권(거주권)이 일종의 특권처럼 느껴서 우월감을 가지는 것이 시민 정신인 것처럼 생각했다.

시민정신은 주민정신에 주인정신이 합쳐질 때 시민 정신이 된다. 그러므로 시민정신은 민주주의 정신과 동일시 될 정도로 민주주의 성장과 함께 성숙되어진다. 그러므로 시민정신은 민주주의와는 불가결 관계다. 시민정신이 발전할수록 민주주의가 성숙하고 시민정신의 쇠퇴는 민주주의 쇠퇴를 가져온다. 앞서 말했듯이 시민정신은 자신이 공(公)의 주인이라는 생각에서 출발한다. 모든 사람이 주인이기 때문에 평등하며 동등한 권리를 가지고 있다. 모두가 주인이기 때문에 동등하며 주인이기 때문에 자주적이다.

우리 조상들이 공(公)의 것을 공짜로 여긴 데서 시민으로 격상되는 길을 가지 못하고 신민(subject)이 되는 길을 택하여 사회적 발전을 놓쳐버렸다. 바로 주인이 되지 못하고 왕(주인)의 노예 즉, 신민이 되었다. 그래서 공것은 공짜로 알아서 임금(주인)이 하사해주는 것을 받아먹는 공짜 좋아하는 백성(노예)이 되어 버린 것이다. 그리하여 이렇게 세월이 가자 공짜는 양잿물도 좋아하게 되었다. 이런 공짜 좋아하는 버릇은 현금을 지불하지 않는 모든 것을 공짜로 좋아해 버린다. 그래서 당장 돈을 내지 않으니 외상이면 소도 잡아먹자고 한다. 당장 내 돈이 들지 않는 원조 물자는 공(free)것으로 여겨서

원조에 기대는 기생충 백성이 되어갔다.

이런 공짜를 좋아하는 우리 국민 근성 탓에 재난지원금, 방역 지원금 하는 허울 좋은 이름의 돈을 받아먹고 선거를 망쳐 우리의 미래를 어둡게 해왔다. 오늘의 지원금이 우리 후손을 담보로 지급되는지는 알 리가 없다. 따지고 보면 공(公)개념이라는 확고한 신념이 없는 우리 국민이 민주주의란 낯선 개념에 쉽게 동의할 리가 없다. 공(公)것이 공짜로 보이는 한은 공(公)이 공(public)으로 보일 리가 없다. 이런 사회에서는 떼먹는다는 말이 유행하게 되고 떼먹는 것을 공짜로 알게 되어 양심의 가책을 느끼지 않게 되어 양심불감증이 심화된다.

공(公)의 것을 떼먹는 것은 잘못이 아니라 생각한다. 공(公)의 것은 네 것도 아니고 내 것도 아니라면 내 것으로 해 버리는 것이 무엇이 잘못인가 하는 논리이다. 네 것도 아니고 내 것도 아니고 우리 것이니 더 소중하게 여겨야 한다는 수준으로 발전하지 못하는 아쉬움에도 아쉬워 할 리 없다.

공(公)것이 주인 없는 공짜가 아니라 우리의 것으로 알게 되면 시민정신이 싹트게 되고 민주주의는 자연히 발전하게 되리라. 그리고 보면 민주주의란 발전이 어려운 것이 아니다. 조그마한 생각을 고쳐먹고서 公이空이 아니라 "모두의" "우리의"의미로 이해하게 되면 민주주의는 일사천리 발전하고 굳건해지리라.

망부석

—

연전에 치술령에 올랐더니, 망부석은 오간 데가 없고, 매서운 겨울 바람만 내 가슴을 찔렀다. 억새풀이 흰머리 흔들며 천 년 전 어느 여인네의 한을 바람에 실어 보내고 있었다.

* * *

중학교 때 박채영이라는 주근깨 많고 나지막한 학생이 우리 반에 있었다. 우리의 눈에 띄는 것이라고 하나도 없는 학생이었다. 그저 깔끔한 옷을 입고(교복이었으니 이 정도 밖에 말할 수 없다), 도시락 반찬이 남다르게 다양한 정도가 눈에 띄는 전부였다. 그저 말 없고, 나서는 법 없고, 공부도 고만고만하고, 적극적으로 사람을 끌려고도, 하지 않는 조용한 학생이었다.

그런데 언젠가 우리의 호기심을 자극할 만한 이야기가 우리 반에 유포되었다. 이야기인 즉 슨 채영이는 아버지가 버스 회사를 경영하는 언양의 최고 부자라는 것이었다. 이 이야기가 우리의 호기심을 자극한 데는 부잣집 딸이 주는 영상과 채영이가 잘 맞지 않는 점이었다. 아버지가 최고 부자라는 것은 채영의 옷이 깔끔하고, 반찬이 다양하다는 것을 설명해 줄지 모르지만, 박채영의 다른 특징들을 설명해 주지 못했다. 그래서 그런지 우리의 호기심은 수그러들 줄 몰랐다.

부잣집 딸이라는 이야기가 빛바랜 유행가 가 될 때쯤, 내 짝지가 나에게 속삭여 준 말은 그때 내 나이로서는 감당하기 어려운 이야기였다: "박채영의 아버지는 최씨래." 박가와 최가. 아버지가 최씨에 박가 딸이 있다니. 도무지 알다가도 모를 일이었다. 그 정보는 말 없는 박채영, 나서지 않는 박채영을 이해할 수 있을 듯 했지만, 그렇다고 우리의 호기심을 모두 만족시킨 것은 아니었다.

세월이 흘러 80년대가 왔다. 이제 우리도 나이 들어, 40대 중반을 넘어서니, 세상을 좀 더 알게 된 나이가 되었다. 중학교 시절 같은 반 참새들이 뿔뿔이 흩어져, 이런저런 남자의 아내가 되어, 이런저런 아들 딸 키우느라 정신이 없었던 시절이었다. 그런데 우리의 박채영은 그 많은 세월 동안 동창생들의 입방아에 그리 큰 안주거리를 제공해주는 법이 없었다. 그저 가끔 우리 중에 누군가가 "채영 시집 갔니?"라고, 불쑥 한마디 던지면, "아냐, 아직 그런 말 없었어"라는 대답이 돌아오면, 그것으로 박채영이 이름의 역할은 끝난 듯 다시 등장하기 않았다.

이렇게 그저 세월의 뒤안길에서 저만치 비켜서 있던 박채영이 어느 날 우리 이야기의 주인공으로 등장하는 사건이 일어났다: 박채영의 진짜 아버지가 왔다. 그것도 사할린에서 왔단다. 그 후에 일어난 일들이 붙박이 언양 동창들의 일일 보고 통에, 채영의 아버지 동향이 서울 동창들 모두에게 알려지게 되었다. 좁은 언양바닥에서 여기저기서 들은 조각 정보들이 모여서 한 편의 박채영 드라마가 엮어지게 되었다.

*   *   *

박채영의 진짜 아버지(생부) 박씨는 박채영의 어머니와 결혼했다. 머슴을 살던 박씨와 땅 한 떼기 없는 소작농의 딸이 어울린 것은 나무랄 일이 아니다. 결혼 후 석 달이 지나, 신혼의 단 꿈이 채 깨기도 전에, 그때 마침 불어 닥친 사할린 열풍이 무모한 청년의 마음을 뒤흔들어 놓은 것은 어쩌면 당연했을지도 모른다. 제국주의자들의 달콤한 약속에 눈이 먼 박씨는 돈 벌어 오겠다는 철석같은 약속을 남긴 채, 앞뒤를 분간 못하는 나이 어린 아내와 이별을 해야 했다. 이 이별이 영이별이 될 줄이야 누군들 알았으랴. 제국주의자들의 병정놀이 탓에, 사할린 동토로 휩싸여간 그 철없던 사내는 오도 가도 못하는 무국적 신세가 되어 동토 사할린에 발이 묶여 버렸던 것이다.

박씨는 한시도 아내를 잊은 적이 없었고, 신혼의 단꿈에서 깨어난 적도 없었다. 그는 이를 악물고 돈을 벌려고 했지만, 사할린이 일본령에서 소련령으로 바뀌는 통에, 일본 돈이 휴지가 되고 대한민국

국적 때문에 일본 국적이나 소련 국적도 얻을 수 없어서 무국적부랑자 같은 신세가 되어, 가진 것도 없는 무일푼 같은 무자 돌림에 처해지는 신세가 되었다. 더구나 공산당 치하에서 확성기에서 울려 퍼지는 요란한 구호로 먹고 살다보니, 돈이 벌릴 리가 없었다. 뿐만 아니라 박씨가 떠난 일제치하의 조선은 대한민국으로 독립되자 박씨는 무국적자가 되었다. 잇따라 6.25사변을 치루면서 소련과 적대국이 되어버리게 되어 어느 나라 국민도 되지 못해 호소할 데도 없어졌다. 엎어져 있는 사내가 군화 발에 다시 채인 격이었다.

그는 살아서 그리던 아내의 품으로 돌아갈 수 있으리라고 상상도 못한 채, 40여년 세월이 흘러가는 것을 멀건이 지켜볼 수밖에 없었다. 그런데 이 고집스런 사내는 이 많은 세월 동안 아내를 한시도 잊은 적이 없었다. 밤마다 그는 아내의 품속으로 달려갔다. 그리고 사할린의 달은 왜 그리도 밝은 지. 달 밝은 밤이면 아직도 수절을 하고 있을 아내가 그리워 몸부림쳤다. 공방을 지킬 아내 생각에 애꿎은 밝은 달만 원망할 따름이었다. 훤칠한 미남이었던 박씨에게 유혹도 권유도 많았지만, 부모가 맺어준 아내에게 신의를 지킨다는 일념으로, 독신의 외로움을 견뎌내었다.

우리에게도 좋은 세월이 와서 해외 동포들에게도 관심을 가지게 되고 철의 장막에도 구멍이 뚫리게 되었다. 그리고 그즈음 검은 안경 낀 사람이나 대머리가 이북과의 체제 경쟁에 우리가 이기고 있노라고 과시하고 싶었다. 이 욕심이 우리 국민에게 체제 우수성을 과시할 목적과 맞물리면서, 나온 정책 중의 하나가 사할린 동포의 모국 방문을 허용하는 것이었다. 욕심 많은 대머리는 공산치하에 있는 이들에게 우리의 발전상을 보일 뿐만 아니라, 국민들에게도 자신의 관대함을 보여서, 자신의 독재자 이미지를 벗고자 했다.

박씨 자신과는 별로 관계가 없는 먼 곳에서 일어난 일들로 우리 채영의 아버지 박씨도 귀국 비행기를 탈 수 있었다. 65세 이상의 고령자로써 고국에 연고자가 있는 자들이 선발되었다. 이 선발 기준에 맞아서 조씨에게 귀국 허가가 내려졌다. 이 소식을 들은 박씨는 40년 만의 아내 상봉을 고대했다. 그는 그리운 아내에게 줄 마땅한 선물을 찾아야겠다고 생각했다. 그러나 동토의 땅 사할린에는 40여 년 공방을 보상할 수 있을 정도의 귀중품도 없었고, 설사 있다 해도, 박씨에게는 살 수 있는 돈도 없었다.

고심 끝에 그가 생각해 낸 것은 고사리였다. 그는 이른 봄(사할린의 봄은 늦게 오긴 하지만) 여러 날 걸려 산 속을 헤집어 첫 물 고사리를 꺾어 말렸다. 그리고 채곡채곡 묶어 한 짐을 만들었다. 그리고 그는 이 말린 고사리를 큰 보석이나 되는 양 한 짐지고 귀국 비행기에 올랐다. 그는 정성을 다해 꺾은 고사리 한 짐이 40여년 인고의 세월을 보상해 주리라 믿었다.

박씨가 언양 땅에 도착해서 아내와 함께 살던 집을 찾아갔으나 허사였다. 겨우 찾아낸 동네는 낯설기 그지없고, 길거리에 마주친 사람 어느 한 사람 알아볼 수도 알아채는 사람도 없었다. 박씨의 귀국 첫날밤도 여관방에서 보내는 수밖에 없었다. 그에게는 고향에 돌아와도 한 몸을 눕힐 방 한 칸조차 없었던 것이다.

여관에 앉아 며칠을 수소문한 끝에 드디어 박씨는 몽매에 그리던 아내의 행방을 알게 되었다. 그는 아내가 최씨와 재혼하여 언양 읍내에 살고 있고, 최씨는 해방 전 자동차 조수로 따라다니던 경험을 살려, 해방 후 운수업에 뛰어들어 대성공을 거둔 사업가가 되어 있었다. 그러나 지금은 가산이 기울어 옛 같지는 않으나, 밥먹고 사는데 걱정은 없다는 말을 얻어 들었다.

박씨는 중간에 사람을 넣어 아내에게 말을 전했다: 절대로 재혼한 당신을 탓하지 않겠노라, 한번 만나주시기만 해주시길. 돌아온 대답은 오랫동안 자신을 생각해준 점은 고맙지만, 현재 남편의 마음을 생각하여, 갈 수 없노라였다. 몇 번의 말이 오고 가면서, 드디어 박채영도 낌새를 알아차리고, 박채영까지 나서서 어머니에게 한번 만나보시도록 간청했으나 허사였다. 드디어 박채영이 자기가 몸소 나설 수밖에 없는 것으로 단정하고, 여인숙(그 때는 최씨는 어느 여인숙으로 옮겨 앉아 있었다)으로 자칭 생부라는 분을 찾아갔다 한다.

박씨는 이미 여인숙 주인을 청하여 자기 사연을 말하고 아내를 수소문해 주도록 부탁한 바 있어서, 여인숙주인은 그 간의 사정을 알고 있었다. 마침 여인숙 주인 정씨는 언양 토박이어서, 박씨가 일러주는 40년 전의 토막이야기로 대강을 짐작할 수 있었다. 더구나 박씨가 머슴을 살던 곽씨 집안도 그 당시 언양에서 재력가였기에, 이야기 내용에 신빙성이 있었다. 여관 주인 정씨가 최씨 집안에 한 번 걸음을 하자 박채영 어머니 내력을 알게 되고, 두세 번 이웃집 나들이를 하고 난 후, 여인숙에 묵고 있는 사할린 귀국농포가 박채영

생부라는 것까지 알게 되었다.

여인숙 주인 정씨는 박채영 생부의 부탁으로 다시 한 번 박채영 어머니에게 박씨가 왔음을 알리고, 박채영 아버지가 만나고 싶어 한다는 말을 전했다. 박채영 어머니는 그의 간곡한 부탁도 일언지하에 거절했다. 그녀의 대답은 전과 같았다: 자기가 이미 훼절하여 다른 남자의 부인이 되었으므로, 현재 남편의 뜻을 거스르게 하면서까지 전 남편, 채영 아버지를 만날 수 없다고 말했다. 그녀는 덧붙여, 자기 딸 채영이가 자기 아버지를 만나러 가는 것 까진 말리지 않겠노라고 했다는 말을 덧붙인게 전부였다.

그간의 채영 어머니의 살아온 내력을 잠시 언급해 둘 필요가 있다. 앞서 말했듯이 채영 어머니가 이웃집에 자동차 조수로 따라다니던 총각의 끈질긴 구애에 마지못해 개가를 했다. 채영 어머니는 유복자 딸을 업고 품팔이조차 할 수 없어, 친정에 군식구만 불려주고 있던 처지였다. 부모님의 설득에 마지못해 부모에게 두 입 덜어주기 위해서, 그 자동차 조수와 작수성례(물 한그릇 떠 놓고 결혼식을 올리는 것을 의미)를 치루었다. 그 자동차 조수는 해방 후 자동차 조수 노릇 하던 경험을 살려 운수업에 손을 대어 언양에서 부명을 듣고 있는 성공한 사업가가 되었다.

채영의 어머니는 딸에게 생부 이야기를 하고 생부를 만나러가도 좋다고 말했다. 박채영도 어머니에게 함께 가자고 졸랐다고 한다. 그러나 박채영의 어머니는 전처럼 일언지하에 거절했다. 뿐만 아니라 지금의 남편에 대한 마음 때문에도 만날 수 없다고 했다. 어머니 마음을 움직일 수 없었던 박채영은 혼자서 여인숙으로 아버지를 찾아갔다고 한다.

전하는 바에 의하면 채영은 큰 절을 올리고 "아버지, 저 왔습니다. 제가 아버지 딸입니다."라고 했단다. 박씨는 "니가 내 딸이라고 한다만, 내가 어떻게 니가 내 딸인 줄 아니? 어머니를 모시고 오너라. 어머니가 니가 내 자식이라고 해야 내가 인정할 수 있는 것 아니니." 순자는 아버지 말에 눈물을 훌쩍이면서 돌아설 수밖에 없었다고 한다. 그 후로도 연이어 채영은 몇 번이나 어머니와 아버지 사이를 오가며 두 분을 만나게 하려고 애썼으나 허사였단다. 두 분은 처음 한 말에서 조금도 물러서지 않았다. 드디어 박씨가 사할린으로 돌아가야 할 날이 다가왔다.

박씨는 순자에게, "어머니가 여관까지 오실 수 없다면, 언양 남천내로 나오시라 전해라. 내가 남친내 건너 먼발치에서 한번이라도 보게 해달라고 전해라. 그리고 그때 너를 데리고 나와서, 니가 내 딸이라고 손짓으로라도 해달라고 해라"했다고 한다. 이러한 전갈을 보냈으나 돌아온 대답은 거절이었다.

거절에도 불구하고 혹시나 하는 마음에 박씨는 언양을 떠나야 하는 전 날 남천내로 나가서 종일 서서 기다렸다고 한다. 그러나 건너편에는 사람 그림자조차 보이지 않았다 한다. 해가 질 무렵 그는 사할린에서 가져온 고사리를 한톨 한톨 냇물에 떠내려 보내면서 한없이 울며 날이 어두워질 때까지 남천 내 건너편을 뚫어지게 보고 있었다고 전해진다. 마치 망부석이 된 양. 그리고 그는 어둠 속으로 사라져 동토의 땅 사할린으로 돌아갔단다. 처음 고향을 떠날 때는 돈 벌어 와서 논밭전지 사서, 오순도순 아내와 살려는 청운 꿈을 품었으나, 두 번째 고향을 떠날 때는 회한과 연민만 가슴 터지게 안고, 갈 수밖에 없었으리라.

*　*　*

일설에 의하면 이 사건이 있고난 후 치술령의 망부석이 사라졌다고 보도되었으나, 수소문 끝에 사실이 아님이 밝혀졌다고 한다. 망부석은 재야의 여성해방주의자들의 등쌀에 못 이긴 산신령님이 夫자를 婦자로 바꾸기 위해서, 경주 석물공장에 보내어졌다고 한다. 미쳐수리가 끝나지 않아 먼지를 덮어쓰고 석물공장에 누워 있다고 알려졌다.

안녕리

—

안녕리는 수원 남동쪽 20리 쯤 떨어진 곳에 있다. 안녕리는 이름이 특이하여 호기심을 자극하는 것 외에, 특이한 것이라고는 없는 평범한 동네다. 그래서 안녕리 단골 식당 주인 할아버지에게 들어서 내력을 알기 전까지만 해도, 그 이름(안녕리)이 용주사가 있는 동네이니 마음의 평화를 얻을 수 있는 데서 나왔는가 했다. 아니면 유독 마을이 험한 역사의 상처가 이름 속에 남아(밤새 안녕에서 빌어 와서) 있어서인가, 그도 아니면 이 마을 사람들이 인사를 잘하는 탓에 얻은 별호가 이름으로 정착 되었는가 했다. 그도 저도 아니었다. 아래는 할아버지의 이야기를 들어보고 정리한 것이다.

* * *

안녕리는 수원에 있는 융건릉과 용주사의 사이에 있다. 안녕리는 이런 위치 때문에 융건릉 잠봉과 아전늘 그리고 봉수사에서 일 거느는 사람들이 정착해 살았던 동네라고 한다(능이 조성되기 전에 살던 사람들은 모두 지금의 수원으로 강제이주 당했다고 한다).

융릉은 사도세자를 모신 능이다. 사도세자의 비극적 삶은 우리가 사극이나 야사를 통해서 익히 알려져 있는 그대로다. 그의 아들, 정조대왕이 등극하자, 필생의 원은 아버지의 신원과 아버지를 왕으로 추서하는 것이었다고 전해진다. 왕은 수년 동안의 정지 작업 끝에 두 가지 소원이 이루어져서, 지금의 장소로 묘를 이장하고, 사도세자에게 왕호를 바치고, 묘를 능(융능)으로 승격시키고 자신의 사후 능(건능)도 아버지 능 옆에 조성해서 세워 한을 풀었다한다.

아마도 정조대왕은 당신이 한 일이 효(孝)의 극치임을 알리고 싶어 했을 것이다. 그래서 여러 가지 조치를 취하게 했다. 그 중 하나가 관리들이 솔선하여 융능에 참배토록 하는 것이었다. 관리들은 금상의 낯을 받들어 능을 참배하게 되고, 백성들도 관리들의 솔선을 따르지 않을 수 없었을 것이다. 이러한 반응이 지방 수령들에게까지 알려져서, 삼남 지방 수령들은 오가는 길에 으레 융능을 참배하는 것이 관례가 될 수밖에 없었다 한다.

지방 관리들이 융능을 참배하자면, 능참봉의 안내를 받아야하고 아마도 주과포 배설에 도움도 받아야 했을 것이다. 그러면 능참봉은 모년 모월 모일에 누가 능을 참배했다는 것을 기록으로 남길 것이다. 아마도 지방 관리들은 이 기록이 보고가 된다고 생각했을 것이다. 당연히 이 보고서에 이름이 누락된다면 출세에 지장이 있다고 생각했을 것이다. 그러니 보고서에 이름의 등재여부는 관리의 출세와 직접적인 관련이 있는 것으로 생각되었다. 그 여부를 결정하는 능참봉의 붓놀림은 중요해 질 수밖에 없었다. 이 중요성을 알아차린 지방 수령들은 능참봉에게 뇌물을 주어 담보를 확실히 하려고 했다.

참배 수령들이 눈치껏 능참봉에게도 뇌물을 챙겨왔으면 문제는 없었을 것이다. 그러나 생각이 짧아서, 아니면 능참봉을 우습게 알아서, 준비를 해 오지 않았거나, 어수룩하게 준비해 온 지방 수령들은 능참봉과 그 아전들에게 곤욕을 치렀다고 한다. 능참봉의 수하 아전들에게 가지고 온 방물 짐들을 빼앗기거나, 빼앗기지 않으려면, 어음을 써 주어야 곤욕을 면하고, 이름이 등재될 수도 있었다고 한다. 이런 곤욕을 치르고 나서야 참봉 관사를 물러나올 수 있었다. 그들은 수모를 당하고도, 뒤탈이 무서워, 억지로라도 웃으며, "안녕히 계십시오"하고, 인사를 드리지 않을 수 없었을 것이다. 이 울며 겨자먹기식 인사에서 안녕리가 유래되었다고 한다.

＊　＊　＊

할아버지는 이러한 얘기가 사실이라면 전국에 안녕리가 하나뿐인 것이 이상하다. 죽은 왕을 모신 능참봉에게 이러해야 했다면, 벼슬을 뗐다 붙였다 할 수 있는 세도가들이 살던 동네가 안녕리가 되는 것이 마땅하다. 그러면 서울의 곳곳에 세도가들이 포진해 살았을 테니, 서울 동네 이름들은 안녕골, 안녕동, 안녕리가 되어야 할 것이다. 그 뿐인가 전 대통령들의 청문회에서 드러난 뇌물수수가 사실이라면 청와대도 안녕대로 고쳐 불러야 하리라. 이렇게 보면 현 대통령의 사서가 있는 동네는 높어서 큰(어른) 안녕틔로 불러야 마땅하다.

따지고 보면 세도가들만을 나무랄 일이 아니다. 앞뒤를 잘 분간 못하는 국민들 중 일부가 어떤 소수의 사람들이 권력자를 찾아가서, 방명록에 이름 석 자를 올리고 촌지를 놓고 왔더니, 효과가 있었다는 소문 때문에, 이러한 오해가 생겼을 것이리라. 요즘이야 주과포가 거추장스러워 가벼운 수표로 대체되어 한결 번거로움이 가셨을 것이다. 그래도 인사야 다른 말로 바꿀 수 없어 "안녕히 계십시오" 할 수밖에 없을 테니 안녕리라 이름해야 할 것이다.

* * *

할아버지는 안녕리에 전해져 내려오는 또 하나의 얘기를 곁들여 주셨다. 이 얘기는 수원 형리와, 정조대왕이 아버지의 명복을 빌려고, 융건릉 인근에 세워서 지금까지 건재하고 있는 원찰 용주사의 젊은 중 얘기다. 정조대왕 당시는 용주사 중들의 행패가 심했다고 한다. 그 중에도 염라대왕 같이 생긴 험상 궂은 중이 특히 사람들의 원성을 샀다고 한다. 수원에 부임한 어느 성깔 있는 원님이 그 놈이 행패를 부리는 것을 보다 못해 체포해오게 했다고 한다. 그러자 절에서는 비밀리에 혜경궁(정조대왕의 모친)에 연통을 넣고, 혜경궁에서는 언문밀지를 원님에게 보내었다고 한다.

원님은 이런 사태를 예견하고 비밀리에 형리들을 모아 놓고 매 한 대에 물고를(죽일) 낼 사람을 물색했다고 한다. 그때 뽑힌 형리가 이야기의 주인공이다. 형리가 정해지고 형틀이 갖추어졌다. 체포되어 끌려온 염라대왕이 곤장 틀에 매어졌다. 그래도 그 염라대왕은 원님의 호령이 떨어져도 설마 했다. 형리가 곤장을 들고 제자리를 잡았지만, 그 중은 여전히 그냥 해보는 짓이려니 했다. 그런데 웬일인지 형리는 기합소리를 벽력같이 질렀으나, 매는 내리치지 않았다 한다. 이런 일이 두어 번 되풀이 되자 형틀에 누워있던 중은 용주사의 위력이 효과가 있구나하고 마음을 놓았을 것이다. 이렇게 마음을 놓는 순간, 항문의 힘이 풀렸다고 한다. 이 순간을 노려서 형리는 매를 내리쳤고, 항문으로 기가 치달아서 중이 즉사했다고 한다.

그 후에 궁에서 조사를 나왔지만 매 한 대에 즉사했다는 사실이 알려지면서, 더 꼬투리를 잡을 수 없었다고 한다. 그리고 이 원님이 그 고을에 재직하는 동안은 다시는 용주사 중들이 원님이 두려워 인근 백성들에게 행패를 부리는 일이 없어졌다고 전해진다. 한 사람 관리가 눈을 부릅뜨고 있으면, 만 사람이 "안녕"을 누리고 살 수 있었다고 하겠다. 그래서 그 후로는 백성이 안심하고 살수 있어서 진짜 안녕리가 되지 않았나 싶다.

*　*　*

토인비 선생이 "역사는 되풀이 된다"고 하셨더라도, 설마 안녕리가 도처에 생길 정도로 역사가 되풀이 되지는 않겠지. 그래도 우리네의 인사가 "안녕"이고 보면, 어떤 의미로는 안녕리가 없어지지는 않을 것이다.

안녕리를 없애는 또 하나의 방식은 우리 인사말을 바꾸어 중국식으로 짜이지엔(再见)하든지 독일식으로 아웁비더제헨(auf wieder sehen)으로 해보면 어떨까? 둘 다 다시 보자는 의미다. 다시보자는 말은 어릴 적 나이 많고 힘센 패왕에게 약하고 어린 녀석이 내 뱉는 말 "나중에 (두고) 보자!"라는 말을 연상시킨다. 이 말은 대단한 협박의 의미를 지니고 있는 말이었다. 내가 나이 들어 힘이 세지고, 너는 늙고 병들면 그때 한 번 붙어보자는 의미다. 얼마나 철저하게 원수를 갚겠다는 의미인가. 이 인사말을 듣고도 뇌물을 바라는 사람 있을까? 뇌물 바치기가 없어지면 "안녕리"도 없어지겠지.

마라톤

나는 뛰는데 자신이 있었다. 어릴쩍 소 먹이러 산등성이 공터에서 진도리를 할라치면 나보다 더 잘 뛰는 녀석은 없었다. 진도리에 필요한 기술은 뛰는 것 외에도 잽싸게 잘 피해야 했다. 진도리 규칙은 간단했다. 상대진영에서 나보다 늦게 출발한 녀석이 나를 잡을 힘을 갖고 있었다. 그래서 나보다 늦게 나온 녀석의 손에 닿는 즉시 내가 죽는 게임이었다. 상대방 진영의 적들이 다 죽으면 이기는 게임이었다.

내가 적의 진영에서 나보다 뒤에 나온 녀석을 피해서 우리 진영에 돌아와서 다시 나가게 되면 내가 강자가 되는 게임이었다. 그래서 우리진영이 이기려면 나를 잡으로 오는 녀석을 잽싸게 피해서 진으로 돌아가야 했다. 이 놀이에서 내 실력은 두드러졌다. 나는 뛰기에 자신이 있었고 재빨라서 귀신같이 피했다. 오죽하면 내 별명이 노루였겠는가?

산에서 흔히 보는 야생동물인 노루는 도망갈 줄 밖에 모르는 선한 동물이었다. 노루는 몰래 고개 숙여 풀을 뜯어먹다가 무슨 기척이 나면 머리를 쳐드는 것과 동시에 뛰어 달아난다. 그러니 우리 눈에는 뛰는 노루밖에 본적이 없었다. 한가하게 풀을 뜯는 노루를 본적이 없었다. 노루는 우리 눈에 항상 손살 같이 뛰어 사라지는 짐승이었다. 그래서 내가 노루와 닮았다고 노루새끼라고 불리었다.

초등학교 1학년부터는 점잖게 달리기라 했다. 그리고 달리는 경주도 했다. 몇 명 무리지어 시합을 하면 내가 일등하기 마련이었다. 게다가 나는 운동회 달리기 경주에서 공책 상까지 탈수 있었어 달리기에 대한 자부심은 대단했다. 그 뿐만 아니다. 우리 학교에서 일년에 춘추로 거행하던 마을 대항 릴레이에서 우리 동네 학년 선수로 참가해서 우리 마을을 우승으로 이끄는데 공헌을 보탰으니 어깨가 으쓱할 밖에 없다.

중학교에 입학해서 한 달쯤 지나자 교내 마라톤대회가 열린다는 담임 선생의 통보가 있었다. 그러고는 어느 초등학교 졸업생이 작년에 우승을 했느니 하는 말들이 전해졌다. 거기에 덧붙여서 언양 초등학교 졸업생은 3년 내내 우승한 적이 없다는 말까지 나왔다. 언양초등학교 졸업생은 코앞에 중학교가 있어서 다리 힘이 약해 마라톤은 못한다는 해설까지 덤으로 들을 수 있었다.

이때에 이르러 초등학교에 입학하자마자 전설처럼 들려오던 손기정, 남승룡 하는 이들이 올림픽 이라는 세계 대회에서 당당히 우승했다는 말을 들었겠다. 누구나 잘하면 세계 대회에도 나갈 수 있고 나가서 우승만하면 팔자가 핀다는 말이 여기저기서 들려오는 때였다. 더욱이 우리가 귀가하는 신작로 자갈길에서 마라톤에 대한 열정이 불을 지핀 것은 수업을 마치고 귀가하던 길에 거의 매일 마주치는 마라톤 연습을 하시던 분이 뛰던 모습을 지켜 본 탓도 있었다.

이 분은 이미 여러 번 인근 시도 대항전에서 우승한 경험이 있다고 들었다. 70년 쯤 전 일이라 그분의 이름조차 잊었지만 짧은 바지라기보다 빤쯔에 가까운 아랫도리를 걸치고 낯선 운동화를 신고 손살같이 우리를 앞질러 가는 모습은 아직도 눈에 선하다. 그분은 앞서 달려가서 반곡 초등학교 교정에서 쉬고 계셨다. 우리 중학생들은 그분 주위에 둘러 앉아 호기심을 달래보려고 이것저것 여쭈어 보던 생각이 난다. 그분은 우리의 질문에 이것저것 친절하게 대답하셨다. 그리고 그분은 하루에 매일 8km정도를 달리며 달리기 연습하기에는 호흡 조절이 무엇보다 중요하다고 하셨다. 덧붙여 달릴 때는 호흡을 일정한 간격으로 해야 하며 입을 벌리고 하지 말고 코로 해야 한다는 말씀까지 해주셨던 것 같다.

내가 전교 단축 마라톤에 참가할 때는 그분의 말씀을 마음에 새겼다. 그리고 나는 두서초등학교 명예를 높여야 한다는 자부심도 가졌다. 마라톤은 오전 10시에 시작 됐다. 1학년이 출발하고 2분후에 2학년, 다시 2분후에 3학년이 출발하는 식으로 진행되었다. 순위는 1,2,3 학년 따로 매기지 않고 통합하여 도착순으로 매겼다. 그리고 12등까지 상품과 상장을 수여하는 것으로 발표되었다.

총소리에 맞추어 반환점으로 뛰어가기 시작했다. 듣기에 반환점에 가면 선생님이 도로가운데 서 계시는데 선생님의 도장을 받고 돌아서 학교로 돌아오면 된다고 했다. 중학교 1학년 학생인 내게도 엉성해 보였지만 그때는 해방되고 채 10년 안 되는 시절이라 그냥 그러려니 했다. 나는 뛰면서 다른 생각 없이 그저 우리 선배이기도 했던 마라톤 지망생의 충고만 열심히 따르기로 했다. 반환점을 무사히 돌아서 달릴 때에는 신이 났다. 반화점으로 달려오는 아이들의 얼굴을 마주 하면서 쾌재를 부르고 뛰고 또 뛰었다.

아무 생각 없이 규칙적으로 앞뒤로 움직이는 내 다리에 온 마음을 실었다. 숨이 막히고 힘도 들었지만 초여름의 훈풍을 품은 바람내음이 그렇게도 좋았다. 학교 가까이 오자 내 앞에 달리고 있는 사람은 소수에 불과했다. 그 많던 학생들이 중도에 포기하고 촌놈인 나같은 어린석은 놈들만 뛰고 있었다. 그 때쯤은 내가 무엇을 위해서 뛰고 있는지 몰랐다. 그냥 무아지경에서 달리고 있었다. 내가 결승점에 닿았을 때는 순위을 매기는 선생님도 있었다. 그러나 공식적으로 반겨주는 사람은 없었다. 그저 출발점에 다다르니 내 앞에서 뛰어가던 녀석이 남아서 나보고 너는 24등이다 라는 말을 남의 말 하듯이 던지고 가버렸다. 이렇게 나의 최초(단축)마라톤은 24등으로 막을 내렸다.

나는 속으로 다짐했다. 내년 마라톤에서 꼭 12등 안에 들어서 공책이라도 한권 상품으로 타야겠다고 다짐했다. 등교할 때 이미 8km를 걸었다는 것도 잊은 채 내가 이룬 생애 처음 마라톤 기록에 만족하고 내년을 다짐했다.

그 내년이 닥쳤다. 중학교 2학년 이었고 키도 1㎝ 정도 더 커서 140㎝쯤 되었다. 마라톤 대회 날이 왔고 나는 한 번 더 출발점에 섰다. 총소리에 맞추어 출발했을 때는 작년과 다르게 내 앞에는 1학년 학생 100여명이 뛰고 있었다. 언양 시내를 벗어나자 내 앞에 뛰던 학생들은 어느 구멍으로 들어갔는지 숫자가 확 줄어 있었다. 어느 덧 반환점이 멀리 보일때는 선두 6명이 달리는 모습이 보이고 선두 그룹에서 떨어져 두 번째 구룹에는 10여명이 달리고 있었다. 이 두 번째 구룹에서 나도 앞서거니 뒤서거니 달리고 있었다. 우리는 거저 선두 그룹 뒤통수만 보고 달리고 있었다.

그런데 우리가 작년의 반환점이었을 것으로 추정되는 지점에 이르자 우리학교 선생님인 것 같이 보이는 분이 막 손을 흔들며 우리에게 큰소리로 외치고 있었다. 돌아가라는 말인 것 같았다. 그러자 그 선생님이 품 속에서 도장인가 무엇인가를 꺼내어 우리 팔뚝에 찍어주었다. 그때쯤에는 우리 선두그룹이 반환점에서 도장을 못 받아 돌아서지 못하고 곧장 뛰어 가버렸다는 사실이 알려졌다. 시간이 지나자 반환점으로 뛰어오는 학생들이 모여들었다. 이렇게 모인 몇몇이 웅성거리는 소리가 들렸다. 그것이 계기가 되어 마라톤대회 자체가 파장이 되고 말았다. 마라톤 대회는 완전히 파토가 되어 버렸다.

걸어서 돌아오면서 우리는 반환점을 향해 뛰어오는 학생에게 "돌아가라!"고 소리 질렀다. 우리말을 들은 뒤에 따라 달려오던 학생들도 투덜거리며 학교로 돌아가는 대열에 동참했다.

후에 사단의 전후사정을 들었다. 반환점에서 도장 찍어야 되는 선생님이 자전거를 타고 올라가 학생들이 오는 것을 기다리게 되어 있었는데 선생님이 늦봄 따뜻한 날씨에 땀을 뻘뻘 흘리면서 10리 길을 자전거로 달려가셨으니 목이 말랐을 게다. 선생님이 술을 좋아한 것이 첫째 탈이고 참지 못한 것이 둘째 탈이었다. 그런데 왜 하필 그때 향산 초등학교 앞 대로변에 주막간판이 눈에 띌게 뭐란 말인가?

선생님 짐작에 어린 학생들 콤파스(다리)가 짧아서 반환점까지 올려면 한 나절은 더 있어야 올 것으로 짐작하셨을 게다. 교장 교감의 눈도 없겠다. 그래서 주막에 들려 한잔 걸치고 나오기로 작정하셨던 게다. 그런데 그날이 언양 장날이라 안주가 좋아 돼지 수육이 나왔던 것이다. 선생님은 술이 좋아 술을 먹지 안주 좋아 술 먹는 것이 아니란 평소 지론이었지만 그날은 안주가 반가워 한 잔 더 걸치게 되어 시간이 지체되었다. 퍼떡(얼른) 생각이 나서 뛰어 나왔을 때는 이미 사단이 난 뒤였다.

이 사건의 뒷말 또한 무성했다. 사건을 저지른 선생님 그 당시 영어를 담당하신 강사 신분이었는데 학교를 그만두게 되었다고 한다. 그 뿐만 아니라 다행인 것은 우리 선두 그룹이었던 6명에게는 학교가 특별상을 주었지만 순위는 무시되었단다. 선두 그룹에는 우리마을의 동창도 한명 끼어 있었는데, 그 녀석의 말이 선두그룹 6명끼리 경쟁해서 달리다 달리다 보니 20~30리는 더 가서 신작로가 끝나는 석남사까지 갔다고 한다. 내가 친구에게 이 바보야 작년 반환점이 어디였는지 몰랐냐 하고 따졌더니 서로 일등 하려고 멈추지 않는 통에 길이 끝나는 지점까지 갔다고 한다.

반환점에서 도장을 찍기를 담당했던 분의 변명이 우리의 공분을 샀지만 이해는 할만 했다. 그는 출출해서 술한잔 딱 한잔만 걸치고 나왔는데 애들이 그렇게 빨리 올 줄 누가 알았겠노라고 했더란다. 나도 나이 들어 술맛을 알게 되어서야 그 분의 변명에서 술꾼의 버릇을 읽을 수 있었다. 여하튼 그분 덕에 우리학교 단축 마라톤 경기는 영원히 막을 내리게 되었다.

부산 경남고등학교에 입학하자 한달도 채 안 되어 개교기념일 기념단축 마라톤대회가 내일 열릴 예정이니 공설운동장 야구장으로 집합하라는 명령이 하달되었다. 부산 같은 도시에 한가한 도로가 어디에 있기에 1,500명이나 되는 학생들을 뛰게 한단 말인가 싶었다. 이튿날 여하튼 운동장(야구장)에 1,500여명 학생들이 집합했다. 교복 상의를 벗고 간단한 체조를 했다.

그리고 중학교 때처럼 1학년부터 출발신호가 떨어졌다. 나는 중학교 때의 경험을 반면 교사로 깨달은 것이 있어서 뛰기 전부터 뛰지 않기로 아니 뛰는 척만 하기로 결심했다. 이 결심은 내 작은 체구로 키(142㎝) 등수에 들리는 없을 테니 상을 다툴 생각도 없었고 중학교에서 이미 속아 본 탓도 이 결정을 뒷받침 해주었다. 그래도 체육선생님의 눈치를 무시 못할 것 같아서 아예 눈속임을 하기로 작정했다.

마라톤 코스는 출발하자마자 오르막을 만나는 난 코스였다. 서대신동에 있는 공설운동장 정문을 나서서 왼쪽으로 꺽어져 얼마가지 않으면 대티고개로 올라가는 가파른 길을 만난다. 대티고개를 넘어서 어느 지점이 반환점이었다. 나는 대티고개를 천천히 걸어 올라가고 있었다. 그 때였다. 선배들에게 전해들어서 이미 알고 있던 무섭기로 소문난 코주부 선생님이 짧은 빤쯔를 입고 고갯길을 사뿐사뿐 뛰어오시며 학생들에게 소리를 지르고 계셨다. 할 수 없이 뛰는 시늉을 해서 선생님이 지나쳐 가게 했다. 그리고 고개 마루에 앉아 있으니 돌아오는 학생들이 무리지어 내려고오 있어서 나도 거기에 합류하여 출발점인 야구장으로 돌아 갔다. 출발할 때 반환점의 도장을 못 받으면 몽둥이로 얻어맞는다는 이야기는 허위로 밝혀져 유야무야 되어버렸다.

이 대회는 이듬해에 더 엉망이 되어 출발점에서부터 뛰지 않는 학생이 속출하자 코주부 선생부터 체육, 교련 선생님까지 총동원되어 학생들을 재촉했지만 영이서지 않았다. 이 마라톤 대회를 끝으로 나와 마라톤의 인연은 끝나게 되었다. 아마도 사회분위기가 왜정시대의 부국강병정책의 일환으로 군사문화가 교육에도 크게 영향을 미치던 것이 그 영향력이 줄어든 탓도 있었을 것이다.

* * *

세월이 흘러 영어로 조깅(zogging)이라는 단어가 우리생활에 들어왔지만 2000여년 전의 마라톤 이라는 말에 속은 내가 조깅에 감동할리가 있을리 없었다.

꼴불견

—

늙은 아내의 전송을 받으며 가방을 들고 아파트를 나선다. 엘리베이터 문이 열리자 앞집에 사는 아가씨 얼굴과 정면으로 마주친다. 몇 년째 현관을 마주하고 살면서 미운 정이 쌓여 아는 척 하지 않은 지 오래 되었다. 나는 그녀의 얼음장 같은 얼굴이 시야에 들어왔지만, 어떻게 대처해야 할지 당황스러워 하는 동안에, 그녀는 잽싸게 엘리베이터에 오른다. 나도 그녀와 마주서지 않으려고 돌아서서 엘리베이터 문을 향해 선다. 함께 비행을 한 수십초 동안은 무척이나 길었다.

그 아가씨는 엘리베이터 문이 열리자, 나를 밀치듯이 앞질러 쏜살같이 빠져 나간다. 그녀가 지나간 자리에 찬바람만 남는다. 순발력을 나이에 빼앗긴 내 다리는 잠깐 동안 도움닫기를 한 끝에, 엘리베이터 문이 닫치려고 할 때야, 겨우 빠져 나온다. 지하 주차장을 내려가는 길이 더디기만 하다.

차에 올라 시동을 건다. 차를 빼려고 나와서 방향을 틀려니 시커먼 차가 가로막고 있다. 그 차는 눈에 익은 앞집 아가씨 차였다. 나는 기다리는 수밖에 없었다. 조금 전에 마주친 앞집 아가씨가 차를 빼내려고 안간힘을 다하는 듯 소리만 요란하게 앞뒤로 왔다 갔다를 반복하고 있다.

우리 아파트는 대형 승용차가 일반화되기 전에 지은 90년대 아파트라서 주차장 통로 폭이 좁다. 이 탓에 대형 외제차가 후진하여 빼내려면, 숙련된 기사에게도 빠듯한데 하물며 초보 앞집 아가씨에게야 말할 나위도 없을 것이다. 그 아가씨는 전진 후진만 계속하여, 나왔던 자리로 되돌아가는 일을 계속 반복하고 있다. 나는 흥미 있게 지켜보면서 엘리베이터에서의 무례를 되새기고 고소해한다. 문득 내 자신을 돌아보면서, 이 꼴불견아, 남의 곤경을 도와주지는 못할지언정, 모른 척 할 수는 없냐고, 자신을 나무란다.

골목길을 빠져나간다. 골목은 겨우 2차선 도로다. 사람 왕래가 잦아 브레이크에 발을 올려놓고 서행을 한다. 갑자기 뒤에서 들려오는 크락션 소리에 깜짝 놀란다. 나를 놀라게 한 그 놈에게 욕지거리를 한다. 이놈아 여기는 속도를 낼 곳이 아니잖은가. 이 말이 채 끝나기 전에 뒤에서 가속하는 소리가 나더니, 뒤차가 반대차선을 이용하여 내 차를 앞질러 나간다. 순간 브레이크를 밟아 가까스로 충돌을 면한다. 그저 가슴을 쓸어내리며 충돌하고 난 뒤 벌어질 갖가지 상황들을 상상해보며, 그래도 오늘은 운이 좋은 편이라 다짐한다.

그 순간 갑자기 추월한 차가 앞에 정지해 있는 것이 눈에 들어와 차를 급정거시킨다. 그리고 무슨 일인가 앞을 내다본다. 내 차를 앞질러간 녀석이 시장 통 좁은 골목에서 길을 막고 짐을 내리는 봉고차에 대고 욕지거리를 하고 있다. 고급 승용차에 말쑥하게 차려입은 젊은이가 차창을 내리고 늙수그레한 봉고차 운전사에게 못 할 말, 안 할 말 가리지 않고 해대고 있다. 봉고차는 힐끔 눈길만 주고는 하던 일을 계속하고 있다. 나는 출근하는 것도 잊고 잠시 후 벌어질 사태를 기대하면서 기다리고 있었다.

내가 기다린 것은 사태가 악화되어 주먹다짐이 일어나기를 바라서였다. 그런데 젊은이가 차에서 내리기 싫었던지, 봉고차가 상대를 안해서인지, 최악의 사태로 발전하지는 않아, 침을 흘리며 기다리는 나를 애태웠다. 그러자 짐을 내려서 배달을 끝낸 봉고차는 작은 손수레를 화물차에 싣더니, 뒤도 돌아보지 않고 차를 몰고 골목 안으로 사라졌다. 그리고 그 젊은이도 사라지고 나도 출근길을 서둘렀다. 이런 일은 내가 출근길에 지나쳐야 하는 양재역 부근이 노점상들이 골목시장을 드나드는 곳이라서, 자동차들 사이에 매일 같이 벌어지는 광경이라, 곧 잊어버리고 차를 몰았다.

10여분이 지나서 의왕-과천 고속도로로 접어드는 삼거리에 이르렀다. 여기는 보통 신호가 두서너 번 바뀌어야 고속도로 진입이 가능하기 때문에 길게 차들이 늘어서는 곳이다. 나도 느긋한 마음으로 어느 고급 외제차 꽁무니에 붙었다.

나는 선택의 여지가 있어도 언제나 고급 승용차 꽁무니에 붙는다. 그 이유는 여럿이다. 첫째는 좋은 차를 보는 것만으로도 기분이 좋아서이고, 둘째는 저 차를 타면 얼마나 기분이 좋을까 상상할 수 있어서다. 게다가 저 차를 탄 사람은 얼마나 위대할까 라고도 생각한다. 중형차가 사치로 느껴지는 대학교수에게는 앞차 정도의 고급외제차는 그림의 떡으로 생각할 수밖에 없다. 그래도 나에게도 저런 차를 탈 날이 올 거라는 상념에 사로잡힌다.

그때였다. 앞 차의 옆 창이 스르르 내려가면서 하얀 손이 나오더니, 마치 손이 마치 힘이 빠진 듯 아래로 축 쳐지더니, 손가락 끝에 있던 하얀 담배꽁초가 길바닥 위로 떨어지고 있었다. 그 순간 앞 차의 백미러에 비친 그녀의 얼굴. 앞집 아가씨 얼굴을 보았다. 그리고 그녀의 시선과 내 시선이 순간적으로 한 점으로 모아졌다. 그녀가 나를 알아보았는지 급히 차창이 올려졌다. 분명히 앞집 아가씨였다. 그녀였구나. 나는 하얀 손가락에 담배가 끼워져 있는 광경, 그리고 그녀의 얼굴에 돌기한 두 개의 연기 굴뚝, 그리고 그 굴뚝으로 회색 연기가 솟아나는 광경, 그리고 그 연기가 아래로 향하다, 포물선을 그리며 각각 반대 방향으로 솟아 올라가면서 카이젤 수염을 그리는 광경을 상상하면서, 그녀에게 복수를 하고 있었다.

의왕-과천고속도로에 올라가자마자 마음을 놓으면 안 된다. 시속 80km 구간이 계속되고, 감시카메라도 있기 때문이다. 자칫 기분을 내었다가는 4~5만원이 날아간다. 이때는 소심한 게 최고다. 그러나 감시카메라를 지나서 2km 정도는 제한속도 80km 구간이 계속되지만, 이때는 마음을 놓아도 좋다. 다른 차들도 꽤나 알고 있다. 벌써 굉음을 내면서 내 차를 앞질러들 간다.

고속도로에서는 두 가지 종류의 바보가 있다고 했겠다. 나보다 느리게 운전하는 놈은 운전할 줄 모르는 바보이고, 나보다 빨리 달리는 놈은 죽을 지도 모르는 환장한 바보란다. 그저 내가 달리는 속도가 가장 안전한 속도다. 어라, 자칫 마음을 잘못 팔다, 다음 감시카메라를 지나치면 큰일이다. 때 맞춰 속도를 늦추어 가까스로 80km 이하로 맞추어 통과한다. 이 때쯤이면 마음의 여유가 생겨 클래식 쪽으로 다이얼을 고정시킨다.

잠시 지난 길에 겪었던 매일 아침 겪는 일상적인 일을 되돌아 보면서 혀를 찬다. 요즘 세상은 왜 이 모양인가? 대통령부터 꼴불견이다. 입만 열면 뭉텅 돈 쓸 말만 쏟아 내기에, 아예 공업용 미싱으로 입을 꿰매어버리자는 말까지 야당에서 나온다. 평화의 수호자 대통령 입에서 거침없이 전쟁이란 말이 나온다. 게다가 이웃나라 조무래기에게 말 꼬리나 잡혀서 대통령과의 회담에서, 그 말을 했는지 안했는지 설왕설래다.

아, 잊어버리자. 그런데 오늘 아침 등산길에 만난 그 뚱보 여자는 왜 나무를 끌어안고 은밀한 곳에서 은밀히 해야 할 동작 시늉을 하고 있는가? 미처 못다한 일을 마무리 하고 있는가? 다음을 위한 연습을 하고 있는 건가? 내가 왜 그런 생각을 하지. 그보다 더 한 여자도 있는데, 말만한 개에 비단 옷을 입히고, 개털을 땋아서 형형색색 리본까지 달고, 외투 안에 껴안고 다니는 늘씬한 아가씨도 있는

데. 어느새 학교 정문이 가까워 온다.

학교가 가까워질수록 점점 더 운전을 조심해야 한다. 서너 방향에서 차들이 한 구멍(정문)으로 들어가기 때문에, 좌우를 살피지 않으면 안 된다. 내가 교수라고 해서 어드벤티지를 기대해서는 안 된다. 그리고 무작정 내 차례가 오겠거니 기다리다가는 뒤따르는 모든 이들의 빈축을 산다. 내 뒤에 오는 녀석은 크락션을 눌러대고 옆에서 차고 들어오는 놈은 타이밍도 못 맞추는 시로도(초보)라고 비웃는다. 적당한 과감성과 무모함을 발휘하여 정문에 들어선다. 들어서는 그 순간부터 내 신분에 맞는 점잖은 사람이 되어야 한다. 그래서 구내 제한속도 20km라는 것을 알고 거기에 맞춘다. 그런데 내 뒤에서 크락션을 누르던 녀석이 붕 소리를 내면서 앞질러 간다. 점잖기로 다짐한 조금 전의 자신에게의 약속도 잊고 저 놈의 새끼 교수도 몰라보나 하고, 소리를 버럭 지른다. 유리창 안이어서 험악한 분위기로 발전하지 않으리란 얄팍한 계산을 하고 내 본 용기다.

나는 대학교수라는 신분 때문에 등산할 때나 사석에서 친구를 만나면, 자주 공박을 당한다: 요즘 젊은 것들을 돼먹지 않았어. 그건 모두 너 같은 대학 교수가 교육을 잘못시킨 탓이란다. 만 번 옳은 말이다. 왜 복도에서 소리 지르고 침 뱉고, 담배꽁초를 던지는 놈을 따끔하게 훈계하지 못하느냐고, 나에게 싸우듯 따지고 든다. 만 번 옳다. 그건 꼴불견 교수들의 잘못이다.

친구들은 대학 구내에서 대학교수는 무소불위한 존재로 생각한다. 그들은 대학교수가 복도에서 만난 녀석에게 말 한 마디 잘못했다가는 어떤 봉변을 당할지 모른다는 것을 모른다. 대학 교수처세의 일호 격률은 보고도 못 본 척 해야 하는 것이다. 그러니 그들이 교수가 꼴불견 존재라는 것을 모른다. 대학 강단에 첫 발 디디고 아직 몸에 힘이 남아 있던 시절에, 한두 번 봉변을 당하고 나면, 아예 꽁무니를 빼야 살아남을 수 있다는 것을 터득한다. 대학교수를 꼴불견이 되게 하는 것은 꽁무니 빼기뿐만 아니다.

대학 당국은 한 수 더 뜬다. 대학 당국은 문제가 생기면 대학교수를 두둔하지 않는다. 문제 교수, 폭력 교수로 대자보에 나 붙기만 하면 그 다음부터 인민재판이다. 대학 당국은 더 큰 비리를 감추기 위해서, 학생의 돈 안 드는 요구 사항 정도는 잘도 들어 주기 때문이다.

대학 당국은 또 다른 방식으로 대학교수를 꼴불견으로 만든다. 옆방 교수의 출퇴근, 언행에 대해서 고자질 해 주기를 종용한다. 그래서 옆방 교수가 견디다 못해 죽어서 물러나면, 잽싸게 그 교수 방으로 이사를 간다. 그 방은 햇빛이 잘 드니까! 교수들은 복도에서 만나도 알 듯 모를 듯한 어색한 미소를 지으면서 지나친다. 불가근(近) 불가원(遠). 살아남는 것이 최고의 미덕이다.

겨우 주차를 하고, 내 연구실에 오는 동안, 잠깐 내 생각이 옆길로 새고 있었다. 문을 따고 내 자리에 앉으면 오늘도 무사히 왔구나 하는 안도의 한숨이 나온다. 내가 오늘 수업 준비를 해 두었던가? 아니, 기분이 내키지 않는다. 입담으로 때우자. 저거 놈들이 교수를 우습게 보는데, 난 저거들을 우습게 알면, 안되나. 아! 이 꼴불견 교수야.

공범자 사회

—

운전면허를 따고 연수를 마치고 면허증 잉크가 채 마르기도 전에 자동차를 구입하고, 시내를 벗어나 한적한 시골 길에 들어섰을 때였다. 반대편 차선으로 오고 있는 차가 하이 빔을 켰다 껐다를 반복하고 지나가는 게 아닌가? 운전이 서툰 나는 혹시나 대학을 졸업하고도, 복잡한 문구를 제대로 이해 못해 쩔쩔 맨 교통법규라는 것의 조문 중 하나라도 어긴 것이 아닌가하고, 간이 덜컥 내려앉았다. 아니, 그런데, 또 그 뒤에 오는 차도 같은 짓을 하지 않는가?

그 때만 해도 시골길은 한적했다. 운전자가 생각할 여유는 충분했다. 왜들 저러지. 내가 운전을 잘 못하고 있는 걸까? 아무리 생각해도 이유를 찾아 낼 수가 없었다. 나를 나무라는 것일까? 조롱하고 있는 걸까? 두 번째 차의 하이 빔에서는 슬그머니 부아가 치밀기도 했다. 그 날 다른 곳에서도 비슷한 경험을 하고서야, 그 신호들이 예사롭지 않다는 것을 깨닫게 되었다.

기사 대환영이라는 깃발이 마치 바람난 큰 아가씨 손짓마냥 나부끼는 레스토랑(그 집에 40이 가까운 여주인은 분명히 그렇게 말했다)에 들어갔다. 안주인은 내 질문을 듣고는 한심한 녀석도 다 보겠다는 눈길을 보낸 후에야, 퉁명스러운 대답을 들을 수 있었다. "아니, 그거야, 요 앞에 교통순경이 숨어있다는 신호지 뭐요." 그제서야 깨달을 수 있었다. 그들은 교통순경이 숨어 있으니, 교통위반하지 말라는 신호를 나에게 보내고 있었던 것이다. 아하, 이렇게 해서 함께 살아가는구나 하는 것을 깨달았다.

나도 한적한 시골길에서 숨어 있던 교통순경에게 몇 번 딱지를 떼이고 나서야, 맞은편에 오는 차들에게 동일한 신호를 해주는 사람의 대열에 끼게 되었다. 그래서 나도 교통순경에 대한 두려움을 공유함으로써, 법을 왜곡하는 일에 동참하는 공범자 집단의 일원이 된 것이다.

우리는 다른 방면에서 어쭙잖게 공범자 집단에 끼어들게 된다. 그리고 이렇게 구성된 이 집단은 "정"이나 "의리"라는 말로써 구성원들의 결속력을 높이려고 애쓴다. 만약 구성원 하나가 결속력을 깨는 위협적인 행위를 하면, 여러 가지 비난에 직면한다. 심지어 그 집단에서 추방되기까지 한다. 이러한 공범자 집단이 대단한 이권을 공유하는 집단인 경우는 결속력이 강해서 입단하기도 힘들거니와 탈퇴하기도 힘든다(요즘 노조를 탈퇴하려면 위약금을 내어야 한다). 임의 탈퇴자는 배반자가 되거나 배은망덕한 놈이 되어, 그 집단에서 뿐만 아니라 그 구성원들이 속한 다른 사회 전체에서 매도당하게 된다.

우리나라 사람은 "우리"라는 말을 특히 좋아해서 "너", "나", "그"를 얽어매어 쉽게 우리로 뭉친다. 어느 학자의 주장에 의하면 우리는 "울"에서 왔으며, 동일한 씨족이 한 울타리 내에 모여 살던 씨족들 사이의 호칭이었다고 한다. 원래는 한 울타리 내의 사람을 우리라고 부르던 것이 의미 범위가 확대되었다고 한다. 생각이 동일하거나, 출생지가 동일하면, 모조리 한 울타리에 넣어서 우리로 호칭하게 되는 의미확대가 일어났다고 한다. 이런 탓에 의미 범위가 점차 넓어져, 누구든 내편이면 우리로 부른다. 심지어 자기 아내를 우리 마누라라 하지 않는가.

우리가 처음 끼었던 집단이 놀이집단이고, 이 집단이 "우리"로 결속되면서 쉽게 공범자집단으로 발전한다. 이러한 공범자 집단이 아이들끼리 놀이집단이거나, 부녀자들이 모여서 남편 몰래 반지 하나 장만하고자 만든 반지계라면 애교로 넘어갈 수 있다. 그러나 특정 지방이나 특정기관 특히 어떤 권력기관의 종사자들이 공범자 집단을 이루어 결속을 다지기 위해 형·아우들 혹은 *끈끈한* 선·후배로 뭉쳐진다면, 그 병폐는 국민 전체에게 돌아갈 수밖에 없다. 요즘은 이 *끈끈한* 집단을 마피아 집단에 비유하여 무슨 마피아라 부른다.

동네 아이들이 모여서 함께 놀이 집단을 만들고, 경쟁 놀이집단과 이런저런 장난을 일삼는다. 그들이 저지른 장난들에 다소 피해를 입더라도 어른들은 옛날을 되새기면서 웃음으로 흘려버린다. 그러나 이 집단들이 갱(gang)화하여 동네 밖의 저잣거리에서 총을 휘두르며 이권을 다투게 되면, 그것은 그저 웃어버릴 문제가 아니다(이북의 장마당의 꽃제비들을 보라. 얼마나 쉽게 갱화하는지 알 수 있다). 그러므로 놀이집단이 갱화하지 않도록, 어른들은 감시하고 제재해야 한다. 어른들은 무엇을 무기로 이러한 놀이집단이 갱화되는 것을 막을 수 있는가?

내가 우려하던 이러한 사태가 공명정대(fair play)를 전파보도로 휘두르는 스포츠계에서 터졌다. 프로야구계의 9개 구단이 휘말린 사건이니 파란이 적지 않다. 넥센이 자기팀 소속 선수를 다른 구단에 팔거나 사오면서 다운(down)계약서를 작성하여 130억 원을 챙겼다는 내용이다. 이 보도가 나가자 팬들은 "모두 한통속 … 거짓말리그, 범죄자 리그"라 분통을 터뜨렸다고 한다. 프로야구계가 공범자들의 사회였다. 이 사건은 우리 사회가 공범자 사회로 전락하는 것을 막아야 한다는 경고가 구두선으로 그쳐서는 안 된다는 것을 알려준다.

이를 막을 수 있는 보루는 우리의 도덕적 규범 혹은 우리의 조상들이 어린이들의 가슴에 심어주어 내려온 양심이라는 사고체계다. 우리조상은 작은 집단의 이익보다는 더 큰 집단, 가문, 동네, 나아가서 국가의 이익이 우선한다는 것을 어린이가 자라는 과정에 깨우쳐 주어왔다. 만약 이러한 작은 생각이 어린이들의 가슴에 심어져서 뿌리를 내리지 않으면, 어린이들의 놀이집단이 갱으로 바뀌는 것은 순리다. 그렇지만 놀이집단의 어린이 중의 어느 한 명이라도 "우리 엄마가 그런 짓하면 안 된다고 해서"라는 한 마디 말만이 놀이집단이 갱으로 바뀌는데 제동이 걸리게 할 것이다. 그때부터 놀이집단은 건전한 청년들의 친목모임으로 바뀌기 시작하여, 놀이집단에 속한 어린이들이 우리 사회의 건전한 일꾼이 될 수 있을 것이다.

우리는 작금에 신문지상을 장식하는 힘 있는 국가기관들이나 특히 노동자들의 이익집단인 노조가 심지어는 정당까지 공익 집단이 되지 못하고 공범자 집단의 행태를 벗어나지 못하고 있는 것이 안타깝다. 작금에 와서 가장 우수한 인재 집단인 의사들이 공범자 집단화하지 않을까 하는 우려를 낳고 있다. 그 집단의 구성원 모두가 공범자 집단의 정신체계를 공유하여, 집단 이기주의에 물들어 있다면, 우리나라의 장래는 뻔하다. 그 집단들이 모두 막강한 국가공권력을 등에 업고 갱화하는 것이 아닐까 두렵다. 이와 같이 놀이집단의 구성원들이 힘(신체)의 성장에 걸맞게, 도덕적으로 성장하지 못하면, 어린이 놀이집단처럼 갱화 될 수밖에 없다. 우리의 권력(정치)기관이 맡은 바 소임에 걸맞게, 도덕적으로 무장을 못하게 되면, 그것은 갱단보다 더 무서운 공범자 집단이 될 것이다.

이 나라는 내 나라이고, 우리나라이고, 우리나라는 하나뿐이기 때문에 잘못되어서는 안 된다. 오천 년 동안 면면히 이어온 이 나라를 위해 우리 조상들은 얼마나 많은 피를 흘렸는가. 이 나라를 깡패 집단에게 맡겨서는 안된다. 놀이집단에 어떤 어린이가 우리 엄마가 하지 말랬어, 하듯이, 우리 권력(정치)기관 내부의 구성원들 중에서 공범자 집단의 사고체계를 깨뜨리는 사람이 등장할 때, 우리나라가 살아나가는 길이 열리게 된다. 이렇게 더 큰 의무감에 자신을 맡기는 용감한 자를 호루라기를 부는 사람(whistle blower)이라 한다. 더 많은 사람이 호루라기를 불어서, 우리 사회에 경종을 울리면, 우리 사회는 건전한 사회가 될 것이다.

우리는 나라를 잃어서 되찾은 지 70여년, 이 70여 년 동안 우리 국민 모두는 놀이집단에 속한 어린이처럼 놀았다. 국가를 경영하는 것을 아마추어가 운동 경기하듯 했다. 아마추어의 특권이 실수를 용인 받을 수 있는 것이 듯이, 우리 정치계는 나라 경영의 교과서에서나 후학을 위해 나열해 둔 실수는 다 해보았다. 이제부터는 제발 나라경영을 맡은 사람들이 아마추어 정신을 버리고 프로정신을 갖도록 하자. 이 나라는 내 나라이기에 쇼는 계속되어야 하니까(The show must go on)!

3부

양지곶에서의 한(큰) 소리

유피미즘(euphemism)

—

사전은 이 어구를 "완곡어법(어구)"이라 번역하고 있다. die(죽다)를 pass away(가다)로 표현하는 것을 일컫는다는 말을 덧붙이고 있다. 쉽게 말하면 완곡어법이란, 문자 그대로 빙빙 둘러서(완곡) 듣는 이의 마음 상하지 않게 꾸며 말하는 법을 말하는 것이다. 그러나 이러한 해설로서는 이 말의 의미가 전부 전해진 것 같지 않다. 이 말은 "미명화(美名化; 이름만 아름답게 꾸미는 짓)"를 의미하는 경우도 있기 때문이다. 체면을 중시하는 우리에게 미명화 해석이 덜 보편화된 이유는 분명하다. 이 해석에 집착하면 남의 기분을 상하지 않게 하려는 자세가 지나쳐서, 상대를 추켜세우는 미명(아부)의 경지에 이를 것이기 때문이다.

아득한 옛날에 우리 조상은 변소를 무어라고 불렀는지 모른다. 한자가 우리말의 유입되면서는 아마도 측간(側間)이라고 부르기 시작했을 것이다. 측간이란 옆에 달아 붙인 공간이라는 의미이기 때문에, 벌써 냄새를 제거하기 위해 애쓴 흔적이 있다. 그러나 이 말이 자주 쓰이고 일반화되어 신선함을 잃어버리자 냄새가 나기 시작했다. 그래서 깨끗하다는 의미를 넣어서 정랑(淨廊)이라고 부르기 시작했지만, 이 말도 측간과 비슷한 일생을 살다가 사라져 버렸다.

이번에 등장한 것이(일본의 영향인지는 확실하지 않으나) 편리함, 편안함을 앞세우는 변소(便所; 글자 그대로는 "편안한 곳" 이라는 의미)라는 말로 바뀌더니, 어느새 향수 냄새를 더하여 화장실로 바뀌었다. 이 말이야 말로, 옛날 기생방에서 요강 대신에 사용하던 매화틀이란 말보다, 훨씬 품격이 높아서 상당한 수명을 누렸다. 그러나 이 말에도 구린내가 나기 시작하자, 화장이라는 말로는 이 냄새를 억제할 수가 없었다.

그래서 외제 말로 바꾸어보면 냄새가 가실 것으로 생각했는지 W.C로 대체했다. 미제면 모두가 좋아하는 우리 백성이라 W.C에 가면, 냄새는 아예 나지 않을 것으로 생각하는 것 같았다. 요즘은 이 말이 너무 간단해서, 영어자모 몇 자로는 유식을 자랑할 수 없다고 느낀 식자들은 이 말을 토일렛(toilet)으로 바꾸어 구린내를 감추려고 한다.

미명화는 냄새나는 곳에서만 일어나는 게 아니다. 소위 3D업종에 종사하는 사람들도 자신이 종사하고 있는 직업명을 미명화하여, 고생스러움이 묻어나는 이름을 아름답게 꾸미려 한다. 그래서 쓰레기 치는 사람이 청소부에서 미화원이 되었다. 이 말에 "미"가 들어가

있는데 주의할 필요가 있다. 미명화의 본뜻을 그대로 살리고 있기
때문이다.

"부(婦)"자를 싫어하기는 간호부도 마찬가지다. 간호부로부터 간
호원에 이르고 다시 간호사(士)로 발전한다고 해서 더 환자에게 친절
해지는 것도 아니었다. 그러나 변호사, 의사와 돌림자를 동일화시키
면 권위가 더해진다고 생각해서 였을 것이다. 간호부에서 간호사로
바뀌고 나서는 피 흘리는 환자가 다 사라져서, 피를 보지 않아도
되는 것도 아니었다.

"부"자 만큼 미움 받는 글자는 "수(手)"자다. 운전수도 "수"자를
버리고, 한수 더 떠서 "기사"로 불러달라고 요구한다. 그들은 한 가지는
모르고 있다. "수(手)"가 사람을 뜻하기 위해서는 환유라는 수사학적인
고급기술이 동원되어 있다는 사실이다. 더욱이 운전수가 하나의 직업
으로 등장하던 일제 초기에는 운전은 대단한 기술이었기 때문에,
이 기술을 마음대로 부리는 손을 가진 사람은 존경의 대상이었다.

그 때는 운전수라는 직업이나 명칭은 자부심을 불러일으키게까지
했었다. 그런데 이제 운전 쫌 한다고 해서(필자도 운전할 줄 아니까)
기술자(기사)라고 생각하지 않는 시대에 이르러서, 기사(정부가 자격을
인정하는 대기술자라 할 수 있다)로 불러달라고 요구한다. 그들은 기사란
말이 기술을 터득한 선비라는 뜻이기 때문에, 말이라도 바꾸어 도매금
으로 존경을 받고 싶은 속내를 감춘다.

미명화는 하는 짓이 "명예스럽지 못한 일"을 하는 사람에게까지도

적용이 되는가보다. 예를 들면 도둑이란 결코 미명을 가질 수 없는 직업인데도 양상군자(梁上君子)라는 미명을 가지고 있다. 사기꾼은 어떤가? 영국의 어느 작가는 사기꾼을 "기술"자라 부르기도 했다. 이런 전통이 생겨나면서 한 술 더 떠서 좋은 일이든 나쁜 일이든 잘만 하면 마술사(기술자)라 부른다. 그래서 적자투성이 회사도 마술사 손에 들어가면 화장술(분식기술)을 발휘하여, 고액 배당을 바랄 수 있는 회사로 둔갑(분식)시켜 사람을 현혹시킬 수 있다. 그래서 미명화도 언어마술의 한 분야가 되기에 충분한 자격이 있다.

이름 붙이는 기술(작명술; naming)에서 이제까지 없던 현상이 발생하거나, 새로운 일을 시작할 때 그 현상이나 그의 이름을 붙이는 일은 대단히 중요하다. 기존 체제에 대항하는 세력에게 반체제라는 이름을 붙여서는 동조 세력을 끌어들이기는 힘들다. 반체제라는 말보다 민주(족)투사라 하면 대단한 애국자로 보인다. 따지고 보면, 민주투사란 공권력에 도전하여 돌이나 던지는 괘씸한 놈들로 보면 오히려 법을 무시하는 반민주 분자임에 틀림없다.

이렇게 보면 법치국가에서 법을 무시했으므로, 가장 비민주주의적인 반민주의자라야 한다. 그런데도 민주라는 이 말을 덧붙이는 결과 민주투사라는 이름을 얻게 되어 모든 것을 바꿔놓는다. 그래서 그들은 연금도 받는다. 그래서 동일한 무장 세력에 게릴라라고 이름을 붙이느냐 자유투사라고 하느냐는 천양지차이다. 實(실)과 名(명)이 일치해야 하는 것으로 아는 우리네(正名主義者)에게는 이름 붙이기 이전 현상에는 무엇까지는 實이고 무엇부터는 名이라 해야 하는가?

우리 선인들이 일찍이 좋은 이름을 붙이는 것이 중요하다는 것을 깨달았다. 한술 더 떠서 이름이 주술적인 힘까지 있다고 여겼기 때문에, 이름을 지어주는 것으로 업을 삼는 사람이 생겨나서, 할아버지의 고뇌를 대신해준다. 우리 할아버지들은 한문 실력이 대단하여, 쉽게 오행에 맞게 이름 지을 수 있었다. 요즘 할아버지들은 한문 실력이 형편없어서(이건 모두 한글학자들 탓이라 한다) 작명가들을 찾아갈 수밖에 없다.

작명이란 단순하게 옥편에서 글자만 찾아주면 되는 게 아니다. 오행에 맞게 지어야, 이름이 갖게 될 주술적인 힘이 바람직한 방향으로 작용한다고 생각한다.

이와 같이 중요한 일을 하는 사람은 보통 사람이 아니다. 하늘에서 신 내림을 받은 사람이라야 한다. 그러니 작명가란 이름을 얻게 되면 신의 선택을 받은 사람이니 돈 방석에 앉더라도 나무라지 않는다. 이름 하나 잘 지어 받으면 자식의 출셋길이 열리고, 빌딩의 세가 잘 나가고, 기업이 번성하는 것을 보장받기 때문이다. 그래서 장안에 이름난 작명 업자는 한번 만나기도 힘들 뿐만 아니라, 이름 하나 짓는데 수백만 원에서 수천만 원까지 받는 것이 조금도 이상할 리 없다.

이러한 위대한 직업을 가진 작명가와 바로 이웃해 살면서, 국물 한 모금 제대로 얻어먹지 못하는 직업을 가진 한심한 친구들이 교수들이다. 작명가의 결과물을 우리는 하루 내내 부르는 것이 직업이기 때문이다. 출석부에 기재된 이름들 하나하나가 모두 위대한 전문 직업가들이 고뇌해서 이루어 놓은 것이다. 그런데 우리 교수에게 작명가들의 결과물들이 고뇌한 흔적으로 보이지 않는데 문제가 있다.

작명가들이 한자를 재료로 제품을 만드는 것까지는 이해하겠는데, 이들의 한자실력이 명과 실이 부합하지 않는다는 것이 곧 들통나기 때문이다. 그들이 좋아하는 한자가 비슷비슷하여 학생들 중에 앞뒤에 인기 자(字)를 달고 있는 경우가 많기 때문이다. 농담 삼아 학생들에게 너 이름 비싼 이름이구나 하고 놀리기도 한다. 이름이라도 거창하게 붙여서 꿈을 키워주고자 하는 부모님 마음이 전해오는 것 같아 웃고 넘어간다. 그러고 보면 작명가는 꿈을 팔아서 돈을 버는 사람이라 보면, 그들이 돈을 버는 것을 두고 배 아파할 필요는 없다.

그런데 이 작명가들이 옥편 하나면 먹고 살던 시대가 막을 내리고 있다. 이들의 적은 세종대왕도 한글학자도 아니다. 그들의 적은 인터넷이란 지구 밖에서 온 외계인이다. 인터넷에 등록하는 이름은 한자로만 이름을 지을 수도 없고, 한자는 인기를 끌지 못하는 것이 첫째 원인이다. 그렇다고 해서 작명가가 영어로 이름을 지어주기에는 너무 무식한 영어문맹이다. 그들은 영어 단어들이 획 수가 몇 개인지, 음양을 어떻게 적용할지 알지 못한다. 게다가 dot(점), 골뱅이가 들어가는 것은 그렇다 치고라도, com이니 mail이 공통으로 들어가게 되고, 아라비아 문자 뿐만 아니라, 희랍문자까지 들어가니, 도대체 걷잡을 수 없기 때문이다.

세상 속은 요지경이라고 한마디하고 눌러앉아 버려서는 안 된다. 우리나라에 이러저러한 문제들은 동일한 호칭으로 불리는 사람들이, 자기 이름을 보호하고 이를 아름답게 꾸며 그 이름에 걸맞은 이익을 챙기는데서 비롯되었다고 줄여 볼 수 있다. 그러면 미명화란 결코 적은 문제가 아니다. 그래서 만약 필자가 미명화가 만병의 근원이라고 진단을 한다면 이 병을 고칠 수 있는 처방을 내어 놓으라는 요구가 빗발칠 것이다. 그런데 교수는 요구들을 다 들을 수는 없는 심신이 허약한 존재라고 자조하는 족속이다. 그렇다고 병근을 그대로 둔 채 대중 처방에 머문다면 그것은 필자의 성정에 맞지 않는 것이다.

그러면 그 처방은 무엇인가? 옛 것을 살려서 오늘에 대처하는 것이 선비의 자세라면, 그 처방도 공자님의 말씀 속에서 찾는 것이 당연하다 하겠다. 호적박사는 공자님의 주장을 한 마디로 요약하면 정명(正名)주의라 하신 적이 있다.

그는 정명주의의 증거를 논어의 君君 臣臣 父父 子子에서 찾았다. 이 자구는 대충(필자가 한문에 정통하지 못한 점을 용서하시라) "임금은 임금다워야 하고, 신하는 신하다워야 하고, 아버지는 아버지다워야 하고, 자식은 자식다워야 한다"라는 의미로 알고 있다. 다시 말하면 임금, 신하, 아버지, 자식은 그 이름에 걸맞게 살아야(행동해야) 한다는 것을 의미한다고 할 수 있다. 이 말은 공자님이 춘추전국시대의 끝없이 이어지는 살육을 멈추게 할 수 있는 처방이라고 생각하신 것이리라. 임금이 임금다우면 신하가 반역할 리 없을 것이며, 아버지가 아버지답게 행동하는데 어느 자식이 아버지를 거역하겠는가라고, 생각하셔서 하는 주장이리라.

공자님의 주장을 살펴보면 임금과 신하 사이의 관계가 충(忠)이고, 부모와 자식 사이가 효(孝)라야 한다는 것을 강조하고 있다. 그러나 어느 한쪽에 책임을 전부를 지우지 않은데 주목하자. 그래도 우리는 위 사람이 먼저 솔선수범해야 한다는 것을 주장하고 있는 점을 눈여겨보아야 한다. 두 번째로 그 분의 주장은 미명화를 부르짖고 있는 것이 아니라, 그 이름이 뜻하는 바에 어긋나지 않아야 한다는데 주목하자.

공자님 말씀을 오늘에 되새기면 간호부가 간호원이나 간호사가 되기를 바랄 것이 아니라, 맡은 바 소임을 철저히 해야 하는 것이 먼저라는 의미로 읽을 수 있다. 그러니 검(경)찰이 도둑으로 불리어진다든지, 선생이 제구실을 다하지 못하여 봉투만 노리면서 선생이라는 소리를 듣기 싫어 교사로 불러달라든지, 이런 주문을 해서는 안 된다는 의미이다. 완곡어법 또는 미명화는 이름을 그럴 듯하게 붙이는데 지나지 않는 것이며, 이로써 근본적인 문제가 해결될 수는 없다고 한 번 더 강조하고 싶다.

고전

—

고전은 광맥이다. 광맥이라도 고갈되지 않는 광맥이다. 뿐만 아니라 캐는 사람에 따라서 다른 광석을 캐어 낼 수 있는 희한한 광맥이다. 철, 석탄, 금, 금광석… 어떤 광석이라도 캐낼 수 있다. 다만 금을 캐려는 사람은 철을 캐내려는 사람보다 더 많은 노력과 정성을 들여야 하는 게 다르다. 그래서 금광석을 캐려고 할 때는 구리를 캘 때 보다 더 많은 잡석을 버리게 되는 수고가 따르게 된다.

대학생 시절에 교수님들과 사담하는 자리에서 어떤 학생이 교수님께 고전의 정의를 물은 적이 있었다. 교수님은 "읽어도 읽어도 물리지 않는 것"이라고 대답하시던 기억이 난다. 이 말은 씹을수록 맛이 있다. 이 말은 고전은 읽을 때마다, 다른 맛을 낸다는 의미로도 해석할 수 있으니, 절묘한 정의다. 이 말은 고전이 소년 시절에는 그런대로 맛이 있고, 청년 시절에도 또 다른 맛을 느낄 수 있고,

늙어서도 또 새로운 맛을 별견할 수 있다는 뜻으로도 해석할 수 있다. 교수님의 고전정의는 60여년이 지난 지금 생각해도 명언이라고 생각한다.

예를 들어 어떤 소년이 노사의 『사세동당』을 읽는다고 가정해 보자. 아마도 그는 처녀림에 발을 들여 놓은 철없는 탐험가와 다를 바 없다. 남이 닦아 놓지 않은 길을 개척한다는 벅찬 사명감에 몰두하여 주의를 돌아볼 마음의 여유도 없을지 모른다. 그래서 그는 처녀림 속에서 길을 잃을까봐, 다시 말하면 오직 줄거리를 놓치지 않으려고 온 정신을 집중할 것이다. 그러다가 작가가 파놓은 함정에 빠져서 허우적거리게 될지도 모른다. 그는 지나는 길가에 얼마나 아름다운 꽃이 피어있는지도 알아채지 못했을 게다. 그렇잖으면 낯선 나라의 기다란 이름 때문에, 등장인물을 식별해 내기 위해서 앞뒤로 왔다 갔다 하고 있을지 모른다. 세월 지나면 이러한 장애물들은 소년에게 인내심을 가르치고 있는 소도구에 불과하다고 깨달을 때까지는 소년에게 크나큰 장애물이었다. 이 장애물을 극복한 소년은 처녀림에 새로 길을 내었다는(줄거리를 알게 된) 뿌듯한 기쁨을 맛볼 것이다.

그 소년이 청년이 되어 다시 『사세동당』을 읽으면, 그는 무엇을 발견할까? 이미 닦아 놓은 길을 가기 때문에 소년 시절의 흥분은 없다. 그래서 발부리가 돌에 차이지 않게만 조심하면서 걸으면 된다. 그 대신 청년은 작가에 대해서 불만을 털어놓기 시작할지도 모른다. 왜 작가는 어설프게 이런데 함정 파 두었는가? 이 정도의 함정으로 독자가 속으리라고 생각하다니 아마추어로고. 아니면 왜 이 부분을 길이 밋밋하기만 한가? 전문가도 아니면서 왜 이 문제에 대해 이렇게 아는 척 장광설을 널어놓았는가? 왜 하필 시인을 주인공으로 했는가? 루이쉬엔은 왜 영어 선생인가? 작가 자신이 영국에 유학한 티를 내려고 그랬는가?

고전은 이 청년에게 불평만 하도록 하지는 않는다. 방심한 청년이 소년 시절에 미처 보지 못한 함정을 찾았을 때는, 보물찾기 대회에서 접은 종이를 발견한 것 같은 즐거움을 맛본다. 그리고 이 때쯤이면, 독자는 잠시 쉬면서 주위를 돌아볼 수 있는 여유가 생긴다. 새삼 새들의 지저귐 소리가 귀에 들어오고, 숲 나뭇잎 사이로 뻗어있는 무수한 햇빛줄기를 본다. 이 광선이 모여서 길게 뻗쳐 오는 햇빛기둥들이 되는 것에 신기한 눈길을 보내기도 한다. 그래서 독자는 관샤오허와 따져빠오가 말다툼을 벌일 때, 따져빠오의 호통에 쥐구멍을 찾는 관샤오허를 보고 고소해한다. 이제 이 청년도 그 정도쯤은 용서할 수 있을 정도로 인생의 쓴맛을 맛본적이 있기 때문이다.

허리가 말을 잘 듣지 않고 계단을 내려 갈 때마다 조심조심을 되뇌이는 나이가 되어서도, 고전에서 또 다른 즐거움을 찾을 수 있다. 처음 『사세동당』을 읽은 지 50여년이 지난 이 늙은 독자는 젊은 이들의 현란한 장단, 도대체 요령부득의 힙합에 싫증이 나 있다.

이럴 때 그는 우연히 『사세동당』을 다시 쳐들지 모른다. 여기저기를 뒤적이다가 거기서 아늑한 피난처를 발견하고, 거기에 빠져들지도 모른다. 그러곤 대학생이었던 때의 교수님 말씀을 떠올리고, 우리 교수님의 강의는 명강의였다는 것을 새삼 느낀다.

『사세동당』은 아직도 젊고 매력적이었으며, 북경의 유리창, 후통들도 거기 그 자리에 있었다는 것을 발견한다. 그리고 독자는 다시 젊어 방년의 까오디, 짜오디와 정담을 나눌 수 있었으며, 치노인에게 조차 따스한 미소를 보낼 수 있을 것이다. 그리고 노사『사세동당』의 결어(새로운 바람이 분다!)를 두고, 작가에게 시비를 걸고 싶은 마음이 없어 질 것이다. 그 젊은이는, 실로 오랜만에 늙은이가 되어서야 작가와 타협을 하게 되는 즐거움을 느낄 수 있는 자신을 발견한다. 그리고 작가에게 쏟았던 불평들에 스스로 대답을 찾을 수 있을 것 같은 느긋함도 느낄 수 있다.

이쯤이면 독자가 어느 나이 대이건, 고전이라는 광맥을 찾으러 삽과 곡괭이를 챙겨 나설 정도로 설득되었으리라고 생각한다. 나선다는 말을 했다고 해서, 정말로 집 밖을 나갈 필요는 없다. 그저 TV를 끄고, 편안한 자세로 책을 펼치면 된다(은은한 고전 음악 소리를 배경에 깔면 효과가 더 좋을 듯). 그러면 책(고전)은 누구에게건 쉽게 문을 열어 맞이해 준다. 그리고 독자가 누구 건 원하는 만큼 성과를 올릴 수 있도록 허용해 준다.

다만 이 고전 탐독에 결함이 있다면 자신이 나서야 한다는 사실이다. 첫째로 읽기는 너무나 중요하기에 전문 독서 꾼에게 넘기고 뒷짐 지고 지켜봐서는 안 된다는 의미다. 왜냐하면 그들은 어느 작품은 어떠하고, 어느 작품은 저떠하다는 식으로 입방아를 찧어, 우리를 어리둥절하게 만들어, 정작 읽고 싶은 마음을 앗아가 버리기 때문이다.

뿐만 아니라 비평가라 불리어지는 이들이 휘두르는 용어들은 너무나도 난삽하여 비평가, 자신도 알고 쓰고 있는지 의심이 날 정도이니까. 그저 우리는 "아득히 먼 곳을 향한 영원한 동경(everlasting itch for things remote)"만 가지고 있기만 하면, 고전은 그 먼 곳으로 우리를 데려다 줄 것이다. 그러면 아마도 『백경』처럼, 허접쓰레기 같이 보이는 고전도 선별 과정을 거치면, 순금을 남겨줄 것이고, 『백치』에서 도스토예프스키가 늘어놓는 횡설수설은 피안에 이르게 하는 통과의례로 보여서 참아낼 수가 있게 될 것이다.

그래도 고전을 읽지 않으려는 고집불통도 고전의 실용적인 면을 보게 되면 아마도 마음을 열지 않을 수 없을 게다. 나는 어떤 자리에서 이 실용적인 면을 강조하는 엉뚱한 사람을 만난 적이 있다. 이 사람은 만사를 삐딱하게 보지만 그의 말은 그래도 예상치 못한 윗뜨(wit)를 드러내는 경우가 있어서 귀 기울일만하다.

그의 말을 인용해보자. "여하튼 고전을 읽어라. 고전은 고리타분하고 난해하니, 최면 효과가 만점이다. 잠이 오지 않을 때 펼치면 두 페이지 넘어가지 않고 잠들고 만다. 이만한 수면제가 어디 있니. 그기다 졸리면 뒤통수에 받혀보라. 훌륭한 베게가 된다." 그는 고전의 두 가지 특징을 들어서 실용적인 면을 들고 있다. 첫째 특징은 고전이라 부를만한 작품의 내용을 말하고, 두 번째 특징은 작품이 담겨 있는 두툼한 몸을 의미한다. 그가 말한 두 가지 이러한 용도도, 나름대로 실용적인 가치가 있다고 할 만하다.

이쯤에서 내 자신의 경험을 들어서 고전의 용도를 고증해보자. 40여 년 전에 중병을 앓은 적이 있다. 죽음의 경계를 넘나들면서 꽤나 많은 생각을 했다. 그 중에 하나가 나를 자책하는 마음이었다. 반생동안 내가 저질렀던 잘못을 하나하나 눈앞에 그리며, 후회하고 참회할 때는 그야말로 살을 애는 듯 한 아픔을 느꼈다. 울기도 많이 울었다. 집사람에게 눈물을 보이지 않으려 꽤나 애쓰기도 했다.

이러한 나의 우울과 참회의 심연에서 나를 구해준 것은『삼국지』, 『열국지』, 『수호지』였다. 나는 내 손으로 기르던 개 한 마리 잡아먹은 것조차 참회하고 있을 때, 세 고전에 등장하는 무수한 전쟁, 복수, 살인 등은 오히려 나에게 위안을 주었던 것이다. 애처로운 죽음에서 가슴을 시원하게 하는 복수에 이르기까지 무수한 죽음의 사례들을 보면서, 오히려 나는 나를 용서하고 자책의 질곡에서 빠져 나올 수 있었다.

어떤 분들은 교만하는 마음, 자만하는 마음 때문에 고전에 다가가는 것을 주저하고 있지나 아닌지 모르겠다. 이런 저런 유명한 책은 초등학교 시절에 아동문고 본으로 독파했으니, 이 바쁜 세상에 또 읽을 게 뭔가 라든지, 아 그 얘기 말이야 영화로 몇 번 보았지하고 자만해 버린다.

아니면 이러한 교만도 있다. 나는 대학을 졸업하고 1년간 실업자 생활을 할 때, 아버지의 권유로 16년 전의 내 훈장 어른에게 맹자를 끼고, 가르침을 청하러 간 적이 있다. 겨울 3달 정도 맹자를 배우고는 치워버렸다. 첫째 잘못은 먼저 대학을 나온(현대식 교수법에 익숙한) 나에게, 수백 년을 내려온 교수법으로 나를 가르친 선생님의 잘못일지도 모른다. 두 번째 잘못은 맹자에 나오는 소리가 모두 귀신 시나락 까먹는 소리라고, 내가 결론을 내린 나의 오만 탓이었을 것이다.

그 후 10수년이 지나 어느 날 문득 맹자를 읽고 싶은 생각이 나서, 번역판을 대했을 때 나는 깜짝 놀랐다. 내가 10여년 교직에 몸담으며, 내 딴에는 제법 깨달아 왔다는 인생의 쓴맛 단맛이 모두 맹자에 나와 있지 않은가. 그제야 나는 나의 철없음을 뉘우치고 돌아가신 두 어른에게 마음으로 명복을 빌었다. 그리고는 나 자신에게 다짐했다. 마음을 열고 낮추어, 세월의 풍파를 이겨내어, 우리 앞에 남겨진 인류의 유산인 고전에 다가가리라.

언어에 관한 잘못된 상식들

—

　우리는 이렇게 외친다. "내 두 눈으로 똑똑히 보았어. 그것은 사실이야." 아마도 이 말을 듣고 나면 누구도 반론을 제기할 수 없을지 모른다. "아니야. 너가 잘못 보았어"라고 항변한다면, 틀림없이 다툼이 일어날 게 뻔하기 때문이다. 그런데 사실은 실생활에서 보면, 두 눈으로 똑똑히 보아도, 잘못 보고, 혹은 잘못 알고, 지나는 경우가 많다. 그렇지 않다면 착시, 착각 같은 말이 사전에 있을 리가 없지 않은가?

　연전에 미국의 어느 심리학자가 대학에서 강의 중에, 불시에 착(시)각 현상을 실험한 적이 있었다. 학생들이 강의에 열중하고 있을 시간에, 젊은 여인이 비명을 지르며, 교실에 뛰어 들어오고, 히피족 차림의 남자가 빨간 페인트를 묻힌 칼을 들고 소리치면서, 뒤따라 들어와서, 갑자기 무엇에 발이 걸린 듯 넘어졌다. 다시 일어나 둘다 앞문으로 빠져 나갔다. 잇따라 경찰복을 차려 입은 경관이 호루라기를 불면서, 천장을 향해서 권총을 쏘고 앞문으로 뛰쳐나갔다. 이러한 상황이 순식간에 끝나버렸다. 학생들은 불시에 일어난 일에 망연자실할 뿐이었다.

상황이 끝나고 난 뒤, 학생들이 일단 진정하자, 상황의 구체적 세부 사항들을 묻는 설문지를 돌렸다. 설문지를 점검해 본 결과, 놀랍게도 상황의 세부사항은 물론이요, 심지어는 진행과정 윤곽을 정확하게 기억하는 사람은 거의 한 사람도 없었다. 몇 사람이 지나갔는지, 총소리(사실은 장난감 권총)가 몇 번 났는지, 여자는 몇 명이고 남자는 몇 명인지와 같은 골격 사항들도 제대로 답한 사람이 전무할 정도였다.

이러한 실험은 간단하고 물리적으로 관찰 가능한 일련의 사건에 대해서도, 우리는 잘못 볼 수가 있고, 잘못의 정도도 천차만별일 수 있다는 것을 보여준다. 그러니 언어와 같은 복잡한 현상을 표현하는 도구에 대해서는 더 많은 착각이나 착시가 있을 수 있는 것은 당연하다.

사실은 착각이 반복되어 일어나면 관습화된다. 이러한 착각이 어떤 문화권에서 일반적으로 일어나면 그 문화권에서는 사실로 통하게 된다. 이러한 착각 내지 착시가 문화권의 구성원들의 언어에 대한 믿음으로 정착된다. 이 믿음이 널리 퍼지게 되면 상식으로 정착할 수 있게 된다. 그러므로 언어에 대한 착각이라기보다, 언어에 대한 잘못된 상식이라 하는 게 옳다. 이 상식이 세월이 지나면 분화의 일부가 된다.

아마도 언어에 대해서 가지고 있는 가장 큰 잘못된 상식은 언어가 객관적 상황(즉 우리가 언어로 표현하고자 하는 대상)을 그대로(언어와 객관적 상황이 일치되게) 전할 수 있다고 믿는 것일 게다. 이것은 객관적 의미론자의 문자적 착각이라 할 수 있다. 우리는 이 착각에 물이 들어서 객관적 상황과 일치하도록 말할 수 있다고 생각하여, 그것을 "곧이곧대로 말하다" "문자적으로 말하다"라고 표현한다. 그리고 이러한 표현이 추앙되어 진리라고 까지 추켜세운다. 객관적 의미론자의 진리 정의는 바로, 이러한 자세를 나타내어, 언어 표현의 의미가 사실과 대응하는 것이라고 한다.

인지 언어학은 객관적 상황과 언어 표현의 의미가 일치할 수 없다는 주장에서 출발한다. 인지언어학이 이러한 주장을 하는 이유를 들어보자. 첫째는 객관적 상황을 해석하여 개념화하는 과정에서, 개념화자(화자)의 주관적 판단이 개입된다고 생각하는 것이다. 예를 들어 개념화자의 시야(무대)에 두 개체(A와 B)가 움직이고 있는 객관적 상황을 가정해 보자. A가 B를 따라가는 것으로 해석할 수도 있고, B가 A를 앞서 간다고도 할 수 있다. 그러면 객관적 의미론자들은 두 표현이 모두 사실과 일치하기 때문에 참(진리)이라고 주장할 것이다. 그러나 인지언어학자는 개념화자의 판단 즉 어느 개체를 화제(참조점 혹은 책임소재)로 삼느냐가 다르다고 주장한다. 그러므로 인지의미론자는 두 표현의 의미가 정확하게 일치하지 않는 것으로 본다.

또 하나 객관적 상황과 언어가 일치할 수 없는 이유를 찾아보자.

첫째 이유는 언어가 이 세계에 일어날 수 있는 모든 상황을 나타낼 수 있을 만큼 자원이 풍부하지 않는 것이다. 엄격하게 말하면 언어 자원은 우리가 가지고 있는 지식(경험)을 표현하기 위한 도구라면, 우리의 상상의 세계에서 조차 경험한 적이 없는 새로운 상황이 벌어진다면, 그 상황을 나타낼 수 있는 언어 자원은 없다. 이 경우는 우리가 기존 경험과 유사한 점을 찾아서, 기존의 경험을 나타내는데 쓰인 언어 자원을 확대해서 사용하는 수밖에 없다. 이때는 이미 언어 표현의 의미가 확대되었으므로, 문자적 의미(기존의미)로 보아서는 언어표현의 의미가 객관적 상황을 곧이곧대로 나타내는 것이라 할 수 없다.

이러한 확대는 어떤 언어에서나 일어나므로 범언어적이다. 언어 확대작용에 쓰이는 기재인 비유법으로 실현된다. 실현되는 기재에는 은유와 환유가 있다. 은유적 방식은 유사성을 바탕에 두고 어렵고 추상적인 개념을 쉽고 구체적인 개념으로 이해하는 방식이다. 예를 들어 은유에 의해 시간을 장소 개념으로 이해하여 앞뒤가 있게 하거나, 시간을 상품으로 이해하여(시간은 돈이다) 상품처럼 사고팔 수 있는 것으로 이해한다.

환유적 방식은 어떤 개념을 다른 개념으로 제시하는(나타내는) 방식이다. 대개 두 개념 사이에는 부분-전체 관계가 성립되기 때문에, 부분이 전체를 대신하거나, 전체가 부분을 대신하는 방식으로 실현된다. 예를 들어, 손이 사람 전체를 대신하여, "손이 모자란다"라는 표현이 가능하다.

이렇게 보면 비유법적 방식은 언어와 객관적 현상과의 거리를 크게 하는 방식이다. 왜냐하면 비유법을 객관적 실상을 나타내는데 쓰이도록 의도된 것과는 다른 언어자원을 이용하기 때문이다.

그렇더라도 이런 대체 방식이 없으면 우리의 언어 쓰임은 너무나 제한되어, 의사소통 도구로써 제 구실을 할 수 없게 될 것이 뻔하다. 그러므로 비유법은 의사소통을 원활하게 하기 위해서, 인간이 고안해 낸 고육지책이라 할 수 있다. 이를 고육지책이라 한 것은 오해가 일어날 소지가 있음을 알면서도, 위험을 무릅 쓸 수밖에 없다는 의미이다.

비유법의 두 기능은 언어표현의 의미가 객관적 상황과 멀어지게 하는 방식에서 서로 다른 것 같다. 환유는 상황의 일부로 상황 전체를 대신하게 하여, 언어표현의미가 객관적 상황과 멀어지게 한다. 이런 방식이 가능한 것은 어느 상황이거나 여러 부분으로 되어 있기 때문이다.

환유가 가장 많이 쓰이는 방식은 상황의 구성 성분 중 하나로 상황 전체를 대신하는 것이다. 이러한 현상은 대부분의 상황이 일련의 동작 혹은 사건들로 이루어져 있을 때, 더 뚜렷이 나타난다. 예를 들어 워터게이트(Watergate)는 미국 닉슨 대통령 선거 본부가 민주당 선거대책 본부를 도청한 사건이다. 민주당 선거 대책본부는 마침 워터게이트 호텔에 입주하고 있었다. 그러면 워터게이트란 도청 사건이 일어난 장소에 불과한데, 장소가 환유에 의해서 사건 전체를

나타내게 된 것이다. 이 말이 확대되어 정치스캔들이면 (워터)게이트
란 말을 확대하여 쓰는 경우가 흔하다.

골드버그(Goldgerg)에 의하면 이러한 현상은 어떤 상황이 어휘화
되는 과정에서부터 일어난다고 한다. 예를 들어 The truck rumbled
down the road(트럭이 붕붕거리며 길을 내려온다)라는 문장이 말이 되
는 것은 따지고 보면 이상하다고 할 수 있다고 한다. 왜냐하면
rumble에는 이동의 의미가 없는데, 예문은 이동의 의미가 들어 있기
때문이라고 한다. 이렇게 rumble에 이동의 의미가 들어가는 것은
자동차가 엔진소리(rumble)를 내면서 길을 내려오는 상황에서, 가
장 현저하게 지각된 부분이 소리임으로 가능하다고 한다. 그래서
이 표현은 환유라는 기재에 의해, 자동차 소리가 자동차가 소리를
내면서 내려오는 상황 전체를 대신하게 한 것으로 이해할 수 있다고
한다.

언어가 객관적 내용과 멀어지게 하는 또 하나의 환유적 방식은
전체가 부분을 대신하는 방식이다. 그 예는 Can you hear me?라는
말에서 찾을 수 있다. 이 예에서 you와 me는 "네 청각 기관"과 "내
말"을 대신한다고 보면, 전체가 부분을 대신한다고 할 수 있다. 이
예를 우리말로 번역한다면 "당신의 귀는 내 말을 들을 수 있습니까?"
가 될 것이다. 우리가 주의할 것은 우리말에는 "나" "너" 같은 대명사
가 "내 말"과 "네 말"을 의미하는 환유적 언어 관습이 없다는 사실이
다. 이러한 관습적 차이가 영어 학습을 어렵게 하는 요인이 될지도
모른다.

부분이 전체를 대신하는 환유적 확대 방식은 오해를 불러일으킬 소지도 있지만, 실제 언어쓰임을 경제적이 되게 하는 이점도 있다. 만약 우리가 상황 전체(ICM; 인지적지식체계)를 미주알 고주알 모두 표현하려고 든다면, 의사소통의 효율이 저하될 뿐만 아니라, 의사소통을 번거롭고 짜증나는 일로 만들지 모른다. 이렇게 보면 우리는 비유법이라는 지름길이 있는데, 우회할 필요가 없다는 것을 잘 알고 있다고 할 수 있다. 이러한 번거로움을 피하고, 지름길을 선택하게 하는 것이 환유라 할 수 있다.

이러한 환유적 작용은 응답에서 반복을 피하게 하여, 의사소통 효과를 높인다. 무슨 꽃입니까? 라는 질문에 대한 대답에 "무궁화입니다"라는 대답이 가능하다. 얼핏 보면 이 응답에 환유의 흔적을 찾을 수 없다고 생각할지 모른다. 그러나 꽃과 무궁화에 관계를 살펴보면 찾을 수 있다. 꽃은 무궁화가 속한 상위 범주이다. 다시 말하면 무궁화는 꽃 범주의 구성원에 불과하다.

이 관계는 부분-전체 관계이며, 이 관계에 바탕을 두고, 응답이 성립되기 때문에, 환유가 작용하고 있다고 할 수 있다. 우리말에서 이 말이 환유적인 것을 눈치 채기 어렵다. 그것은 아마 꽃과 화(花)의 관계 때문일 것이다. 이렇게 우리말에서는 하위범주가 상위범주 명칭을 달고 있는 게 보통이다. 예를 들어 꽃의 범주에서 나리꽃, 패랭이꽃이라는 구성원이 있고, 나무 범주에는 소나무, 감나무, 느티나무 등이 있다. 위의 응답에서도 "무궁"이라고 대답할 수 있다면 환유작용임을 쉽게 알 수 있을 것이다.

응답에서 부분-전체 관계에 관련된 환유 작용은 생각보다 더 광범위하다. "어떻게 왔니?"라는 질문에 "차타서?" 혹은 "11번 자가용 있잖아" 혹은 "택시 잡기 쉽더군"과 같은 대답이 가능하다. "어떻게 왔니?" 라는 질문에 적절한 대답은 "어떤 절차를 거쳐서 어떤 교통수단으로 여기까지 왔다"일 것이다. 그런데 가능한 대답들을 보면 얻을 수 있는 교통수단의 소유나 획득으로 대답하고 있다. 이러한 대답은 우리의 심리 속에 내재해 있는 이동 시나리오(이동 ICM)와 관련을 지을 수 있기 때문에 가능하다.

이동 시나리오는 교통수단을 손에 넣고 그 수단을 이용하여 이동하여 목적지에 도착하는 것이다. 환유가 이러한 전체 시나리오에서, 교통수단의 획득만 부각시켜서, 이동 시나리오 전체를 대신할 수 있다. 이와 같이 여러 가지 방식으로 환유는 객관적 내용과 언어를 멀어지게 한다.

언어와 실상이 대응되지 않게 하는 데 한몫 하는 게 환유라는 사실을 논하고 있다. 언어가 실상에 대응하지 않게 되는 것은 언어표현이 은유나 환유에 의해서 의미가 확대되기 때문이라는 사실을 밝혔다. 이러한 일시적 현상이 관습화되면서 숙어 혹은 관용구라는 형태로 남는다. 예를 들어 hand(손)가 환유에 의해서, 사람 전체를 대신할 수 있어서, ask for a (her) hand는 청혼한다를 의미할 수 있다. 이 숙어가 이와 같은 의미가 되는 것은, 신부의 아버지가 신부의 손을 신랑에게 넘겨주는 결혼 풍습에 관련지을 때, 이해할 수 있는 것이다.

이와 같이 어떤 언어표현의 의미가 어떤 이야기 혹은 담화나 아니면 일련의 사건과 관련시킬 때에만 이해될 수 있는 경우가 있다. 이는 환유가 이야기 전체를 특정부분이 대신할 수 있게 해 주기 때문에 가능하다.

이러한 예의 극명한 예가 한문의 사자성어(四字成語)다. 사자성어란 네 글자로 이루어진 한자의 관용어구이다. 이 성어(成語)들을 이해하는 데는 성어가 이루어진 경위(담화)를 이해할 때 비로소 쉽게 이해할 수 있다. 예를 들어 배중사영(杯中蛇影)을 글자 그대로 해석하여 "술잔 가운데 비친 뱀의 그림자"의 의미로 보면, 요령부득일 뿐만 아니라 정확한 의미도 아니다. 이 표현은 "아무것도 아닌 일을 쓸데 없이 걱정하여 괴로워하는 일"을 뜻한다.

이러한 의미가 될 수 있는 것은 아래와 같은 고사에서 온 말이기 때문이다. 진(晉)나라의 악광(樂廣)이 친구와 술을 먹었다. 그 때 그 친구가 잔속에 비친 뱀의 그림자를 보고 마음이 섬뜩하여 병이 들었다. 우연한 기회에, 그 뱀의 그림자는 벽에 걸린 활의 그림자인 것을 알게 된 후, 병이 씻은 듯이 나았다. 이 긴 일련의 사건 중에 뱀의 그림자가 잔속에 비친 것으로 착각한 것은 전체 사건의 일부다. 이 일부가 전체고사를 대신하여 위와 같은 의미를 가지게 되었다. 이와 같이 언어란 실상과 대응할 수가 없는 여러 가지 이유가 있다.

또 하나의 잘못된 언어 상식은 한자를 한글과 병용해서 쓰면, 낱말이나 어구가 여러 뜻으로 해석되어 오해가 생길 수 있는 것을 막을 수 있다고 생각하는 것이다. 한자 병용을 주장하는 사람들은 자신들의 주장을 관철하기 위해, 단체를 만들어서, 국회나 대통령께 청원하거나, 신문에 고액을 들여, 광고까지 하는 등, 갖은 방법을 동원하고 있다. 이 들의 소원이 성취될 뻔하여, 당시의 국무총리까지 공개 석상에서 국한 병용의 불가피성을 언급할 수 있게까지 되었다.

한글학회는 위기의식을 느끼고 즉각 반박성명은 물론 학회 회장님을 비롯하여 회원들이 거리로 나서기도 했다. 한글학회가 일제의 우리말과 글의 말살정책을 막으려는 의도에서 태동했다 해도 과언이 아니므로, 이러한 반응이 나오는 것도 이해함직하다. 한글학회 쪽에 동조하는 마음을 가진 이들은 일제시대 일제가 설립한 관학에서 일본인 교수들에게서 배운 이들이 한글로 인해 수난을 겪은 한글학회의 창립회원들의 정신을 이해할 수 없을 것이라고 체념하기에, 너무나 중요한 사안이라고 생각했을 것이다.

한자 병용자들의 논리적 근거는 두 가지가 있다. 첫째가 우리말의 어휘의 60~70%는 한자를 바탕으로 이루어졌다는 사실이다. 이 말은 사실이다. 그러나 우리는 대화중에 한자에 바탕을 둔 낱말을 사용하더라도, 특별히 한자말임을 곁들여 명시하거나 명시하기를 요구받지 않는다. 지금부터 20~30년 전에만 해도 가끔 그 말은 무슨자 무슨자를 쓰는가 하고 묻거나 물음을 당한 적이 있었다. 그러나 요즘은 그런 경험을 한 적이 없는 것으로 보면, 한자에서 온 낱말을 쓰더라도 조금도 오해가 일어나지 않는다는 것을 알 수 있다. 한글 전용 세대들에게는 한자 자체를 이시하지 않고 익사수통을 할 수 있다는 것으로 이해할 수도 있다.

60년대 대학을 다닐 시절에 흔히 듣는 말에 이런 말이 있었다: 대학을 다니거나 대학 나온 놈이 신문도 못 읽는다. 이 말은 어떤 사람의 상식의 판단 기준이 한자 해독이었으며, 당시 신문이 유무식의 잣대가 될 수 있을 정도로 한자가 많이 섞여 쓰고 있었다는 의미다.

필자가 60년에 대학에 입학했을 당시의 신문은 지면의 전 글자들 중에서 60~70%는 한자들로 이루어졌던 것으로 기억한다. 이러한 신문제작이 가능한 것은 신문을 만드는 데 참여하는 사람들은 소위 한학에 조예가 깊은 사람이었고, 신문을 읽는 사람도 성장 과정에서 한문에 관한 소양을 닦은 사람이었으니, 한자를 그만큼 쓰더라도 누구도 불편을 느끼지 못했다.

그리고 그게 당연한 것으로 알아서 누구도 그 틀을 깨트리려 하지 않았을 뿐만 아니라, 그 수준에 이르지 못한 사람을 질책하거나, 훈련시켜서 소위 말하는 식자층에 끼게 하려고 애썼다. 그런데 어느 날 정신차려보니 한글 전용세대가 늘어만 갔다. 이때쯤 신문사도 독자층을 늘려야 장사가 된다는 것을 알게 되고, 또 한자어를 마음대로 구사할 수 있는 기자를 구할 수 없게 되었다는 것을 깨닫게 된다. 이때부터 신문에서 한자가 한글에 밀려 점점 위세를 잃어갈 수밖에 없었다.

우리글이 위세를 펼치게 된데는 최현배 선생님과 이승만 대통령의 공이 크다. 최현배 선생님은 호를 외솔(외로운 솔)이라고 할 정도로 고집이 대단했다. 그 고집 덕에 한글 학회사건에 연루되어 함흥감옥에서 옥고를 치루셨다. 해방 후 문교부 편수관으로 재직할 때, 그 고집이 진가를 발휘하여, 한글 전용이 정착되기에 이른다. 그 어른 덕에 한자 몇 천자를 익히지 않고도, 문자살이에 아무런 지장이 없게 되었다.

그런데 한글전용에 위기가 닥쳤다. 필자가 서울 명동을 거닐거나 해운대여행을 갔을 때 외래어 투성이 간판들을 읽어보면서 통탄한다. 우리 선인들이 왜 피를 흘렸는가? 그 어른들이 피를 흘린 게 불과 몇 십 년 전 일이 아닌가. 외솔선생님은 땅은 빼앗기면 되찾을 수 있지만 말(혼)은 빼앗기면, 땅도 혼도 영원히 찾을 수 없다는 요지의 말씀을 하시지 않았던가!

작금의 사태를 보면 외솔선생님이 다시 오셔야 할 것 같다. 그 어른 덕에 한글전용을 성취했으니 이제 오시는 외솔선생님이 또 한 번의 한글 위기(외래어 침입)를 성공적으로 물리쳐 주시길 고대한다.

외솔선생님 덕에 한자가 한글에 밀려서 한자가 괄호라는 감옥 속에 갇혀 버리거나 한두 자 괄호에 갇히지 않을 때조차 뒤에 한글이란 호위병을 동반하게 되었다. 그런데 요즘 외래어는 괄호 속에 갇히지도, 한글 호위병도 대동하지 않고 제 마음대로 횡행한다. 또한 분의 외솔선생님이 오셔서 한자처럼 외래어가 제자리를 찾도록 해야 한다.

한자를 괄호라는 감옥에서 해방시키려고 병용론자들이 상투적으로 말하는 병용의 타당성은 한자는 하나로 발음되고 하나의 뜻만 가지고 있다는 잘못된 상식에서 찾는다. 이 말은 중국어에 대한 상식이 조금만 있어도 사실이 아니란 것을 금방 알 수 있다. 중국어만큼 동음이의어가 많은 말이 없기 때문이다. 거기다 글자(문자표현)는 같은데 뜻이 다른 글자까지 합치면 그 숫자는 헤아릴 수 없을 정도다.

그런데 대개의 한자의 낱자는 우리말에서 동일하게 발음되는 것으로 알려져 있기 때문에, 이러한 주장을 하고 있는 것으로 안다. 예를 들어 生은 언제나 "생"으로 발음되어 생명(生命)이나 일생(一生)에서 마찬가지로 발음된다(음성학적으로 환경에 따라 생기는 미세한 차이는 무시해야 이 주장이 타당하다). 그러나 우리말로 표기한 "산"은 한자로 山, 産, 算 등의 한자의 발음에 대응하기 때문에 정확하게 무슨 의미를 가질지를 예상할 수 없어서 오해를 일으킨다고 한다. 이들이 한자 병용을 주장하는 이유이다.

이러한 언어에 대한 상식은 잘못되어도 한참 잘못된 것이다. 첫째 잘못은 중국어의 낱자가 사성(四聲)이 떨어져 나가 버리고 우리말에 들어온 것을 잊은 것이다. 둘째 잘못은 우리가 남이 한 말을 이해하는 것은 어떤 언어표현의 형태만으로 의미를 파악하는 것이 아니란 것이다. 이러한 잘못된 상식은 우리의 의미 포착에서 맥락의 역할을 무시한 데서 비롯되었다.

예를 들어보자. 맥락이 영향을 가장 적게 받을 수 있는 낱말이 이름이다. 호명이 아마도 맥락에 영향이 가장 적은 경우일 것이다. 그런데도 우리가 전화로 이름을 불러 주었을 때, 정확하게 받아 적는 것이 어려운 것을 쉽게 발견한다. 이렇게 맥락이 빠지면 언어형태를 정확하게 포착하기 어렵다는 것을 알 수 있다.

언어표현의 형태가 정확하게 포착되지 않는데 언어표현이 정확한 의미와 연결이 이루어진다고 볼 수도 없다. 우리는 이름을 받아 적게 할 때도 글자를 다른 방식으로(맥락을 만들어주어) 정확한 형태를 파악하게 하듯이, 언어에서도 맥락이 주어짐으로 정확한 형태와 정확한 의미를 표현할 수 있게 된다고 할 수 있다. 만약 맥락이 이렇게 중요하다면 한자병용론자들의 설 자리는 좁아진다고 할 수 있다.

또 하나의 언어상식의 잘못은 언어 중에 더 발전된 언어가 있고 덜 발전된 언어가 있다고 생각하는 것이다. 그래서 영어가 우리말보다 더 발전되어 있다고 믿고 있는 사람이 많다. 만약 발전 정도를 어떤 특정 언어로 기록된 문화유산의 양으로 따진다면, 더 발전된 언어가 있고 덜 발전된 언어가 있을 수 있을 것이다. 예를 들어 한문자로 기록된 기록물(문헌)의 양은 우리말로 기록된 문헌의 양보다 많은 것은 자명한 일이다. 그러나 언어가 그 언어를 모국어로 사용하는 사람의 의사소통 도구로서의 역할을 기준을 삼는다면 우리말이나 영어나 모두 자신의 역할을 훌륭하게 수행하고 있다고 해야 할 것이다. 이렇게 보면 언어가 제 몫을 다하고 있다고 보면 덜 발전된 언어가 존재할 수도 없다.

또 하나 언어에 대한 잘못된 상식 중의 하나는 한 언어의 언어표현에 대응(일치)하는 언어 표현이 다른 언어에도 존재한다고 생각하는 것이다. 예를 들어 우리말의 흰색, 검은색, 붉은색은 영어에서 대응되는 white, black, red와 같은 대응되는 표현이 있다고 믿는 것이다. 이 사실이 잘못되었음은 "파랗다"에서 찾을 수 있다. "파랗다"는 영어로 green blue로 번역할 수 있기 때문이다. 이와 같이 번역을 한번 시도해 본 사람이면 적절한 역어를 찾는 것이 쉽지 않은 것을 곧 알게 될 것이다. 이 때문에 적절한 역어를 찾는 것은 예술과 같다고 하여 번역을 제2의 창작이라고 까지 부르게 된다. 이러한 예술적 창작의 결과로 고전의 명 번역이 존재할 수가 있다.

예를 들면 성경의 독일어 번역은 마틴 루터의 본을 최고로 치고, 영어 역본은 흠정성서를 최고로 치게 된다. 마틴 루터가 성경의 번역 시에 한 낱말의 적절한 역어를 찾기 위해서, 며칠을 고심했다는 이야기가 전해 오는 것을 보면 번역의 어려움을 알 수 있다. 루터의 역본이 유명하게 된 이유가 이러한 고심의 결과라 할 수 있다. 그리고 보면 외래어를 상투적으로 쓰는 사람(민족)은 루터같이 적절한 역어를 찾는 수고를 포기한 게으른 사람(민족)이라 할 수 있다.

어떤 언어의 언어표현이 다른 언어에도 대응되는 표현이 있는 것으로 믿는 이들은 대체로 객관적 의미론을 신봉하는 사람들이라 할 수 있다. 그들은 언어 간에 대응되는 표현이 없거나, 있더라도 의미 상으로 부합하는 표현이 존재하지 않는 사실을 잘 설명하지 못한다.

인지문법은 이 문제를 쉽게 설명할 뿐만 아니라 당연하게 여긴다. 객관적 의미론자들은 언어표현의 의미가 객관적 내용과 대응할 수 있다고 생각한다. 그래서 동일한 객관적 지시 대상을 지시하는 언어 표현의 의미는 동일하다고 생각할 수밖에 없다. 그들의 주장대로라면 우리말의 "장모"와 영어의 "mother-in-law"는 동일한 지시대상을 지시함으로 의미가 동일하다고 보아야 한다. 그런데 사실은 두 언어의 두 낱말이 동일한 지시대상을 지시하기는 하지만 의미는 동일하다고 할 수 없다.

그러면 인지문법은 이러한 사실을 어떻게 설명하는가? 인지문법은 언어표현의 의미는 지시대상의 객관적 개념 내용과 해석의 합이라고 가정한다. 이 말은 객관적 개념 내용이 동일할 수 있을지 모르지만 해석에서 달라질 수 있다는 의미다. 인지문법은 이러한 주장을 확대하여 보편성 이론까지 비판한다. 개념 영역은 보편적일지 모르지만, 개별 언어는 관습화 된 해석을 보듬고 있기 때문에, 의미가 보편적일 수 없다고 본다.

다시 우리가 제시한 앞서의 예로 설명해 보자. 우리 문화권에서는 사위는 백년지객(百年之客)으로 항상 변함없는 대접을 받아야 할 대상이다. 이 대접을 주관하는 이가 장모다. 그러므로 사위의 입장에서 보면 "사위 사랑은 장모"가 된다.

장모는 사위에게 내 딸이 시집살이 좀 수월하게 할 수 있도록 부탁하는 마음으로 온갖 정성을 다 바친다. 그러나 미국의 장모는 사위에게는 침입자이다. 미국의 남편들은 아내가 가정에서 주도권을 잡으려 드는 것은 장모의 사주에 의해서 그렇게 되는 것이라 생각한다. 이러한 생각 때문에 미국의 장모는 두려운 고집쟁이, 간섭쟁이로 여겨진다. 그래서 사위는 어떻게 하면 아내와 아내 뒤에 있는 장모를 지혜로 이길(outwit) 것인가를 고심한다. 이러한 문화적 차이, 즉 해석의 차이가 의미상의 차이를 낳는다.

또 하나 이와 다른 방법으로 번역가들을 괴롭히는 현상이 있다. 첫째는 언어가 문화(해석 방법의 총화)를 반영한다고 가정하자. 그러면 번역 원문을 제공하는 문화에는 존재하지 않는 개념을 나타내는 언어 표현을 창조하거나, 원문에 나오는 표현을 그대로 받아 드릴 수밖에 없다. 우리말에 들어와 있는 많은 외래어들 중에 상당한 부분은 우리문화에서 빠진 부분을 보충하도록 들여온 말들일 것이다. 들어오는 과정에서 발음이 변질되어서 거의 외래어 인 줄 모르게 되어 버린 경우도 있을지 모르지만, 우리에게 없는 언어 표현을 메꾸기 위해서 인 것도 사실이다.

언어가 객관적 상황과 곧이곧대로(객관적으로) 대응할 수 없다는 이유를 제시하여 우리의 상식의 오류를 바로 잡으려 했다. 독자들 중에는 이쯤에 이르러서도 설득을 완강히 거부하는 분도 있을 것이고, 머리를 끄덕이는 분도 있을 것이다. 필자는 독자의 주의를 끌었으면 그것으로 소임을 다 한 것으로 안다.

행복론

—

연전에 동창이라 자칭하는 초노의 신사가 연구실로 찾아왔다. 동창이라고 제 입으로 말했으나 동창인가 보다 했지, 얼굴이나 이름조차 기억할 수 없는 50대 후반 신사였다. 의례적 인사가 끝난 후에 근황을 물었다.

그는 고등학교를 졸업하고, 미국에 건너가 갖은 고생을 다하다가, 요번에 늦게나마 박사 학위를 받고, 귀국하여 대학교 강사 자리라도 얻어 볼까 하여, 나를 찾아왔다고 대답했다. 구체적으로 이야기가 진행되어 가자, 그래 무엇을 전공했느냐고 물었다. 그는 행복학(happiology)을 전공했다고 대답했다. 별의 별 학문이 다 있어서, 심지어 쓰레기학(garbiology)까지 있는 것으로 들은 적이 있는 미국이기로서니, 행복학이란 너무한 것이 아닌가 싶었다. 그래도 내 기분을 내색할 수는 없었다

행복학은 행복이란 그저 병 없이, 근심, 걱정 없이 배 굶지 않고, 사는 것이거니 여겨서, 꼬치꼬치 따져 생각해 보지 않은 나에게 하나의 충격으로 다가왔다. 그래도 육체적 행복이니, 정신적 행복이니 이러한 말이 흔히 인구에 회자되더니, 요즘은 물 건너온 웰빙(wellbeing)이라는 말이 유행하여, 무엇이든 이 말과 관련시켜서 장사꾼들이 이 속을 차리는 것까지는 알고 있었지만, 행복학이란 하나의 충격적인 말이었다. 나는 스스로 마음이 열려 있어서, "행복"이란 행복을 추구하려는 마음가짐조차 없는 게, "행복"이라는 도교적 교의로 이해할 준비가 되어있다고 생각했다. 그런데 행복학이라니, 나에게는 충격적이었다. 그래서 나는 자칭 동창에게 내 솔직한 궁금증을 예의바르게 전했다.

그는 행복론(학)은 철학적으로 행복이 무엇인가를 규명하고, 행복이란 현상을 분석하는 학문이라고 대답했다. 나는 그에게 행복학이 철학의 한 분야인가, 아니면 사회학, 아니면, 심리학의 한 분야인가를 물었다. 그는 행복학이 어느 하나의 학문적 범주에 넣을 수 있는 것은 아닐지 모르지만, 자기는 철학적으로 접근하려고 애썼다고 말했다. 그러면서 그는 나에게 자신의 학위 논문을 고쳐 쓴 것이라면서 책을 한 권 주고 갔다.

그리고 다른 일들에 쫓겨서, 그 친구를 까맣게 잊어버리고 그의 행복론도 잊어버렸다. 그저 그 친구가 고등학교 때, 부모님을 여의어서 고생을 많이 한 이야기와 어느 미국 G.I를 따라 미국에 건너가 고생한 이야기가 마음 한 구석에 남아있을 정도였다. 그러다 수년이 흘러, 문득 동창회회보 부고 란에 그 친구의 이름이 적힌 것을 보고 놀랐다. 그렇게도 행복하고 싶어 행복론까지 연구했는데, 뜻을 펴서 행복을 누려보지 못하고 갔구나하고, 잠시 명복을 빌어주었다.

나와 행복론의 인연은 이것으로 끝나야 되는 듯이 보였다. 그런데 지난 달 타임(Time)지가 내 무식을 나무라듯이, "행복의 과학(the science of happiness)"이라는 특집 기사(cover story)를 실음으로써, 행복론이 나와 인연을 맺고 싶어 한다는 것을 분명히 했다. 타임지를 펴서 읽으면서, 수년 전 동창이 행복론을 논할 때, 내가 행복론을 어쭙잖게 생각했던 생각이 부끄럼이 되어서 돌아왔다. 잠시 이미 고인이 된 동창에게 명복을 빌었다.

타임지는 왜 행복론을 내 동창처럼 행복학(happiology)이라 부르지 않고, "행복의 (혹은 관한) 과학"이라고 했는가? 라는 의문이 기사를 읽기도 전에 떠올랐다. 기사를 다 읽고 나서야, 그 이유를 알 수 있었다. 서양 사람들은 무엇이든 찢어발기고, 계수화하고 정의를 내려야 적성이 풀린다. 그들은 행복에게 이러한 폭력을 가하고 난 후에, 미안함을 달래기 위해서 과학이란 거창한 우르 럼을 받을 말을 덧붙여 주었다. 그들은 호기심이 지나친 나머지 행복을 쪼개어 보는 것으로 모자라, 행복에 관한 여론 조사까지 함으로써 행복에 망신을 주었다.

타임지는 행복 연구가 과학의 한 분야로 보는 논거를 제시하는데서 논의를 시작한다. 먼저 그들은 행복을 정신 상태로 봄으로 심리학에서 다루어야 하는 것은 당연한 귀결로 생각해왔다고 주장한다.

이러한 생각에 동조한 사람이 1998년 미국 심리학회 회장에 취임한 셀리그먼(M. Seligman)이었다.

그는 회장으로서 밥그릇을 크게 하려면, 심리학의 침체를 딛고 도약해야한다고 결론짓는다. 이 목적을 이루기 위해서는, 무엇인가 사람들의 눈길을 끌만한 일을 벌려야 되겠다고, 생각하기에 이른다. 먼저 심리학에 대한 비전문인들(일반인)의 부정적 시각을 떨쳐버리게 해야겠다고 각오한다.

그는 일반인들이 으레껏 심리학이라면, 심리적 병리현상을 다룬 것으로 생각하고 있다고 본다. 예를 들어 심리학은 불안, 우울, 노이로제, 편집광, 환각 등만 다루고 있다고 생각한다. 심리학자들도 이러한 생각에 물들어 있다. 그래서 그들은 심리학이 이러한 비정상적인 심리 상태의 원인을 규명하여, 이러한 심리 상태에 있는 이들을 정상 상태로 되돌려 놓은 것이 심리학의 과업으로 생각해 왔다. 셀리그먼은 이 발상을 전환시켜서, 이와 같이 음성적인(negative) 정신 상태를 정상(normal)상태로 돌리는 것도 심리학의 과업이라면, 정상상태를 더 높은 양성적(positive) 정신 상태로 고양시키는 것도, 심리학의 과업이라고 주장하기에 이른다.

그는 이것을 무엇을 할 수 없게 하는 상황(disabling condition)에서 무엇을 할 수 있게 하는 상황(enabling condition)으로 바꾸게 하는 것이라고 주장한다. 그래서 그는 한 걸음 더 나아가 심리학이 양성적인 정신 상태의 정도를 고양시키는 것을 이정표로 삼기 위해서는, 양성적 정신 상태의 가장 고양된 형태로 볼 수 있는 행복

(happiness)을 과학적으로 연구할 수밖에 없다는 결론에 이른다. 그래서 그는 지금까지 우울한 심리학에 반하여 행복을 연구하는 심리학을 양성적 심리학이라 부르자고 제안한다.

그들은 먼저 우리가 통상적으로 생각하기에 행복할 수 없는 사람들이 행복을 느끼는 반면, 무엇 하나 부족한 것 없는 사람이 불행하다고 느끼는 이유를 집고 넘어가고 싶어 한다. 그들은 행복이란 정신 상태나 호주머니 사정이 아니라, 실제적인 세계적 상태로 보는 것이 가능한가 질문을 던진다. 예를 들어 조사에 의하면 빈국이라 할 필리핀이 사람들이 일본이나 대만 우리나라 사람들보다 더 행복하다고 생각한다는 것이 밝혀졌다고 한다. 이러한 조사 결과는 필리핀 정부가 국민들에게 더 많은 서비스를 베풀어 주었다는 것을 의미하지 않는다. 오히려 위에서 예로든 국가보다 필리핀 정부의 봉사의 질과 양이 더 떨어진다고 보아야 한다고 한다.

그러면 무엇이 필리핀 사람들이 다른 나라 사람보다 더 행복하다고 생각하게 하는가? 타임지는 여러 가지 현상들을 분석하여 필리핀 사람들이 행복은 물질적이 아니라 사회적이라고 생각하기 때문이라고 결론을 내린다. 이렇게 생각하기 위해서는 필리핀 사람들은 탄력적이고 자급자족인 특징을 가지고 있다고 한다. 무엇보다 그들은 행복이란 목표(goal)가 아니고, 살아남기 위한 도구라고 생각하기 때문에, 더 행복하다고 생각하기에 이른다고 한다.

셀리그먼과 그 일당들은 계량화에 달인답게 행복을 지수로 나타내고 싶어 했다. 그들은 당신은 행복합니까? 하는 질문에 각각 다섯 항목으로 나누어 대답하게 하고, 각 항목마다 일곱 단계로 나누었다. 1~2단계는 아니오의 대답에 해당하고, 6~7은 예에 해당한다. 3~5는 그저 그렇다에 해당한다. 항목들을 보면 첫째 항목은 내 인생이 이상에 가까운 정도이고, 두 번째는 내 인생의 처지가 아주 훌륭하다(excellent)는 것이다. 셋째는 인생에 만족하는 것이고, 넷째는 내가 원하는 중요한 것을 가지고 있다는 것이고, 다섯째는 내가 인생을 다시 산다면 거의 아무것도 바꾸지 않겠다는 것이다.

이러한 설문에 31~35점을 받으면 자신의 삶에 만족하는 것이고, 5~9에 이르면 불만의 정도가 극에 달하는 것이 된다. 그런데 설문지를 눈여겨보면, 질문은 행복에 관해서 물으면서, 점수의 해석은 만족도로 표시하게 되어 있는 것이다. 이를 보면 설문지를 만들고 해석한 사람들이 인생에 만족하는 것이 곧 행복이라는 등식을 믿고 무심코 저지른 실수라 할 수 있다.

그러면 과연 행복은 인생에 만족하는 것과 동일한 것인가? 위의 설문지를 검토해 보면 인생에는 이상이 있어야하고, 삶의 환경(조건들)에 만족해야 하고, 중요한 일을 가져야 하고, 지나온 인생 역정에 대체로 만족해야 한다. 그런데 세 번째 질문은 도대체 요령부득이다. 삶 그 자체에 만족합니까하는 질문은 너무 일반적이다. 대답하려면 제법 이것저것 생각한 후에 용기를 내어야 할 것이다.

지금까지의 이야기를 보아도, 재산이나 건강 같은 구체적 여건들이 행복을 보장해주지는 않는 것 같다. 타임지 기사들도 무엇이 우리를 행복하게 하는가라는 질문에 우리들이 보통 생각하는 대답을 주고 그리고 곧장 부인하고 있다.

첫째 요인은 재산이고, 다음 교육(혹은 명석한 두뇌), 셋째는 젊음, 넷째는 종교적 신앙, 다음으로 친구, 술(혹은 마약) 등이다. 그들은 이들 중에 어느 하나도 절대적이라고 보지 않으며, 어느 하나도 필요충분한 요인이 될 수 없음을 예시하고 있다.

이 요인들도 애정, 일, 사리사욕을 초월한 관심, 노력에 체념 등을 행복의 요인으로 들고 있는 러셀(Russel)과 다름을 알 수 있다. 그러나 러셀도 어느 하나의 요인이 인간의 행복하게 하는 필요충분조건은 될 수 없다는 데는 의견을 같이하고 있다. 그러나 러셀은 또 음식, 주거, 건강, 사랑, 성공적인 일, 주위사람들의 존경을 행복에는 없어서 안 되는 것이라고 덧붙인다.

앞서 제시한 행복의 조건들을 검토해보면 행복이란 개인적인 것이 아니라 사회적인 것을 알 수 있다. 타임지가 내세운 행복 조건에 "내 삶의 환경"이라든지, 러셀의 주위사람의 존경 등은 사회에서의 개인의 처지를 생각하지 않을 수 없게 하는 것들이다. 이러한 사회적 성질을 중요하게 생각하는 사람들이 필리핀 사람이라고 할 수 있다. 그들은 개인의 느낌보다, 개인이 속한 공동체 내에서 살아남는 것이 행복의 기초라고 생각한다고 한다.

이 시점에서 우리는 행복이란 정적인 상태인가 혹은 동적인 것인가를 생각해 볼 필요가 있을 것 같다. 행복은 개인이 놓여 있는 어떤 상태인가, 아니면 개인이 종사하고 있는 활동인가? 우리는 대체로 행복은 이들을 묶어서, 우리가 바람직한 상태에 있다고 느끼는 것이라고 생각한다. 우리는 행복을 느끼는 것이라고 보기 때문에, 심리적 현상으로 보는 것이 일반적인 것 같다.

행복이 심리적 현상이라면 일시적으로 느끼는 심리 상태를 의미할 수 있다. 그러면 어떤 개인이 처해 있는 객관적 상황처지는 아랑곳없이, 어느 순간에 행복하다고 주관적으로 느낄 수 있다. 과연 이런 경우도 행복한 것인가? 이때 행복은 자신의 욕망(그것이 무엇이든지 간에)을 충족시켰을 때, 느끼는 만족감과 다름이 없다고 할 수 있을지 모른다. 그러나 분명히 욕망의 만족은 행복의 요인이 될 수는 있을 지언정, 행복과 동일시 할 수는 없을 것이다.

그리핀(Griffin)도 나와 동조하여, 행복이란 일시적 심리 상태인 "즐거움"과는 다른 장기간에 지속되는 상태와 관련된 것이라고 생각한다. 그래서 어떤 개인이 일생에 걸쳐서 중요한 것으로 간주하는 것들을 성취했을 때, 행복이라 할 수 있다고 한다. 이 점에서 보면 행복은 어떤 개인이 처해 있는 지속적인 객관적 상황과 관계가 있다. 그래서 어떤 시점에 어떤 개인에게 당신 행복합니까라고 물었을 때, 긍정적인 대답이 나온다고 해서, 그 사람이 행복하다고 할 수는 없을 것 같다.

아리스토텔레스(Aristotle)가 인생의 목적이 행복의 추구라고 한 이래로, 행복이란 철학자들이 다루어야 하는 한 분야라고 생각해 왔다. 먼저 생각해 보아야 할 것은 아리스토텔레스가 사용한 행복(개념)과 우리가 지금 사용하고 있는 행복(개념)이 동일한 지를 생각해 보아야 한다. 아리스토텔레스가 사용한 행복이라는 개념은 eudaimonia의 역어이다. 사실 이 말에 가까운 역어는 문자적으로는 "선의의 신성한 힘"(good divine power) 혹은 "행운"(good fortune)이라고 한다.

아리스토텔레스는 이 개념을 윤리학에 도입하여 "우리의 행위에서 얻을 수 있는 최고의 선"의 의미로 사용하고 있다고 한다. 이러한 의미에 가까운 말을 영어에서 찾으면 웰빙(wellbeing)이라고 한다. 그러나 전통적으로 식자들은 happiness가 'living well and faring well'을 의미하는 것으로 생각했다. 이 의미에서 well이 반복되어 well-being의 well과 포개어지자 happiness가 아리스토텔레스의 eudaimonia의 역어로 굳어졌다고 한다. 그렇지만 eudaimonia는 사실 윤리학적 개념으로만 받아들여야 한다고 한다. 그런데 오히려 행복이라는 말의 의미가 확장되면서 웰빙(wellbeing)이 윤리학적인 의미로 정착되어 버렸다고 할 수 있다.

happiness란 말의 어원이 아리스토텔레스의 eudaimonia와 일치하지 않음으로써, 아리스토텔레스가 의도하지 않은 방향으로 happiness가 확대되어 가는 것은 어쩔 수 없는 현상이었다. 어원을 따져보면 happiness는 영어의 hap에 뿌리를 두고 있다. 이 말은 "우연히 일어나는 일" 혹은 "운, 재수" 같은 것을 의미했다. 지금도 그 의미가 남아있어서 happy event, happy accident, happy look 같은 낱말에 이러한 의미가 남아있다. 우리가 흔히 쓰는 happiness는 여기서 확대를 거듭하여 "행복하다"는 "만족하다"를 의미하게 되어, 마음의 상태에 까지 확대되어 "기쁘다"나 "즐거운" 같은 의미까지 아우르게 되었다. 이런 의미를 좀 더 어른스럽게 말하면 "호의적인(좋은) 결과를 내는" 의미가 되어 공리주의자와 결탁할 소지까지 끌어들인다.

앞서 아리스토텔레스는 행복을 윤리와 관련지어서 쓰고 있다고 말했다. 그러므로 아리스토텔레스가 의도한대로 한다면, 인생의 목적은 행복의 추구라고 한 말은 어떻게 하면 윤리적으로 잘 살아가는가를 의미한다. 그런데 우리는 행복에 여러 가지 잡티가 섞임으로써 행복에서 윤리와 관련된 부분이 빠져버렸다. 여기에서 한 번 더 행복이 타락하여, 행복을 추구하기 위해서라면, 무슨 짓이든 할 만한 가치가 있다고 생각해 버린다.

아리스토텔레스의 의도대로면, 도덕(virtue)이 행복에 중요한 요소가 되어야 하는데도 불구하고 행복이 고삐가 풀려서, 우리의 양심적 의지가 부여하는 내적 도덕률에 얽매이는 것은 행복과는 상관이 없다고 생각하기에 이른다. 그러니 당연히 행복의 외적 요인들(건강, 부, 고통의 부재)이 필요충분조건으로 까지 격상되어 버렸다. 도덕이 필요충분조건이 아니더라도, 필요하다고까지 자신을 낮추어도, 우리들은 들은 척도 하지 않게 되어버린다.

공리주의자는 인간들을 타락시켜서 자신의 사생아 행복과 도덕적 eudaimonia의 연을 맺어준다. 공리주의자들은 행위를 그 행위의 결과의 값으로 평가해야 하며, 결과가 즐거움이나 행복을 낳으면 행위가 옳다고 주장한다. 한 술 더 떠서 밀(Mill)은 행복은 즐거움이라고 정의하고, 즐거움 혹은 행복이 행동의 목표로 삼을만한 것이라고 덧붙인다. 이쯤 되면서 happiness에 윤리적 잔영이 사라지게 되며, 행복 혹은 즐거움은 긍정적 기분이 된다. 그래서 그들이 행복은 인생을 좋게 만드는 것이라고 말했을 때 "좋게"란 말은 윤리적 안내자가 빠진 "즐겁게"라는 말로 들리게 된다. 그래서 인생을 엔조이(enjoy)하는 것이 행복한 것이 되는 시대에 진입한다. 이렇게 되면서 eudaimonia가 고대 희랍어를 모르는 사람들이 잘못 번역하면서 누가 아리스토텔레스에게까지 미치게 되었다.

여기다 윤리학자들의 전유물로 쓰던 웰빙(wellbeing)이라는 말까지 새로운 사명을 부여받게 되면서, 행복은 웰빙(wellbeing) 식으로 살아가는 것이라는 생각이 강남일대를 진원지로 하여 전국으로 확산되어가고 있다. 웰빙(wellbeing)이 윤리적 의미 요소를 상실하고 well을 우리말을 "잘"로 이해되면서, 지조를 잃어버리고 아무 명사에나 달라붙는다. wellbeing food, wellbeing house, wellbeing health club 등 "잘 살아가는 것"과 관련된 것이면, 무엇이나 웰빙(wellbeing)을 앞머리에 붙일 수 있게 된다. 어떻게 살아가는 것이 잘 살아가는 것인지, 철학적인 혹은 윤리적 성찰을 할 여유가 없는 범인들은, well을 好자로 멋대로 확대 해석하여, 옛날 우리 조상들이 사용하던 호강 혹은 호의호식과 관련된 것이면 무엇이든 웰빙(wellbeing)이 된다고 생각하기까지 이른다. 여기에서 비약하여 호강하는 것이 잘 사는 것이고, 잘 사는 것이 웰빙(well being)이고 웰빙(wellbeing)이 행복이라고 결론짓는다.

이렇게 결론짓는 데는 철학자도 한 몫 거들어서 웰빙(wellbeing)은 인생을 잘 굴러가게 하는 것, 즉 욕망의 충족이라고 논리적으로 부추긴다. 그들은 웰빙(wellbeing)의 well에 최면 되어 욕망이라는 것이 얼마나 위험할 수 있는 말인지는 생각해 볼 여유를 잃어버린다. 아마도 그들이 염두에 둔 것은 욕망이란 고상한 욕망, 인류의 복지 증진에 관련된 것이라고 여겼을지 모른다. 그러나 욕망의 대상은 성인들도 수긍할 수 있을 정도로 성스러운 것에서 타기해야 마땅한 것까지 망라할 수 있는 데 문제가 있다.

우리는 다시 논의를 행복으로 돌리자. 행복이 윤리적 개념인가 심리학적인 개념인가를 들고 왈가왈부 했다. 우리가 아리스토텔레스 용어를 잘못 해석하여, 웰빙(wellbeing)이 차지해야 할 자리에 행복이 들어가면서, 행복이 원래 가지고 있던 태생적인 흐름 때문에, 여러 가지 출처 불명의 요소를 포함하게 된 내력을 이야기했다. 여하튼 행복이 "잘 사는 것"을 의미한다면, "잘"이란 말 속에 너무나 많은 해석을 담을 수 있다는 이야기를 했다. 우리는 이쯤에서 우리가 통상적으로 의미하는, 그렇게 고상하지도 않고 그렇게 속되지도 않게 행복하려면 어떻게 살아가야 하는가를 생각해보자.

러셀은 우리가 행복해지려면 우리를 불행하게 하는 요인을 제거하면 행복해질 것이라 생각해서, 불행하게 하는 요인을 몇 가지 들고 있다. 첫째요인은 경쟁(심)이라고 했다. 경쟁심은 국가나 개인에게 모두 불행을 가져올 수 있다고 한다. 이렇게 경쟁심이 우리 정신을 좀 먹게 한데는 청교도에게도 책임을 물어야 한다고 했다. 그는 청교도들이 신앙을 강조하지 않고, 개인의 의지(will)를 강조하면서 경쟁이 더 치열해졌다고 한다. 지나친 경쟁심은 지성보다 힘을 선호하게 할 뿐만 아니라, 일이 경쟁철학이라는 독으로 물들게 되어, 일이 주는 즐거움을 앗아갔다고 한다.

두 번째로 러셀이 우리의 인간을 불행하게 만드는 것은 권태라 한다. 그는 권태란 인간만이 느낄 수 있는 감정이라고 한다. 권태는 처해있는 현재 환경과 어쩔 수 없이 상상하게 되는 쾌락적 환경에서 일어나는 끊임없는 가상적 흥분과 감격 앞에 좌절하는 것이라 한다. 왜냐하면 흥분을 바라는 마음이 인간의 본성의 한 국면이기 때문에, 인간이면 누구나 다 가지고 있다고 한다. 그래서 우리는 무엇보다 권태를 두려워한다고 한다.

그는 과연 권태가 해롭기만 한 것인가 반문한다. 권태에는 우리를 질식 시키는 것이 있는가 하면, 바람직한 결과를 낳는 권태도 있다고 한다. 세계에 큰 업적을 남긴 철학자나 저술가들은 일찍이 어릴 때부터 단조로운 생활을 견뎌내는 능력을 가지고 있었기 때문이라 한다. 러셀의 의견에 동조하면 권태를 견디는 힘은 행복한 삶에 필수적인 것이라 할 수 있다. 권태는 어쩌면 행복으로 가는 길에 발에 치는 작은 돌 뿌리에 불과하다고 할 수 있다.

다음으로 우리의 행복을 해치는 것은 시샘(envy)이라고 한다. 그는 민주주의 발전의 원동력 중의 하나는 시샘이라고까지 말하며, 새삼 시샘의 위력을 강조하고 있다. 그는 시샘의 연원은 어릴 적의 불운에까지 거슬러 올라갈 수 있는 경우가 흔하다고 한다. 어릴 석 자신보다 형제나 누이가 더 사랑을 받는 것을 경험한 사람은 시샘하는 습관을 몸에 익힌다고 한다. 누구나 시샘이 심해져서, 세상이 자신을 미워한다고까지 생각하여, 자신은 불의의 희생자로 여기게 된다고 한다. 이러한 사람들은 남들에게 보복함으로써 정의를 실현하려는 허상에 빠져들어, 자신뿐만 아니라 남도 불행하게 한다고 한다.

이렇게 행복에 긍정 요인들과 부정 요인들을 나열해보면 행복하기 위해서는, 전자를 증진시키는 반면, 후자들을 억제시키는 것이라 할 수 있을지 모르겠다. 러셀도 이러한 방식으로 논의를 전개하여 행복의 처방을 내린다. 그의 처방은 의외로 간단하다고 전제하고, 이러한 긍정적 요인의 증진 외에, 종교적 교의와 비슷한 교의(신념)를 가져야 행복해진다고 한다. 전제에 비해서 그의 결론은 너무 싱겁기까지 하다.

위에서 논의한대로 불행은 심리적으로 환경에 적응하지 못한데서 생기는 것은 아닌 것 같다. 이와 같이 불행이 심리적 부적응(maladjustment)이 아니라면, 자신의 관심을 내적 지향적으로 할 것이 아니라, 외적으로 지향적이 됨으로써 불행에서 벗어날 수 있다고 덧붙인다. 여기서 내적으로 지향적이라는 것은 자기 자신에게 지나치게 집착하는 것을 의미한다고 한다. 이러한 성향이 불행을 초래하기 때문에, 행복해지려면 바깥 세계에 적응해야 한다고 한다. 지나친 내적 지향적 열정이 공포, 시샘, 죄책감, 자기연민, 자기존중을 낳는다고 한다. 이러한 욕망들은 자아 중심적이어서, 외부 세계에 대한 진정한 관심을 가지지 못하게 하여, 불행을 싹트게 한다고 한다.

디너(Diener)는 우리 인간은 "행복하도록 미리 설정되어(운명지어져) 있다(preset to be happy)"면, 우리가 행복하지 않으려고 발버둥을 치더라도 행복해져야 할 텐데, 그러지 않는 것을 보면, "미리 설정되어 있지"는 않다는 의견을 제시한다. 디너의 말처럼 설정되어 있지 않다면, 행복해지려고 힘쓰는 것이 인간의 몫이라 할 수 있다. 이러한 인간의 몫이 사회 내에서 인간이 실천하고 실현해야 하는 부분이다. 그래서 그도 사회가 원만하게 기능하려면, 우리가 행복하도록 사회화되어야 한다고 강조한 것을 보면, 개인의 행복에 사회가 관련되어 있다는 의견이다.

그런데 객관적으로 볼 때 행복의 조건들이 충족될 수 없는 사회에 살면서, 더 행복하다고 느끼는 이유는 무엇인가? 예를 들어 푸에르토리코, 콜롬비아, 스페인의 국민들이 상대적으로 행복의 조건들이 더 충족되어 있어 보이는 아시아 여러 나라들(한국, 중국, 일본) 국민들 보다 더 행복하다고 느끼는 이유는 무엇인가?

타임지는 긍정적 사고방식에 그 원인을 찾고 있다. 라틴 아메리카 국민들은 인생의 밝은 면을 믿어서 일반적으로 앞으로는 잘 되어가리라 믿는 경향이 있는 반면에, 아시아 사람들은 인생이 어두운 면에 가중치를 두는 경향이 있다고 한다. 이러한 경향이 문화에 의해서 길들여져 있다면, 우리가 행복해지려면 문화를 뜯어고쳐야 한다는 결론에 이른다. 아니 문화가 우리의 사고방식의 총화라 할 수 있다면, 문화에 소속된 우리들의 행복 관을 고쳐야 한다는 결론에 이른다.

아리스토텔레스도 행복을 얻을 수 있는 방법을 제시하고 있다. 그는 "어떻게 행복을 습득할 수 있는가?"라는 소절을 두어, 이 문제를 논하고 있다. 우리가 앞서 보았듯이 아리스토텔레스의 행복은 도덕적으로 잘 사는 것이기 때문에, 행복이란 신의 선물이 아니며 행운도 아니라고 부인한다. 그는 행복은 도덕(virtue)에 의해서 얻어질 수 있으며, 도덕은 행동으로 나타낼 수 있으므로, 행동에 의해서 행복도 습득할 수 있다고 주장한다. 그리고 덧붙여 행복을 성취하기 위해서는 학습과 주의가 필요하다고 덧 붙여서, 인간 자신이 행복을 얻는데 담당해야 할 몫을 강조한다.

그러므로 우리가 아리스토텔레스 식으로 행복하려면 도덕적인 행위를 수행해야 한다. 도덕적 행위란 선을 행하는 것이라 한다면, 행복이란 도덕적 행위의 결과로 얻어지는 것을 의미하는 것 같기도 하다. 이 때문에 아리스토텔레스도 완전한 도덕과 여기에 바탕을 둔 완전한 삶이 곧 행복을 얻을 수 있는 길이라고 설파한다. 도덕이 후천적으로 습득해야 하는 것이므로 행복이란 완전한 도덕, 완전한 삶을 얻은 후에야 얻어지는 것으로 생각하는 것 같다. 우리 같은 범인들이 어느 천 년에 거기에 도달할 수 있을지 알 수 없는 노릇이다.

아리스토텔레스가 행복추구가 인생의 목적이라고 선언하여, 목표를 너무 멀리 너무 높게 가져다 놓았다. 이 탓에 우리 범인은 보기에도 너무 아득하여 목표에 이르는 것을 포기해버릴 가능성도 있다. 그래서 아리스토텔레스가 즐거움이나 행운은 행복과는 거리가 멀고 행복으로 가는 길이 아니라고 충고했다. 그러나 우리 범인은 먼 길을 둘러가기를 포기한다. 오히려 목표를 끌어 내려서, 행복을 만족과 동일시하여, 만족을 즐거움에서 얻을 수 있다고 생각하고, 즐거움을 통해 행복을 찾으려 한다.

쉽게 행복을 찾으려는 마음과 극단적인 실용주의가 손을 잡고 행복시장이 개장하게 된다. 이 시장에서는 적당한 값만 치르면 무엇이든 살 수 있다. 광고라는 마술은 연중무휴 종일 대중매체를 이용하여 우리 범인들을 세뇌교육을 하고 있다. 심지어 이 시장에서는 호주머니에 현금이 없이도, 미래의 수익을 담보로 내 놓으면, 원하는 것을 살수 있다고 주장하고 있다.

그들은 행복은 소유라고 자신 있게 말하고, 더 소유할수록 더 행복하다고 주장한다. 그러니 자동차 한 대 가지고 있는 것 보다 한 대 더 가지게 되면, 더 행복해 진다고 그들은 주장하고 있다. 현재에 지불 수단이 없거나, 미래의 지불 수단을 예상할 수 없는 사람도 정부가 자기에게 지불수단을 제공하지 않는다고 야단이다. 시장에 모여든 군중들은 상인들의 외치는 소리에 혼이 빠져있다. 그래서 상인들이 장삿속으로 행복이라고 외치고 있을 때, 그들은 도덕이니 인생이니 하는 말을 잊어버린다.

이러한 소란에 식상한 소로란 사람은 아예 보따리를 싸들고 왈덴이라는 숲에 들어가, 산나물을 캐먹으면서 무엇이 잘못되어서 이 소란들인가를 곰곰이 생각했다. 3년여에 걸친 명상 중에 그의 머리를 스친 생각은 균형(balance)라는 생각이었다. 아리스토텔레스는 인간이 선할 수 있다고 지나치게 믿었다면, 이 시장의 구매자들은 무엇이든지(행복도) 살 수 있다고 믿는다. 이 두 극단의 어디 중간쯤에 행복할 수 있는 길이 있지 않을까 하고, 그가 생각했을 것이다. 그래서 그는 균형이라는 개념을 생각했을 것이다. 이천 여년 전 공자님이 중용을 말했는데, 소로가 이제야 깨닫다니 한심한 지고.

러셀이 죄책감을 부정적 요인으로 등장시킨 것이 갑작스럽기도 하지만 외적 지향적, 내적 지향적 열정(passion)을 등장시킨 배경도 갑작스러운 일이다. 그러면서 그는 행복한 사람의 정의를 객관적으로 사는 사람이라고 말한 것은 더욱 놀랄 일이다. 그는 객관적인 사람을 자유로운 애정, 광범위한 관심을 가진 사람이며, 이러한 애정과 관심이 자신을 많은 다른 사람의 관심과 애정의 대상이 되는 사람이라고 하고 있다. 남으로부터 애정을 받는 것이 행복의 잠재적 원인이 된다고 덧붙이고 있다. 이쯤에 이르면 러셀의 행복한 사람이란 심리적으로 행복한 사람을 말하는지, 윤리적으로 행복한 사람을 말하는지 알 수가 없다. 그러나 그가 자기와 세계가 단절되면 불행을 초래하게 된다고 강조하고 있는 것을 보면, 적어도 균형이라는 것을 염두에 둔 것 같다.

러셀은 세계에서 자아(self)가 당구공처럼 별개의 개체가 되면 충돌 밖에 일어날 것이 없다고 강조하고 해체(disintegration)가 불행의 원인임으로 행복하려면 융합(integration)되어야 한다고 강조한다. 그러므로 행복한 사람은 통일(unity)을 잃지 않아서, 인격이 자신과 분리되어서도 안 되지만, 세상에 대해서 연민에 빠져서도 안된다고 한다.

러셀이 "행복한 사람"이라 이름한 소절의 말미에서 객관적으로 사는 사람이 행복하고 객관적으로 살려면 통일을 지켜서 융합되어야 한다고 말하고 있다. 이 말은 행복하려면 균형을 잃지 않아야 한다는 의미인 것 같다. 바꾸어 말하면 세상과 자기를 놓고 볼 때, 자기 자신의 내적 혹은 심리적 요인들을 통제하여, 세상에 대하는 자세가 긍정적일 때 남들의 존경을 받는 행복한 사람이 된다는 의미가 아닐까? 요즘 말로 바꾸면 심리적 건강과 육체적 건강을 바탕으로 세상에 긍정적인 자세로 임해야 하는 것이라고 말할 수 있을 것 같다.

균형을 강조하는 것은 행복 요인들이 대체로 상대적 개념이기 때문이라 할 수 있다. 그래서 어느 한쪽으로 치우치면 반대 개념이 되어 불행해진다고 할 수 있다. 우리가 아는 행복이라는 말 자체가 정도 개념이기 때문에 그럴 수밖에 없을지 모른다. 이 때문에 "잘삶(wellbeing)" 개념은 "못삶"과 대칭이 되고, 즐거움은 슬픔과 대칭이 되기 때문이다. 그러니 결국 행복하다는 것은 이러한 양극적인 개념을 딛고 서서 균형을 잡는 것이 행복이 아닐까 한다. 그러면 독립불구(獨立不懼)할 수 있으며 둔세무민(遁世無悶)의 경지에 가지는 못할지언정 평범한 인간으로써 평범한 행복을 누릴 수는 있지 않을까 한다. 이 말은 서양 사람들이 중간(modium)을 왜 행복한(happy)

말을 붙여서 쓰거나 황금 평준(golden mena)이라고 부르는지를 알 수 있다.

이 세상에 가장 행복할 수 있을 것 같은 사람은 누구일까를 생각해 본다. 잠시 떠오른 사람은 불가에서 말하는 해탈한 사람, 깨달음을 얻은 사람이라 하고 싶다. 그들이 깨달은 상태는 어떤 상태일까? 생각이 정지된 무념무상의 상태, 즉 감각 작용이 중지된 상태인가? 그러한 상태라면 죽음이 바로 그러한 상태이다. 살아 있는 우리는 그러한 상태에 있고 싶지 않을 것이다. 그리고 보면 공자가 중용을 얻기가 왜 그리 어려운가를 말한 것을 조금은 알 수 있을 것 같다. 맹자는 이러한 상태를 좀 더 쉽게 설명하여 삼항(三恒)을 얻으면 항상(恒心)을 얻을 수 있다 했다. 결국 인생을 살아가는 것이 파도가 거센 고해(苦海)를 헤쳐 나가는 것이라면, 우리가 타고 있는 쪽배 위에서 균형을 취함으로, 파도에 휩쓸리지 않는 것이 행복한 삶이 아닐까 한다.

종말론

　신문을 읽는 노인이 "말세야, 말세"라고 혼자 중얼거리거나, 길거리에서 사람들이 "빌어먹을 세상" 혹은 "망할 세상"하고 말하는 경우를 흔히 접한다. 이러한 말을 하는 사람들은 자신도 모르게 종말론을 피력하고 있지만, 듣는 사람은 놀라지도 않는다.

　기록으로 남겨진 가장 오래된 종말론은 사하라 사막에서 발견된 2000여 년 전의 비석(로제타스톤)에서 찾을 수 있다고 한다. 하지만 추측컨대, 인류의 역사가 비롯된 이래, 이러한 종말론은 인류와 함께 있어온 것일 테니, 별로 놀랄 일도 아니다. 그렇기는 하지만 우리나라에서 (신흥 종교)종말론이 자주 신문에 오르내리는 것을 보면, 흘려버려서는 안 될 것 같다.

　종말론은 길거리 철학자나 낙오자들의 푸념의 산물이라고만 볼 수 없는 사태가 작금에 빚어지고 있다. 이런 사태에 직면하자, 비판 정신이 투철한 학자들도 나름대로의 종말론을 피력하는 경우를 흔히 접할 수 있다. 이러한 학자들은 자신의 학문적 배경을 등에 업고 종말론을 제시하기 때문에, 단순한 경험에 등을 기대는 노인이나, 낙오자의 한숨 섞인 종말론보다 더 설득력이 있다.

이러한 종말론 가운데 그럴듯한 것으론 천문학자가 몇 십 년 전에 제시했던 혜성과 지구가 충돌함으로써, 지구의 생물이 종말을 맞는다는 종말론이 있다. 그들의 빛나는 학식이 계산해 냈던 그 날이 왔을 때, 아무 일 없이 지나갔다. 그러자 그들은 그 혜성이 몇 십만 킬로미터의 거리를 두고 지구를 빗겨갔다고 해명했다. 그들의 설명에는 우주에서 몇 십만 킬로미터는 지구상에서는 옷깃이 스칠 듯 말 듯 하는 것과 마찬가지라는 말을 하면서, 자기들이 거짓말을 한 것은 아니라고 강변한다.

천문학자들은 주로 광년으로 놀다보니, 수십만 킬로미터는 극미의 세계를 다루는 물리학자가 몇 나노를 생각하는 정도 밖에 안 된다고 자신을 정당화 한다. 이에 질세라 물리학자도 자신들의 종말론을 내놓지 않을 수 없겠다. 그들은 물리학적으로 계산하면 태양의 에너지는 핵이 융합(혹은 핵분열)해서 생기는데, 이 때 발산되는 에너지만큼 질량이 줄어들게 되니, 언젠가는 태양이라는 등이 꺼져 버리고 만다. 그 언젠가가 몇 억년 후라고 하니 바쁜 세상에 그만큼 아득한 때를 생각할 필요가 무언가? 셈은 그만두어 버리자.

요즘 가장 각광을 받는 학문이 경제학이다. 이 어려운 학문을 하는 이도 자신들의 종말론이 있게 마련이다. 그게 로마에서 발표된 『로마 보고서』의 종말론이다. 그 내용을 간단히 말하면, 경제가 무한정 발전을 거듭할 수만은 없다는 것이다. 언젠가는 자원이 고갈되며,

자원이 고갈되면, 인류는 살아남을 수가 없다고 한다. 그러므로 그 보고서는 경제성장을 좀 천천히 하여, 지구의 종말을 좀 천천히 맞이하자고 제안하고 있다. 이 로마 보고서가 발표되던 시절은 까만 색안경 낀 빅 브라더가 우리를 지배하던, 경제성장이 우리의 종교였던 시절이라, 거의 주목받지 못하고 넘어가게 되었다. 그 후 경제성장의 부작용이 쌓이게 되었고, 그래서 또 하나의 과학적 종말론이 등장하게 됐다.

그들은 우리의 귀에 낯선 전문용어를 들이대면서 협박성 용어를 나열한다. 요즘은 생리학자들까지 이들에 가세하여 나름대로의 종말론을 편다. 그들은 환경오염으로 인해서 지난 50여 년 동안에 남자의 정액 속에 있는 정충의 수가 줄어들고 있다고 한다. 이 정충수의 감소는 인류의 재생산 전선에 위험이 되어 종국에는 인류가 멸종하리라고 예언한다. 이 종말론은 후손 걱정을 많이 하기로 이름난 우리나라 사람에게 등에 식은땀이 나게 하는 것이었다.

이제까지 나열한 학자들의 종말론은 약간 과장된 현학적인 면도 없지 않지만, 이 세상이 바람직한 방향으로 나아가기를 바라는 염원에서 비롯된 것으로 생각할 수 있다. 과학자들은 일상적인 방법으로 비전문가들을 설득하려고 애썼지만, 씨알이 먹혀들지 않는다는 것을 깨달았다. 그래서 그들은 종말론이라는 충격요법으로 귀머거리들을 설득하려고 하고 있다.

과학자들이 이러한 판에, 이 세상을 가장 걱정한다고 자처하는 종교인들이 그대로 지나칠 리가 없다. 그들은 자신의 종교가 가장 훌륭한 종말론 시나리오를 가지고 있으며, 지구가 끝난 후에도 훌륭한 미래 세계를 준비했다고 자처한다. 그들의 주장이 황당무계해서, 경전 외에서는 객관적 증거를 찾을 수가 없다는 것이 항상 문제였다.

종교적 종말론을 따지고 보면 이상세계를 구현하려는 우리 조상들이 우리에게 경각심을 불러일으키기 위한 것이라고 할 수 있다. 그래서 종교인들이 종말을 주장하지만, 기존 사회유지에 있어서는 보수적이어서, 이 세상의 질서 유지에 적극적으로 참여함으로써, 우리사회의 존속에 기여한다.

이러한 종래의 종교적 종말론과는 딱 한 가지 점에서 다른 새로운 종말론이 등장해서 상식인을 웃기고 있다. 그것이 시한부 종말론이다. 종래의 종교적 종말론이 상징적으로 시한을 제시하는 데 비해, 이 유파는 과감하게 실시간적인 특정 시한을 제시한다. 그들은 현인들이 종말론에서 왜 시한에 대해 유보적이었는지를 고려해 보지도 않는 무모한 대담성을 지녔다.

대담함의 끝판왕은 종교와 손을 잡은 환경론자들이다. 그들은 아무리 목소리를 높여도 일반인들이 눈도 껌뻑하지 않자 종교에 빌려온 doomsday(신의 심판날)와 시계(clock)를 합성하여 doomsday clock(종말시계)를 들고 나와서 우리에게 충격을 준다. 더구나 이 시계는 종말시점 12시에서 5초 앞에 초침을 멈추고 있다. 5초 후에는 이 세상이 끝난다는 으름장이니 이 5초가 얼마나 길지 아무도 모른다.

그들의 대담성에 경탄해마지 않지만 세상이 망해야 할 시간이 닥쳤을 때 세상이 망하지 않으니 문제는 커진다. 그들은 뭐라고 변명해야 할지가 난감해 할 것이라고 걱정할 것 없다. 그들의 배짱은 과학적으로 상상할 수 없을 정도로 두둑하여, 또 다른 황당한 논리를 개발해 낼 것이 틀림없기 때문이다.

이쯤에 이르면 영국의 명재상이었던 처칠의 말이 생각난다. 처칠은 정치가는 어떤 안보에 위협되는 일이 나라에 일어날 것이라고 외쳐라. 그런데 그때가 와도 일어나지 않거든, 천연덕스럽게 자신의 경고 덕에 일어나지 않게 되었다고 말하란다. 병도주고 약도주면 된다는 말씀이다.

사회의 모든 현상이 시대상의 반영이라면, 이러한 종말론도 격동기의 우리사회가 겪고 있는 하나의 경련에 불과할 것이고, 앞으로 태어날 새로운 질서에 지레 겁을 먹은 소인배들의 노이로제적 발작이리라고 치부하자. 그러니 우리들은 종말론이 이상과 현실의 괴리를 참지 못해 개탄하는 소리로 여기면 용서할 수 있는 애교로 볼 수 있을게다.

약은 자들

—

요즈음은 잔꾀를 부려 자신의 이익을 챙기는 사람을 약다고 한다. 왕조시대는 '소인'이란 말을 쓰고 거기에 대척되는 말로는 '군자'란 말을 썼다. 9월 8일자 조선일보 이한우 칼럼에 간신천하란 글에 나온 소인, 군자의 판별법이 소개되어 있기에 몇 줄을 인용한다. "내 몸에 사사로움이 끼어들지 못하게 하고 천하의 백성을 내 마음으로 삼는 것이 군자요, 내 몸을 꾀의 실마리로 삼는 것이 아주 깊은 반면 천하 백성의 이해는 내 소관이 아니라고 여기는 사람이 소인이다." 이렇게 논하고 나면 군자와 소인은 쉽게 구별될 법도 한데 현실에서는 전혀 그렇지 않아서 우리를 혼란시킨다.

우선은 이 칼럼에서 군자와 소인의 가름은 벼슬에 나아갔을 때의 몸가짐, 마음 가짐을 두고 논한 것이기 때문에 쉽게 이해되지 않고 적용하기도 쉽지 않다. 우리는 논의를 쉽게 하기 위해 우리 생활에 바탕을 두고 평범한 사람 얘기를 하고 싶으니 군자나 소인 같은 거창한 말을 피하고 약은놈과 어리석어 약지 못한(머저리 같은) 사람얘기를 해보는 것이 쉽다. 그래도 장준은 군자와 소인을 가르는 기준이 사사로움이 끼어드느냐와 천하 백성의 이해에 관심 가지는지 여부라 했다. 쉬운 말로 하면 소인은 오로지 자신의 이익을 챙기는 사람이고 공적 이익에는 무관심한 사람이라 할 수 있다. 나는 이 단계에서도 더 낮추어 약은놈은 자신의 이익만 챙기고 남 생각은 조금도 하지 않는 사람이라 생각하고 논의를 시작하고자 한다.

"약다" 라는 말은 그리 환영을 받지 못하는 말인 듯 하다. "약다"는 말이 주로 사람들 뒤에서 수근거릴 때 쓰지, 칭찬할 때 쓰지 않는 것만 보아도 알만하다. 연유를 알고자 사전을 뒤적여 보았다. "약다"는 '자신의 잇속을 차려서 남의 일에 관여하지 않는 것'을 의미한다고 적고 있다. 다른말로 바꾸어 말하면 자신의 이익을 최우선한다는 의미이다. '이기적' 이란 말과 유사하고 '이타적'이란 말과는 대척점에 놓인다.

누구나 다 공동체 사회에 살고 있으면서 공동체 구성원으로써 해야할 바를 다해야 하는 것이 의무라면 그 의무를 다하지 않는 것은 공동체의 다른 구성원들에게 미움을 살 수 있으니 칭찬에는 쓰이지 않는 말이 되었는가보다. 그래서 "약다"는 말은 '잔꾀를 부린다' 혹은 '잔머리를 굴린다'는 말과 함께 쓰이는 것을 보면 사회적으로 그리 환영받지 못하는 것 같다.

80을 넘어 살면서 수없이 많은 사람늘을 만나보았다. 그 숭에는 약은 놈들도 있고 약다라는 말의 정의와 반대되게 공동체를 위해서 아니면 다른 구성원들을 위해서 헌신하는 약지 않은 사람 혹은 이타적인 의인이라고 까지 말할 수 있는 사람도 만나보았다. 흔히들 의인이라는 말을 쓰기 부담스러울 경우는 바보 같은 사람이라 부른다. 여기서 바보 같다 라는 말은 잔머리를 굴릴 줄 모르는 사람이란 말과 유사하다.

어머니께서 아버지가 듣지 못하는 곳에서 아버지를 일컬어 바보라고 하신 것도 이런 탓에서 인가보다. 아버지는 마을이나 가문에서 하는 일에 '설두(設頭)' 하기를 잘하셨다. 이 탓에 욕을 들어먹기도 하셨지만 마을을 위해 남기신 것이 한 두가지가 아니었다.

내가 어느 정도 장성하였을 때 아버지는 달랐다. 베풀기를 너무 좋아하셨다. 어머니 말씀을 좇으면 우리집 앞을 지나는 까마귀도 그냥 보내시지 않는다 하실 정도였다. 그러니 어머니는 하루에도 몇 번 술을 걸러야 했을 정도로 아버지가 사람들을 대접하는 수발을 들어야 했던 것이다.

아버지께서 중년을 넘기자 동네에서 현자로 추앙을 받은 탓인지 젊은이들이 삶의 지혜를 구하러 우리집에 발길이 끊이지 않았다. 이 탓에 우리 마을 젊은이 들이 아버지의 충고대로 보도연맹(공산당 청년조직)에 가입하는 젊은이들이 이웃 동네보다 적어서 나중에 불행을 겪는 이가 소수에 그칠 수 있었다는 이야기가 전해온다.

약은 자들이 주로 쓰는 무기는 언변이다. 그러니 언변이 좋은 사람 혹은 말 잘하는 사람은 약은 놈이라는 등식이 거의 적용된다. 우리 동네 박씨가 바로 그런 예에 속한다. 박씨는 누구에게 돈을 빌리면 절대로 갚는 법이 없었다고 한다. 만약 용감한 사람이 빌려준 돈을 받으러 갔다가는 박씨의 말에 넘어가서 도로 돈을 더 빌려 주고 박씨댁의 삽짝을 나온다고 한다. 그의 말솜씨가 얼마나 현란 했을까 미루어 짐작할 수 있다. 박씨도 약은 사람이었다. 문중안에서 공동으로 일을 벌리면 매번 자기 몫에 해당하는 돈을 내 놓지 않고 넘어간다는 소문이었으니 약기는 약았는가보다.

말솜씨가 약게 사는데 필수적인 덕목은 아닌가 보다. 일찍이 중국에서 말 잘하기로 소문난 소진과 장의는 천하 통일이란 꿈을 실현하려는고 말솜씨를 뽐내지 않았던가? 소진과 장의는 내가 말하는 약은 사람은 아니다. 그러고 보면 말솜씨란 재주를 아주 작은 욕심을 실현하는데 써 먹는 경우가 보통 우리가 직면하는 경우이다.

예를 들어 우리 주위에 장남이 되어 부모가 남긴 시업을 동생들에게 하나도 주지 않거나 쥐꼬리만큼 주고 혼자 꿀꺽하고 현란한 말솜씨로 넘기는 예들을 흔히 본다. 가까운 예를 들면 이웃 공씨다. 그가 내세운 이유는 장남의 권리다. 그들은 상속법이 40여년 전에 바뀌었다는 사실에는 눈귀를 막고 이조시대의 상속제도를 들고 나와서 자기를 정당화한다. 약은 사람은 항상 남이 거부할 수 없는 거창한 윤리적 대의를 내세운다. 그래서 자기 아버지 유산을 독차지 하는 것은 아버지의 뜻을 받들기 위해서 아니면 조상 묘, 제사등을 관리하기 위해서라 강변한다. 한 마디로 효(孝)를 위해서라고 한다. 그들은 효 뒤에 자신의 흑심을 숨긴다. 다른 상속권자들은 그들의 효라는 절대 방패 앞에는 물러 설 수 밖에 없다.

그러면 약은 자의 밥이 되는, 약은 자들이 바보로 아는 우리 같은 범인들은 어떻게 약은 자들로부터 자신을 보호할 수 있을까? 한 마디로 말해 약은 자들보다 더 똑똑해 지는(outwit)거다. 그게 그런데 쉽지 않은 일이다. 우리 범인들은 신세타령으로 분을 삭이거나 운명으로 치부한다. 그리고 남에게 못 된 짓하고 잘 되는 꼴 못 보았다는 말을 자신의 분노를 삭이는데 전가보도로 쓴다. 이러다 보니 소위 약은 놈 똑똑한 놈이 자기보다 더 똑똑한 놈에게 당하는 꼴을 보면 삼년 묵은 체증이 내려가는 듯 하다.

약은 사내는 시대가 변할 때, 왕조가 변할 때, 잽싸게 조류(ternd)를 갈아타든지, 이제까지 따르던 줄을 바꿔 타든지 한다. 신숙주가 성삼문과 함께 서있던 줄에서 이탈하여 결국 세조가 되는 사람의 뒤에 선 것 같은 행동을 한 것도 약은 짓 한 것 아닌가?

줄을 선다고 하니 가형의 일화가 생각이 난다. 6,25 사변이 한창이던 시절에 대구 어느 초등학교 임시 군입대 선별장에 끌려갔다고 한다. 거기는 무지래기 농사꾼들이 운동장 가득히 끌려와 있었다고 한다. 처음 징병검사관(흰 의사 가운을 입고 있다)이 농꾼들의 가슴을 헤치고 청진기를 갖다대고 하더니 그것도 귀 찮았던지 징병관 중 한분이 운동장에 있던 연단에 올라가서 느닷없이 호르레기를 획 불어서 사람의 이목을 끌더니 자기 주위에 모이라는 손짓을 했다고 한다.

운동장 농꾼들은 그 장교의 말대로 연단 가까이로 엉거주춤 모여들었다고 한다. 그러자 그 장교(군복이란 것을 본적이 없었으니 장교인지 아닌지는 모르지만 그 분의 옷에 붙어 있는 쇠조각들이 번쩍거리니 장교로 볼 수 밖에)는 호르라기 소리처럼 느닷 없이 "나라를 위해서 몸바칠 각오가 된 사람들은 오른 쪽에, 지금 귀향해서 농사지으러 가고 싶은 사람은 왼쪽에 줄을 서라"고 마치 거위처럼 꽥꽥거렸다고 한다.

농꾼들의 웅성거리는 소리가 한동안 계속 되었다. 아마도 농꾼들은 귀가해서 농사를 마무리해야 한다고 결심을 굳힌 듯 왼쪽으로 사람들이 솔리고 오늘 쪽에는 거의 사람들이 없었다고 한다.

형은 잔머리를 굴렸다. 이(군을 뽑으러 온)사람들은 사람이 필요한데 왜 집으로 보내 주겠다고 하는 지가 의심스러웠다고 한다. 틀림없이 그들이 필요로 하는 사람수는 여기 모인 사람 대부분을 데리고 가야 맞출 수 있다고 생각하고 일부러 많은 사람이 모이도록 유도하기 위해 귀향이라는 말을 한 것 같다고 결론을 내리고 전장에 나갈 각오를 하고 있는 사람이 서 있는 줄에 다가가 엉거주춤 서 있었다고 한다. 우리 마을의 형의 친구 한분도 평소에 형의 말이라면 잘 따르던 유모씨도 형과 함께 왼쪽 줄에 합류했다고 한다.

이렇게 두줄로 확연히 갈라지자 예의 장교는 부하들에게 명했다고 한다. 오늘 쪽 사람들을 인솔하여 트럭에 태우라고 명령했다고 한다. 그들을 태운 트럭이 운동장을 빠져 나가는 것을 본 장교가 몸을 돌려 남은 사람들에게 손짓하여 연단 주위로 모이게 하더니 목소리를 부드럽게 하여 말했다고 한다. "당신들의 애국심에 놀랐소. 집으로 돌아가 열심히 농사를 지으시오!" 이것이 형이 군에서 귀가 제대를 허가 받은 내력이다. 그 후 형은 공무원으로 임용되면서 군 면제 혜택을 누렸으니 사실 상 군에서 제대한 셈이다.

내가 약은 자들을 은근히 비꼬고 있으니 독자들은 내가 약은 자들을 싫어하는 속내를 읽고는 나에게 너는 어떤가라고 묻고 싶어하는 사람들이 있을 것이다. 사람들을 이분법으로 나누려는 것을 배격하는 지라 약은 자와 자기를 희생하기를 쉽게 생각하는 이타적인 사람 사람 사이에 어디에도 속하지 않는 중간에 있는 사람들이 있다는 것을 잊지 않는다. 나는 한 술 더 떠서 이 회색지대의 사람이 훨씬 많다고까지 생각한다. 더욱이 나는 상황에 따라서 약은 사람이 되느냐 아니면 이타적인 사람이 되느냐 결정된다고 보는 것이 정확하다고 생각한다. 예를 들어 보자.

연세대 뒤 고개를 넘어 가면 그 때는 일반에게 새벽 운동을 하도록 개방된 아스팔트 정구장이 있었다. 가끔 집사람과 정구를 치느라고 새벽에 나가면 만나는 60~70대의 부부를 만난다. 부인이 남편이 어느 교회 장로이고 자기는 권사라고 소개했다. 그러고는 만날 때마다 우리에게 교회에 나오도록 권면했다.

때로는 장난기가 발동하여 살짝 기독교 교리를 비꼬아서 물어보기도 한다. 그러면 그분들은 진지한 목소리로 반론을 제기하기도 했다. 어느 날인가 내가 거창한 질문을 대수롭지 않은 듯 불쑥 던진 적이 있다. "성경 66권을 한 마디로 요약하면 뭐라고할 수 있소?"라고 했다. 아주머니는 "이웃 사랑입니다!"라고 대답했다. 나는 감동적으로 받아들는척 했다. 그리고 속으로는 권사님의 성경공부가 보통 수준은 아니라고 감탄했다.

그분들과 사귐이 어느 정도 깊어지자 일상적인 이야기나 신변잡담도 늘어 놓게 되었다. 어느 날인가 여행이야기가 나오면서 마침 춘천 소양강 댐에 다녀온 이야기를 집 사람이 했다. 그러자 권사님인 부인이 집사람 이야기를 넘겨 받아서 신나게 떠들기 시작했다.

권사님은 자기가 실제로 당한 얘기라면서 먼저 군침부터 삼켰다. 권사님 일행이 소양호에서 유람선을 탔을 때는 이미 유람선이 만원에 가까웠다고 했다. 일행 모두는 소양강댐 주변 경치에 매료되어 유람선의 정원 같은 것에 신경을 쓸 여력이 없었단다.

유람선이 호수 한 가운데 이르르자 유람선에 승선하기 전에 한잔씩 걸친 승객들이 끼리끼리 모여 춤판까지 벌렸다고 했다. 그때까지도 아무도 위험을 감지하고 경고하는 사람이 없었다고 한다. 배가 기우뚱 하는 것을 느끼고 손을 뻗쳐 무엇을 잡으려 했을 때는 이미 배가 옆으로 드러 눕기 시작했을 때였다고 한다. 선상은 아비규환 그 자체였다고 한다. 단말마 같은 소리, 엄마, 아빠를 부르는 소리, 아이고 등등의 이 세상을 하직하는 인사들이 체면불고 내지르는 단말마 같은 소리에 귀가 찢어질 정도였단다.

우리 권사님은 언제 물에 빠졌는지 알아차리기도 전에 물속에서 살려고 허우적 거렸다고 한다. 아무렇게나 수영의 4가지 자세에도 없는 몸짓을 게을리 하시 않았다고 한다. 그러다 운 좋게도 떠 있는 배의 한 조각인 널빤지를 잡고 천신만고 끝에 겨우 그 위에 올라 탈 수 있었단다.

살았다는 기분이 들쯤에 어떤 사람이 자기처럼 널빤지에 올라 타려고 안간힘을 쓰는 것을 목격했다고 한다. 그가 타게 되면 널빤지가 가라앉을 수 있다는 것을 직감하고 그 사람의 대가리를 한 발로 힘껏 차버렸다고 한다. 그 사람이 널빤지에 멀어져서 허우적 거리는 사람의 무리 속으로 떠내려 갔다고 한다. 우리 권사님은 이렇게 잽싸게 널빤지를 혼자 차지할 수 있어 살아 남을 수 있었단다. 그리고 권사님은 일생일대의 정성을 들여 하느님과 예수님을 불러대며 기도했다고 한다. 그래서 그녀는 살았노라고 말했다.

이 사건은 당시에 큰 사건이었다. 사상자가 다수 인 점도 문제였지만 정원을 두배 이상을 승선시킨 유람선 회사의 무신경도 문제였다. 40여년이 지난 지금 돌이켜 보면 인재냐 천재냐 사상자 수 같은 문제는 다 닛어버리고 우리 권사님의 행운(?) 아니면 대담함(?)이 이기적이었다는 생각만 머릿속에 남아 있다. 아니 그 보다는 내가 그 사건의 당사자였다면 나도 그러지 않았겠는가하는 생각까지 고개를 처든다.

나같이 클래식이 흐르는 거실 안락의자에 앉아 있는 사람은 물속에서 허우적거리며 살려달라고 외치는 절체절명의 사람이 겪은 일을 두고 감히 이기적이고 약았다라는 평을 할 수는 없을 것이 아닌가?

결국 인생사 모두가 그렇듯이 우리 범인은 가장 약은 자에서 가장 약지 않은 사람까지의 연계선 어딘가에 있지 않을까 싶다. 그러니 내가 때로는 이기적 이라고 해서 낙망해서 지옥에 예약해 놓은 놈이라고 생각하지도 말고 어느 날 공공의 이익을 위해 혹은 남을 위기에 구해주는데 일조를 했다고 해서 천당으로 직행할 정도의 훌륭한 놈이라고 생각하지도 말아야 하는 게 옳다. 그저 하루 하루 인간으로서 인간답게 살아가려고 노력하면 되는 게 아닌가?

신은 우리에게 무엇을 바랄까?

—

연희동 살때였다. 집 가까이 공원이 있어 수시로 드나들었다. 어느날 직업기독교전도사와 실없는 논전에 휘말렸다. 전문 기독교 전도를 하는 사람과 헤어져 집에 돌아와서 그분과 나눈 화두가 맘속에 맴돌기 시작했다.

전도는 왜 하느냐는 내 질문에 전도사는 신이 우리가 신을 믿기를 원하기 때문이라고 했다. 나는 문득 의문이 들었다. 우리가 무엇을 원하는 것은 우리의 부족을 메우기 위해서이다. 그래서 영어의 원한다를 의미하는 want는 부족의 의미도 가지고 있다. 내가 알기에 부족이 바람의 원인이라면, 아무것도 부족한 것이 없는 신이 무엇을 우리에게 얻어가서 당신의 부족을 메우려고 하겠는가?

그런데 공원에서 만난 30대의 기독교 전도사는 분명히 신이 원한다고 말하고, 성경에 그렇게 기록되어 있다고 말한다. 기독교의 논리대로 성경이 신의 말을 기록한 것이라면, 그 말이 사실로 믿어야 할 것이다. 어느 신학자가 일러준 말에 의하면, 성경에는 군데군데 표현상의 혹은 문법적인 오류가 있다고 한다. 기독교인들의 주장대로, 성경이 신의 말씀을 쓴 것이라면 완벽해야 한다. 그런데 군데군데 실수가 보이는 것으로 보면, 저자가 인간임에 틀림없다고 할 수 있다. 다시 말하면 성경은 신의 권위를 빙자하여 인간이 창조한 책이라고 할 수 있다.

이러한 논리를 확대하여 성경에 나타난 신, 기독교 신앙의 대상으로 삼는 신은 사람이 창조한 것이라고 주장하는 사람들이 있다. 이런 용감한 분 중에 한 분이 암스트롱이다. 그녀는 『신의 역사』에서 조목조목 그 증거를 나열하고 있다. 그녀는 이 주장을 기독교의 신뿐만 아니라, 이슬람교의 신은 물론, 인간이 믿는 모든 신은 인간의 피조물이기 때문에 모든 신에게까지 적용할 수 있다고 한다.

그녀가 제시한 첫 번째 증거는 인간의 지식의 양의 증가에 따라, 신도 진화하는데서 찾을 수 있다고 한다. 그래서 그녀는 자신의 저서의 명칭을 『신의 역사』라고 한다고 했다. 이어서 기독교에서 주장하듯이 신이 처음부터 완벽하다면, 신이 변할 수 없으므로 신의 역사가 존재할 수 없다고 덧 붙인다. 그녀가 자기의 저서를 『신의 역사』라 한 것은 신에게도 인간의 변화에 따라, 변하고 있다는 것을 나타내기 위해서라 한다.

기독교인들은 아마도 이러한 주장에 아래와 같은 반론을 제기할 것이다. 신이 변한 것이 아니라, 신에 대한 인간의 생각이 변한 것이라고. 만약 이 주장이 사실이라면, 신의 말을 기록한 성경에서 발견할 수 있는 신에 대한 개념들의 변화는 어떻게 설명해야 할까?

서양 사람들은 무엇이든 정의하기를 좋아한다. 그래서 그들은 신을 정의하는 불경을 저지르는 것도 서슴치 않는다. 그리하여 신은 스스로 존재하며, 어느 원인에 의해서 존재하지 않는 존재라고 신의 속성을 제시하고, 덧붙여 신이 7대 속성을 가지고 있다고 한다. 7대 속성에 신은 완벽하고, 전지전능하고, 무소불위한 것이 3대 속성이라 한다. 이 정의가 옳다면 우리가 모두에서 한 말, 신은 우리에게 아무것도 원하는 것이 없다는 말이 참이 된다. 이러한 견해를 가지면 어느 궤변가의 독설처럼 신은 인간을 사랑한 적이 없는데 인간이 신을 짝사랑하고 있다는 것이 사실이 된다.

동양인들은 유일신을 만들어내지 않은 것 같다. 문화마다 다르긴 하지만 대개 어떤 짐승 비슷한 존재가 창조주로 등장하기도 한다. 이렇게 등장한 신은 본격적으로 자기 존재를 증명하는 거대한 이론 집단(신학자들)을 거느리고, 자신을 정당화하려는 작업을 할 여유가 없었다. 이 때문에 신을 만든 분들은 신이 유일적 존재로 까지 발전시키지 못했다. 그저 할머니들이 화롯가에 앉아, 긴긴 동짓날 밤에 손자들의 무료를 달래기 위해서, 만들어 낸 이야기 수준을 넘지 못했다해도 과언이 아니다. 서세동점에 빌붙어서 서양신이 동양에 왔을 때, 동양신은 똘마니 세력의 부족과 조직력의 부족으로, 꼬리를 내리고, 서양신에게 자리를 내줄 수밖에 없었다.

그러나 나는 서양의 신에 대항할 수 있는 동양의 대응물(counterpart)

이 없는 것이 아니라고 생각한다. 그게 바로 도(道)다. 동양의 도는 여러모로 서양의 신과 닮은 점이 한 두 가지가 아니다. 몇 가지 유사점을 들어보자. 첫째, 그 형체가 잡혀지지 않는 점이다. 노자가 오천여언으로 도를 논했다. 그래서 그는 자기 논지를 적은 저서를 〈도덕경(道德經)〉이라 했다.

장자가 노자를 도와서 10여 편의 우언적 저작으로 도를 설명했지만, 도를 모두 설명했다고 아무도 생각하지 않는다. 오히려 그들의 설명은 도에 대한 신비감만 더하여 주는 결과를 낳아, 오히려 도를 이해할 수 없는 것으로 만들어 버렸다는 것이 정설이다. 그래서 그들의 저술을 분명히 하려는 노력이 결실을 맺지 못하자, 아예 종교의 영역으로 밀쳐버리고 믿기만 하자고 결론을 내리는 사람들이 줄을 이었다. 그래서 노자가 관외로 나갈 때 그를 만류하여 말을 쏟아내게 한 사람처럼 그에 대한 존경심을 나타내고자 예로부터 내려오던 신선이란 개념을 빌어왔다. 그래서 노자는 인간의 세상을 떠나 신선이 되었다고 주장한다. 이렇게 노자를 신선으로 모심으로써 노자에 대해서 할 일을 다 한 것으로 보고 더 이상 노자를 분석하려고 들지 않는다.

도가 신선개념과 합작하여 종교의 기본 골격이 이루어지자, 이를 도교라 이름했다. 도교를 따르는 사람이 늘어난 점에서도 초기 기독교가 이름을 갖게 되면서, 신도가 늘어난 것과 유사하다. 다만 다른 점은 도가 희랍철학과 같은 논리적 철학을 만나지 못하여, 논리라는 무기를 갖추지 못한 점이다. 도두 만약 논리를 갖춘 희랍철학과 같은 어떤 철학과 합세했더라면, 도를 정당화해 줄 신학자를 거느려 교세가 한결 공고해졌을지 모른다.

또 하나 유사점은 기독교가 희랍의 신비사상을 기독교에 끌어들여서 천사를 만들어 내었듯이, 도교는 중국의 전래의 황제사상과, 신선 사상과 합작함으로써, 천계의 최고지도자와 그 아래의 주민 격인 신선을 가지게 되었다. 이리하여 도교도 교인들에게 신앙의 궁극적 목적을 만들어 주는 체제를 갖추었다. 그러면 기독교인의 궁극 목적이 천당에 가는 것이 듯이, 도교의 궁극목적은 천계에 상주하는 신선이 되는 것이 될수 있다.

그러나 기독교의 천사와 도교의 신선은 다르다. 천사는 하느님의 신부름꾼이니, 태초부터 존재한 반면, 도교의 신선은 사람이 도를 터득하면 즉, 도를 닦으면 신선이 될 수 있는 존재인 점이 다르다. 이러한 발전을 거쳐 도교는 오늘날까지도 동양에서 많은 신도와 심증적 동조자를 가지고 있다.

우리는 이 시점에서 하필 노자가 길을 의미하는 道를 빌어서 개념들의 총화를 만들어내는 가를 생각해 볼 필요가 있다. 서양 사람들은 인간에게 부족한 것은 모두 갖춘 신을 창조했다. 이 신은 그들의 길이 아닌 최종목적(실상)이었다. 그런데 동양인은 최종 목표에 이르는 길로 자신들의 부족함을 메꾸려고 했는가를 생각해보면 재미있다.

결국은 목표에 이르는 것은 마찬가지인데, 동양인은 과정을 중시

했다면, 서양인은 목표를 중시한 것인가? 동양인은 길로써 쉽게 사람들을 설득할 수 없다고 생각한 나머지 신선이라는 목표를 설정하게 되었는지 모른다. 또한 도가 길이므로 닦는다는 표현과 함께 묶인다. 길을 닦듯이 도를 닦는다는 표현이 가능하다(기독교에는 신앙을 닦다는 말은 없다).

그런데 이 신선이라는 목표는 천당이라는 목표와는 다르다. 신선은 인간이 자신의 정신을 청정화 함으로써 얻어지는 개인의 승화된 존재라면, 천당은 완벽한, 부족이라고는 없는 장소 개념이고, 이 장소에 신이 세운 장소에 있는 사회라는 점에서 다르다. 신선이 되는 길은 다른 사람을 도교교인이 되게 할 필요가 없고, 다른 어떤 존재의 도움을 필요로 하지 않는다. 그런데 천당에 가는 것은 신의 도움이 필요하다. 개인은 아무리 정신을 갈고 닦고 선행을 하더라도 천당에 갈 수는 없다. 이 차이 때문에 기독교는 신을 설정할 수 있고, 신이 길이요, 목표가 될 수도 있다. 도교도 이러한 결함을 알고, 상제가 사는 나라를 후세에 추가하기도 하지만, 연결고리가 좀 매끄럽지 못하여 일반인들에게 호소력이 약한 것 같다.

기독교와 도교를 비교하면 종교가 주는 약속의 강도와 종류가 다른 데서, 세계적 종교가 되느냐, 지방적 종교가 되느냐로 갈리는 것 같다. 기독교는 영생복락을 약속하고, 인간세계에서 누리지 못한 것을 모두 약속하는 반면, 도교는 신선이 되어 봤자 완벽한 자신의 존재를 즐기는 것 외에는, 누릴게 별로 없다. 개인적인 제약을 뛰어넘는 인간이 되는 것에 불과하기 때문에, 기독교가 약속하는 것과는 다르다. 그렇다고 해서 도교의 성질상 너무 많은 것을 약속할 수도 없다. 도교는 원래 목표에 이르는 길을 의미하고 있으나, 길의 끝 즉 목표가 어떠하다는 것을 설정하지 않고 있기 때문이다.

기독교와 도교의 또 하나 다른 점은 인간의 적을 상대하는 방법을 다르게 제시하는 점이다. 기독교는 신에게 의지하기만 하면, 신이 모든 해결책을 제시해주며, 해결책을 이행할 수 있는 힘을 주신다고 한다. 그러나 도교는 자신을 닦으므로 해서 적이 생기지 않는 경지에 이르게 된다고 주장한다. 인간이 가지고 있는 육체적이거나 정신적 한계를 뛰어넘기 때문에, 인간의 종래의 적은 아무 문제가 안 된다고 한다. 인간은 나 자신의 허약함을 알기 때문에 도움을 주는 쪽을 아마도 쉽게 선택함으로 기독교 신자가 될 확률이 높다. 반면에 자신에게 부담을 지우는 쪽, 즉 신선이 되는 쪽을 선택하는 사람은 상대적으로 드물 것이다. 이러한 차이가 두 종교의 신도수와 포교지역의 넓이에 차이를 낳았을 것일까?

두 종교를 비교해 보면서 결국은 종교의 목적이란 모두 비슷하다는 결론에 이른다. 종교의 목적을 한 마디로 요약한다면 궁극적인 실상(ultimate reality)의 추구라 할 수 있다. 기독교는 신이 궁극적 실상(God is the ultimate reality)이라고 주장하는 반면, 도교라든지, 불교 같은 동양에서 비롯된 종교는 궁극적인 실상에 이르는 방법(길)을 기술 하고 있는 점에서 다르다.

또 하나 다른 점이라면 기독교는 궁극적인 실상에 이름(God)을 부여하고 인격을 부여했다는 점이다. 그러나 도교는 만물을 관통하는 이치를 앎으로써, 궁극적 실상에 이르는 것으로 보기 때문에, 단일한 이름을 부여하고 있지 않은 점이 기독교와는 다르다. 그러기 때문에 장자는 도는 절대적이기 때문에, "그 성질로 규정할 수 없는 것이라 했다." 결국 이렇게 보면 인간이 신을 창조했다는 암스트롱의 의견과 일치하게 된다.

그녀의 의견을 좇으면, 신이 원하는 것은 인간이 원하는 것과 일치한다는 결론에 이른다. 다르게 말하면 인간이 신의 이름을 빌려서 인간 전체에게 하는 명령, 그것이 바로 신이다. 이러한 명령의 필요성이 인간의 종교를 창조한 원인이라고 할 수 있을 것이다. 그것은 아마 인간이 가장 두려워하는 일이 일어나지 않게 하려고, 신에게 힘을 부여하는 것이다. 그러면 인간이 가장 두려워하는 것은 무엇인가? 그것은 바로 인간이 사회를 파괴하고 인간 개체까지 파괴하는 것이라고 할 수 있다.

이러한 두려운 일이 일어나지 않게 하는 방법은 무엇인가? 아마도 그것은 증오심이 일어나지 않게 하여, 집단이나 개인 사이의 분쟁이 일어나지 않게 하는 것일 것이다. 전쟁이 일어나지 않으려면 기존의 관습이나 질서를 지키도록 하는 것이다. 옛날 인간 조상들이 해서는 안 되는 것을 하지 않도록 하는 방법으로 터부(Taboo)를 만드는 것이었다. 이것이 효력이 없자, 터부를 만들게 되는 의도를 체계화하여 종교를 만들었을 것이고, 신에게 명령권을 주었다.

그러므로 인간이 인간답게 산다는 것이 종교의 목표다. 이 목표를 실천하는 것이 이상적인 종교적 교리의 실천자가 되는 것이다. 신은 우리에게 초월적인 존재가 되기를 바라지 않을 것이다. 인간이 인간의 한계를 알기 때문에, 인간이 만든 신이 이 한계를 넘게 하지는 않을 것이다. 그래서 신은 인간이 자신의 능력 범위 내에서 생존하기에 제일 적절한 환경을 만들어, 인간 모두가 공존하기를 바랄 것이다. 이것보다 더 많은 것을 요구하는 신을 가정하는 종교는 신의 이름을 빌어서 어떤 부류의 인간의 욕심을 채우기 위해서, 신의 이름을 도용하고 있다고 할 수 있다. 이 부류에는 우리가 성직자라 부르는 사람들뿐만, 아니라 종교와 결탁하여 자신들의 번영을 누리려는 사람들이 들어간다.

인간이 자신을 위해서 만들어 낸 종교가 인간을 위협할 정도의 존재가 되어 버린 것이 오늘날의 실정이다. 서양도 교회의 손아귀에서 인간이 해방된 것이 오래지 않다. 이러한 서구는 끊임없이 종교의 힘을 견제하여 종교의 정치 간섭을 억제하려고 부단히 애쓴다.

이러한 서구에 반하여 인간이 종교의 손아귀에서 벗어나게 하는 격변을 겪지 못한 아랍 세계는 종교로 인한 폐해가 한두 가지가 아니다. 물론 그 속에 사는 이슬람교도들에게는 종교적 구속이 신의 은총을 얻는 방법으로 알고 감사하며 지낼지 모르지만, 국외자에게는 종교적 폐해에 불과하다. 이러한 종교적 폐해에는 과거에 불교가 융성했던 중국, 현재 동남아의 여러 국가들에게 드러난다. 그리고 우리나라도 유교라는 종교 아닌 종교 때문에 겪었던 폐해는 대단했다.

이러한 종교적 폐해를 보고 새로운 종교의 창제를 역설하고 있는 이는 신의 인간 창조설 주창한 암스트롱이다. 그녀는 종교적 폐해의 원인은 인간이 절대적 초월적, 전지전능하고 무소불위한 신을 가정하는데 있다고 결론을 짓는다.

그래서 그는 인간의 행복을 위해 신이 없는 종교를 만들자고 제안한다. 그녀는 자신의 종교이름을 인본주의(humannism)로 하자고 제창한다. 그는 인간을 종교의 중심에 두고, 인간의 이상을 인본주의 속에 투영하게 하자고 덧붙인다. 그러면 인본주의에서 인간이 오늘날의 관습적 종교가 제공해 온 인간의 삶의 궁극적 목표를 발견할 수 있는 수단을 발견하게 될 것으로 본다. 아마도 이러한 종교가 인간의 가슴 속에 뿌리내리게 되면 인간애가 모든 인간의 가슴 속에 자리 잡게 되어 종교 간의 전쟁은 물론이요, 종족 간의 살육, 나아가 무역에서의 이익을 독차지하기 위한 전쟁도 종식되리라 본다. 그래야만 인간 세계에 평화와 안녕이 영속할 것이라 한다.

진리론

—

　필자가 진리에 대해서 논하려고 한다는 것을 눈치채기만 해도, 핏대를 올리는 분들이 있을 것이다. 자다가 봉창 두드리냐 하는 놈에서부터, 대학시절 경흥집(대포집)에서 마신 술이 아직 덜 깼나하는 놈까지도 있을게다. 그래도 수원대학 영문과 제자들은 교수님이 수업 시간에 하셨던 말씀을 실천하시려는가 보다라고 말할게다. 좀 더 나를 잘 아는 제자는 인지문법에 진리치라는 말이 등장하더니, 아예 "치"자를 "론"자로 바꾸신가보다 할지 모른다.

　사실 내가 이 글을 쓰게 된 동기는 지금부터 거슬러 올라가 고등학교 시절 잠시 교회에 다녔을 때의 추억에서 찾을 수 있다. 시골 중학교에서 부산에 있는 한 고등학교(경남 고등학교)에 진학한 촌놈인 내가 처음 한 일은 누나가 다녔던 교회(대신동 교회)에 나가는 것이었다. 처음 맞이한 주일날 교회에 간 첫 날이었고, (고)최일영 목사의 설교를 처음 들은 날이었다.

성경봉독에 이어 찬송가 부르는 순서가 끝나자, 목사님의 설교가 시작되었다. 이때까지는 나는 처음 벌어지는 일들에 눈이 휘둥그레져서, 촌 닭 장에 나온 꼴을 하고 있는 시골촌놈이었다. 찬송가 소리가 끝나고 잠시 침묵이 이어질 그 때 느닷없이, "쾅"하는 설교단을 치는 소리가 나고, "말씀은 진리이니라" "이 진리를 믿는 자만이 지옥불을 피할 수 있고, 천국에 이르느니라!"라는 말들이 폭포수처럼 쏟아져 나왔다. 이어지는 설교는 한마디로 촌놈인 나에게는 협박으로 들려서, 묘하게 진리와 협박이 한 꾸러미로 엮인다고 느꼈다.

그 후 3년간 최 목사님의 설교를 들으면서, 진리란 무서운 것이고, 그것을 따르지 않으면, 지옥 불속으로 떨어지는 것으로 알고 교회에 다녔다. 고등학교를 졸업하고 진리등대를 기치로 내걸고 있는 대학교에 진학하는 것은 당연한 귀결이었는지 모른다. 대학에 들어가자 일련의 미국 유학파 교수들을 접하게 되면서, 내 진리관이 달라지기 시작했다.

60년대 초 미국 대학에 유학하고 돌아온 교수들은 우리에게 말끝마다 비판정신을 들먹였다. 대신동 교회 최 목사가 우리에게 심어준 진리관도 비판 의례를 통과해야, 제대로 된 진리가 될 수 있다는 것을 배웠다. 필자가 한동안 혼란기를 겪은 것은 불 보듯 뻔 한 일이었다. 필자도 진리등대 기치를 높이는 대학 출신답게 진리란 무엇인가에 대해서 나름대로 비판을 거친 답을 찾으려 했다.

먼저 진리가 과연 성경에만 갇혀 있는 것인가? 기독교도의 전유물인가하는 질문을 던져 보았다. 유교를 대변하는 우리의 사상가들(아버지를 포함하여)에게서 도(道)란 말은 들어보았지만, 진리(眞理)란 말은 들어 보지 못해서 생소하기도 한 말이었다.

내가 다닌 대학 뱃지에 새겨진 대학의 기치가 진리등대(veri tax lux mea)였다. 나도 이 기치를 높이 들어야 한다고 믿고 외쳤다. 그래도 그거야 기치니까, 그래보는 것이거니 했다. 그래도 대학에서 비판이란 말에 물이 들자 우리 대학의 기치에 대해서도 비판을 해보고 싶었다. 그래서 자연히 진리가 무엇인가? 라는 질문이 오래 내 머리에 맴돌게 되었다.

먼저 알게 된 것은 진리란 영어 truth의 역어란 사실이었다. 그런데 묘한 것은 truth가 fact(사실)하고도 연관이 된다는 사실이었다. truth는 true의 명사형이고 true는 사실을 사실대로 말하는 것. 즉, 우리말의 "곧이곧대로"와 유사한 의미라는 것을 깨달았다.

논리학을 배우면서 true란 두 개체 사이의 관계라는 것을 알 수 있었다. 예를 들어 내 나이가 80이라고 말하면 true가 된다. 이 말은 예수님이 하나님의 아들이라고 말하는 것과 마찬가지로 true인 셈이다. 그러면 서울은 대한민국의 수도다라는 말은 예수님이 하신 말씀 "나는 진리요 길이다"라는 말씀과 마찬가지로 true다. 이렇게 보면 곧이곧대로 말하면, 무슨 말이든 진리가 된다. 이 결론을 받아들이면 기독교인들이 성경에만 진리가 있다거나, 예수님이 진리라거나 하는 말 자체가 거짓(false)이 된다.

필자가 이렇게 함부로 말하는 것을 들은 기독교인들은 아마추어가 부담 없이 말장난이나 하고 있다고 받아칠 것이다. 그러면 다시 진리란 거창한 말을 가지고 밥 먹고 사는 전문가의 말을 들어보자. 전문가를 우리는 철학자나 신학자라고 부르고 있다. 먼저 이들이 진리를 어떻게 정의를 내리고 있는지 철학사전을 들춰보자.

서양철학사에서 진리의 정의를 시작한 이는 플라톤과 아리스토텔레스로부터였다고 해도, 크게 틀리지 않는다. 두 철학자의 진리론은 대응 이론(correspondence theory)이라 할 수 있다. 이 이론은 진리는 실상(reality)과 대응한다로 풀이할 수 있다. 이 말을 풀이하면 진리는 사실과 일치한다라고 할 수 있다. 이를 수학 공식처럼 말하면 T(진리)=F(사실)이다. T와 F 사이에 이콜(=등식) 관계가 성립한다는 의미이다. 이런 등식이 진리를 정의한다면 진리는 T와 F라는 개체사이의 관계에 불과하다고 할 수도 있다.

여기서 관계란 말이 첨가되는 것은 논리학에서 1+1=2는 true(참)라고 말할 때, true의 명사형이 truth이고, 이 역어가 진실(리)이기 때문이다. 철학자나 논리학자들은 이 수학공식을 그대로 진리 정의에 끌어들이고 있다고 할 수 있겠다. 이렇게 진리를 관계로 보는 정의는 진리는 무엇인가라는 질문의 대답이 될 수 없다하겠다. 진리가 두 개체가 대응관계에 있다는 대답은 아무것도 정의하고 있지 않기 때문이다.

이러한 논의에 반론을 제기하면, 진리란 일치관계가 아니라, 등식 부호 건너에 있는 또 하나의 개체가 진리라고 대답할 것이다. 다시 말하면 〈개체 A = 개체 B〉가 성립되면 개체 B가 진리라는 의미다. 예를 들어 "예수님은 진리다"라는 말은 예수님이 바로 진리라는 의미다. 예수님과 진리 사이의 관계는 참이라는 의미다. 이 등식은 예수님이 무엇이라는 설명이 아닐 뿐만 아니라, 진리의 정의도 아니다. 진리가 개체 사이의 관계라는 논리는 진리와 예수님이 일치한다는 것을 말한다. 이 말은 순환논리에 갇혀서 아무것도 설명해 주지 않는다고 할 수 있다.

해방 후에 기독교가 득세하면서, 진리도 득세했다. 진리란 말이 신도들 사이에 유행하다, 드디어 힘을 얻어 교회 밖으로 영토를 넓혔다. 급기야는 정치판에까지 등장하여 진리 정치란 말을 만들어냈다. 진리 정치란 오로지 진리에만 기준을 두고 정치를 하겠다는 의미라면, 이것처럼 무서운 정치는 없다. 진리는 내가 잡고 있으니 나를 반대하는 사람은 즉 사탄을 등에 업은 사람이 된다. 진리가 온누리에 퍼지려면, 사탄을 지지하는 세력은 파멸시켜야 한다는 결론에 이른다. 이쯤에 이르면 자기는 진리의 사도가 되어, 자기가 하는 행동은 성전(聖戰)의 일환이 된다. 성전을 부르짖었던 십자군 전사들, 거기에 맞섰던 아라비아의 성전 전사들, 사이에 얼마나 피비린내 나는 전쟁이 몇 백 년을 이어졌던 것을 잊어버린 사람만이 진리 정치, 나가서 진리 성전을 부르짖게 될 것이다.

일찍이 우리는 이미 진리 정치를 경험한 사람들이다. 우리 조상들의 진리는 도였다. 그래서 이조의 성리학자들이 머리를 싸매고 공부한 이론이 도학(道學)이다. 그들이 이끈 정치는 도학정치(일종의 진리정치)다. 그들이 도학이 정치철학을 규정하게 함으로 정치계는 선명정치를 지향하게 되고 지조(이 이론을 지키려는 마음)가 최고의 가치로 여겼다. 이런 폐쇄된 논리가 쇄국을 불러와서 이조에 망조가 들게 되었다.

도학이론을 대표하는 퇴계 선생님과 율곡 선생님의 이론적 차이를 폄하하여 글자 한두 자의 해석 차이에 불과하다고 보는 이들도 있었다. 이들이 이런 차이를 어우르는 정치를 해야 한다고 말하던 소수의 사람들은 양진영에서 매도당하여 팽 당하게 되었다. 이렇게 팽 당하지 않으려면 선명한 기치를 든 선명 정객들 밑으로 들어가서 그들과 의견을 같이해야 한다. 그래서 그들도 자신들과 의견을 같이하는 사람은 군자, 자신들과 의견이 다른 사람은 소인으로 칭하고, 군자는 백조이니 까마귀 같은 소인과 함께 할 수 없다고 공언한다. 우리는 이런 사람을 절개가 있으니 충신으로 칭해야 한다고 했다. 그러니 이조 오백 년의 결말은 양진영에서 무더기 충신을 생산했지만, 두 진영의 싸움에 애기(나라)는 사지가 찢어져 버렸다.

아주 먼 나라에 마르크스(카를 마르크스)라는 사람이 런던의 대영(제국) 도서관에서 굶주림에 시달리면서 책을 읽고 썼다. 그는 자기를 굶주리게 한 사회에 복수를 하고 자 했다. 그는 공산주의란 귀신을 만들어 서구사회에 풀어놓았다. 이 귀신이 굶주린 사람을 규합하고 위한을 증폭시켜서, 극동에까지 퍼져 나오게 했다 그런데 이

땅에 이 이론(공산주의)이 수입되었을 때는, 굶주린 사람이 선두에 선 것이 아니라, 부잣집 망내들이 호사적 취미로 재미삼아 이 이론을 가지고 놀았다. 아래 것들은 도련님의 노리개가 좋아 보여 이론을 받아들인다. 이들이 함께 놀던 가난한 사람에게 이 노리개를 전파했다. 가난한 사람들 귀에 들어가면서, 이 이론이 폭력적이 되어 갔다. 이 폭력의 결과가 6.25라는 동족상잔이고 분단을 가져왔다.

6.25란 폭풍이 지난지도 70여년, 우리는 아직도 정신을 못 차리고 있다. 6.25 이전에 공산주의란 귀신에 홀린 사람들에게 붙여준 좌익이란 낯선 글자가 우리를 괴롭혔다. 이 글자의 유래는 불란서에서 왔다. 나라의 정책을 논의한 모임에서 우연히 정부의 시책에 찬성하는 쪽이 오른쪽에 앉고, 반대하는 쪽이 왼쪽에 앉은 데서 유래했다 한다. 이것이 우리나라에 들어와서 오른손잡이 보통 사람이 왼손잡이는 무언가 좀 이상하거나 서툴러 보인다는 의미에서 차용하여 우익, 좌익이란 말로 발전했다.

이 말들이 원래 조상은 어디에서 왔는지 관계없이 우익이 보수, 민주 같은 말과 연결이 되면서, 좌익은 공산주의나 공산주의의 사생아 사회주의란 말과 연맹을 맺었다. 좌익은 미국 세력을 등에 업은 우익에 밀려 정치 일선에서 쫓겨나는가 했다. 어느덧 변신을 거듭하여 서구에서 공산이란 말 대신에 사회주의란 말이 2차 대전 후에 유행했다. 우리나라 좌익의 잔존세력도 이 유행을 쫓아 사회란 말을 끌어들여 공산당이 사회당으로 변신했다. 이렇게 변신을 거듭하여 공산주의자들의 만행과는 결별한 것처럼 행세했다. 이들의 변신을 사회정의 실현을 위해 운동한다는 젊은 학생들의 구미가 당기면서 진보란 말로 발전한다.

이러한 말들의 잔치가 별을 달고 검은 선글라스를 쓴 사람들이 설치던 시대가 지나고, 선생님 시대도 지나자, 믿을 만한 구호는 바닥이 났다. 사실은 새까만 안경을 쓰고 오른 손을 들고 군 막사로 돌아가겠다고 맹세한 사람이 그 맹세를 어기고, 18년 동안 청와대에 앉아 있던 시절에는 모든 좋은 말들을 왜곡하여 자기 통치를 정당화했다.

이 버릇은 맹세를 어긴 사람의 딸에게 까지 이어졌다. 그래서 이런 버릇이 경제에도 도입되어 물가인상을 조정, 현실화, 환율의 반영 등등을 붙여서 국민을 오도했다. 이 때문에 요즘 정치계에서는 그럴 듯하게 국민을 속일 말들이 바닥이 나니까 변화에 잽싸게 공산주의, 사회주의 등으로 변신하던 운동권의 투사들이 진보로 발전하드니, 그 말에 매력이 줄어들자 종교계에게까지 가서 구원을 요청하여, 진리란 말을 빌려와서 진리 정치란 말을 만들어내었다.

진리란 철학자(신학자)의 전유물이 종교계로 영역을 넓혀서 장기 집권을 하자, 마녀사냥이란 괴물의 형태로 나타난다. 또 이 괴물은 정치계로 영역을 넓혀서 공산주의와 손잡는다. 마르크스가 이를 유령이라 한 말은 지나치다고 생각했는지 그의 똘만이들은 진리란 말로 대치한다. 모택동은 한 수 더 떠서 자신을 격상시켜서 예수님처럼 내 말을 곧 진리라고 천명한다. 이 말이 중국식으로는 범시(凡是)론이나. 그리고 사기 말을 반대하는 사람은 사탄이 씌인(자본주의에 물론) 주자파로 매도하여 타도를 외친다. 이 정치운동이 바로 문화혁명이다. 우리 정치계에도 진리가 등장하여 여당이 진리 정치하니까 야당도 진리광장(Truth Forum)이라는 단체를 만든다. 이제 우리에게도 문화혁명(적폐청산)이 전개될 조짐이 나타나고 있다. 우리 정치계에도 등소평 같은 실용주의자가 등장하여 실사구시(實事求是)를 외쳐서 정치에서 진리 퇴치를 이루어야 하는 때가 도래할 것이다.

위에서 보았듯이 진리가 정치에 도입되면 진리를 주장하는 쪽, 아니 진리란 말을 선점한 쪽에서, 자기 말을 따르지 않는 쪽은 거짓을 일삼는 사악한 쪽으로 매도한다. 그래서 양쪽은 상대를 타도 대상이지 타협 대상으로 보지 않는다. 진리와 거짓 사이의 중간지대란 없기 때문이다. 이쯤 되면 진리정치란 진정한 의미의 진리와는 아무 상관이 없는 말장난에 불과하다는 것을 알 수 있다.

진리가 무엇인가라는 질문으로 이야기를 시작했다. 그러나 나는 대답을 얻었다고 큰소리치지 않는다. 나도 진리가 무엇인지 모르지만, 진리를 팔아서 남을 속이고, 이 속을 차리는 사람을 경계해야 한다는 말을 하려니, 이렇게 길어졌다. 그리고 또 진리란 문제는 누구든지 한 번은 이야기해 볼 수 있는 열린 문제이니, 나도 한마디 해 본 것이라고 결론을 내린다.